古典文獻研究輯刊

八 編

曾 永 義 主編

第 22 冊

聖婚與聖宴：
〈高唐賦〉的民俗神話底蘊研究

魯 瑞 菁 著

國家圖書館出版品預行編目資料

聖婚與聖宴:〈高唐賦〉的民俗神話底蘊研究／魯瑞菁 著—
初版 — 新北市:花木蘭文化出版社,2013〔民102〕
目 4+288 面;19×26 公分
(古典文學研究輯刊 七編;第 22 冊)
ISBN:978-986-322-400-6(精裝)
1. 民間文學 2. 中國神話 3. 文學評論
820.8   102014719

古典文學研究輯刊
七 編 第二二冊   ISBN:978-986-322-400-6

聖婚與聖宴:〈高唐賦〉的民俗神話底蘊研究

作　　者　魯瑞菁
主　　編　曾永義
總 編 輯　杜潔祥
出　　版　花木蘭文化出版社
發 行 所　花木蘭文化出版社
發 行 人　高小娟
聯絡地址　235 新北市中和區中安街七二號十三樓
　　　　　電話:02-2923-1455／傳眞:02-2923-1452
網　　址　http://www.huamulan.tw 信箱 sut81518@gmail.com
印　　刷　普羅文化出版廣告事業
初　　版　2013 年 9 月
定　　價　八編 24 冊(精裝)新台幣 42,000 元

聖婚與聖宴：
〈高唐賦〉的民俗神話底蘊研究

魯瑞菁　著

作者簡介

魯瑞菁，臺灣大學中國文學研究所博士，靜宜大學中國文學系專任教授。主要研究領域為楚辭、神話，近五年的研究課題聚焦於出土古代墓葬隨葬文物圖像的神話、宗教與文化等問題。迄今為止，發表學術論文三十餘篇、會議論文三十餘篇，著有《楚辭文心論》一書。

提　　要

　　本書的研究主題集中在高唐巫山神女的神話與文化底蘊。高唐巫山神女的神話與文化研究既為上古神話、宗教、習俗、文化研究的核心課題；高唐巫山神女的典故亦是後世文學作品因藉發揮的重要範式。本書受到（英）弗雷澤（James Frazer）大著《金枝》的啟發，嘗試從上古「聖婚」與「聖宴」兩種習俗儀式的角度，結合中國古代的文獻典籍資料、新近出土的考古文物文獻、中西民俗人類學家的田野調查報告，以及中西方文化人類學家所建構的理論等；廣泛運用文獻學、神話學、考古學、人類學、民俗學、心理學和社會學等跨學科、多維度、多視角的方法，掘發冥晦難曉的中國上古時代神話、風俗與宗教底蘊。

目次

第一章　緒　論

第一節　論題的提出與研究方法的思考

　　〈高唐賦〉的民俗神話底蘊研究，屬於楚文化的研究範圍。楚文化是楚國和楚人所創造出來的，它是周代逐漸興盛的一種區域文化，卻對後世中國文化的形成與發展，產生了重大的影響。隨著近半世紀以來，楚地文物的大量出土，人們對於楚文化的淵源、發展、性質與特色等，都有了更深入的認識；而楚地的宗教和神話則是楚文化研究當中一個重要的項目，作爲產生於楚地的高唐神女神話，究竟具有什麼特色和意義？其與中國各地的女神神話，甚至域外的女神神話，又有什麼異同之處？這是本論文最先想解答的問題。再進一步說，本論題的提出，主要是基於以下兩個理由：

一、高唐神女神話研究爲上古宗教文化研究的核心課題

　　聞一多曾在爲陳夢家〈高禖郊社祖廟通考〉一文的跋文中說：「余嘗謂治我國古代文化史者，當以社爲核心。大抵人類生活中最基本者不過二事，自個人言之，日男女、日飲食；自社會言之，則日庶、日富，故先民禮俗之重要者莫如求子與求雨，而二事又皆寓於社。」〔註 1〕而陳夢家的文章全篇即是以高唐神女神話爲討論的主軸，他並認爲高唐即高禖，而高禖也就是社〔註 2〕；聞一多在跋文中贊同陳氏的看法，因此，依聞氏之見，高唐神女神

〔註 1〕　見聞一多跋陳夢家：〈高禖郊社祖廟通考〉，《清華學報》12 卷 3 期，頁 465，1937 年。
〔註 2〕　參見陳夢家：〈高禖郊社祖廟通考〉，《清華學報》12 卷 3 期，頁 445～472。

話（即高禖神話）問題也就成為研究上古宗教文化的核心課題。

聞一多又曾在〈高唐神女傳說之分析〉一文中指出，古代各民族所記載的高禖，全是該民族的先妣，如塗山氏、簡狄、姜嫄和高唐神女即分別是夏、商、周、楚等族的高禖及先妣〔註3〕。其實，正確地說，夏族的始妣是女嬉，而非塗山氏，所以也唯有女嬉才夠資格與簡狄、姜嫄二人並列。而典籍中所載的女嬉吞薏苡生禹、簡狄吞玄鳥卵生契及姜嫄履大人跡生后稷等事蹟，若是從民俗神話學的觀點來看，它們都具有感天孕生英雄始祖的神話情節，並可以歸入世界型處女懷胎的神話母題，但是，楚地的高唐神女神話卻相對缺少此一情節；因此，是否能夠將夏、商、周三代始妣神話與高唐神女神話相提並論呢？

實際上，所謂世界型處女懷胎的神話母題，多附著在對男性英雄始祖神話的探討之中，如果我們不從男性英雄始祖神話為中心的角度出發，而把論題的焦點專注在女神神話的主體性和獨立性上，那麼女嬉、簡狄、姜嫄和高唐神女神話其實都具有所謂「大母神」崇拜（the Great Mother Worship）的原型。「大母神」崇拜是原始人類用以祈求繁衍、豐收的宗教行為，它最初建立在交感巫術的原則上〔註4〕，即認為女性的生殖力與動、植物的繁衍力之間，具有某種神秘的感應聯繫，因此，可以將祈求繁衍、豐收的素樸願望，寄託在對大母神的巫術膜拜之中。世界各地出土的許多被稱為「史前維納斯」的女裸雕像，就以考古實物雄辯地說明了這種原始巫術曾經存在於人類的社會當中。

類似的巫術行為又往往是以「聖婚」（hieros gamos）的儀式進行的，「聖婚」又稱作「神婚」，意指繁衍之神間相互的性關係，是普遍見於近東農業民族的信仰內容。這類儀式每年至少進行一次，代表繁衍之神的祭司，以性交

〔註3〕 見聞一多：〈高唐神女傳說之分析〉，《聞一多全集·神話編》，頁18～19，又聞氏這篇文章最先發表在《清華學報》10卷4期，1935年。

〔註4〕 交感巫術原則是（英）弗雷澤（James Frazer）《金枝》一書在理論上最重要的建樹，為後人研究原始人類的行為提供了一把鑰匙。據弗雷澤指出，在原始人類的世界觀中，人與自然之間始終存在著某種交互感應關係，人們相信可以通過各種巫術活動，將自己的願望和意志強行投射到自然界中，達到操控自然客體的目的，這就是所謂的交感巫術信仰。交感巫術又有兩種基本的形式：模倣巫術和觸染巫術，前者以同類相生、相尅信念──即相似律為基礎，後者以接觸過的東西會一直保持作用的信念──即觸染律為基礎。參見（英）弗雷澤（James Frazer）：《金枝》，頁21～23，按，下文凡徵引此部書時，僅在引文後注明《金枝》頁n，不再另加注釋。

行爲來確保土地的豐產、社會的繁榮和宇宙的延續。聖婚主要有三種形式：男神和女神之間（主要以塑像爲象徵）、女神和祭司長（擔當男神的角色）之間、男神和女祭司長（擔當女神的角色）之間。這三種形式中，都有一種比較固定的儀式，即迎接裝扮爲神的祭司參加遊行隊伍、交換禮品、雙方的潔身禮、結婚宴席、新房和新床的備置、以及夜間秘密的性行爲等（據某些傳說，這已經成爲充當繁衍神的神職人員之間一種實際上的性行爲；不過，據另外一些傳說，它又似乎只是一種象徵性的結合）。到了次日，人們便開始慶祝聖婚及它對社區的影響〔註5〕。

　　這類大母神崇拜及聖婚儀式同樣見於中國的高禖求子風俗當中，換句話說，高唐神女與女嬉、簡狄、姜嫄等神話都具有崇祀高禖，以祈求豐產的遠古風俗底蘊在，這是上古宗教文化研究的核心課題之一，本論文即擬從多方面的角度來說明這點，這也是選擇本論題以進行研究的第一個理由。

二、〈高唐賦〉及神女神話是後世文學作品因藉發揮的重要範式

　　劉勰曾在《文心雕龍·詮賦》中說：「宋發巧談，實始淫麗。」〔註6〕賦體正因爲宋玉〈高唐賦〉的創作，才從詩人之賦轉變爲辭人之賦；如一位學者所指出的，漢之大賦正是由宋玉〈高唐賦〉（及〈神女賦〉）爲其先導，無論是形式、結構、語言辭藻或描寫技巧等方面，幾乎都創始於宋玉，而後司馬相如加以繼承發展，遂成定型〔註7〕。如果再從描寫內容上來看，〈高唐賦〉中所述及的山水、湖澤、蟲魚、鳥獸、草木、臺室、禱祀、歌樂、羽獵及乘輿等，在漢代大賦中都是常見的題材，而且更加地鋪排揚厲、踵事增華。因此，可以說，〈高唐賦〉在形式和內容兩方面對漢賦都產生決定性的影響。

　　更有甚者，〈高唐賦〉及其姊妹篇〈神女賦〉還影響到兩漢以下的文學作品。如曹植的〈洛神賦〉就是「感宋玉對楚王神女之事」（〈洛神賦〉序文）而作的；又如魏之陳琳、應瑒、王粲、楊修及晉之張華等，都有命名爲〈神女賦〉的賦作，至於曹魏諸文學才士尚有以「止欲」、「嘉夢」等爲賦名的賦作，也可以歸入與〈神女賦〉同類的賦作底下〔註8〕。

〔註5〕　參見《大不列顛百科全書》「聖婚」條（中文版13冊，頁208）。
〔註6〕　（民國）鄭堯臣輯《龍溪精舍叢書》第4冊，頁554。按，以下凡引自此部叢書者，僅在引文後注明《叢書》n冊，頁n，不再另加注釋。
〔註7〕　參見姜書閣：《漢賦通義》，頁45～64、281。
〔註8〕　參見陳章燦：《魏晉南北朝賦史》，頁46、47之間的附表及說明。

　　另外，漢代以降的樂府詩歌也受到巫山神女夢事的影響，如漢鐃歌十八曲之一的《巫山高》，原本是遠方遊子思歸的詩篇〔註9〕，後來則演變成專門歌詠巫山神女典故的詩歌，從（宋）郭茂倩《樂府詩集》卷第十七〈鼓吹曲辭二〉所收錄的來看，自南朝齊至唐代，以〈巫山高〉為詩題而歌詠神女故事者，就有二十家之多。另外，唐人還有「行到巫山必有詩」之說，在劉禹錫、白居易的時候，關於巫山的詩歌，可見的就有千首以上〔註10〕。

　　〈高唐〉、〈神女〉二賦對詞的影響更大、體式更多，如〈巫山一段雲〉、〈陽臺夢〉、〈陽臺路〉、〈陽臺怨〉、〈高陽臺〉、〈夢行雲〉、〈憶瑤姬〉等詞牌，都由高唐夢事而來，其內容也多以描寫男女之間的情愛為主〔註11〕。至於明清小說寫到情色之事時，也多用〈高唐賦〉的雲雨典故；即如最有名的《紅樓夢》一書，它與高唐夢都具有夢幻的本事，而其中林黛玉為絳珠仙草化身的因緣，及賈寶玉神遊太虛幻境，與秦可卿夢中交歡，夢醒後又與襲人初試雲雨情等情節，應該都受到高唐神女神話潛在的影響。

　　綜上所述，〈高唐賦〉及神女神話是後世許多文學作品所因藉發揮的重要典範，如果能夠揭示出〈高唐賦〉的民俗神話底蘊，那麼對於研究後世這許多文學作品，必有事半功倍的效用，這即是選擇本論題以進行研究的第二個理由。

三、本論題的研究方法取向及資料擷取問題

　　郭沫若曾在「釋祖妣」（1931 年）一文中說，高唐即高禖或郊社的音變〔註12〕；聞一多則在〈高唐神女傳說之分析〉（1935 年）中認為，高唐、高禖二者確有關聯，但禖與唐音類相隔畢竟太遠，說高唐為高禖的音變，實待斟酌。至於說高唐為郊社的音變，則確有實例可證：如古籍中高禖或作郊禖，高、郊相通，不成問題；古有唐杜氏，唐杜為唐的別名，唐一曰杜，而杜、

〔註9〕　古樂府〈巫山高〉曰：「巫山高，高以大；淮水深，難以逝。我欲東歸，害不為？我集高無曳，水何湯湯回回。臨水遠望，泣下霑衣。遠道之人心思歸，謂之何！」《樂府解題》曰：「古詞言，江淮水深，無梁可度，臨水遠望，思歸而已。」見（宋）郭茂倩：《樂府詩集》，頁 228。按，下文引用此書時，僅在引文後注明《樂府詩集》頁 n，不再另加附注。

〔註10〕　參見（唐）范攄《雲溪友議》卷上所載，影印《文淵閣四庫全書》第 1035 冊，頁 568。按，以下凡引自此部書者，僅在引文後注明《全書》n 冊頁 n，不再另加注釋。

〔註11〕　參見（清）萬樹撰，懶散道人索引《索引本詞律》各詞牌所徵引之詞。

〔註12〕　見郭沫若：〈釋祖妣〉，氏著：《甲骨文字研究》，頁 59。

社都從土聲，這是唐可通社的一個例證；又《爾雅・釋木》：「杜，甘棠。」是杜一曰棠，而棠、唐聲同（如唐棣一作棠棣），杜又通社，所以唐與社通，這是另一個例證〔註13〕。繼郭、聞二文之後，陳夢家於 1937 年發表了〈高禖郊社祖廟通考〉一文，其意見多與聞一多相同，他說：「郊社亦即高社。高禖即高密，即高堂。堂者，積土爲之，社亦猶是，而社、堂俱從土，社、堂一聲之轉，見聞（一多）文，故高社即高堂。」又說：「唐、堂音同相假，故高唐即高堂。」〔註14〕因此，依陳氏之見，高唐即高堂、高社、郊社。

　　以上三家意見，都以高唐爲郊社的音變，他們不僅從微觀的語言聲訓學入手，來說明此一問題；而且還從宏觀的文化人類學視野，將高禖及社崇拜與中國上古宗教文化現象結合起來討論，從而使他們的論點更具說服力。例如郭沫若「釋祖妣」一文，就從人類婚姻制度演變的不同階段與普遍規則（其主要的理論根據是依據恩格斯的《家庭、私有制和國家的起源》一書），及古代高禖求子的生殖崇拜風俗，來探討中國的古史傳說和祖妣觀念之內含意義；而聞一多的〈高唐神女傳說之分析〉（及其後的《說魚》（1945 年）等）則從民歌當中的魚、食、飢、虹等原型角度，來考察高唐神女所具有的民俗神話底蘊；至於陳夢家的〈高禖郊社祖廟通考〉則綜合考據學與民俗人類學知識，將高禖、郊社、祖廟匯集起來研究，提出一些至今仍然值得重視的觀點。以上三位學者雖然沒有結合〈高唐賦〉全篇文字，對高禖求豐產的古俗作更深入的剖析；但就其方法論的意義而言，實已超出有清以前國學研究者始終受限於中國經典、史籍的藩籬，而具備一種與整個世界學術大潮流會通的旺盛企圖心，因而使他們的研究富有劃時代的開創意義。

　　三十年代的學者開風氣之先，將西方人類學、民俗學、神話學、社會學等嶄新的學科和研究成果，帶入固有的國學研究領域之中，如鍾敬文〈中國的天鵝處女故事〉（《民眾教育季刊》，1933 年 3 卷 1 期）、鄭振鐸〈湯禱篇〉（《東方雜誌》，1933 年 30 期）、江紹原《中國古代旅行之研究》（上海商務印書館，1935 年）、朱光潛〈性欲「母題」在原始詩歌中的位置〉（《歌謠周刊》，1936 年 2 卷 26 期）、孫作雲〈中國古代的靈石崇拜〉（《民族雜誌》，1937 年 5 卷 1 期）、芮逸夫〈苗族的洪水故事與伏羲女媧的傳說〉（《人類學集刊》，1938 年 1 卷 1 期）等，都是一時之選的著作。儘管他們的研究尚未達到一種理論

〔註13〕見聞一多：〈高唐神女傳說之分析〉，《聞一多全集・神話編》，頁 19。
〔註14〕參見陳夢家：〈高禖郊社祖廟通考〉，《清華學報》12 卷 3 期，頁 463。

性的高度，但是經由這些學人篳路藍縷的努力，對於中國上古宗教文化學科的研究，確實開闢出一個值得耕耘的廣大園地。

自三十年代至今，經過一甲子的時間，今日不論是地下出土的文物資料方面，或是原始民族的田野調查方面，以及西方人類學、民俗學、神話學和社會學等經典名著的引介方面，都較三十年代學者所能掌握的超出甚多。本論文即繼承了上述聞一多等學者對於高唐神女神話的研究成果，並掌握了更多文化人類學的理論和資料後，擬從具有相對普遍適應性的原型、母題和象徵等模式出發，且以早期的宗教現象（諸如神話、儀式、禁忌、圖騰崇拜等）為研究重心，來全面而深入地探索和闡釋〈高唐賦〉所具有的民俗神話底蘊。

由於本論文的研究對象必須溯源自無文字記錄的史前時代，這就無可避免地使文化人類學研究法有了限制，它不可能完完全全復原古代宗教的全貌。因此，本論文只能運用中國古代的典籍資料、中西民俗人類學家的田野調查報告、新近出土的考古文物及西方文化人類學家所建構的理論等，從多維度的視角儘量拼湊、接合、恢復冥晦難曉的古代宗教、風俗。此外，在寫作過程當中，作者始終想要避免予人以單向地以今範古、以彼族律此族及援西釋中等印象——這也是現今運用文化人類學方法研究中國舊學時，經常產生的偏向；作者希望不斷致力於今與古、彼族與此族、中與西等雙向的溝通和互釋，終欲完成一種跨學科之總體文化系統的把握。至於是否能夠達成此一目標，只有留待博雅方家的公評了。

第二節　前人對〈高唐賦〉創作時代與創作目的所提意見檢討

《文選·高唐賦》：

> 昔者楚襄王與宋玉遊於雲夢之臺，望高唐之觀。其上獨有雲氣，崒兮直上，忽兮改容，須臾之間，變化無窮。王問玉曰：「此何氣也？」玉對曰：「所謂朝雲者也。」王曰：「何謂朝雲？」玉曰：「昔者先王嘗遊高唐，怠而晝寢，夢見一婦人曰：『妾巫山之女也，為高唐之客。聞君遊高唐，願薦枕席。』王因幸之。去而辭曰：『妾在巫山之陽，高丘之阻，旦為朝雲，暮為行雨，朝朝暮暮，陽臺之下。』旦朝視之，如言，故為立廟，號為『朝雲』。」王曰：「朝雲始出，狀若何

也？」玉對曰：「其始出也，曣兮若松榯。其少進也，晰兮若姣姬。揚袂鄣日，而望所思。忽兮改容，偈兮若駕駟馬，建羽旗。湫兮如風，凄兮如雨。風止雨霽，雲無處所。」王曰：「寡人方今可以遊乎？」玉曰：「可。」王曰：「其何如矣？」玉曰：「高矣顯矣，臨望遠矣！廣矣普矣，萬物祖矣！上屬於天，下見於淵，珍怪奇偉，不可稱論。」王曰：「試爲寡人賦之。」玉曰：「唯唯。」

　　惟高唐之大體兮，殊無物類之可儀比。巫山赫其無疇兮，道互折而曾累。登巉巖而下望兮，臨大阺之稸水。遇天雨之新霽兮，觀百谷之俱集。濞洶洶其無聲兮，潰淡淡而並入。滂洋洋而四施兮，蓊湛湛而弗止。長風至而波起兮，若麗山之孤畝。勢薄岸而相擊兮，隘交引而卻會。崒中怒而特高兮，若浮海而望碣石。礫磥磥而相摩兮，嶵震天之礚礚。巨石溺溺之瀺灂兮，沫潼潼而高屬。水澹澹而盤紆兮，洪波淫淫之溶㴸。奔揚踴而相擊兮，雲興聲之霈霈。猛獸驚而跳駭兮，妄奔走而馳邁。虎豹豺兕，失氣恐喙。雕鶚鷹鷂，飛揚伏竄，股戰脅息，安敢妄摯。

　　於是水蟲盡暴，乘渚之陽。黿鼉鱣鮪，交積縱橫。振鱗奮翼，蜲蜲蜿蜿。中阪遙望，玄木冬榮。煌煌熒熒，奪人目精。爛兮若列星，曾不可殫形。榛林鬱盛，葩華覆蓋。雙椅垂房，糾枝還會。徙靡澹淡，隨波闇藹。東西施翼，猗狔豐沛。綠葉紫裹，丹莖白蒂。纖條悲鳴，聲似竽籟。清濁相和，五變四會。感心動耳，迴腸傷氣。孤子寡婦，寒心酸鼻。長吏驕官，賢士失志，愁思無已，歎息垂淚。登高遠望，使人心瘁。盤岸巑岏，裖陳碏磹。磐石險峻，傾崎崖隤。巖嶇參差，從橫相追。陬互橫啎，背穴偃蹠。交加累積，重疊增益。狀若砥柱，在巫山下。仰視山巔，肅何千千，炫燿虹蜺。俯視崝嶸，窒寥窈冥。不見其底，虛聞松聲。傾岸洋洋，立而熊經。久而不去，足盡汗出。悠悠忽忽，怊悵自失。使人心動，無故自恐。賁育之斷，不能爲勇。卒愕異物，不知所出。縱縱莘莘，若生於鬼，若出於神。狀似走獸，或象飛禽。譎詭奇偉，不可究陳。上至觀側，地蓋底平。箕踵漫衍，芳草羅生。秋蘭茝蕙，江離載菁。青荃射干，揭車苞并。薄草靡靡，聯延夭夭。越香掩掩，眾雀嗷嗷。雌雄相失，哀鳴相號。王睢鸝黃，正冥楚鳩。姊歸思婦，垂雞高巢。其鳴喈喈，當年遨遊。

更唱迭和，赴曲隨流。

　　有方之士，羨門高谿，上成鬱林，公樂聚穀。進純犧、禱琁室、醮諸神、禮太一。傳祝已具，言辭已畢。王乃乘玉輿，駟倉螭，垂旒旌，斾合諧，紬大絃而雅聲流，冽風過而增悲哀。於是調謳，令人惏悷憯悽，脅息增欷。於是乃縱獵者，基趾如星，傳言羽獵，銜枚無聲。弓弩不發，罘罕不傾，涉漭漭，馳苹苹，飛鳥未及起，走獸未及發，何節奄忽，蹄足灑血，舉功先得，獲車已實。

　　王將欲往見，必先齋戒，差時擇日，簡輿玄服，建雲斾，蜺爲旌，翠爲蓋。風起雨止，千里而逝。蓋發蒙，往自會。思萬方，憂國害，開聖賢，輔不逮，九竅通鬱，精神察滯，延年益壽千萬歲。

一、〈高唐賦〉作於戰國時代

　　現今所能看到最早的〈高唐賦〉全文，是收錄在《文選》第十九卷內，題名爲宋玉所作〔註 15〕。在清代中葉以前，似乎無人對此有所懷疑，直自乾嘉學者崔述，才開始提出異議。崔述《考古續說卷之一・觀書餘論》云：

　　　謝惠連之賦雪也，託之相如；謝莊之賦月也，託之曹植。是知假託
　　　成文，乃詞人之常事。然則〈卜居〉、〈漁父〉，亦必非屈原之所自作，
　　　〈神女〉、〈登徒〉，亦必非宋玉之所自作，明矣。〔註 16〕

〔註15〕　在《文選》以前，提到宋玉及「高唐」故事的，據筆者所知，有以下幾個地方：
　　　（1）（東漢）傅毅〈舞賦〉序云：「楚襄王既遊雲夢，使宋玉賦高唐之事。……」
　　　　　（《文選》第十七卷）
　　　（2）（晉）阮籍〈詠懷〉第十一：「三楚多秀士，朝雲進荒淫。」（《文選》卷二十三）
　　　（3）《文心雕龍・比興》：「宋玉〈高唐〉云：『纖條悲鳴，聲似竽籟，此比聲之類也。』」（《叢書》4 冊，頁 609）
　　　（4）（南朝，齊）虞羲〈巫山高〉：「南國多奇山，荊巫獨靈異。雲雨麗以佳，陽臺千里思。勿言可再得，特美君王意。高唐一斷絕，光陰不可遲。」（《樂府詩集》，頁 238）
　　　（5）（南朝，齊）王融〈巫山高〉：「想像巫山高，薄暮陽臺曲。煙雲乍舒卷，猿鳥時斷續。彼美如可期，寤言紛在矚。慵然坐相望，秋風下庭綠。」（《樂府詩集》，頁 238）
　　　（6）（南朝，齊）劉繪〈巫山高〉：「高唐與巫山，參差鬱相望。灼爍在雲間，氛氳出霞上。散雨收夕臺，行雲卷晨障。出沒不易期，嬋娟似惆悵。」（《樂府詩集》，頁 238～239）
〔註16〕　《崔東壁遺書・考古續說卷之一・觀書餘論》（第三冊，頁 23）。

這段話雖然沒有提到〈高唐賦〉，但是〈高唐賦〉與〈神女賦〉、〈登徒子好色賦〉同載於《文選》第十九卷——即「賦」類「情」項的標目底下，應屬同性質的作品；更重要的是，〈高唐賦〉開頭云：

　　　　昔者楚襄王與宋玉遊於雲夢之台，望高唐之觀，其上獨有雲氣。

若是依照崔述的想法，〈高唐賦〉自然也像〈雪賦〉、〈月賦〉、〈神女賦〉和〈登徒子好色賦〉一樣，是「作賦者託古人以自暢其言」的賦作，作者當然不是宋玉了。不過，僅以謝惠連〈雪賦〉虛擬梁孝王與司馬相如等人的兔園詠雪、及謝莊〈月賦〉虛擬曹植與王粲的月夜吟遊，來推證〈神女〉、〈登徒〉（及〈高唐〉）等賦中出現的襄王、宋玉等人物，都是佚名作者的「假託成文」，似乎並不能使人信服，因為也有可能是作者將自己的軼事直接寫入篇章當中。

　　到了本世紀 20 年代，陸侃如、游國恩、劉大白等學者，不但列證指出〈高唐賦〉非宋玉所作，還認為先秦以前，不可能產生像〈高唐賦〉這類的散文賦，它應該出現在司馬相如賦作之後〔註 17〕。如陸侃如就提出了「辭賦進化三階段說」的看法，他認為賦體的進化可分作三期：第一期代表為荀子，此時尚未有賦的名稱，賦的形式與《詩經》完全一樣；第二期代表為賈誼，他已正式稱賦，且改用《楚辭》的格式；第三期代表為司馬相如，他採用〈卜居〉的格式，作成有韻的散文，這個遞變之跡是很明顯的。而宋玉賦作（按，主要指〈高唐賦〉）不用《詩經》式，也不用《楚辭》式，卻用散文式，以時代最早的宋玉竟用最晚出現的格式，是絕不可能的，所以應把作品的時代移後些。另外，游國恩也認為，從辭賦進化史來看，〈高唐〉、〈神女〉這種散文賦，在戰國時是萬萬不能產生的〔註 18〕。

〔註17〕　參見（1）陸侃如：〈宋玉評傳〉，鄭振鐸等編：《中國文學研究》，頁31～55。
　　　　（2）游國恩：《楚辭概論》，頁229。（3）劉大白：〈宋玉賦辨偽〉，鄭振鐸等編：《中國文學研究》，頁23～29。以上三篇文章都發表於1923年。其中陸、劉二人的文章認為，列在宋玉名下的賦作，除了見於東漢王逸《楚辭章句》的〈九辨〉、〈招魂〉兩篇外，另外十篇宋玉賦——即載於《文選》的〈風賦〉、〈高唐賦〉、〈神女賦〉、〈登徒子好色賦〉及（南宋）章樵《古文苑》的〈笛賦〉、〈大言賦〉、〈小言賦〉、〈諷賦〉、〈釣賦〉、〈舞賦〉——都是後人託古之作。而陸氏在文末尚論及〈對楚王問〉（《文選》）、〈高唐對〉（清代嚴可均：《全上古秦漢三代六朝文》）兩篇散文賦也不是宋玉的作品。雖然二人文章是以上述十篇宋玉賦為討論的對象，但其重心似乎是放在〈高唐賦〉上。
〔註18〕　見游國恩：《楚辭概論》，頁229。

　　如上所述，陸侃如、游國恩等人認為〈高唐賦〉非宋玉所作的最主要論點就在於，戰國時代不可能產生像〈高唐〉、〈神女〉這樣長篇的散文賦〔註19〕；不過，這種說法已被近來研究宋玉賦的學者所駁斥〔註20〕，如馬積高說：

> 散文中的問答體盛行於戰國，至秦漢已趨衰微。在戰國時，人們在問答體中運用韻語以便誦讀，因而成文賦一體，是順理成章的，至漢代文景以後才產生文賦，於事理反覺不可思議。況且在〈離騷〉中早已有包含問答體的寓言（如與靈氛、巫咸的問答）出現，其由此進而獨立成章，敷衍成篇，亦是賦體本身發展的自然之勢。〔註21〕

朱碧蓮也從賦體發展的趨勢來說明宋玉賦不可能產生在相如賦之後：

> 宋玉的賦篇幅短小，鋪張揚厲還是初具規模，其諷諫意義較強，正是散文賦體的初期形式；而司馬相如的賦則是長篇巨製，極盡鋪排之能事，其諷諫意義相對地減弱了，而歌功頌德的成分卻大為加強，「勸百諷一」正是散文賦體進一步發展的表現。……文學樣式的發展規律，一般都經歷由簡單到複雜，由低級到高級，由短篇到巨製的過程，不能想像，司馬相如第一個創作散文賦體，就能寫出〈子虛〉、〈上林〉這樣的長篇大賦來。正是因為有了宋玉的創作實踐，司馬相如才能在前人的基礎上進一步加以發展。〔註22〕

馬、朱二人都從賦體本身發展的自然趨勢，來說明散文賦體當發軔於戰國時期。其實劉勰早在《文心雕龍‧詮賦》篇（《叢書》4冊，頁554）就有這種看法了，劉勰以為，自「宋發巧談，實始淫麗」以後，秦人加以傚效，而有「雜賦」，「漢初詞人，順流而作」，於是「鴻裁」、「雅文」、「小制」、「奇巧」

〔註19〕　這個說法後來被影響頗大的劉大杰：《中國文學發展史》所採用，劉大杰說，《文選》所載宋玉作品，其中行文敘事，多有可疑之處，最重要的是在宋玉時代，那種散文賦體尚難產生。所以宋玉作品最可相信的只有〈九辯〉一篇。見氏著：《中國文學發展史》，頁110～111。

〔註20〕　自20年代，陸侃如等人提出〈高唐〉、〈神女〉不可能產生在戰國時代的意見之後，學者多從此說；直到50年代，胡念貽於〈宋玉作品的真偽問題〉（1953年9月）一文中，才開始針對陸侃如等人的論點作出反駁。往後的學者，就是在胡文的基礎上，提出了更深入的辨正。胡文見於氏著：《中國古代文學論稿》，頁135～151。

〔註21〕　見馬積高：《賦史》，頁39。

〔註22〕　見朱碧蓮：《楚辭論稿》，頁200～201。

等體制，都「觸興致情，因變取會」；或「擬諸形容，則言務纖密」；或「象其物宜，則理貴側附」。於是離屈原騷賦的形式與內容益遠，「遂使繁華損枝，膏腴害骨，無貴風軌，莫益勸戒」，流宕不返，積四百年，其始作俑者，就是宋玉〔註23〕。

　　從馬、朱二氏的論述中，還可以看出他們認為散文賦體的主要特徵有三：一是散韻兼用，二是主客問對，三是鋪采摘文。除了先秦典籍所載的一些文章（如《管子・四稱》、《戰國策・楚策四》〈莊辛諫楚襄王〉章等）外，由新近出土的帛書竹簡等考古資料來看，符合上述三點特徵的作品，在戰國時代實已出現。

　　譬如長沙馬王堆三號漢墓出土的帛書竹簡中，有一篇題為《十問》的醫學文獻，內容是講養生之道與房中術的，它的行文形式就具有散文賦體的特徵，如：

第七問：

帝盤庚問於耈老曰：「聞子接陰以為強，吸天之精，以為壽長，吾將何處而道可行？」耈老答曰：「君必貴夫與身俱生而先身老者，弱者使之強，短者使長，貧者使多量。其事一虛一實，治之有節：一曰垂肢、直脊、撓尻。二曰疏股、動陰、縮州。三曰合睫、毋聽、吸氣以充腦。四曰含其五味，飲夫泉英。五曰群精皆上，吸其大明。至五而止，精神日怡。」耈老接陰食神氣之道。

第八問：

禹問於師癸曰：「明耳目之智，以治天下，上均沈地，下因江水，至會稽之山，處水十年矣。今四肢不用，家大亂，治之奈何？」師癸答曰：「凡治正之紀，必自身始。血氣宜行而不行，此謂崇殃。六極之宗也。此血氣之續也，筋脈之聚也，不可廢忘也。於腦也弛，於味也移。導之以志，動之以事。非味也，無以充其中而長其節。非志也，無以知其中虛與實。非事也，無以動其四肢而去其疾。故覺寢引陰，此謂練筋。既伸又屈，此謂練骨。動用必當，精故泉出。

〔註23〕這裡的說法參考姜書閣：《漢賦通義》，頁70～71。又《文心雕龍・才略》說：「相如好書，師範屈宋。」（《叢書》4冊，頁627）而（明）陳第：《屈宋古音義》卷三也認為〈高唐賦〉是：「楚辭之變體，漢賦之權輿也，〈子虛〉、〈上林〉實踵此而發揮暢大之耳。」（《全書》239冊，頁588）是關於宋玉賦產生在相如賦之前的問題，前賢已多有闡明。

行此之道也，何世不物？」禹於是飲湩以安后姚，家乃復寧，師癸治神氣之道。〔註24〕

以上兩段文章都是韻散夾雜〔註25〕，主客對問，也稍具鋪排規模，其形式與〈高唐賦〉相類似，而它們產生的年代約在戰國末年〔註26〕。

又如山東臨沂銀雀山西漢初年漢墓出土的〈唐勒賦〉殘簡，則更與宋玉賦作的特色相近了〔註27〕。譚家健曾輯出〈唐勒賦〉殘簡共26支，計231字，簡（0184）背面篇題：唐勒；正面文字：

唐勒與宋玉言御襄王前，唐勒先稱曰：人謂造父登車攬轡，馬協斂整齊調均，不摰步趨……。（0190）馬心愈也安勞，輕車樂進，騁若飛龍，免若歸風，反騶逆驪，夜走夕日而入日……。（0204）月行而日動，星躍而玄運，子神奔而鬼走，進退屈伸，莫見其塵埃均□……。（0403）襲□，緩急若意，□若飛，免若絕，反趨逆□，夜起夕日而入日蒙汜，此□……。（0493）……胸中，精神俞六馬，不叱嗜，不撓指，步趨□……。（0917）……千里。今之人則不然，白笄堅。

〔註24〕 見馬繼興：《馬王堆古醫書考釋》，頁935～950。

〔註25〕 其押韻情形可參見馬繼興：《馬王堆古醫書考釋》，頁935、939、944、947、950。

〔註26〕 據馬繼興研究，馬王堆出土的十四種醫學文獻，其抄錄年代約在戰國末期至西漢文帝十二年間，而其撰成年代當更早於抄寫年代。見馬繼興：《馬王堆古醫書考釋》，頁8～21。

〔註27〕 這個篇題是由羅福頤所命名的，由於在第一簡的背面書有「唐革」兩字（羅氏已引據考證革、勒相通），所以羅氏認為作者是與宋玉同時代的唐勒，並暫時題名為〈唐勒賦〉。其後，饒宗頤、譚家健等學者研究〈唐勒賦〉殘簡的文章，都遵循羅氏的說法，認為它的作者和篇題都是唐勒；湯漳平則以為，這是一篇以描寫御術為主要內容的賦作，似應題作〈御賦〉，不過作者仍是唐勒；而李學勤卻另出新說，認為這並不是〈唐勒賦〉，應是〈宋玉賦〉。因為從近年發現的竹簡書籍來看，古代書籍每每沒有標題，只有較廣泛誦讀的書，才經藏書家加上標題；而古人常取書的開頭詞語用作標題，如張家山竹簡的〈蓋盧〉就是如此，〈唐勒〉則因篇頭首句是「唐勒與宋玉言御襄王前」，因此被題名〈唐勒〉。由於這篇佚簡與宋玉〈大言〉、〈小言〉兩賦的行文體例相同，所以賦的作者當是宋玉；又按照宋玉傳世各賦的標題，〈唐勒賦〉最好稱為〈御賦〉。以上各家之說可參見：（1）羅福頤：〈臨沂漢簡所見古籍概略——唐勒賦殘簡〉，《古文字研究》11輯，頁38～39。（2）饒宗頤：〈唐勒及其佚文〉，《中國文學論集》第9號，頁1～8。（3）譚家健：〈唐勒賦殘篇考釋及其他〉，《文學遺產》1990年2月，頁33～39。（4）湯漳平：〈論唐勒賦殘簡〉，《文物》1990年第4期，頁48～52。（5）李學勤：〈唐勒、小言賦和易傳〉，《齊魯學刊》1990年第4期，頁109～112。

（1628）……知之，此不如望子華大行者。（1717）……不能及。造父趨步，囗御者屈……。（1739）……囗囗囗囗囗駕下作千。（2630）……行雷雷與囗囗囗。（2790）……囗不伸，發敝……。（2853）……慮發囗囗竟反趨……。（3005）……君麗羨民……。（3150）……入日上皇故……。（3454）竟之疾速……。（3561）……論羨御……。（3588）……御有三，而王良造……。（3656）去銜轡，徹……。（3720）覆不反囗……。（3828）……囗女所囗戚滑囗……。（4138）……實大虛通道。（4233）弁脊……。（4239）……囗若囗囗……。（4244）……反趨逆……。（4283）……笪靯馬……。（4741）……自駕車，莫。

〔註28〕

　　首先，這篇賦作，如果按譚氏整理所得的 26 簡，每簡約 30 字計算，當有將近八百字的篇幅，在先秦賦作中，它與〈高唐〉、〈神女〉一樣，算是長篇巨製了。

　　其次，列在宋玉名下的賦作，它們的篇題大多在賦文的開頭就已表明，如〈風賦〉開頭說「楚襄王游於蘭台之宮，宋玉、景差侍。有風颯然而至……」，於是王發感慨，引出宋玉關於「雌風」、「雄風」的議論。又如〈登徒子好色賦〉開頭說「大夫登徒子侍於楚王，短宋玉曰……」，然後生出宋玉好色、還是登徒子好色的辯論。再如〈大言賦〉首句說：「楚襄王與唐勒、景差、宋玉游於陽雲之台，王曰：『能爲寡人大言者上座。』」而〈小言賦〉首句說：「楚襄王既登陽雲之台，令諸大夫景差、唐勒、宋玉等並造〈大言賦〉，賦畢而宋玉受賞。」然後生出關於極大、極小的議論。再如〈高唐賦〉開頭說：「昔者楚襄王與宋玉游於雲夢之台，望高唐之觀，其上獨有雲氣。」然後生出一大篇賦作。至於〈唐勒賦〉（或稱〈御賦〉）首句說：「唐勒與宋玉言御襄王前。」以下殘簡則多寫御者技術和馬的奔馳之狀。上述這些賦篇的體例如此統一，彷如出於一手。

　　第三，〈唐勒〉簡雖已斷殘，但它的思想、文字和結構似乎被《淮南子·覽冥》所因襲，若將二者稍加比較，可以發現〈唐勒〉體裁的特點是，經由不同人物所說的內容互相對比，而由最後說的人獨擅勝場〔註29〕；這種主客辯難的形式與多層對比的方法，是當時賦體的共同特徵〔註30〕。

〔註28〕譚家健：〈唐勒賦殘篇考釋及其他〉，《文學遺產》1990 年 2 月，頁 32。
〔註29〕見李學勤：〈唐勒、小言賦和易傳〉，《齊魯學刊》1990 年第 4 期，頁 111。
〔註30〕見譚家健：〈唐勒賦殘篇考釋及其他〉，《文學遺產》1990 年 2 月，頁 37。

第四，〈唐勒賦〉少數文句整齊有韻，多數爲雜言，通篇未發現「兮」字，這種情形較近於〈風賦〉、〈登徒子好色賦〉，而和〈高唐〉、〈神女〉的前散後韻有別，但它又與〈高唐〉、〈神女〉一樣採用了鋪張揚屬的修辭方法，極力鋪陳其事、誇大其辭〔註31〕。

通過以上對帛書、竹簡等考古資料的引證及分析，戰國時代能否產生像〈高唐賦〉這種散文賦的答案應是肯定的。另外，若是從用韻的情況來考察賦文的撰成時代，更是最直接有效的方法，簡宗梧即曾對〈高唐賦〉的用韻進行了全面的考察，他的結論認爲，〈高唐賦〉的用韻實符合先秦韻例，而不妥合兩漢的韻例，所以應可斷定〈高唐賦〉是先秦的作品〔註32〕。因此，在找不到更有力的證據來證明〈高唐賦〉非宋玉所作時，似乎不應該輕易剝奪宋玉的著作權。

二、「感諷說」與「媚淫說」

既然〈高唐賦〉爲宋玉所作，那麼〈高唐賦〉的創作與宋玉其人其事，又有什麼關係呢？關於宋玉的生平，主要有以下幾處零星的記載：

《史記·屈原賈生列傳》：「屈原既死之後，楚有宋玉、唐勒、景差之徒者，皆好辭而以賦見稱，然皆祖屈原之從容辭令，終莫敢直諫。其後楚日以削，數十年竟爲秦所滅。」

韓嬰《韓詩外傳》卷七：「宋玉因其友見楚襄王，襄王待之無以異，乃讓其友。」（《叢書》1 冊，頁 59）

劉向《新序·雜事五》：「宋玉事楚襄王而不見察，意氣不得，形於顏色。」（《叢書》1 冊，頁 885）

（晉）習鑿齒《襄陽者舊傳》卷一：「宋玉者，楚之鄢人也，故宜城有宋玉塚。始事屈原，原既放，玉遂事楚，友景差；景差懼其勝己，言之於王，王以爲小臣。玉讓其友，友謝之，復言於王。」〔註33〕

綜合以上資料可以知道，宋玉是屈原之後，楚國一個重要的辭賦家。他與唐

〔註31〕見李學勤：〈唐勒、小言賦和易傳〉，《齊魯學刊》1990 年第 4 期，頁 111。

〔註32〕見簡宗梧：〈高唐賦撰成時代之商榷——以音韻考辨爲主〉，氏著：《漢賦史論》，頁 72。

〔註33〕見《五朝小說大觀》，頁 124。這裡說宋玉「始事屈原」，可能是受王逸之說的影響。王逸《楚辭章句·九辯序》云：「宋玉者，屈原弟子也。」這個說法在與屈原或宋玉相關的資料中，都找不到任何證明，以致現在大多學者都持懷疑的態度。

勒同時，和景差爲友，又曾因朋友的引薦，而侍奉楚襄王，成爲襄王的文學
侍從之臣，遊處常伴左右，近狎問對，但並不及於政事。親而不尊的關係使
得宋玉心情鬱悶，倡優弄臣的角色使得宋玉滑稽諧隱，表現在他的賦作當中，
就形成微諷暗諫的特色。

　　太史公說宋玉的賦作有「終莫敢直諫」的特色，這和屈原「信而見疑，
忠而被謗」的直諫態度正相對比。「莫敢直諫」即所謂「微辭」或「微諷」，
也就是用微婉曲折、滑稽笑謔的言辭進行諷諫；而收在《文選》「賦」類裡的
四篇宋玉賦作──〈風賦〉、〈高唐賦〉、〈神女賦〉和〈登徒子好色賦〉，確實
具有「微辭」或「微諷」的意味〔註34〕。

　　《文心雕龍・諧隱》說：「楚襄王讌集，而宋玉賦〈好色〉，意在微諷，
有足觀者。」（《叢書》4冊，頁567）這是最早點明宋玉賦作具有微諷特色
的〔註35〕。有趣的是，〈登徒子好色賦〉藉登徒子之口短宋玉說：「玉爲人
體貌閑麗，口多微辭，又性好色。」這裡「微辭」的意思略等於「諧隱」
或「微諷」〔註36〕，可見劉勰的說法頗有根據；而劉勰對於〈好色賦〉「意
在微諷」的論斷，也開唐人對於《文選》宋玉賦作評注的濫觴〔註37〕。

　　《文選》選擇作品是以「事出於沈思，義歸乎翰藻」爲標準，而宋玉的
作品因文采華麗，兼之意在微諷，頗合《文選》選文的要求，所以被收錄達

〔註34〕　班固《漢書・藝文志》云：「大儒孫卿及楚臣屈原，離讒憂國，皆作賦以諷，
　　　　　咸有惻隱古訓之義。其後宋玉、唐勒；漢興，枚乘、司馬相如，下及揚子雲，
　　　　　竟爲侈麗閎衍之辭，沒其諷諭之義。」由於班固是從道德教化的角度來評價
　　　　　賦作，宋玉等人「侈麗閎衍」的辭人之賦，自然缺乏了諷諭的社會功能。這
　　　　　兒「沒其諷諭之義」的說法是較「微諷」更具否定意味。

〔註35〕　王逸《楚辭章句・九辯序》說：「〈九辯〉者，楚大夫宋玉之所作也。辯者，
　　　　　變也，謂陳道德以變說君。」又《楚辭章句・招魂序》說：「〈招魂〉者，宋
　　　　　玉之所作也。……外陳四方之惡，內崇楚國之美，以諷諫懷王，冀其覺悟而
　　　　　還也。」是王逸認爲宋玉作品中有諷諫特色，不過這裡的〈九辯〉與〈招魂〉
　　　　　都是騷體，而不是賦體；而且說〈招魂〉爲宋玉所作也值得商榷。

〔註36〕　李善引《公羊傳・定公元年》「定哀多微辭」來注解這裡的「微辭」，它的意
　　　　　思是指巧妙而譏諷的話。又〈登徒子好色賦〉下文講宋玉反駁時說：「體貌閑
　　　　　麗，所受於天也；口多微辭，所學於師也；至於好色，臣無有也。」也承認
　　　　　自己是「口多微辭」，而且又說這種能力是「學於師」，似乎表明他的出身階
　　　　　層是具有「諧隱」或「微諷」傳統的。

〔註37〕　如李善注〈登徒子好色賦〉時說：「此賦蓋假以爲辭，諷於婬也。」其後的五
　　　　　臣注也與李善同調，他們注〈登徒子好色賦〉時說：「宋玉假設登徒子之辭以
　　　　　爲諫也。」又注〈風賦〉時說：「時襄王驕奢，故宋玉作此賦以諷之。」至於
　　　　　唐人如何看待〈高唐賦〉，則詳下文。

七篇之多。由於《文選》權威性的影響，使得宋玉的作品從梁朝以後，一直到有唐一代，都受到極高的評價。而高唐神女故事的廣泛流傳，也是從這一時期開始的。

李善注〈高唐賦〉時說：「此賦蓋假設其事，風諫婬惑也。」這裡不但說〈高唐賦〉有諷諫，還說它諷諫「婬惑」；後來唐代的詩人杜甫、李白、李商隱等，都同樣認為〈高唐賦〉是感諷之作，只是不像李善說得那麼明白，如杜甫〈詠懷古跡五首〉之二云：

搖落深知宋玉悲，風流儒雅亦吾師。

悵望千秋一灑淚，蕭條異代不同時。

江山故宅空文藻，雲雨荒台豈夢思。

最是楚宮俱泯滅，舟人指點到今疑。〔註38〕

詩的首聯說出杜甫內心對宋玉的深知和尊敬；頸聯則既哀宋玉生平的失志，又悲自己與宋玉相似的境遇；腹聯以〈高唐賦〉的雲雨荒台本為諷諫，而今宋玉故宅只徒留文藻〔註39〕，今人已多不知其心意；末聯更為宋玉的被曲解表達了憤慨之情。又如李白〈感遇四首〉之四云：

宋玉事楚王，立身本高潔。巫山賦彩雲，郢路歌白雪。

舉國莫能和，巴人皆捲舌。一感登徒言，恩情遂中絕。

（《全唐詩》卷183，第6冊，頁1865）

在這裡，李白將〈高唐賦〉和〈對楚王問〉看成是宋玉「立身本高潔」的代表，其中當有寓意在。又李商隱〈有感〉云：

非關宋玉有微辭，卻是襄王夢覺遲。

一自高唐賦成後，楚天雲雨盡堪疑。

（《全唐詩》卷540，第16冊，頁6194）

這是用宋玉賦〈高唐〉來比喻自己的詩歌創作，說自己的詩作也具有微辭託

〔註38〕 《全唐詩》卷230（第7冊，頁2511）。按，下文引用此書時，僅在引文後注明《全唐詩》卷n，第n冊頁n，不再另加附注。

〔註39〕 唐詩中有不少詠及宋玉故宅的詩作，如杜甫：〈奉漢中王手札〉（《全唐詩》卷229，第7冊，頁2491）、〈入宅〉其三（《全唐詩》卷229，第7冊，頁2497），韓愈：〈寒食日出遊〉（《全唐詩》卷338，第10冊，頁3793），杜牧：〈柳長句〉（《全唐詩》卷522，第16冊，頁5972）、〈送劉秀才歸江陵〉（《全唐詩》卷522，第16冊，頁5975），李商隱：〈過鄭廣文舊居〉（《全唐詩》卷539，第16冊，頁6180）等。由這種現象也可以看出宋玉在唐代受到文人重視的程度。

諷與借艷寓慨的特色。又〈楚吟〉云：

> 山上離宮宮上樓，樓前宮畔暮江流。
>
> 楚天長短黃昏雨，宋玉無愁亦自愁。
>
> （《全唐詩》卷 539，第 16 冊，頁 6182）

這裡以多愁善感的宋玉自況，既點出宋玉用「朝雲暮雨」微諷楚襄王的荒淫，也表達自己對昏暗時代氛圍的無力感。另外段成式也認為〈高唐賦〉寓有諷意，〔唐〕范攄《雲溪友議》卷上「巫詠難」條載：

> 故太尉李德裕鎮渚宮，嘗謂賓侶曰：「余偶欲遙賦巫山神女一詩，下句云：『自從一夢高唐後，可是無人勝楚王。』晝夢宵征，巫山似欲降者，如何？」段記室成式曰：「屈平流放湘沅，椒蘭友而不爭，卒葬江魚之腹，為曠代之悲；宋玉則招屈原之魂，明君之失，恐禍及身，遂假高唐之夢，以感襄王，非真夢也。我公作神女之詩，思神女之會，惟慮成夢，亦恐非真。」李公退，慚其文，不編卷集也。（《全書》1035 冊，頁 568）

段成式指出〈高唐賦〉中的夢神女情節，是用來感諷襄王，並非真有神女來會，這個看法頗為平實。

　　以上李善、杜甫等人對〈高唐賦〉的看法，可以統歸為「感諷說」，而與「感諷說」相對的則是「媚淫說」；早在李善說〈高唐賦〉「風諫婬惑」之前，就已有〈高唐賦〉意在荒淫的看法，如阮籍《詠懷》第十一云：「三楚多秀士，朝雲進荒淫。」後來如唐代詩人于濆、李咸用、蘇拯、李賀、袁郊等，也都認為〈高唐賦〉為媚淫之作，于濆〈巫山高〉詩曰：

> 何山無朝雲？彼雲亦悠揚。何山無暮雨？彼雨亦蒼蒼。宋玉恃才者，憑虛構高唐。自垂文賦名，荒淫歸楚襄。峨峨十二峰，永作妖鬼鄉。
>
> （《樂府詩集》，頁 242）

于氏用恃才、虛構、垂名、荒淫、妖鬼等詞語，來指陳〈高唐賦〉的創作目的，意思已十分明顯；而李咸用〈巫山高〉詩云：

> 通蜀連秦山十二，中有妖靈會人意。鬥艷傳情世不知，楚王魂夢春風裡。雨態雲容多似是，色荒見物皆成媚。露泫煙愁巖上花，至今猶滴相思淚。西眉南臉人中美，或者皆聞無所利。忍聽憑虛巧佞言，不求萬壽翻求死。（《全唐詩》卷 644，第 19 冊，頁 7379）

從妖靈、色荒、成媚、憑虛、巧佞等詞語來看，李咸用的態度是與于濆一致

的。又蘇拯〈巫山〉詩說：

> 昔時亦雲雨，今時亦雲雨。自是荒淫多，夢得巫山女。從來聖明君，
> 可聽妖魅語？只今峰上雲，徒生容與。（《全唐詩》卷718，第21冊，
> 頁8248）

這裡荒淫、妖魅等詞語，也與于濆、李咸用同調。至於袁郊〈雲〉詩說「荒淫卻入陽台夢，惑亂懷襄父子心」（《全唐詩》卷597，第18冊，頁6913），也可以歸入認為〈高唐賦〉是在宣揚妖亂、荒淫的一派。

圍繞著〈高唐賦〉的創作動機和目的而形成「感諷說」與「媚淫說」兩種不同的看法，在唐代以後，都各有其支持者。如宋代范成大〈巫山高〉詩最後四句說：「楚客詞章元是諷，紛紛餘子空嘲弄。玉色頮顏不可干，人間錯說高唐夢。」（見氏著《石湖詩集》卷十六，《全書》1159冊，頁712）而〔宋〕洪邁《容齋三筆》第三卷則說：「宋玉〈高唐〉、〈神女〉二賦，其為寓言託興甚明。予嘗即其詞而味其旨，蓋所謂發乎情，止乎禮義，真得詩人風化之本。」〔明〕陳第《屈宋古音義》也指出：「（〈高唐賦〉）其通篇閒雅，委婉舒徐，令人且悲且愕，且歌且謠，是亦風人之極思。而其末猶有深意，謂求神女與交會，不若用賢人以輔政，其福利為無窮也。」（《全書》239冊，頁588）這是屬於「感諷說」一派的代表。至於「媚淫說」一派，可以朱熹之說為例，朱子云：

> 若〈高唐〉、〈神女〉、李姬、浴神之屬，其詞若不可廢而皆棄不錄，
> 則以義裁之而斷其為禮法之罪人也。高唐卒章雖有「思萬方，憂國
> 害，開聖賢，輔不逮」之云，亦屠兒之禮佛，倡家之讀禮耳。幾何
> 其不為獻笑之資，而何諷一之有哉？〔註40〕

這裡指責〈高唐〉、〈神女〉二賦為禮法之罪人，是極其嚴厲的批評。另外，還可以舉出〔宋〕范晞文和〔清〕褚人穫的看法，范晞文《對床夜雨》卷五在徵引宋玉〈高唐〉、〈神女〉二賦序文之後說〔註41〕：

〔註40〕 朱熹：《楚辭集注》附《楚辭後語·目錄》，頁286～287。

〔註41〕 《文選》往往在選錄的賦作標題底下注「並序」二字，章學誠：《文史通義·內篇一·詩教下》評《文選》失當處即云：「賦有問答發端，誤為賦序，前人之議《文選》，猶其顯然者也。」（《文史通義校注》，頁81）的確，如〈高唐〉、〈神女〉二賦，賦篇首的敘引之詞，都屬《文心雕龍·詮賦》所說的「述客主以首引」，而《文選》則都以序稱之，似乎是有所誤解。不過，本文以下為方便區別、述說起見，仍以前序、正文稱之，並不代表即贊成《文選》這樣的區分。

詳其所賦，則神女初幸於懷，再幸於襄，其誣蔑亦甚矣。流傳未
泯，凡此山之片雲滴雨，皆受可疑之謗，神果有知，則亦必抱不平
於沈冥恍惚之間也。（《全書》1481 冊，頁 880）

而褚人穫《堅瓠七集》卷一「巫山神女」條則說：

〔宋〕長汀吳若訥（簡言）過巫山神女廟，題詩云：「惆悵巫娥事不
平，當時一夢是空成。只因宋玉閒唇吻，流盡巴江洗不清。」是夜
夢神女來謝。蜀有請仙者，書巫山神女降。或戲問曰：「聞仙娥與楚
襄王有情，是否？」仙書曰：「妾與襄王豈有情，襄王春興夢魂輕。
只緣宋玉多讒謗，流盡巫江洗不清。」〔註42〕

這裡請出巫山神女降神為自己辯解，是很有意思的構想，也頗具啟發性。

　　經由前文的分析可以發現，「媚淫說」一派緊扣住「淫」字來議論，看法
一致而單純；至於「感諷說」一派的情況則較複雜：或者說〈高唐賦〉是感
諷之作，但卻沒有明確說出它感諷什麼（如李商隱）；或者說〈高唐賦〉在諷
諫姪惑（如李善）；或者用美人香草的思考模式，說〈高唐賦〉在諷諫襄王當
引用賢人輔政（如陳第），這些講法都各有其可能性。不過，無論「感諷說」
或「媚淫說」，各家都將著眼點放在〈高唐賦〉的序文上，這段序文的前半段
是這樣描寫的：

昔者楚襄王與宋玉遊於雲夢之臺，望高唐之觀。其上獨有雲氣，崒
兮直上，忽兮改容，須臾之間，變化無窮。王問玉曰：「此何氣也？」
玉對曰：「所謂朝雲者也。」王曰：「何謂朝雲？」玉曰：「昔者先王
嘗遊高唐，怠而晝寢，夢見一婦人曰：『妾巫山之女也，為高唐之客。
聞君遊高唐，願薦枕席。』王因幸之。去而辭曰：『妾在巫山之陽，
高丘之阻，旦為朝雲，暮為行雨，朝朝暮暮，陽臺之下。』旦朝視
之，如言，故為立廟，號為朝雲。」〔註43〕

而〈高唐賦〉這段序文也見載於《宋玉集》，《文選》第三十一卷江淹《雜體

〔註42〕　《筆記小說大觀》第 23 編第 9 冊，頁 5110。
〔註43〕　此段文字中「妾巫山之女也」句，李善注引《襄陽耆舊傳》曰：「赤帝女曰姚
　　　　姬，未行而卒，葬於巫山之陽，故曰巫山之女。楚懷王遊於高唐，晝寢，夢
　　　　見與神遇，自稱是巫山之女，王因幸之。遂為置觀于巫山之南，號為朝雲，
　　　　後至襄王時，復遊高唐。」另外，「妾巫山之女也」以下幾句，《文選》第十
　　　　六卷江淹〈別賦〉「惜瑤草之徒芳」句，李善注引〈高唐賦〉作：「我帝之季
　　　　女，名為瑤姬，未行而亡，封於巫山之臺，精魂為草，實為靈芝。」可見高
　　　　唐神女傳說故事有好幾個略有差異的版本。

詩·潘黃門》「爾無帝女靈」句，李善《注》引《宋玉集》云：

> 楚襄王與宋玉遊於雲夢之野，望朝雲之館，有氣焉。須臾之間，變
> 化無窮。王問：「此是何氣也？」玉對曰：「昔先王遊於高唐，怠而
> 晝寢，夢見一婦人，自云：『我帝之季女，名爲瑤姬，未行而亡，封
> 於巫山之臺，聞王來遊，願薦枕席。』王因幸之。去，乃言：『妾在
> 巫山之陽，高丘之阻，旦爲朝雲，暮爲行雨，朝朝暮暮，陽臺之下。』
> 旦而視之，果如其言。爲之立館，名曰朝雲。」

《隋書·經籍志》曾經著錄：「楚大夫《宋玉集》三卷。」但今已亡佚，原貌
無法得知〔註44〕。另外，〔唐〕余知古《渚宮舊事》卷三引〔晉〕習鑿齒《襄
陽耆舊傳》也載有這段傳說：

> 襄王與宋玉游於雲夢之臺，望高唐之館。其上有雲氣，變化無窮。
> 王曰：「何氣也？」玉曰：「昔者先王遊於高唐，怠而晝寢，夢見一
> 婦人，曖乎若雲，皎乎若星，將行未止，如浮忽停，詳而觀之，西
> 施之形，王悅而問之。曰：『我夏帝之季女也，名曰瑤姬，未行而亡，
> 封乎巫山之臺。精魂爲草，摘而爲芝，媚而服焉，則與夢期，所謂
> 巫山之女，高唐之姬。聞君遊高唐，願薦枕席。』王因幸之。既而
> 言曰：『妾處之羭，尚莫可言之，今遇君之靈，幸妾之寑，將撫君苗
> 裔，藩乎江漢之間。』王謝之。辭去，曰：『妾在巫山之陽，高丘之
> 岨，旦爲朝雲，暮爲行雨，朝朝暮暮，陽臺之下。』王朝視之，如
> 言，乃爲立館，號曰朝雲。」〔註45〕

可見高唐神女與襄王遇合的傳說逸事，從唐代以後流傳甚廣，甚至遮掩了〈高
唐賦〉的正文本身，以致上述各家在探討〈高唐賦〉的創作動機和目的時，
都只注意這段序文的意義，而忽略正文與序文之間的關係，如爲何以序文的
艷麗旖旎風格配合正文的凝重肅殺氣氛？又如正文著力描寫山川的險峻及祭

〔註44〕 （日）稻田耕一郎在〈宋玉集佚存鉤沈〉一文中，曾從隋唐之際的類書及古
籍注釋中，摘示出引用《宋玉集》的若干佚文，其中明確標爲由《宋玉集》
中引用的作品有〈對楚王問〉、〈高唐賦〉、〈小言賦〉、〈釣賦〉四篇。又《隋
書·經籍志·小說類》在著錄「《燕丹子》一卷」條目下附記：「《宋玉子》一
卷，錄一卷，楚大夫宋玉撰。」稻田耕一郎則認爲《宋玉子》是一部收錄里
巷間流傳的，關於宋玉之逸事與言行的著作（參見氏著：〈宋玉集佚存鉤沈〉，
中國屈原學會編：《楚辭研究》，頁 136～147）。而高唐神女的故事大概也被收
入在《宋玉子》中。

〔註45〕 《筆記小說大觀》第 24 編第 1 冊，頁 155。

禱、音樂、羽獵等場面當如何解釋？這些問題對於了解〈高唐賦〉的創作動機和深層底蘊，都是十分重要的。

三、近代學者的意見

〔明〕陳第說〈高唐賦〉：「其末猶有深意，謂求神女與交會，不若用賢人以輔政，其福利爲無窮也。」清末民初的章炳麟大概受到此說的影響，進而扣緊史實來指陳〈高唐賦〉的創作動機和目的，可說是站在「感諷說」一派的基礎上，向前邁進了一大步。章氏《菿漢閒話》二十五說：

> 〈高唐〉、〈神女〉，本賦分爲上下，其詞淫艷，若更甚於洛神者。項王壬秋謂高唐齊地，玉因懷王以絕齊交致禍；故諷襄王，使結婚於齊。巫山據楚上游，蓋欲遷都其地，所說大體近是。然謂高唐齊地則非，案其賦……以高唐、巫山並舉，則知地本相近。此二賦但說一事，於齊無與也。尋〈楚世家〉：「懷王至秦，秦閉武關，因留懷王，要以割巫、黔中之郡，懷王不許。及頃襄王立二十一年，秦將白起遂拔我郢，燒先王墓夷陵，楚襄王兵散，遂不復戰，東北保於陳城。二十二年，秦復拔我巫、黔中郡。」蓋巫、郢一航可達，所謂「朝發白帝，暮宿江陵」，楚上游之險，惟在於此。懷王雖被留，猶不肯割以予秦；襄王既立，宜置重兵戍守，而當時絕未念及，故玉以賦感之。人情不肯相捨者，莫如男女，故以狎愛之辭爲喻。然〈神女賦〉但道瑰姿瑋態，〈高唐〉則極道山川險峻，至有「虎豹豺兕，失氣恐喙。雕鶚鷹鷂，飛揚伏竄」諸語，豈敘狎愛者所當爾乎？此二賦蓋作於襄王初載，至二十年後，其事乃驗。〔註46〕

〔註46〕章炳麟：《菿漢閒話》二十五，《制言》（半月刊）第 14 期，頁 5～6。章炳麟認爲〈高唐〉、〈神女〉二賦作於襄王初年，具有相同的創作目的，袁珂也同意這種看法（參見袁珂〈宋玉神女賦的訂訛和高唐神女故事的寓意〉，氏著：《神話論文集》，頁 147～153）。又姜書閣說：「〈神女〉其實當與〈高唐〉爲一賦，或前後篇，或上下篇，若合而題爲〈高唐神女賦〉，似並無不可。漢大賦家司馬相如的〈上林賦〉也是賡續〈子虛〉而作，亦可合稱〈子虛賦〉，正與宋玉〈神女〉之賡續〈高唐〉相類。」（見姜書閣：《漢賦通義》，頁 63）不過，簡宗梧卻有不同的意見，簡氏在全面研究〈神女賦〉的用韻情況後，認爲〈神女賦〉應是先秦的作品。但是，〈神女賦〉在用韻方面卻與〈高唐賦〉有很大差異：〈高唐賦〉一則頻頻換韻，二則常見韻部通押合用的現象，非但東冬、脂微、幽宵、祭月、質月等相近的韻部通押，連質沒、鐸錫、歌脂，甚至陽元、眞侵都有通押合用的例子；〈神女賦〉則較少換韻，更重要的是它

袁珂十分贊同這段話，說章氏道出了宋玉作〈高唐〉、〈神女〉二賦的主旨；
他並補充說，〈高唐賦〉的末尾有「王將欲往見，必先齋戒，差時擇日。往自
會。思萬方，憂國害，開聖賢，輔不逮」這樣的話，明明是把神女和國家放
在一樣重要的地位來看待。述神女的美好、巫山的險峻及懷王與神女的歡愛
情狀，其目的是要引起楚襄王對神女所在地——巫山的留心措意。因為這個
地方常被秦人覷覦，是關係著楚國存亡的險要之地，若一旦不保，楚國也就
危殆了〔註47〕。是章炳麟（以及後來的袁珂）已能注意到結合〈高唐賦〉的
序文和正文，來通貫考察〈高唐賦〉的創作動機和目的。

　　近年來，任乃強結合地理、史實及食鹽文化等方面的論題，對〈高唐賦〉
的創作動機和目的又提出一個嶄新的看法，任氏在〈說鹽〉一文中說：

> 川鄂接界的巫溪河流域，是與湖北神農架極其相似的一個山險水
> 惡，農牧都有困難的貧疾地區。只緣大寧的寶源山，有兩眼鹽泉湧
> 出鹹水來，經原始社會的獵人發現了（相傳是追神鹿至此，鹿舐土
> 不去，被殺，因而發覺其水能曬鹽）。進入煮鹽運銷之後，這個偏僻
> 荒涼的山區，曾經發展成為長江中上游的文化中心（巴楚文化的核
> 心）。即《山海經》所說的「載民之國」，又叫「巫載」、又叫「巫山」
> （今人稱巴峽南北岸山為「巫山十二峰」，以北岸神女峰為主峰，乃
> 是唐宋人因宋玉〈高唐〉、〈神女〉兩賦傅會成的。其實宋玉所賦的
> 神女是指巫鹽，巫溪沿岸諸山，才是巫山）。〔註48〕

這裡任氏先指出「巫山」的正確位置在巫溪沿岸，並認為〈高唐賦〉中的神
女即是巫鹽〔註49〕，至於〈高唐賦〉的創作動機和目的是什麼呢？任氏說：

嚴守韻部的純粹，賦中除之幽合韻，及幽覺去入合用外，都是獨用，如連用
十個陽部字、二十二個元部字，全是獨用而不雜其它韻字。簡氏並由此推
斷，兩篇賦可能不是前後接續撰成的作品，而且其中或有不同作者的問題。
參見簡宗梧：〈神女賦探究〉，氏著：《漢賦史論》，頁99～118。
〔註47〕見袁珂：〈宋玉神女賦的訂訛和高唐神女故事的寓意〉，氏著：《神話論文集》，
頁152。
〔註48〕見任乃強：〈說鹽〉，氏著：《華陽國志校補圖注》，頁53。
〔註49〕任氏在下文又說「把食鹽比作神女，猶廩君故事說的鹽水女神是一樣的，並
非真有一個神女來自薦枕席。」而廩君故事見於《世本・諸侯世本》，故事說
巴氏子廩君務相，曾率五姓蠻，「乘土船，從夷水至鹽陽。鹽陽有神女，謂廩
君曰：『此地廣大，魚鹽所出，願留共居。』廩君不許。鹽神暮輒來取宿，旦
即化為飛虫，與諸虫群飛。掩蔽日光，天地晦冥，積十餘日。廩君不知東西
所向，七日七夜。使人操青縷以遺鹽神，曰：『纓此即相宜，云與女俱生，宜

公元前 279 年（秦昭王 36 年，楚頃襄王 20 年），（秦昭王）一面命白起繞由東方的韓國地界，突襲楚的國都，拔鄢、郢，燒夷陵，截斷楚救援巫、黔中的道路。一面助蜀守張若再次大發兵，浮江取楚巫、黔中。這次兩路大舉相配合，克以全部佔有巴東鹽泉地區，反使楚國斷絕了食鹽來源。於是頃襄王率其眾奔陳，去仰賴淮海食鹽。是故蘇代說，「楚得枳而國亡」（在〈燕策〉），謂枳為巴東鹽泉樞紐之地，當秦人所必爭，爭之不得，則不能不出於滅楚也。秦國這次先滅楚社稷，以其地為南郡，大概因為巫、黔中的楚人拼死抵抗，第二年（頃襄王 22 年），張若才取得枳與巫山，再一次復立黔中郡。但是，楚人不能甘心喪失了巫、黔鹽源，促成了上下一心的新團結，如大盜莊蹻，也率其眾擁楚仇秦。只不過一年時間，頃襄王 23 年，因「秦江旁人民反秦」（〈六國表〉），「乃收東地兵，得十餘萬，復取秦所拔我江旁十五邑以為郡，距秦」（〈楚世家〉）。這說明，頃襄王亡失鄢、郢、巫、黔中只一年，又復國于郢，仍自據有巴東鹽泉。起碼也復佔有巫山鹽泉，建立巫郡，楚人不再鬧鹽荒了。宋玉的〈高唐〉、〈神女〉兩賦，便作於此時，那是歌頌巫鹽入楚的詩賦。〔註50〕

由於任氏先認定楚、秦兩國在頃襄王 20 年至 23 年間的激烈戰事，目的是在爭奪巴東鹽泉，而巫山神女正是鹽泉女神，因此〈高唐賦〉成了歌頌光復鹽源的凱旋歌了。但是，任氏又在注解《華陽國志‧卷一‧巴志》「巫，北井——還屬建平郡」一句時說：

巫縣，古巫截之國（《山海經》），楚置郡，秦為縣，屬黔中郡（《寰宇記》）。……縣治巫溪口。巫溪，今云大寧河，古曰鹽溪（《水經注》），源出上庸界大巴山，迭穿石峽重闓，曲折南入于江，間亦有小平闓處成邑聚。上游山間有鹽泉，從古為一方人民所仰。巫截之興盛，秦楚所爭奪，由此鹽泉也。……巫峽在縣東，長百六十里。巫山十二峰分在巫峽南北岸。北岸神女峰最峭，有神女祠。楚宋玉〈高唐賦〉所謂天帝之季女，封於巫山之陽，……神女，喻鹽神也。楚襄

將去。』鹽神受而纓之。廩君即立陽石上，應青縷而射之，中鹽神。鹽神死，天乃大開。」（《叢書》1 冊，頁 568）任乃強根據這個故事，認為巫山神女的身分就是鹽陽女神。

〔註50〕見任乃強：〈說鹽〉，氏著：《華陽國志校補圖注》，頁 54。

> 王失巫郡，夢寐欲復得之，故宋玉爲此賦以祝願。其明年，襄王自
> 陳傾全力奪回巫郡，如此賦也。〔註51〕

這裡說〈高唐賦〉作於襄王失守巫郡逃陳之時，而宋玉創作的目的則在於祝
願，後來終於如願，於是〈高唐賦〉又成了祝禱文、詛秦文一類的作品了。
先不論任氏前後兩說的矛盾，只看他從食鹽文化史的角度來縮合〈高唐賦〉
的創作目的，也算是勇於創造新說了。

四、湖北大洪山區的巫山和高唐

經由前文的敘述，可以看出章、袁二氏的說法比較平實，而任乃強的意見
則不免過於新異。不過，問題恐怕不出在論點的平實或新異上，而在於巫山與
高唐的確實地望到底在那裡。關於這個問題，錢穆很早就已提出解答，錢氏指
出，巫山和高唐並不在江夔巫峽十二峰之間，而在湖北大洪山區。他說：

> 唐人相傳，濠州西有高唐館，俯近淮水。御史闔欽授宿此館，題詩
> 曰：「借問襄王安在哉？山川此地勝陽台。今朝寓宿高唐館，神女何
> 曾入夢來？」有李和風者至此，又作詩曰：「高唐不是這高唐，淮上
> 江南各異方，若向此中求薦枕，參差笑殺楚襄王。」《方輿紀要》：「霍
> 邱縣西北六十里有高唐店，亦曰高唐市。宋紹興初，金人繇穎壽渡
> 淮，敗宋軍於高唐市，進攻固始。」依此言之，淮上固有高唐。襄
> 王既東遷，都於陳城，豈遽遠遊江南？則求神女之薦枕者，與在江
> 南，不如在淮上。參差之笑，恐在彼不在此也。然地名遷移，何常
> 之有？余疑襄王所遊之高唐，尚不在淮上。春秋有唐國，滅於楚，
> 地在安陸隨縣西北八十五里。漢爲上唐鄉，屬春陵。上唐之稱高唐，
> 猶上蔡之稱高蔡也。然則遊雲夢之臺，而望高唐之觀者，必在隨水
> 右壤，而不在淮南，又可見矣。〔註52〕

在〈高唐賦〉的序文中，神女曾對楚懷王說「妾巫山之女也，爲高唐之客」，
可見高唐與巫山（就小範圍而言）並非一地；又在〈高唐賦〉正文中，出現
過兩次巫山：一次是開頭的「惟高唐之大體兮，殊無物類之可儀比。巫山赫
其無疇兮，道互折而曾累」，這說明廣義的高唐是連巫山也包括在內的；另一
次則是「交加累積，重疊增益。狀若砥柱，在巫山下」，描寫高唐的山巖一直

〔註51〕 見任乃強：《華陽國志校補圖注》，頁40。
〔註52〕 見錢穆：〈楚辭地名考〉，《清華學報》第9卷第3期，頁729～730，民國23
年7月。

累積重疊到巫山下，綜合〈高唐賦〉中對巫山的描繪可以看出，高唐與巫山既是各自獨立的山頭，又同屬一個廣大的丘陵區域，可總名之爲「高唐山區」或「巫山山區」。錢穆說高唐在隨水右壤，《史記‧春申君列傳》載春申君對秦昭王言：「王若不借路於仇讎之韓、魏，必攻隨水右壤。此皆廣川大水，山林谿谷，不食之地也。」〔註53〕所謂「廣川大水，山林谿谷」，也正與〈高唐賦〉中描寫的山水景物互相吻合。

如果高唐在隨縣附近的話，那麼巫山自然也離這裡不遠，錢氏又考證說：

> 〈楚策〉：「莊辛去之趙，秦果舉鄢、郢、巫、上蔡、陳之地，襄王流掩於城陽。」考其事在襄王二十一年。明年，秦人復拔楚巫、黔中郡。則二十一年所舉之巫，在鄢、郢、上蔡之間，地在郢東北，與二十二年所拔之巫在郢西南者不同。楚自有兩巫，後人必以巫夔之巫，說巫山者非矣。神女之居在巫山之陽，高丘之阻，而蔡聖侯之事則南遊乎高陂，北陵乎巫山。然則神女之居高丘，即蔡侯之遊高陂。而莊辛、宋玉之所謂巫山者，當近上蔡、高唐，不近夔州，又斷斷然也。

> 劉向《新序》亦載莊辛語，謂：「蔡侯南遊乎高陵，北徑乎巫山。逐麋麏獐鹿，黃谿子，隨時鳥，嬉遊乎高蔡之囿，溢滿無涯，不以國家爲事。不知子發受令宣王，厄以淮水，填以巫山，庚子之朝，纓以朱絲，臣而奏之乎宣王也。」此又巫山東近淮，不遠在江夔之證也。〔註54〕

《新序‧雜事二》「莊辛諫楚襄王」條說蔡侯「嬉遊乎高蔡之囿」（《叢書》1冊，頁865），而《戰國策‧楚策四》「莊辛諫楚襄王」章先說蔡聖侯「馳騁乎高蔡之中」，再以楚襄王「馳騁乎雲夢之中」作對比。從高蔡既有「囿」名，又和雲夢並提、可以馳騁來看，這裡應該是個天然的獵場，也在「高唐山區」（即「巫山山區」）的範圍之內。《新序》和〈楚策〉中莊辛說「蔡（聖）侯南遊乎高陵，北徑（陵）乎巫山」，高陵與巫山互文見義，仍指的是隨水

〔註53〕太史公這段話應出自《戰國策‧秦策四》〈說秦王曰〉章，原文是：「王若不借路於仇讎之韓、魏，必攻隨陽右壤。隨陽右壤此皆廣川大水，山林谿谷，不食之地。」

〔註54〕見錢穆：〈楚辭地名考〉，《清華學報》第9卷第3期，頁730，民國23年7月。

右壤的廣大狩獵區，它被涵蓋在古雲夢的範圍內，所以不是指夔州的巫山十二峰〔註55〕。

又請再看下列三條資料：

1. 《戰國策·魏策二》〈梁王魏嬰觴諸侯於范臺〉章：「楚王登強臺而望崩山，左江而右湖，以臨彷徨，其樂忘死。」

2. 《說苑·正諫九》云：「楚昭王欲之荊臺遊，司馬子綦進諫曰：『荊臺之遊，左洞庭之波，右彭蠡之水，南望獵山，下臨方淮，其樂使人遺老而忘死。』」（《叢書》1 冊，頁 987）

3. 〔後漢〕邊讓〈遊章華臺賦〉云：「楚靈王既遊雲夢之澤，息於荊臺之上，前方淮之水，左洞庭之波，右顧彭蠡之隩，南眺巫山之阿。延目廣望，騁觀終日，顧謂左史倚相曰：『盛哉此樂，可以遺老而忘死也！』」〔註56〕

以上三段文章所講的是同一個地方，〔清〕程恩澤《國策地名考》卷二十說：「強臺即荊臺、章華臺也。」又引《夢溪筆談》說：「荊州江陵、長陵、監利皆有章華臺，皆雲夢所在也。」〔註57〕而錢穆考證說：

> 今按以〈魏策〉、《說苑》之文考之，似當在今棗陽東南，上所謂楚之隨陽右壤者近是。其地亦即古洞庭五渚之所在也。考《後漢郡國志》南陽郡章陵有上唐鄉，疑章華之臺即在縣境，亦即宋玉《高唐賦》所謂雲夢之臺，乃楚國遊眺馳獵之地。〔註58〕

〈高唐賦〉說「遊於雲夢之臺，望高唐之觀」，可見站在雲夢高臺上，可以眺望高唐之觀；而且在宋玉講完神女故事後，襄王說：「寡人方今可以遊乎？」這自然是遊高唐了，因此，雲夢臺應當距高唐觀不遠。

程恩澤《國策地名考》卷二十又說：「崩山即巫山、獵山、料山也。」又：

〔註55〕換個角度說，夔州的長江三峽，兩岸連山，綿延數百里，絕壁千仞，隱天蔽日，懸泉瀑布，水流湍急，屬於陡峭的峽谷地形；其水行必須溯激流、過險灘，陸行則僅有鳥道，竟日雲霧瀰漫，並不適宜攀登、狩獵。而且除了鹽利以外，就是不盡的猿聲和濤聲，富源無多，與〈高唐賦〉中所描寫的山水景物和祭禱、羽獵的場面並不符合。所以應如錢穆所說，「楚自有兩巫」，一在郢東北，近高唐、上蔡；一在郢西南巫峽間，二者實不容相混。

〔註56〕嚴可均：《全後漢文》卷八十四，頁 930。

〔註57〕見《叢書集成新編》第 92 冊，頁 108。

〔註58〕見錢穆：〈楚辭地名考〉，《清華學報》第 9 卷第 3 期，頁 731 的注（35），民國 23 年 7 月。

「彷徨即方淮、方皇也。」〔註59〕錢穆則說：

> 《魏策》「彷徨」乃「方淮」字訛。崩山即巫山，崩、巫聲相通也。
> 強臺、荊臺即章華臺，在淮水之上，巫山之北，故曰「南眺巫山，
> 前臨方淮也」。登臺者以向北為前，則左西而右東。是洞庭在其西，
> 彭蠡在其東也。又曰「左江而右湖」，不言彭蠡而言大江，湖則猶洞
> 庭也。古彭蠡在江北，前人已多知之，今以劉、邊之說與魏策相證，
> 則洞庭亦在江北而巫山在淮南，其形勢甚顯豁矣。〔註60〕

所謂「（南）望崩山，左江而右湖，以臨彷徨」的方位描繪，也與隨水右壤「皆
廣川大水，山林谿谷」的地形相合。接著，錢穆再舉出四個證據，證明〈高
唐賦〉中的巫山就是隨縣西方的大洪山脈，錢氏說：

> 今再進而求之，則諸書所謂巫山者，其殆今隨縣西南百二十里之大
> 洪山也。大洪山一名鄖山，崩、殞同訓，則崩山即鄖山，其證一也。
> 今湘、桂、沅江，漢時名無，三國吳時作潕，晉宋時作舞，唐名武，
> 又曰巫，又稱雄溪，亦稱熊溪，亦曰洪江。無、武、巫同聲相通，
> 雄、熊、洪則一聲之轉也。今鄖山稱大洪山，以巫溪得名洪江之例，
> 則洪山亦得名巫山矣。其證二也。《水經注》稱其山「盤基所跨，廣
> 員一百餘里。峰曰懸鉤，處平原眾阜之中，為諸嶺之秀，山下有石
> 門夾障，層峻巖高，皆數百許仞。入石門，又得鍾乳穴，穴上素崖
> 壁立，非人跡所及。穴中多鍾乳，凝膏下垂，望齊冰雪，微津細液，
> 滴瀝不斷。幽穴潛遠，行者不極窮深」，其瑋麗幽異如此，宜乎為神
> 女所棲止。其證三也。若以地望推之，大江在其南，方淮在其北，
> 洞庭處其左，而彭蠡當其右，正與諸書所謂者合。其證四也。余疑
> 楚人指目高山，名之曰熊，聲轉而變為洪，為巫，故隨縣、竟陵之
> 間有大洪山，夔州有巫山，而湘之衡山亦稱祝融，皆以楚望得名也。

〔註61〕

〔註59〕見《叢書集成新編》第 92 冊，頁 108。
〔註60〕見錢穆〈楚辭地名考〉，《清華學報》第 9 卷第 3 期，頁 731，民國 23 年 7 月。
　　　　錢氏以為「左江而右湖」，江指大江，湖指洞庭，似有錯誤。「左江而右湖」
　　　　應如程恩澤所言，「江即洞庭也，湖即彭蠡也」（《叢書集成新編》第 92 冊，
　　　　頁 108）。
〔註61〕見錢穆：〈楚辭地名考〉，《清華學報》第 9 卷第 3 期，頁 731～732，民國 23
　　　　年 7 月。

錢氏的考證可謂詳實有信。綜上所述，應可確定，〈高唐賦〉中的巫山與《戰國策·楚策四》、《戰國策·魏策二》、《新序·雜事二》、《說苑·正諫九》及〈遊章華臺賦〉等文章中的巫山，都是指湖北隨縣西側的大洪山脈〔註62〕。

五、巫山神女爲烈山氏後裔──屬人所崇拜的神祇

將巫山認定爲隨縣西側的大洪山，還可以由巫山神女即炎帝神農（烈山氏）之女這一問題來說明。前文曾指出，〈高唐賦〉「妾巫山之女也」一句，李善注引《襄陽耆舊傳》作「赤帝女曰姚姬，未行而卒」，而《渚宮舊事》卷三引《襄陽耆舊傳》則作「我夏帝之季女也，名曰瑤姬，未行而亡」〔註63〕，這裡的「赤帝女」與「夏帝女」都指得是炎帝之女〔註64〕；炎帝姜姓，自古又有神農、烈山氏等稱號，而大洪山脈區的厲鄉境內，則有列山，其間傳聞有神農誕生遺址。

在湖北大洪山與桐柏山之間，有一條狹長的地帶，這是研究楚國地理學者所稱的隨棗孔道，戰國早期以前，這裡曾經存在著隨、厲、唐等國家。據顧鐵符介紹說：

> 隨棗孔道亦有人叫它隨棗走廊的，顧名思義是北起棗陽，南至隨縣，兩山之間的一條狹長地帶，……春秋戰國時候的隨國，就是在後世的隨縣。……隨縣北三十五里厲山店，是當時厲國所在地，再北四十五里唐縣鎮，即同時的唐國。隨縣之南安陸縣，在西周至春秋初是鄖國，後來爲楚武王所滅。〔註65〕

前文已引錢穆的說法，指出高唐位於春秋的唐國，也就是後來的唐縣；而巫山則是處在平原眾阜之中的大洪山脈。這裡土地肥美，適宜發展農業，曾經存在以刀耕火種法著稱的烈山氏部落，以及烈山氏的後裔──厲國

〔註62〕 一個山水地名，絕不限於一處所專有，譬如，春秋時代，齊國早有一座巫山（《左傳·襄公十八年》「齊侯登巫山以望晉師」），就文獻資料來說，這個巫山比夔州的巫山出現得更早。另外，春秋時代齊國也有高唐一地，《左傳》「高唐」凡六見（〈襄公十九年〉、〈襄公二十五年〉、〈昭公十年〉、〈哀公十年〉），都指「齊右高唐」，即在今禹城縣西南。

〔註63〕 《文選·別賦》「惜瑤草之徒芳」，李善注引〈高唐賦〉作「我帝之季女，名爲瑤姬，未行而亡」；又酈道元《水經注·江水二》則作「天帝之季女，名曰瑤姬，未行而亡」。

〔註64〕 《呂氏春秋·孟夏紀》：「孟夏之月，……其帝炎帝，……天子……乘朱輅、駕赤駵、載赤旂、衣赤衣、服赤玉。」是夏帝、赤帝即炎帝。

〔註65〕 參見顧鐵符：〈隨國、曾侯的奧秘〉，氏著：《夕陽芻稿》，頁128～129。

〔註 66〕，而巫山神女正是厲人自古膜拜的神祇。《漢書・地理志・南陽郡》「隨縣」條，班固自注說：「故國。厲鄉，故厲國也。」這是說，隨縣原是古隨國，而境內的厲鄉則為古厲國。《水經注・卷三十二・溳水》載：

> 溳水北出大義山，南至厲鄉，……一水西逕厲鄉南，水南有重山，即烈山也。山下有一穴，父老相傳云是神農所生處也，故禮謂之烈山氏。……亦云賴鄉，故賴國也，有神農社。

厲、烈、賴三字古音相同，烈山氏就是厲山氏，請看下列資料：

> 《左傳・昭公二十九年》載：「有烈山氏之子曰柱，為稷，自夏以上祀之。周棄亦為稷，自商以來祀之。」

> 《國語・魯語上》云：「昔烈山氏之有天下也，其子曰柱，能植百穀、百蔬，……故祀以為稷。」

> 《禮記・祭法》則說：「是故厲山氏之有天下也，其子曰農，能植百穀。夏之衰也，周棄繼之故祀以為稷。」

鄭玄、韋昭等學者認為烈山氏是炎帝的稱號，並斷定烈山氏之名起於烈山，而高誘注《呂氏春秋》時則將炎帝與神農綰合起來〔註 67〕。實際上，烈山氏是因「烈山澤而焚之」（《孟子・滕文公上》句）而得名，指得是原始農業的刀耕火種法，烈山氏是最早實行這種耕種法的民族之一〔註 68〕。據王獻唐指出：

> 列山之列，與來雙聲音轉。原始神農率其來族人樹藝於是，因以族名地曰來，更名其地之山曰來。其地名之來，後轉為厲，因有厲國、

〔註 66〕 參見石泉：〈古代曾國──隨國地望初探〉，氏著：《古代荊楚地理新探》，頁90。又前引《史記・春申君列傳》載春申君之言曰：「王若不借路於仇讎之韓、魏，必攻隨水右壤。此皆廣川大水，山林谿谷，不食之地也。」所謂「不食之地」云云，恐怕不是針對這裡富庶的平原區而說的。

〔註 67〕 如鄭玄《注》云：「厲山氏，炎帝也，起於厲山。」韋昭《注》：「烈山氏，炎帝之號也，起於烈山。」《呂氏春秋・慎勢》：「神農十七世有天下，與天下同之也。」高誘《注》：「神農，炎帝也。」由於在東漢學者賈逵、鄭玄等人提出烈山氏是炎帝的說法以前，烈山氏、炎帝、神農三者並沒有混淆出現過，因此徐旭生認為他們有可能是劉歆在戰國末代以來學者的講法上，將古神譜大整理、大綜合、大一統的結果，這種混合的工作大約進行於公元前一世紀時（參見氏著：《中國古史的傳說時代》，頁 225）。不過賈、鄭二人的說法可能是根據古老的民間傳說，烈山氏、炎帝、神農三者應是同一神話人物，詳見下文引王獻唐說。

〔註 68〕 關於刀耕火種法請參看本論文第四章第二節的討論。

厲鄉。字又作賴，屬國亦為賴國。其山名之來，後轉為列，因有列
山；字又作烈、作麗、作連，亦為烈山、麗山、連山。神農既曾居
治於斯，後人以地名呼之，因為列山氏。其所用卦卜之術，更以神
農名號呼之曰《連山》。其族人於神農他遷之後，仍世居其地，奉神
農為神明。遺址所在，父詔其子，變世相傳，永無廢替。後雖族氏
變遷，而傳統之舊說，仍轉移於他族人中，猶可指其地而稱其跡
也。……以姜姓諸端証之，神農實生西土之陝西，不在湖北。更以
岐山樹藝諸端証之，神農發明來麥，亦在陝西，不在湖北。然神農
本為游牧時代之牧羊一族，雖已發明農業，僅屬萌芽，尚未完全入
於固定之農業時期。仍可率其民族，且耕且牧，由西而東，而南、
而北，游行多地。列山，殆神農南行所至，就而生長教訓，為一地
酋長，故名列山氏。古代凡以地為氏，皆曾為其地之總持者也。隨
縣列山居湖北中部，三五以來之正統民族，皆居黃河流域，其視湖
北正為南方，當時所謂南蠻，屬其一也。〔註69〕

根據王氏的說法，神農源出於羌族，這是一支以牧羊為生業的古民族，雖
然神農之時已發明農業，但僅屬萌芽階段，還沒有固定的農業生活，所以
神農族中的一分支，且牧且耕，在很早的時候（應該在有文字記載以前）
就向東南遷移到湖北厲山一帶定居，成為當地的土著民族，自稱為厲（列）
山氏〔註70〕。因此，厲人所崇拜的高唐神女為炎帝女兒的傳說，來源應該
相當古老。

六、巫峽巫山神女峰傳說的由來

前文引用任乃強〈說鹽〉一文說：「今人稱巴峽南北岸山為巫山十二峰，
以北岸神女峰為主峰，乃是唐、宋人因宋玉〈高唐〉、〈神女〉兩賦傳會成的。」

〔註69〕 見王獻唐：《炎黃氏族文化考》，頁406～407。這裡王氏說「以姜姓諸端証之，
神農實生西土之陝西，不在湖北。更以岐山樹藝諸端証之，神農發明來麥，
亦在陝西，不在湖北」，恐怕只說對了一半。實際上，關於周、姜族最早的發
源地，近幾年來學者多主張應在山西而不在陝西，關於這個問題可以參見（1）
錢穆：〈周初地理考〉，《燕京學報》第10期，民國20年12月。（2）朱君孝：
〈周族的起源及其遷徙〉，陝西歷史博物館編《西周史論文集》，頁387～401。
（3）方述鑫：〈姬周族出於土方考〉，陝西歷史博物館編，《西周史論文集》
頁345～359。
〔註70〕 列山、厲、隨等地名都是神農一支族自山西遷移至湖北時，將故土的地名一
道搬移過來的，請參看本論文第四章第二節相關的討論。

實際上這種傅會在唐代以前就已經開始了。如陳後主〈巫山高〉詩曰：

> 巫山巫峽深，峭壁聳春林。風巖朝蕊落，霧嶺晚猿吟。
>
> 雲來足薦枕，雨過非感琴。仙姬將夜月，度影自浮沈。
>
> （《樂府詩集》，頁 240）

又同時代的蕭詮〈巫山高〉詩曰：

> 巫山映巫峽，高高殊未窮。猿聲不辨處，雨色詎分空。
>
> 懸崖下桂月，深澗響松風。別有仙雲起，時向楚王宮。
>
> （《樂府詩集》，頁 240）

一說「雲來足薦枕，雨過非感琴」，一說「別有仙雲起，時向楚王宮」，用的都是〈高唐賦〉的典故，而且已經指明巫山是巫峽的巫山〔註71〕。另外酈道元的《水經注・江水二》說：

> 江水又東逕巫峽。……其下十餘里有大巫山，非唯三峽所無，乃當
> 抗峰岷峨。偕嶺衡疑。其翼附群山，並概青雲，更就霄漢，辨其優
> 劣耳。……又帝女居焉，宋玉所謂天帝之季女，名曰瑤姬，未行而
> 亡，封於巫山之陽，精魂爲草，實爲靈芝，所謂巫山之女，高唐之
> 阻，旦爲行雲，暮爲行雨，朝朝暮暮，陽台之下。旦早視之，果如
> 其言，故爲立廟，號朝雲焉。其間首尾百六十里，謂之巫峽，蓋因
> 山爲名也。

這是記載巫峽巫山較早的史料，其中也已附會上高唐神女的故事；後來描繪巫峽景物最詳盡的，要算是南宋的范成大和陸游了。范成大《吳船錄》卷下載：

> 戊午，乘水退下巫峽，灘瀧稠險，潰淖迴洑，其危又過夔峽。三十
> 五里至神女廟，廟前灘尤洶怒，十二峰俱在北岸。前後蔽虧，不能
> 足其數。最東一峰，尤奇絕，其頂分兩岐，如雙玉篸插半宵。最西
> 一峰相似，面差小。餘峰皆鬱嵂非常，但不如兩峰之詭特。相傳一
> 峰之上有文曰巫，不暇訪尋。自縣行半里即入峽，時辰巳間，日未
> 當午，峽間陡暗如昏暮，舉頭僅有天數尺耳。兩壁皆是奇山，其可
> 儗十二峰者甚多，煙雲映發，應接不暇，如是者百餘里，富哉其觀

〔註71〕 前文注釋 1 所引〔南朝齊〕虞義、王融、劉繪的〈巫山高〉詩，以及《樂府詩集》同卷還載有〔南朝〕梁元帝、范雲、費昶、王泰等人同名的作品，雖然也用了高唐、雲雨、陽臺等典故，但是都沒有指明地點是在巫峽的巫山。

山也。十二峰皆有名，不甚切事，不足錄。神女廟乃在諸峰對岸小
岡之上，所謂陽雲臺、高唐觀，人云在來鶴峰上，亦未必是神女之
事。……今廟中石刻引《墉城記》，瑤姬西王母之女，稱雲華夫人，
助禹驅鬼神，斬石疏波，有功見記。今封妙用眞人，廟額曰凝眞
觀。……巫峽山最佳處，不問陰晴，常多雲氣，映帶飄拂，不可繪
畫。（《全書》460 冊，頁 864）

在這段記載中，范成大說巫峽的陽雲臺、高唐觀「未必是神女之事」，似乎還
存有些許懷疑；至於陸游《入蜀記》卷四則說：

（十月）二十二日，發巴東。……夜雨。二十三日，過巫山凝眞觀，
謁妙用眞人祠。眞人即世所謂巫山神女也。祠正對巫山，峰巒上入
霄漢，山腳直插江中，議者謂太華、衡廬皆無此奇。然十二峰者不
可悉見，所見八、九峰，惟神女峰最爲纖麗奇峭，宜爲仙眞所託。
祝史云，每八月十五夜，月明時，有絲竹之音往來峰頂，山猿皆鳴，
達旦方漸止。廟後山半有石壇平曠，傳云，夏禹見神女授符書於此
壇上。觀十二峰，宛如屏障。是日，天宇晴霽，四顧無纖翳，惟神
女峰上有白雲數片，如鸞鶴翔舞徘徊，久之不散，亦可異也。（《全
書》460 冊，頁 920）

陸游對巫峽的神女傳說已深信不疑。從北魏酈道元到宋代的范成大、陸游，
巫山十二峰的神女傳說故事，似乎是愈加地被踵事增華了，而其中的關鍵則
在唐代。據嚴耕望〈唐代三峽水運小記〉一文考證說，西漢時代，巴蜀物資
的進出，主要仍恃秦蜀之間的棧道，峽江水運並不重要；這是因爲長江中、
下游的楚越之地尚未大量開發，而且水運工具和技術都不夠完備，使得航程
具有危險性。後來經過三國吳蜀、東晉和南朝歷代的經營建設，到了唐代盛
世，峽江上、下游的水運交通已經十分興旺，成爲公私行旅往來四方的必經
要道，沿江甚至設置了驛站〔註72〕。

當唐代文人雅士沿此水道入蜀，途經三峽美景時，往往忍不住題詩助興，
在劉禹錫、白居易之時，可見的詩作就有千首以上。〔唐〕范攄《雲溪友議》
卷上云：

秭歸縣繁知一，聞白樂天將過巫山，先於神女祠粉壁大署之曰：「蘇
州刺史今才子，行到巫山必有詩。爲報高唐神女道，速排雲雨候清

〔註72〕見嚴耕望：《唐代交通圖考・第四卷山劍滇黔區》，頁 1155～1162。

詞。」白公睹題處暢然，邀知一至曰：「歷陽劉郎中禹錫，三年理白帝，欲作一詩於此，怯而不爲，罷郡經過，悉去千餘首詩，但留四章而已。此四章者，乃古今之絕唱也，而人造次不合爲之。沈佺期詩曰：『巫山高不極，合沓狀奇新。闇谷疑風雨，幽崖若鬼神。月明三峽曙，潮滿九江春。爲問陽臺客，應知入夢人。』王無兢詩曰：『神女向高唐，巫山下夕陽。徘徊作行雨，婉孌逐荊王。電影江前落，雷聲峽外長。霽雲無處所，臺館曉蒼蒼。』李端詩曰：『巫山十二重，皆在碧空中。迴合雲藏日，霏微雨帶風。猿聲寒渡水，樹色暮連空。愁向高唐望，千秋見楚宮。』皇甫冉詩曰：『巫峽見巴東，迢迢出半空。雲藏神女館，雨到楚王宮。朝暮泉聲落，寒暄樹色同。清猿不可聽，偏在九秋中。』」白公但吟四篇，與繁生同濟，而竟不爲。（《全書》1035 冊，頁 568）

劉、白二人最欣賞的四首詩中，都運用了高唐神女的典故，而且也一致認爲〈高唐賦〉中的巫山就是巫峽的十二峰，這與宋玉賦作爲唐人所贊賞的程度是分不開的；至於其他千餘首歌詠巫山的詩作，將神女傳說渲染得遠近知名，更是不言而喻了〔註73〕。

　　綜上所述，早從南朝後期開始，湖北隨地的巫山就漸爲三峽巫山的盛名所掩蓋，其中一個原因是因爲隨地的巫山在後來被稱作大洪山，而另一個原因則由於三峽巫山的神女傳說故事經過唐代文人的大肆渲染之後，從此遠近馳名。因而當我們將神女傳說故事還歸其最初產生之地時，就會發現前文提及章炳麟等人對於〈高唐賦〉創作動機及創作目的的看法，不免有附會之嫌了。本文認爲，宋玉既是襄王身旁的伴遊之臣，爲投君王所好，其作品自然會渲染淫色；至於〈高唐賦〉中的感諷意味，則僅是聊作點綴罷了。傳統認爲〈高唐賦〉具有媚淫及感諷的意味，似都有道理；不過，這僅是〈高唐賦〉

〔註73〕高唐神女傳說故事在唐代普遍流傳的情形，或許也與唐代文人狎妓之風有關；高唐神女在唐代文人心目中，既有美麗出塵的道教女仙形象，也是青樓女妓的代稱。如同陳寅恪曾指出：「至於唐代，仙（女性）之一名，遂多用作妖艷婦人，或風流放誕之女道士之代稱，亦竟有以之目娼妓者。」（〈元白詩箋證稿〉，《陳寅恪先生文集》第三冊，頁 107）唐人以仙喻女妓，不但滿足隱諱其狎行的目的，且女仙的若即若離，及仙、凡之間短暫浪漫的歡愛，也貼切地比擬了唐代士人與女妓之間的交誼，以及文人、娼妓間如夢似幻的因緣。關於此一問題，可以參見李豐楙：〈仙、妓與洞窟——從唐到北宋初的娼妓文學與道教〉一文，《宋代文學與思想》，頁 473～516。

的表層意義，本文更有興趣的則是探求其所具有的深層意蘊。因此，章氏等人從賦的正文求取賦作創作動機及目的的態度，對我們研究〈高唐賦〉的民俗神話底蘊就頗具啟發性了。

第二章　原型與儀式

第一節　夢遊高唐與香草巫術原型

　　前節曾經指出宋玉是襄王身旁的伴遊之臣，因此〈高唐賦〉就成為娛樂助興的文學作品，為投君王所好，其間自然會渲染淫色；至於賦中的感諷意味，僅是聊作點綴而已。本文並不想為前述「媚淫」與「感諷」兩派的說法強作調人，以求了事；而是試圖跳出「媚淫」或「感諷」說的窠臼，轉從「原型批評」的方法入手，來重新詮釋〈高唐賦〉所深藏的民俗神話底蘊。

一、容格與集體無意識原型

　　所謂「原型批評」，據葉舒憲介紹說：

> 對於這種批評方法，國外文論界並沒有一個統一的標準名稱。最初，流行的稱謂是「神話批評」（myth criticism），泛指那種從早期的宗教現象（包括神話、儀式、禁忌、圖騰崇拜等）入手，探索和闡釋文學現象，特別是文學起源和文學體裁模式構成的批評方法，因而也有人稱之為「圖騰式批評」、「儀式批評」或「神話儀式學派」。在瑞士心理學家容格於本世紀二、三十年代提出集體無意識和原型理論之後，特別是在加拿大文學批評家弗萊於 1957 年發表的《批評的解析》一書中，系統闡發了以原型概念為核心的批評理論之後，「原型批評」（archetypal criticism）這一術語才正式確立下來，為理論界所公認。〔註 1〕

〔註 1〕　見葉舒憲：《探索非理性的世界》，頁 12。

這裡提到容格（Carl Gustav Jung）的「集體無意識」（Collective unconscious）學說，以及作為「集體無意識」學說有機組成部分的「原型」（archetype）理論，是容格在現代心理學上最重要的貢獻。容格認為無意識結構本身，是由「個體無意識」和「集體無意識」兩部分所構成。「個體無意識」的內容主要由「帶感情色彩的情結」（Feeling toned complexes）所組成，它們構成心理生活中具有個人特色的一面，而集體無意識的內容則是所謂的「原型」。換句話說，構成個體無意識的，主要是一些我們曾經意識到，但以後由於遺忘或壓抑，而從意識中消失的內容；至於集體無意識的內容則從來就沒有出現在意識之中，因此也就從未為個人所獲得過，它們的存在完全得自於遺傳〔註2〕。

容格並指出，神話和童話是表達原型（集體無意識）的方式之一，它們是從古代傳下來的一些具有特殊烙印的形式，這指得是那些意識加工不完全的心理內容，所以還是心理經驗的直接材料；因此，從這個意義上說，在原型和經過演變的歷史公式之間，存在著很大的差別。如同在我們的夢境和幻境中所遇到的那樣，原型的直接表現富於個性和難以理解，它們比神話更為天真幼稚。原型從根本上說，是一種無意識內容，當它逐漸成為意識，並可以察覺時，便發生了改變，而且從其出現的個體無意識中獲得了色彩〔註3〕。

除了夢境、幻境和神話、童話外，作為表達原型的重要方式之一是藝術及文學作品，容格認為：

> 集體無意識不能被認為是一種自在的實體，它僅僅是一種潛能；這種潛能以特殊形式的記憶表象，從原始時代一直傳遞給我們，或者以大腦解剖學上的結構遺傳給我們。沒有天賦的觀念，但是卻有觀念的天賦可能性。這種可能性甚至限制了最大膽的幻想，它把我們的幻想活動保持在一定的範圍內。可以這樣說，一種固有的觀念，如果不是從它的影響去考慮，那就根本不能確證其存在；它們僅僅在藝術的形成了的材料中，作為一種有規律的造型原則而顯現。也就是說，只有依靠從完成了的藝術作品中所得出的推論，我們才能夠重建這種原始意象的古老本原。〔註4〕

〔註2〕 參見〔瑞士〕容格：〈集體無意識的概念〉，馮川、蘇克編譯：《心理學與文學》，頁65。

〔註3〕 參見容格：〈集體無意識的原型〉，馮川、蘇克編譯：《心理學與文學》，頁25。

〔註4〕 參見容格：〈論分析心理學與詩歌的關係〉，馮川、蘇克編譯：《心理學與文學》，頁91。

容格曾經多次提到從藝術作品當中，重現古老而永恆原型意象的看法，例如他又說：

> 原型的影響激動著我們，因爲它喚起一種比我們自己更強的聲音。一個用原始意象說話的人，是在用千萬個人的聲音說話。他吸引、壓倒並且與此同時提升了他正在尋找表現的觀念，使這些觀念超出了偶然的意義，進入永恆的王國。他把我們個人的命運轉變爲人類的命運，他在我們身上喚醒所有那些仁慈的力量，正是這些力量，保證了人類能夠隨時擺脫危難，度過漫漫的長夜。這就是偉大藝術的奧秘，也正是它對於我們的影響的奧秘。創作過程，在我們所能追蹤的範圍內，就在於從無意識中激活原型意象，並對它們加工造型，精心製作，使之成爲一部完整作品。通過這種造型，藝術家把它翻譯成了我們今天的語言，並因而使我們有可能找到一條道路，以返回生命的最深的泉源。藝術的社會意義正在於此：它不停地致力於陶冶時代的靈魂，憑借魔力召喚出這個時代缺乏的形式。〔註5〕

如容格所指出的，集體無意識積聚著人類有史以來的所有經驗和情感能量，是任何個體都無法意識到，必須依靠遺傳才能存在的。但它卻常出現在宗教冥想、幻想、精神失常和做夢狀態中；也自發地顯現在神話、童話、民間故事、藝術及文學想像上。所不同的是，出現在前一情況中的原型，因受「個體無意識」的改造，往往具有個性色彩，非理性特徵極爲突出，使人難以識別、理解；而出現在後一類型中的原型，則多少帶有意識加工的痕跡，具有秩序化、傳統化的特徵，內容較易被識別、理解。

那麼容格關於「集體無意識」及「原型」的學說理論，對我們研究〈高唐賦〉所深藏的民俗神話底蘊，有什麼啓發性呢？首先，〈高唐賦〉正是一篇記夢的賦作，它的創作動機全由夢幻而起，這已經決定其中必然積澱著巨大的歷史經驗和情感能量；其次，〈高唐賦〉還是作者在夢遊之後，有意識地將夢境追記下來，鋪排成篇，這又使它成爲作者意識加工後的藝術作品，以致其原型意義不是那麼純粹，不可理解。因此，〈高唐賦〉全篇實具備了秩序化、傳統化的特徵，可以爲我們的意識所察覺，從而吾人可以循著作者意識加工過的痕跡，進一步深入到文學想像的內在核心，並找到一條返回生命最深處

〔註5〕　參見容格：〈論分析心理學與詩歌的關係〉，馮川、蘇克編譯《心理學與文學》，頁93。

泉源的藝術之路。

　　本節以下首先想要說明的即是，〈高唐賦〉實際上爲宋玉的夢幻之遊，而這種夢幻之遊又和服佩能夠導致媚惑幻覺的香草有關，並進而從民俗人類學的觀點，來探討香草巫術的文化原型。

二、宋玉夢遊高唐

　　〈高唐賦〉的序文記敘了一場夢幻，是全篇的引子，正文則是對夢遊高唐的寫真描繪，全文結合了雲、夢兩個要素，營造出奇幻詭怪的意境。無論是寫山雲、山雨、山水、山獸、山鳥、山蟲、山魚、山林、山草、山樹、山花、山石、山音，以及山中一切異物，莫不極盡變幻莫測之象，從而具有「不知所出」、「若生於鬼，若出於神」、「譎詭奇偉，不可究陳」的夢幻色彩。〈高唐賦〉的序文在宋玉描寫完朝雲的多變形貌後，是這樣寫的：

> 王曰：「寡人方今可以遊乎？」玉曰：「可。」王曰：「其何如矣？」
> 玉曰：「高矣顯矣，臨望遠矣！廣矣普矣，萬物祖矣！上屬於天，下
> 見於淵，珍怪奇偉，不可稱論。」王曰：「試爲寡人賦之。」玉曰：
> 「唯唯。」

接著就鋪排出了〈高唐賦〉的正文。從這裡可以看出宋玉與襄王實際上並沒有開始遊覽高唐，下文的遊歷都只是宋玉的夢幻之遊，他不過是對襄王述說自己的夢境罷了。錢鍾書《管錐篇》「宋玉〈高唐賦〉」條已指出這點：

> 按，蘇軾《仇池筆記》卷上嘗譏《昭明文選》「編次無法」，乃「小
> 兒強作解事」；章學誠《文史通義·內篇一、詩教下》亦斥《文選》
> 分門「淆亂蕪穢，不可殫詰」，聊增一例。此賦寫巫山風物，而入《文
> 選·情》門，實與〈神女〉、〈好色〉不倫非類；當入《游覽》門，
> 與孫綽〈遊天台山賦〉相比。宋賦僅爲襄王陳高唐之「珍怪奇偉」，
> 而設想「王將欲往見之」，王未眞登陟也；孫賦只言神游，見天台「圖
> 像」而「遙想」、「不任吟想」、「俯仰之間，若已再升」，亦未嘗親
> 「經魑魅之途，踐無人之境」也。白居易〈想東遊五十韻·序〉曰：
> 「亦猶孫興公想天台山而賦之也。」楊萬里《誠齋集》卷十四〈寄
> 題李與賢似剡庵〉更明言之：「君不見興公舊草〈天台賦〉，元不曾
> 識天台路，一俯仰間已再升，何用瘦藤與芒屨？」宋玉侈說高唐，
> 以堅襄王規往之興；孫綽「馳神運思」於天台，蹤跡雖未實經，快

意差如過屠之嚼；李白〈夢游天姥吟〉因「越人語」而發興生幻，
夢事一若實事，當其栩栩，遊目暢懷，遠過襄王、孫綽，及夫蓬蓬
然覺，反添嗟悵。三篇合觀，頗益文思。〔註6〕

錢鍾書建議將宋玉〈高唐賦〉、〔晉〕孫綽〈遊天台山賦〉及李白〈夢游天姥
吟留別〉三篇作品連類合觀，這是很有啓發性的見解。孫綽〈遊天台山賦〉
的序文部分，正像〈高唐賦〉的序文一樣，是進入遊山的前奏，他先說天台
和方丈、蓬萊、四明等仙山都是「玄聖之所游化，靈仙之所窟宅」；又說天台
山「舉世罕能登陟，王者莫由禋祀」，因此自己的遊天台山是觀圖像而神遊，
他說：

然圖像之興，豈虛也哉！非夫遺世玩道，絕世茹芝者，烏能輕舉而
宅之？非夫遠寄冥搜，篤信通神者，何肯遙想而存之？

從這幾句話來看，「夢想神遊」的痕跡已十分明顯了；接著孫綽就述說自己精
神出竅，馳遊天台：

余所以馳神運思，晝詠宵興，俯仰之間，若已再升者也。方解纓絡，
永托茲嶺。不任吟想之至，聊奮藻以散懷。

以下就正式描繪遊歷天台的所見、所感，屬於〈遊天台山賦〉的正文部分〔註7〕。
至於李白〈夢游天姥吟留別〉一詩，在「我欲因之夢吳越，一夜飛度鏡月湖」
二句以後，進入夢遊天姥，其中的幾句是這樣寫的：

千巖萬轉路不定，迷花倚石忽已暝。熊咆龍吟殷巖泉，慄深林兮驚
層巔。雲青青兮欲雨，水澹澹兮生煙。列缺霹靂，丘巒崩摧。洞天
石扉，訇然中開。青冥浩蕩不見底，日月照耀金銀臺。霓為衣兮風
為馬，雲之君兮紛紛而來下。虎鼓瑟兮鸞回車，仙之人兮列列如麻。
忽魂悸以魄動，恍驚起而長嗟。惟覺時之枕席，失向來之煙霞。

這幾句描寫夢中所歷，既窮形盡相，又迷離惝恍；若將它所描繪的層巖水泉、
迷花深林、雲雨走獸等自然景物，與〈高唐賦〉中所描寫的相互比較，竟有
似曾相識的感覺！至於「忽魂悸以魄動，恍驚起而長嗟。惟覺時之枕席，失
向來之煙霞」四句，則寫夢醒時分，煙霞頓失，結尾則見世事都是虛幻〔註8〕，
與〈高唐賦〉末尾「延年益壽千萬歲」的希求長生形成了有趣的對比。

〔註6〕　見錢鍾書：《管錐篇》第三冊，頁869。
〔註7〕　嚴可均：《全晉文》卷六十一，頁1806。
〔註8〕　《李太白全集》，頁342。

　　宋玉遊高唐、孫綽遊天台及李白遊天姥，都屬於一種神遊〔註9〕，什麼是神遊呢？《列子‧黃帝》載：

> （黃帝）晝寢而夢，游於華胥氏之國。華胥氏之國在弇州之西，台
> 州之北，不知斯齊國幾千萬里；蓋非舟車足力之所及，神遊而已。

張湛注說：「舟車足力，形之所資者耳；神道恍惚，不行而至者也。」由此可知，所謂「神遊」就是舟車足跡不到，而精神恍惚往遊。

　　神遊又可以稱作靈魂出遊，春秋時代的子產認為精神與魂魄具有密切的關係，《左傳‧昭公七年》載子產論鬼的話說：

> 人生始化曰魄，既生魄，陽曰魂。用物精多，則魂魄強，是以有精
> 爽，至於神明。匹夫匹婦強死，其魂魄猶能憑依於人，以為淫厲。

孔穎達《疏》：

> 魂魄，神靈之名，本從形氣而有，形氣既殊，魂魄亦異。附形之靈
> 為魄，附氣之神為魂也。附形之靈者，謂初生之時，耳目心識，手
> 足運動，啼呼為聲，此則魄之靈也。附氣之神者，謂精神性識，漸
> 有所知，此則附氣之神也。

古來學者對於魂魄有許多不同的解釋，孔《疏》代表了其中的一種，這種看法認為，魄是附著在形體之上的神靈，而魂則是附著在精氣之上的神靈。錢鍾書說：「治宗教神話之學者，謂初民區別固結於體之魂與游離於體之魂。固結之魂即身魂，心腎是也。游離之魂有二：氣魂，吐息是也；影魂，則夢幻是矣。」〔註10〕這裡「固結於體之魂」相當於孔《疏》說的「附形之靈為魄」，而「游離於體之魂」相當於「附氣之神為魂」。附形之靈的魄不會遊，也不能遊；而會遊、能遊的自然是附氣之神的魂了。

　　上文引子產的話，說的是死魂，與死魂相對的還有生魂，生魂是由夢寐而來。錢鍾書早已指出：

> 《楚辭‧九章‧惜誦》：「昔余夢登天兮，魂中道而無杭。」〈抽思〉：
> 「惟郢路之遼遠兮，魂一夕而九逝；……顧徑逝而不得兮，魂識路
> 之營營。」〈哀郢〉：「羌靈魂之欲歸兮，何須臾而忘反。」《注》：「精

〔註 9〕　詩文中常可見到這種描寫神遊的句子，如〔唐〕常建「夢寐升九崖，杳靄逢
　　　　元君」（〈夢太白西峰〉，《全唐詩》卷 144，第 4 冊，頁 1456）、〔唐〕元稹「昔
　　　　君夢游春，夢游何所遇」（〈夢游春七十韻〉，《全唐詩》卷 422，第 12 冊，頁
　　　　4635）等詩句，都是一種神遊。

〔註10〕　《管錐篇》「招魂」條，第二冊，頁 633。

神夢遊，還故居也。」皆言生人之魂於睡夢中離體外遊也。沈炯〈望
郢州城〉詩云：「魂兮何處反，非死復非仙。」是生魂之的詁；杜甫
〈歸夢〉詩云：「夢魂歸未得，不用《楚辭》招。」更等生魂於夢魂。
〔註11〕

錢氏舉出《楚辭·九章》中的三個例子，說明活人的靈魂會在睡夢中離體外
遊，這種想法自相當古老的時代就產生了。（英）弗雷澤（James Frazer）《金
枝》曾提到，未開化的人認為人活著並且行動，是因為人體內有一個小人使
他如此，這個小人就是靈魂；而人的睡眠或死亡則被解釋為靈魂離開了身體：
睡眠是靈魂暫時的離體，死亡則是永遠的離體（《金枝》頁275）。楚國民間應
當也有類似的想法，而宋玉對於這種傳自民間的想法是深信不疑的，如〈高
唐賦〉就是他夢魂幻遊高唐後的作品。可以和《楚辭·九章》靈魂外遊諸例
相印證的是《楚辭·招魂》一文〔註12〕，由於遊魂會上下四方遊竄，所以招
魂者必須向上下四方招魂，這也說明了〈高唐賦〉中的夢魂，可以登臨高唐，
並非什麼奇怪的事。從〈九章〉、〈招魂〉及〈高唐賦〉中，都可以看到楚國
人相信靈魂能夠脫離驅體而出遊的信仰。

三、宋玉夢見神女

歷來學者多將〈高唐賦〉和〈神女賦〉看成是前後接續的姊妹篇章，而
〈神女賦〉正是描寫宋玉情色之夢的作品。從《文選·李善注》尤刻本〈神
女賦〉序文云「其夜王寢，果夢與神女遇」來看〔註13〕，似乎做夢的是襄王。
但是（南宋）沈括《補筆談》卷一則提出異議說：

〔註11〕 見《管錐篇》「招魂」條，第二冊，頁633。
〔註12〕 關於〈招魂〉的作者及被招者是誰的問題，《楚辭》學史上大概有以下幾種看
法：或認為是宋玉招屈原生魂（如東漢，王逸《楚辭章句》）；或認為是屈原
自招己魂（如〔明〕，黃文煥《楚辭聽直》、〔清〕，林雲銘《楚辭燈》）；或認
為是屈原招懷王生魂（如〔清〕，吳汝綸《古文辭類纂校勘記》）；或認為是屈
原招懷王死魂（如〔民國〕，馬其昶《屈賦微》）；或認為〈招魂〉是民間的作
品，不論作者是屈原，宋玉或景差，他們只不過是居改寫、潤飾之勞而已（如
〔民國〕鄭振鐸《插圖本中國文學史》）。近來學者多認為是屈原招懷王靈魂，
因為〈招魂〉首尾似乎已暗示所招的是王者之魂，而且在巫陽「內崇楚國之
美」的誇飾描寫中，也只有王者的生活、身份才相合。至於它是招懷王生魂
或死魂，仍有歧見。不過持招懷王魂說法的學者，都將〈招魂〉與懷王入秦
不返的史事結合起來。
〔註13〕 這是《文選·李善注》最早的全帙刻本，為尤袤在南宋孝宗淳熙八年（西元
1181年），刻於池陽郡齋的本子。參屈守元：《文選導讀》，頁138。

自古言「楚襄王夢與神女遇」，以《楚辭》考之，似未然。……以文考之，所云「茂矣」至「不可勝讚」云云，皆王之言也，宋玉稱歎之可也，不當卻云「王曰『若此盛，試爲寡人賦之』」，又曰「明日以白玉」，人君與其臣語，不當稱「白」。……以此考之，則「其夜王寢，夢與神女遇」者，「王」字乃「玉」字耳。「明日以白玉」者，「以白王」也，「王」與「玉」字誤書之耳。前日夢神女者懷王也，其夜夢神女者宋玉也，襄王無預焉，從來枉受其名耳。〔註14〕

（南宋）姚寬《西溪叢語》卷上也說：

昔楚襄王與宋玉遊高唐之上，見雲氣之異，問宋玉。玉曰：「昔先王夢遊高唐，與神女遇，王爲〈高唐〉之賦」，先王謂懷王也。宋玉是夜夢見神女，寤而白王，王令玉言其狀，使爲〈神女賦〉，後人遂云襄王夢神女，非也。古樂府詩有之：「本自巫山來，無人睹容色，惟有楚懷王，曾言夢相似。」李義山亦云：「襄王枕上元無夢，莫枉陽台一片雲。」今《文選》本『玉』、『王』字差誤。〔註15〕

（清）朱珔《文選集釋》卷十五則說：

何氏焯以張鳳翼《纂註》改定玉夢爲當，實本姚氏《西溪叢語》。張氏膠言則云：「《叢語》又襲沈存中《補筆談》，而《筆談》較詳。」……余謂訂正此誤，沈在姚前，固然；但姚引古樂府云：「本自巫山來，無人睹容色，惟有楚懷王，曾言夢相似。」李義山詩亦云：「襄王枕上元無夢，莫枉陽台一片雲。」是昔人早已見到，並不始於存中也。且序於「王曰晡夕之後」下無玉對語，何又接稱「王曰狀何如也」，其誤顯然，而他家乃未之及。〔註16〕

近人袁珂則綜合以上各家意見說：

總覺得「王」、「玉」兩個字有些夾纏不清。「其夜王寢，果夢與神女遇」，做夢的是楚襄王；「王曰：『晡夕之後，精神恍忽，……見一婦人，狀甚奇異。』」說夢的也是楚襄王；但是緊接著這段話，卻來了個「王曰『狀何如也』」，楚襄王自己在做夢、說夢，卻忽然問他的臣子宋玉「狀何如也」，這一問真是問得有些奇怪，教人如像丈二和尚，

〔註14〕見〔南宋〕沈括著，〔民國〕胡道靜校證：《夢溪筆談校證》，頁901。
〔註15〕〔南宋〕姚寬著，〔民國〕孔禮凡點校：《西溪叢語》，頁26。
〔註16〕見《夢溪筆談校證》，頁901引。

摸不著頭腦。更妙的是，本來對於這種妙問應該是「倉惶失措，不知所對」的宋玉，卻從容不迫地對了一大篇，什麼「茂矣美矣，諸好備矣」，從神女初來時的姿勢、體態，到她服飾、舉止，都詳盡無遺地描繪了一番，好像他倒比身臨其境的楚襄王還更清楚似的。〔註17〕

以上沈括、姚寬、朱瓛和袁珂等人的懷疑，可以從日本所傳古抄無注三十卷本《文選》殘帙上得到證實。尤刻本〈神女賦〉序文「其夜王寢」、「王異之」、「王曰脯夕之後」，及賦中「王覽其狀」等四個地方的「王」字，古抄本都寫作「玉」字；又尤刻本〈神女賦〉序文「明日以白玉」、「玉曰其夢若何」等兩個地方的「玉」字，古抄本都作「王」字〔註18〕。經由版本學上的比刊，〈神女賦〉為宋玉夢神女，自然是沒有疑問的了。因此，〈高唐〉、〈神女〉二賦的正文都是宋玉對夢境的描寫，前者寫往見神女的路途、過程，後者則述所見神女的樣貌及彼此的對談；兩賦分則兩個夢境，獨立成篇，合則一夢接續，前後照應。

四、神女化身為芳香芷草

〈神女賦〉序文說：「其夜玉寢，果夢與神女遇。」而〈高唐賦〉序文則說，懷王「嘗遊高唐，怠而晝寢」〔註19〕，這就暗示出宋玉的夢遊高唐，也是如同懷王一樣的晝寢而夢，前文舉出《列子・黃帝》載黃帝晝寢而夢遊華胥氏之國，所謂「晝寢」，指得就是「白日夢」。懷王、宋玉的夢神女、遊高唐，恐怕不是自然而然的睡夢，而是服佩了蓄草之後的白日幻夢。

《文選・高唐賦》的序文並沒有記載神女化身作蓄草的傳說，但是請看下列資料：

《山海經・中次七經》載：「又東二百里，曰姑媱之山。帝女死焉，其名曰女尸，化為蓄草，其葉胥成，其華黃，其實如菟丘，服之媚於人。」郭璞注：「為人所愛也。傳曰：人媚之如是。一名荒夫草。」

《文選・別賦》「惜瑤草之徒芳」句，李善注引〈高唐賦〉曰：「我

〔註17〕 見袁珂：〈宋玉神女賦的訂訛和高唐神女故事的寓意〉，《神話論文集》，頁148
　　　　～149。

〔註18〕 參屈守元：《文選導讀》，頁122～128。又經屈守元考證認為「這個抄本出於
　　　　李善未注之前的三十卷本，無可懷疑」。

〔註19〕 《文選・高唐賦》序說：「先王嘗遊高唐。」並沒有指明是懷王；但是〈高唐
　　　　賦〉「妾巫山之女也」句，李《注》引《襄陽耆舊傳》說：「楚懷王遊於高唐。」
　　　　則指出遊高唐的是懷王，後代學者多從後一說。

帝之季女，名爲瑤姬，未行而亡，封於巫山之臺，精魂爲草，實爲
靈芝。」

酈道元《水經注・江水二》載：「未行而亡，封於巫山之陽，精魂爲
草，實爲靈芝。」

《搜神記》載：「姑媱山，帝之女死，化爲怪草，其葉郁茂，其華黃
色，其實如兔絲。故服怪草者，恆媚於人焉。」

〔唐〕余知古《渚宮舊事》卷三引《襄陽耆舊傳》曰：「我夏帝之季
女也，名曰瑤姬，未行而亡，封乎巫山之臺。精魂爲草，摘而爲芝，
媚而服焉，則與夢期。」〔註20〕

以上所引的資料說明，巫山神女又名瑤姬，她死後靈魂變形爲薔草，這是一種
能夠導致媚惑幻覺的香草。《山海經・中次七經》「服之媚於人」、《襄陽耆舊
傳》「媚而服焉，則與夢期」及《搜神記》「服怪草者，恆媚於人」的話，爲
我們保存了解開這種神秘薔草之謎的鎖鑰。

蔡大成曾經指出，所謂「靈芝」，指的是能夠致幻通神的毒蘑菇。《爾雅・
釋草》云：「菌，芝。」〔註21〕又《列子・湯問》載：「朽壤之上有菌芝者，
生於朝，死於晦。」芝和菌連言互訓，不辨彼此；而所謂靈芝就是蘑菇。食
用毒蘑菇以致幻通神，是世界上許多原始民族共有的古老習俗：如古代西伯
利亞的通古斯人和雅庫特人部落裡，便流行著吃蘑菇的儀式，在這種宗教祭
祀儀式中，男人們食用由毒蠅傘制成的臘腸，他們個個如醉如癡，似醒非醒，
從而進入通神狀態。而印度和美洲印地安人的巫師也食用毒蘑菇使自己昏迷
致幻，從而得到神諭〔註22〕。

如同蔡氏所說，世界上確有吃毒蘑菇以致幻通神的民族，但是神女所變

〔註20〕 見《筆記小說大觀》，第 24 編第 1 冊，頁 155。

〔註21〕 這裡蔡氏引用有誤，《爾雅》原文作「茵灌茵芝」，〔清〕郝懿行《爾雅義疏・
釋草》「茵灌茵芝」條云：

《釋文》引《聲類》云：「茵灌茵芝也。」是茵灌一名茵芝。蓋茵之言殖也，
灌猶叢也，茵芝叢生而繁殖，因以爲名。郭以茵灌一物，茵芝一物，故云未
詳；又以芝爲一歲三華瑞草，蓋沿時俗符命之陋，以神芝爲瑞草，以三秀爲
三華。現經典言芝止有蕈菌，別無神奇，故芝柄標於〈內則〉，茵芝著於《爾
雅》，實一物耳。茵字不見它書，孫氏星衍嘗致疑問，余按《類聚》九十八《爾
雅》作菌芝，蓋菌字破壞作茵耳（〔清〕，郝懿行：《爾雅義疏》，《爾雅、廣雅、
方言、釋名清疏四種合刊》，頁 240）。

〔註22〕 參見蔡大成：〈楚巫的致幻方術——高唐神女傳說解讀〉，馬昌儀主編《中國
神話學文論選》下冊，頁 580～593。

形的「芝」卻不是蘑菇（菌），因此蔡氏之說恐有商榷的必要。神女說她死後「精魂為草，摘而為芝」，她所化身的草就是𦯄草，又叫作荒夫草，也即是芷草，因為「摘而為芝」的「芝」當為「芷」字之誤。王念孫《讀書雜志》卷九之十七〈蘭芝、芝若〉條說：

> 「蘭芝以芳，未嘗見霜」（按，出於《淮南子‧說林》）。念孫按，芝當為芷，字本作茝，即今白芷也。隸書止與之相亂，因誤而為芝。古人言香草者必稱蘭芷，芝非香草，不當與蘭並稱。凡諸書中言蘭芝、言芝蘭者，皆是芷字之誤。《太平御覽‧天部》十四引此，已誤作蘭芝；《文子‧上德篇》正作蘭芷。又下文「蘭芝欲脩，而秋風敗之」，芝亦芷之誤。又〈脩務篇〉：「佩玉環揄步，雜芝若。」高《注》曰：「雜佩芝若香草。」按，芝亦芷之誤，司馬相如〈子虛賦〉：「衡蘭芷若。」張揖曰：「芷，白芷也。若，杜若也。」故《注》云：「雜佩芝若香草。」若芝則非其類矣。賈子〈勸學篇〉正作「雜芷若」，《列子‧周穆王篇》同。〔註23〕

古書中常見「芝蘭」合稱的例子，除王念孫所徵引的例子外，又如：

> 《荀子‧王制》：「好我芳若芝蘭。」
>
> 《易林‧萃》之「同人」：「南山蘭芝，君子所有。」（《叢書》3 冊頁 78）
>
> 《孔子家語‧在厄》：「芝蘭生於深林，不以無人而不芳。」〔註24〕
>
> 《孔子家語‧六本》：「與善人居，如入芝蘭之室，久而不聞其香，即與之化矣。」〔註25〕《顏氏家訓‧慕賢》：「是以與善人居，如入芝蘭之室，久而自芳也。」（《叢書》4 冊頁 24）
>
> 《晉書‧謝玄傳》：「譬如芝蘭玉樹，欲使其生於庭階耳。」
>
> 高適〈山園新亭與邢判官同遊詩〉：「忝遊芝蘭室，還對桃李陰。」

以上各例中的「芝」字應當都作「芷」字。更重要的一點是，《楚辭》乃言善鳥香草的始祖，據王逸《楚辭章句》一書，芷、蘭兩種香草合稱之例，總共出現過七次（包括「芷蘭」、「蘭芷」和「芷……蘭」）〔註26〕，頻率算是很高

〔註23〕 王念孫：《讀書雜志‧淮南內篇十七》「蘭芝芝若」條。

〔註24〕 這條資料《荀子‧宥坐》作：「芷蘭生於深林。」

〔註25〕 這條資料《說苑‧雜言》作：「與善人居，如入蘭芷之室。」，（《叢書》1 冊，頁 1054）。

〔註26〕 《楚辭》所詠的「蘭」，多指佩蘭（即蘭草）而言，並不是人們常說的蘭花。

的了；而「芝」字卻連一次也沒有見過，更不用說是與「蘭」合稱了〔註27〕。所以王念孫說「芝非香草，不當與蘭並稱，凡諸書中言蘭芝、言芝蘭者，皆是芷字之誤」，這是很正確的看法〔註28〕。

　　或許這裡還存在一個問題，那就是神女說自己死後「精魂爲草，摘而爲芝（實爲靈芝）」，只單獨稱芝（或靈芝），並不是芝蘭合稱，又如何能說「芝」字一定是「芷」字之誤呢？這個問題的解答就在「媚而服焉，則與夢期」上，因爲「媚而服焉，則與夢期」，正是芷、蘭兩種香草所共同具有的巫術效用。《左傳‧宣公三年》載：

> 鄭文公有賤妾曰燕姞，夢天使與己蘭，曰：「余爲伯鯈，余，而祖也。以是爲而子。以蘭有國香，人服而媚之如是。」既而文公見之，與之蘭而御之。……生穆公，名之曰蘭。

這裡「蘭」有國香，人服媚之，以爲生子之祥的徵兆，似乎與神女精魂爲「芷」，服而媚於人的神話同出一源。李豐楙就曾指出，屈原在《楚辭》中，巧妙運用各種意象作爲好修的象徵，諸如蘭、芷等植物意象，應該具有因襲自原始宗教、巫術或民俗習慣所形成的特性與意義〔註29〕。宋玉對楚國傳統巫俗文化十分嫻熟，他使用芷草的神話傳說，正在不覺中運用了傳自古老的愛情香草巫術原型。

　　　　參見張崇琛：〈楚辭之「蘭」辨析〉、〈楚騷詠「蘭」之文化意蘊探微〉二文，氏著：《楚辭文化探微》，頁181～202。

〔註27〕另外，于省吾在探討《詩經》中「止」字的用法時，指出《詩經》中用作指示代詞和語末助詞的「止」字，都應該是篆文「之」字的隸變，而這種混用現象在《詩經》中竟有六十九例之多（見于省吾：〈詩經中「止」字的辨釋〉，載氏著：《澤螺居詩經新證》，頁177～192，），可見自漢代以降，「之」、「止」二字混淆難別的程度了。

〔註28〕葛洪：《抱朴子‧仙藥》說芝有五大類：「有石芝、有木芝、有草芝、有肉芝、有菌芝，各有百許種也。」又《博物志》：「名山生神芝，不死之草。上芝爲車馬形，中芝爲爲人形，下芝爲六畜形。」（《叢書》4冊，頁143）而《孝經援神契》云：「王者顧至於草木，則芝草生；善養老則芝茂。」似乎芝也可以是某種仙草，但是以上說法恐怕都屬於郝懿行所說：「蓋沿時俗符命之陋，以神芝爲瑞草。」芝實在是草菌類，而不是現代所說的草類。但是有關高唐神女化身的傳說，都在在說明神女所化爲草，而不是菌。又《紅樓夢》中林黛玉爲絳珠草的化身，恐怕也是同一原型的不同展現。

〔註29〕參見李豐楙：〈服飾、服食與巫俗傳說〉，余崇生編：《楚辭研究論文集》，頁532。

五、香草的愛情巫術魔力

　　〔波蘭〕馬凌諾斯基（Bronislaw Malinowski）在介紹愛情巫術與兩性誘惑魔力時，說了如下的故事：

> 一對年輕的兄妹跟母親住在一個村子裡，哥哥為了追求一個女孩，
> 煎好一碗強烈的愛情藥水，被不知情的妹妹胡亂喝下去了。藥力發
> 作之後，春情如火，於是她勾引乃兄到荒僻的海灘發生了關係。事
> 後兄妹都感到羞愧難當，不飲不食，一塊兒死在山洞裡。埋藏這兩
> 具屍體之處，長出馥郁的香草。愛情巫術所用的藥物，是許多東西
> 混合磨研而成的，而這種香草是最有力量的重要成分。〔註30〕

這個故事述說了原始社會中，作為愛情巫術香草的魔法力量。氣味濃烈、色彩鮮艷（或者還包括形狀奇特）的香草、香花，極容易招蜂引蝶，進而達致受孕結苞的目的，依照弗雷澤在《金枝》中所提出的交感巫術原則，香草、香花自然成為原始土著心中，最具吸引異性力量的愛情巫術用物了。這也難怪陳夢家以為蓄草是「野合時媚人之草」〔註31〕；而葉舒憲則將它看成是與希臘曼陀羅林（mandragora）相類似的香草，它們原是女巫為增加媚力而使用的，也可以用來致幻〔註32〕，因此靈芝（芷）就是巫芝（芷），而不是六朝以後神仙方家口中的仙藥靈芝。

　　《楚辭》以香草象徵好修的君子，其中使用最多的就是芷草，〈離騷〉中有辟芷、芳芷、白芷、芬香、葯、芳等，指得都是香白芷〔註33〕。楚國地理環境多是低濕的湖澤和山區，十分適合蘭、芷等芬芳香草的生長，如〈九歌・湘夫人〉：「沅有芷兮澧有蘭。」又〈子虛賦〉說雲夢之地「其東則有蕙圃、衡蘭芷若」；而〈高唐賦〉載神女觀旁側：「箕踵漫衍，芳草羅生。秋蘭茝蕙，江離載菁。青荃射干，揭車苞并。薄草靡靡，聯延夭夭。越香掩掩，眾雀嗷嗷。」茝就是芷草。楚人長久以來就地取材，將芬芳香草運用在愛情巫術上，逐漸流傳成一種巫俗信仰和習慣，香草意象更深深地積澱在人們內心深處，形成具有因襲性、普遍性、多義性及母題性原型。

〔註30〕見〔波蘭〕馬凌諾斯基著，朱岑樓譯：《巫術、科學與宗教》，頁119。

〔註31〕見陳夢家：〈高禖郊社祖廟通考〉，《清華學報》12卷3期，頁446注3。

〔註32〕參見葉舒憲：《詩經的文化闡釋》，頁86～87。又葉舒憲在〈愛情咒與采摘母題〉這一節中，將中國文學中的美人香草母題，放在香草咒術禮俗的宏觀背景下來討論，也可以用來說明神女變形為芷草，而不是菌芝（蘑菇）。

〔註33〕參見〔宋〕羅願，〔民國〕石雲孫點校：《爾雅翼・釋草二》「芷」條。

　　前文引馬凌諾斯基所講的故事,土著將香草用在愛情巫術上,是把香草制成愛情藥水後服食的;現存的中國先秦典籍資料中,已經看不到芷草有這種用法。不過,在周代,用鬱鬯之酒來降神,卻是極普遍的儀式,請看下列資料:

　　　　《書·洛誥》:「王入太室,祼。」孔《疏》:「王以圭瓚酌鬱鬯之酒獻尸,尸受祭而灌於地,因奠不飲,謂之祼。」

　　　　《禮記·祭統》:「夫祭有三重焉,獻之屬莫重於祼。」

　　　　《禮記·禮器》:「諸侯相朝,灌用鬱鬯。」

　　　　《周禮·春官·鬱人》:「凡祭祀賓客之祼事,和鬱鬯以實彝而陳之。」

　　　　賈公彥《疏》引〈王度記〉云:「天子以鬯,諸侯以薰,大夫以蘭芷,士以蕭,庶人以艾,此等皆以和酒。」

所謂祼,就是用酒爵盛裝「鬱鬯」——一種以蘭、芷等味道濃烈的香草浸泡過的酒,然後灌灑至地面,酒的香氣升騰四溢,使鬼神嗅味降臨;這雖然已經不是原始愛情巫術的原貌,但作為祼祭迎神使用的鬱鬯香酒,或可追溯到遠古香草巫術的原型之上。

　　在原始社會除了將香草制成愛情藥酒服食以吸引異性外,還有用香料洗濯身體的儀式,如葉舒憲指出,一般愛情咒術常從增加、強化自己的性吸引力開始,通常的作法是採集某些植物的葉子,對身體各部位進行巫術性的洗濯。他並引用馬凌諾斯基民俗調察的例子,來說明這種香料洗濯的進行儀式[註34]。而芷草也正有作為洗濯之用的,如《九歌·雲中君》:「浴蘭湯兮沐芳,華采衣兮若英。」王逸《注》:「言己將修饗祭,以事雲神,乃使靈巫先浴蘭湯、沐香芷,衣五彩華衣,飾以杜若之英,以自潔清也。」這裡王逸將「芳」解釋成香芷,而沐浴在芷蘭香湯中,是請雲神下降前的齋戒儀式。另外,《周禮·春官·女巫》載:「掌歲時祓除釁浴。」鄭《注》:「釁浴謂以香薰草藥沐浴。」這種具有潔淨目的的香草沐浴,其最初功能大概就在增強自己的性吸引力。

　　不過,芷草的巫術作用,恐怕主要還是透過服佩而來,如〈離騷〉「扈江離與辟芷兮,紉秋蘭以為佩」一句所描述的那樣;而李豐楙在比較《山海經》與《楚辭》「服」字的使用習慣後說:

　　　　〈中山經〉所記錄本以黃河流域的伊、洛宗周京畿,與長江流域

_____

〔註34〕 參葉舒憲:《詩經的文化闡釋》,頁74～78。

楚國山川為主，這種「服」字使用法大多偏於服佩、外服之用，作服食的較少。《楚辭》中「服」字用法，與〈中山經〉的習慣一致，多指服飾、服佩之意，這大概是〈中山經〉地區的語言習慣。〔註35〕

屈原作品裡反覆使用「服」、「佩」、「飾」、「好修」等詞語，已如彭毅老師所指出的，「修飾使美」的原初義與「美善道德」的倫理義是無法截然分開的，這是屈原新創的象徵〔註36〕；楊牧也認為，屈原曾把代表各種德性的香草製成衣冠來裝扮他的外貌，而〈離騷〉的追求歷程則是一種加深德性修養的歷程。因此，屈原追求過程中的每一次失敗，總繼之以草木的玩弄，如第一階段求女失敗，他是「結幽蘭而延佇」，及第二次登閬風回頭時，他則「折瓊枝以繼佩」，屈原的追求是和他玩弄香草好花的過程相長並生的，他和花草的關係愈密切，則追求的道路更可觀，經驗更豐富〔註37〕。屈原將香草、香花和追求的歷程都賦予了道德的意義，這是屈原創造性的轉換。不過，若是將屈原服佩香草、香花和追求歷程，都放到原始宗教與巫俗信仰下來考察；並且考慮到，屈原常用男（神）女（神）的戀愛關係來比喻自己與懷王分合關係的話〔註38〕，那麼屈賦中服佩香草、玩弄香花的動作，似乎也是在不覺中運用了原始愛情巫術的深蘊內含。

如李豐楙曾指出的，〈離騷〉「結幽蘭而延佇」與求宓妃之所在時「解佩纕以結言」的動作，應該是楚地結草示好的一種象徵性活動，表示契結與媒結的意思；這種習俗可與〈思美人〉中說的「令薜荔以為理，因芙蓉而為媒」相參證，佩帶的飾物為結好通親之物，是一種契約式的象徵〔註39〕。而這種象徵性活動，應當更可溯源自古老的愛情香草巫儀原型。

《襄陽耆舊傳》說芷草「媚而服焉，則與夢期」，《山海經·中次七經》也說它「服之媚於人」，這裡的「服」當然是具有巫術性質的儀式，而芷草這類巫俗性的用物，能夠產生與神女交合的幻夢，正是一種香草巫術的母題和原型。〔漢〕郭憲《洞冥記》卷三載：

〔註35〕 見李豐楙：〈服飾、服食與巫俗傳說〉，《楚辭研究論文集》，頁535。
〔註36〕 參見彭毅老師：〈屈原作品中隱喻和象徵的探討〉，《文學評論》第1集，頁303～304。
〔註37〕 參見楊牧：〈衣飾與追求〉，氏著：《傳統的與現代的》，頁83～106。
〔註38〕 參見游國恩：〈楚辭女性中心說〉，氏著：《楚辭論文集》，頁191～202。
〔註39〕 參見李豐楙：〈服飾、服食與巫俗傳說〉，《楚辭研究論文集》，頁544～545。

有夢草，似蒲，色紅，晝縮入地，夜則出，亦名懷夢草，懷其葉則
知夢之吉凶，立驗也。帝思李夫人之容，不可得，朔乃獻一枝，帝
懷之，夜果夢夫人，因改曰懷夢草。（《全書》1042 冊 306 頁）

這裡的「懷」道出了服佩的巫術性儀式，至於「夢」則豁顯出能致相思夢的
香草原型；所以東方朔所獻的「懷夢草」，和〈高唐賦〉的茞草一樣，其與夢
的關係實密不可分，並且可以溯源於整個香草巫儀的宏觀母題，這就是高唐
夢和蓍草在民俗神話上所具有的意義。

第二節　追蹤神女的儀式——登高望遠與臨水遠望

　　〈高唐賦〉序文所載的懷王夢境，是懷王夢見神女來降，而正文所寫的
宋玉夢遊，則是宋玉追尋神女的幻夢，這兩個部分是互補的整體；也就是說，
〈高唐賦〉全文實包含了追尋神女及神女降臨的儀式，而尋神、降神（以及
相關的迎神、饗神、送神等）都屬於追蹤祭祀儀式的有機部分，此種源自遠
古的儀式實以集體潛意識的方式蘊藏在高唐夢中，本節以下即擬從「登高望
遠」與「臨水遠望」兩方面，來探討這種追蹤祭祀儀式原型。

一、《楚辭》與《詩經》中所描寫的追蹤祭祀神祇儀式

　　《楚辭·九歌》是最適宜用來說明追蹤祭祀神祇儀式的一組文學作品，〈九
歌〉本是祖述巫音，為民間巫舞歌曲的樂章，後經屈原文飾而成為《楚辭》
中的一篇〔註40〕。朱熹《楚辭辨證·九歌》說：「楚俗祠祭之歌今不可得而聞
矣。然計其間，或以陰巫下陽神，或以陽巫接陰鬼，則其辭之褻慢淫荒當有
不可道者。故屈原因而文之，以寄吾區區忠君愛國之意。」〔註41〕雖然〈九
歌〉經過屈原的潤色，已經看不到什麼褻慢淫荒的詞句，但其骨子裡仍具有
一種原始宗教儀式的意味〔註42〕。在〈九歌〉這組原為民間祭神的舞曲中，

〔註40〕　參見陳子展：《楚辭直解》，頁 462。
〔註41〕　朱熹：《楚辭集注》附《楚辭辨證·九歌》，頁 241。
〔註42〕　英國學者霍克斯（David Hawkes）曾說：
　　　　若把〈湘君〉和〈九歌〉中其他各篇比較著看，便可斷定詩中用到好些出自
　　　　宗教式的辭句，它們在詩中出現，往往是由於儀式上的需要，與敘述的邏輯
　　　　無關。譬如常見的聯句上首以「朝」始，下首則以「暮」始，是巫者表達時
　　　　光消逝與旅程長短的慣用語。提到他的行程，巫者總是說「邅吾道……」，然
　　　　後「弭節」；他又常用「忘歸」一詞，表示他或他代表的神，所獲得的隆盛款
　　　　待。就是巫者解釋女神未出現所舉的理由，……也都是用套語；最後結尾的

尤以〈二湘〉最能表現原始宗教「以陰巫下陽神，或以陽巫接陰鬼」的儀式；在〈湘君〉中，是以扮演湘夫人的女巫歌舞迎接〈湘君〉；而在〈湘夫人〉中，則是以扮湘君的男覡歌舞等待〈湘夫人〉〔註43〕。如〈湘君〉載：

> 君不行兮夷猶！蹇誰留兮中洲？美要眇兮宜脩，沛吾乘兮桂舟。令沅、湘兮無波，使江水兮安流。望夫君兮未來，吹參差兮誰思！……朝馳騖兮江皋，夕弭節兮北渚。鳥次兮屋上，水周兮堂下。捐余玦兮江中，遺余佩兮澧浦。采芳洲兮杜若，將以遺兮下女。豈不可兮再得，聊逍遙兮容與。

〈湘夫人〉載：

> 帝子降兮北渚，目眇眇兮愁予，嫋嫋兮秋風，洞庭波兮木葉下。……朝馳余馬兮江皋，夕濟兮西澨。聞佳人兮召予，將騰駕兮偕逝。築室兮水中，葺之兮荷蓋。……捐余袂兮江中，遺余褋兮澧浦。搴汀洲兮杜若，將以遺兮遠者。時不可兮驟得，聊逍遙兮容與。

以〈二湘〉的文本來看，〈二湘〉的底本似乎原是民間女巫男覡追蹤、祭祀水神時所唱的歌曲，甚至配合歌詞而有動作的表演；之後經過屈原創造性的轉換，將追蹤無果、神明不來的宗教祭祀儀式，轉化成為一種死生契闊、會合無緣的悲痛情感，形成具有強大能量的藝術原型。

在降神祭儀中，神明需要追蹤，是因為神靈常常飄遊四方，行蹤不定；因此巫者降神除了如〈二湘〉中的「等待追蹤」形式外，往往還有「遊巡追蹤」的形式，這可用〈離騷〉上下求女一節來說明。關於〈離騷〉的求女，歷來學者主要有求君、求賢、求通君側之人三種解釋〔註44〕，不論那種說法合乎屈原的初衷，眾人都認為求女是有寓意的，也因此楊牧把〈離騷〉歸於

「聊逍遙以相羊」或「聊逍遙兮容與」等話，也是沿用成規。見霍克斯著，黃兆傑譯：〈求宓妃之所在〉，余崇生編：《楚辭研究論文集》，頁580。

〔註43〕霍克斯認為，〈二湘〉全篇都是一位追尋女神的男巫說的話，這男巫對著拜神的善男信女，訴說尋女神的諸般困難（見霍克斯：〈求宓妃之所在〉，黃兆傑譯，余崇生編《楚辭研究論文集》，頁579）。是霍克斯將〈二湘〉看成是二位女神，傳統《楚辭》學者也有類似的意見，只是其中又有舜之二妃與舜之二女的分別；不過，這個看法是值得商榷的（參見陳子展：《楚辭直解》，頁468～481）。本文採用王逸《楚辭章句》的說法，以湘君為水神，而湘夫人為堯之二女（即舜之二妃），所以二湘為配偶神。在〈湘君〉中，是以扮演湘夫人的女巫歌舞迎接湘君，在〈湘夫人〉中，則是以扮湘君的男覡歌舞等待湘夫人。參見陳子展：《楚辭直解》，頁87～97。

〔註44〕參陳子展：《楚辭直解》，頁430～447。

「追求的托意文學」〔註45〕。而這種追求的象徵寓意實可溯源自古代宗教中的追蹤祭祀儀式。

〈離騷〉「吾上下而求索」一句,前後文都是描寫「遊巡追蹤」的:

> 駟玉虯以乘鷖兮,溘埃風余上征。朝發軔於蒼梧兮,夕余至乎懸圃。
> 欲少留此靈瑣兮,日忽忽其將暮。吾令羲和弭節兮,望崦嵫而勿迫。
> 路曼曼其修遠兮,吾將上下而求索。飲余馬於咸池兮,總余轡乎扶
> 桑。折若木以拂日兮,聊逍遙以相羊。前望舒使先驅兮,後飛廉使
> 奔屬。鸞皇爲余先戒兮,雷師告余以未具。吾令鳳鳥飛騰兮,繼之
> 以日夜。飄風屯其相離兮,帥雲霓而來御。紛總總其離合兮,斑陸
> 離其上下。

相對於〈離騷〉這種聲色紛總、光艷奪目、上下求索的「遊巡追蹤」,見於《詩經》中的追蹤祭儀就顯得安靜多了。《詩經·周南·漢廣》云:

> 南有喬木,不可休思。漢有游女,不可求思。
> 漢之廣矣,不可泳思。江之永矣,不可方思。
> 翹翹錯薪!言刈其楚。之子于歸?言秣其馬。
> 漢之廣矣,不可泳思。江之永矣,不可方思。
> 翹翹錯薪!言刈其蔞。之子于歸?言秣其駒。
> 漢之廣矣,不可泳思。江之永矣,不可方思。

劉向《列仙傳》卷上「江妃二女」條認爲〈漢廣〉一詩是以鄭交甫追尋漢水女神爲背景而寫成的,現代的學者也多贊成這個說法,《列仙傳》卷上載:

> 江妃二女者,不知何所人也,出遊於江漢之湄,逢鄭交甫。見而悅
> 之,不知其神人也。謂其僕曰:「我欲下請其佩。」……(二女)遂
> 手解佩與交甫,交甫悅受而懷之中當心。趨去數十步,視佩,空懷
> 無佩。顧二女,忽然不見。《詩》曰:「漢有游女,不可求思。」此
> 之謂也。(《叢書》4冊,頁184)〔註46〕

而朱熹《詩集傳》則云:

> 江漢之俗,其女好遊,漢魏以後猶然,如《大堤》之曲可見也。

〔註45〕 參見楊牧:〈衣飾與追求〉,氏著:《傳統的與現代的》,頁83~106。
〔註46〕 《文選》郭璞〈江賦〉「感交甫之喪珮」句,李善《注》引《韓詩內傳》,《易
　　　　林·噬嗑》之「困」、《萃》之「漸」等(《叢書》3冊,頁743、783)也有類
　　　　似的記載。

這江漢女子好遊的風俗，或許也是以鄭交甫遇漢水女神故事爲背景而形成的。日本學者白川靜曾經指出，在江漢流域，高大參天的喬木，往往被土著看成是氏族神祇的棲身處所，這種神木是神聖的禁地，忌諱人們隨意接近並在其下休息，這就是「南有喬木，不可休思」所表達的意思。而古代祭祀水神的時候，神靈大抵乘舟降臨祭祀場所；在祭禮進行的過程中，也有企慕女神、乘舟追蹤的節目（霍克斯也有類似看法）。〈漢廣〉一詩正是描寫了降神──迎神──留神──送神的追蹤儀式，所謂「刈楚」、「秣馬」、「之子于歸」，就是迎神以舉行神婚儀式的描述〔註47〕。

漢水上游源自秦地，而〈秦風・蒹葭〉也是一首追蹤祭祀水神的詩歌：

　　蒹葭蒼蒼，白露爲霜。所謂伊人，在水一方。
　　溯洄從之，道阻且長。溯游從之，宛在水中央。
　　蒹葭淒淒，白露未晞。所謂伊人，在水之湄。
　　溯洄從之，道阻且隮。溯游從之，宛在水中坻。
　　蒹葭采采，白露未已。所謂伊人，在水之涘。
　　溯洄從之，道阻且右。溯游從之，宛在水中沚。

這首詩三章疊詠，反復回旋，頗有追蹤不及的感嘆。時節入秋，白露結霜，農事已畢，人們聚集河畔，舉行神婚祀典，目的在感恩謝神，並祈求來年豐收。女神神姿飄忽迷離，如在彼岸，又宛在水中央〔註48〕，這首詩所營造出的氛圍頗類似〈九歌・二湘〉。

法國學者葛蘭言說〈蒹葭〉一詩有「追尋河岸及河中戀人」的主題〔註49〕；白川靜則說：

　　（〈蒹葭〉詩）祭祀的形態，還是採追蹤形式，但神蹤虛無飄紗，隨處出沒，而人終不能與之接觸，儘管追至何方，也宛在水中央。神一結束其神遊，就這樣靜悄悄的離去，直到下次的祭祀，這期間皆隱沒於幽暗的世界裡。〔註50〕

〔註47〕參見白川靜著，杜正勝譯：《詩經研究》，頁57～61。
〔註48〕參白川靜著：《詩經研究》，頁61～62。
〔註49〕見〔法〕葛蘭言著，張銘遠譯：《中國古代的祭禮與歌謠》，頁104～105。又從朱子到今人多認爲〈蒹葭〉是「懷人」的詩作，不過，如陳子展所說「詩境頗似象徵主義，而含有神秘意味」，又引汪梧鳳《解頤》說「味其辭，有敬慕之意，而無褻慢之情」（陳子展《詩經直解》，頁387～388）；再與〈漢廣〉連類比刊，將〈蒹葭〉一詩說成「懷神」、「慕神」或「尋神」，似乎更準確些。
〔註50〕參見白川靜著，加地伸行、范月嬌合譯：《中國古代文化》，頁165。

所謂「隱沒於幽暗的世界裡」，指得是水神的世界。〈九歌‧二湘〉、〈周南‧漢廣〉和〈秦風‧蒹葭〉都是描寫追蹤水神，並與水神舉行神婚儀式的詩歌〔註51〕。

這其中〈漢廣〉詩裡的漢水女神雖不時巡遊於茫濛江面，卻又棲息在高大喬木上，宛如山神；另有學者認為〈二湘〉中的湘君是湘山（君山）山神，而湘夫人則是湘水之神〔註52〕，似乎水神與山神總有牽扯不清的關係。

這是因為山神和水神也可能是由一神分化而來，文崇一說：

> 就中國來說，起初也許只有水神一種，即是所謂川神。中國人很早
> 就在祭祀山川，這是當初山神和水神的一元化。「秦併天下，令祠官
> 所常奉天地名山大川鬼神」（《史記‧封禪書》），可見這事由來已久。
> 《尚書‧呂刑》云：「禹平水土，主名山、川。」禹的變為「山川神
> 主」（《史記‧夏本紀》），可能就是這個道理。由於農作物上的需要，
> 一般都以為川神是雨的控制者，而實際山神也和雨有若干的關聯
> 性，《禮記‧祭法》云：「山林川谷丘陵能出雲，為風雨，見怪物，
> 皆曰神。」所以山也成了求雨的對象。〔註53〕

這裡從山水之神皆能興雲致雨的觀點，來說明山川之神的同質性，頗能得其實情。《周禮‧春官‧大宗伯》云：「以貍沈祭山林川澤。」鄭玄《注》：「祭山林曰貍，川澤曰沈。」是否有必要如此細分貍沈呢？如果考慮到山林中常存有川澤，而川澤源頭也多在山林之中，那麼山神與川神間的界線似乎並非那麼截然分明。

《山海經‧中次十二經》載：

> 洞庭之山，……其草多葌、蘪蕪、芍藥、芎藭（按，都是香草名）。
> 帝之二女居之（郭《注》：「天帝之二女而處江為神也。」），是常遊
> 於江淵，澧、沅之風，交瀟湘之淵，是在九江之間，出入必以飄風
> 暴雨。

常遊江淵的天帝二女居住在洞庭山上，她們既是水神，也是山神（天帝二女與鄭交甫遇到的江妃二女，可能是一個古老傳說的分化）；而弗雷澤在《金枝》中曾不只一次提到狄安娜（Diana）是山野森林之神，更是河流沼澤女神（她

〔註51〕至於〈離騷〉中被追求的女神之一宓妃，也具有水神的神格。
〔註52〕參見趙明主編：《先秦大文學史》，頁427～429。
〔註53〕見文崇一：《中國古文化》，頁47。

也是狩獵女神、月神，《金枝》，頁 5～6、216～218、235）。實際上，高唐神女同江妃二女、天帝二女及狄安娜一樣，也是一位山林兼溪泉女神，神女精魂所居的朝雲觀位於高山上，就如同山神廟般，又〈高唐賦〉正文首段載：

> 登巇巖而下望兮，臨大阺之畜水。遇天雨之新霽兮，觀百谷之俱集。
> 潰淘淘其無聲兮，潰淡淡而並入。滂洋洋而四施兮，蓊湛湛而弗止。
> 長風至而波起兮，若麗山之孤畝。勢薄岸而相擊兮，隘交引而卻會。
> 㟢中怒而特高兮，若浮海而望碣石。礫磈磈而相摩兮，巆震天之蓋
> 蓋。巨石溺溺之瀺灂兮，沫潼潼而高屬。水澹澹而盤紆兮，洪波淫
> 淫之溶裔。奔揚踴而相擊兮，雲興聲之霈霈。猛獸驚而跳駭兮，妄
> 奔走而馳邁。虎豹豺兕，失氣恐喙。雕鶚鷹鷂，飛揚伏竄，股戰脅
> 息，安敢妄摯。

這裡對於山中水波及猛獸的描寫，使人感覺那踴湧的水勢和竄伏的禽獸似全在神女的掌控之中；因此，高唐神女又不只是山水女神，更是狩獵女神了（參本論文第四章第一節）。

二、望祭山川的母題

　　前文關於《楚辭》、《詩經》中追蹤祭祀儀式的討論，可以用來印證〈高唐賦〉中所具有的相同祭儀；而對於高唐神女的追蹤祭儀，似乎更適宜以一個「望」字來概括。「望」字是關係〈高唐賦〉全文結構的關鍵字：它首先出現在序文中——「望高唐之觀」的「望」，已經暗示出全文是追蹤神女的祭儀。其次，「高矣顯矣，臨望遠矣」的「望」，是登高望遠的「望」，它作為全篇的眼目，凡下文所寫的深淵、怒濤、巨石、奇礜、水族、猛獸、榛林、糾枝、疊巖、異物、香草、鳴鳥等等奇偉珍怪，莫不是登高遠望所見。而接下來描述登覽高唐山水風景的正文，也是由「望」字架構起來的，如「登巇巖而下望兮，臨大阺之畜水」，是攀爬山巖時的下「望」；「中阪遙望，玄木冬榮」，是登至半山腰時的遙「望」；「登高遠望，使人心瘁」，是上至山頂尚未到達觀側的遠「望」。以上五個「望」字，除了單純的觀看外，還具有一種企慕、追蹤的心緒（以及追蹤不及的惆悵情感）〔註54〕，一如錢鍾書所說：「徵之吾國文字，遠瞻曰望；希冀、期盼、仰慕並曰望；願不遂、志未足而

〔註54〕除以上所舉的五個「望」字外，〈高唐賦〉中還有兩個「望」字與全文結構較無關係，即「揚袪郭日，而望所思」及「若浮海而望碣石」的「望」，前者是內在心理的摹狀，而後者則是外在行爲的描述。

怨尤亦曰望，字義之多歧適足示事理之一貫爾。」〔註55〕

「望」在後代典籍中，有作爲遙祭山川的宗教儀式之用，請看下列幾條
資料：

1. 《尚書·堯典》：「肆類於上帝，禋於六宗，望於山川，遍於群
   神。」

2. 《尚書·堯典》：「歲二月，東巡守，至於岱宗，柴，望秩於山
   川。」

3. 《公羊傳·僖公三十一年》：「三望者何？望祭也。然則曷祭？祭
   泰山、河、海。」

4. 《穀梁傳·僖公三十一年》范寧注引鄭氏曰：「望者，祭山川之
   名。」

5. 《史記·五帝本紀》：「望於山川，辯於群神。」《史記正義》：「望
   者，遙望而祭山川也。山川，五嶽四瀆也。」

6. 《廣雅·釋天》：「望，祭也。」王念孫疏證：「望者，遙祭之名。」

這種封建時代，王者望祭天下名山大川的典禮，實可以溯源自原始宗教的追
蹤祭儀原型，如臧克和說：

> 「望」字取象於望祭者企望那遙遠的所祀對象的儀式，既含「登高」，
> 即合「望遠」：由此規定影響了「登高望遠」作爲文化母題、作爲文
> 學類型的種種意象結構及其流變。〔註56〕

如前引諸例所示，「望祭」實包括了山川二者而言，那麼原始「企望」儀式所
影響、規定後代的，就不僅是「登高望遠」的文化母題，並且還包括了「臨
水遠望」的文化原型。請再看以下例證：

1. 〈九歌·湘君〉載：「望夫君兮未來，吹參差兮誰思？」又載：「望
   涔陽兮極浦，橫大江兮揚靈。」

2. 〈湘夫人〉云：「登白蘋兮騁望，與佳期兮夕張。」又云：「荒忽
   兮遠望，觀流水兮潺湲。」

3. 古樂府〈巫山高〉曰：「巫山高，高以大；淮水深，難以逝。我
   欲東歸，害不爲？我集高無曳，水何湯湯回回。臨水遠望，泣下
   霑衣。遠道之人心思歸，謂之何！」《樂府解題》曰：「古詞言，

〔註55〕見錢鍾書：《管錐編》「宋玉」條。
〔註56〕見臧克和：《錢鍾書與中國文化精神》，頁37。

　　江淮水深，無梁可度，臨水遠望，思歸而已。」（《樂府詩集》，
　　頁 228）

以上三例都表達出一種「臨水遠望」的企慕情感，「臨水遠望」即是〈蒹葭〉
詩中所說的「在水一方」，錢鍾書曾用西方文藝作品中的同類意象加以比較說：

　　「所謂伊人，在水一方。溯洄從之，道阻且長。溯游從之，宛在水
　　中央。」《傳》：「一方，難至矣。」按〈漢廣〉：「漢有游女，不可求
　　思。漢之廣矣，不可泳思。江之永矣，不可方思。」陳啟源《毛詩
　　稽古編‧附錄》論之曰：「夫說之必求之，然惟可見而不可求，則慕
　　說益至。」二詩所賦，皆西洋浪漫主義所謂企慕之情境也。古羅馬
　　詩人桓吉爾名句云：「望對岸而伸手嚮往。」後世會心者以為善道可
　　望難即、欲求不遂之致。德國古民歌詠好事多板障，每託興於深水
　　中阻。但丁《神曲》亦微旨於美人隔河而笑，如阻滄海。近代詩家
　　亦云：「歡樂長在河之彼岸。」以水漲道斷之象示歡會中梗，並見之
　　小說。〔註57〕

於文藝作品中，「在水一方」常表現為「可望難即、欲求不遂」的浪漫情致；
但是，現實生活中的「臨水遠望」，卻是一種典型的悲劇原型。如臧克和指出，
當離原始追蹤儀式源頭愈接近時，「河水」作為象徵符號便愈誇張其既深且長
的特徵；而當離原始追蹤祭儀的源頭漸遠時，「河水」這一意象就轉變為「水
長無船」或「欲渡無楫」，二者同樣宣示了人類的無能為力，徒嘆奈何（河）；
「臨水遠望」或「在水一方」遂成為一個永恆難遣的悲劇意象〔註58〕。

三、以人投河獻祭的巫儀

　　「臨水遠望」的悲劇原型實可再由以下兩點進一步說明：（一）以人為犧
牲，投河獻祭的祭儀。古代以人投河獻祭最著名的例子見於《史記‧滑稽列
傳》，其文曰：

　　魏文侯時，西門豹為鄴令。豹往到鄴，會長老問之民所疾苦。長老
　　曰：「苦為河伯取婦，以故貧。」……當其時，巫行視人家女好者，
　　云，是當為河伯婦。即娉取，洗沐之。為治新繒綺縠衣，閒居齋戒；
　　為治齋宮河上，張緹絳帷，女居其中。為具牛酒飯食，行十餘日，

〔註57〕　見錢鍾書：《管錐編》「毛詩‧蒹葭」條。
〔註58〕　參臧克和：《錢鍾書與中國文化精神》，頁 12～13。

共粉飾之，如嫁女床席。令女居其上，浮之河中，始浮行數十里，
乃沒。

又《史記・六國年表》載秦靈公元年：「初以君主妻河。」《索隱》曰：「謂
初以此年取他女爲君主，君主猶公主也。妻河謂嫁之河伯，故魏俗猶爲河伯
取婦，蓋其遺風，殊異其事，故云初。」《水經注・卷三十三、江水一》也
有以童女妻江神的記載：「江神歲取童女二人爲婦，冰以其女與神爲婚。」
這類將女子投河獻祭給水神的巫術儀式，廣見於世界原始民族之中，如弗雷
澤介紹說，巴干達人每逢遠航，總要向維多利亞、尼昂薩湖神莫卡祈求，同
時爲他獻出兩位少女做他的妻子；而英屬東非的阿基庫人崇奉河中水蛇，每
隔幾年便將一些婦人，尤其是年輕姑娘嫁與爲妻。弗雷澤並強調說：

> 從東方的日本和安南，到西方的塞內岡比亞、斯堪地納維亞和蘇格
> 蘭都發現過這類民間故事的文字記載。故事的詳細情節，不同民族
> 的傳說各有不同，但一般說起來都是這樣：某地常有多頭蛇、龍，
> 或其他怪物騷擾，如果不定期以活人，特別是年輕處女獻祭，就要
> 毀滅全體居民。於是，人們獻祭了許多姑娘。最後輪到國王的女兒
> 了。公主被獻給了怪物，這時，故事的主角，一般都是出身卑微的
> 青年，出來代替公主，殺了怪物，得到公主爲妻，作爲對他的報酬。
> 這些故事中的怪物有時是住在海裡、湖中，或山上的蟒蛇。有些故
> 事則把它寫成佔據泉水的蛇或龍，必須以活人向他獻祭，才讓人飲
> 用泉水。如果認爲所有這些故事都是說故事的人捏造出來的，那是
> 不對的。我們可以認定，這些故事反映了一個眞實的風俗，就是，
> 把姑娘或婦女獻給常常被人們想像爲蛇或龍的水中精靈爲妻。（《金
> 枝》，頁 222～223）

除了以上所說用婦女祭河的故事外，另外也有巫者自身以爲犧牲，投河迎神
獻祭的事例，如〔晉〕崔豹《古今注》載：

> 〈箜篌引〉，朝鮮津卒霍里子高妻麗玉所作也。子高晨起刺船而櫂，
> 有一白首狂夫，被髮提壺，亂流而渡，其妻隨呼止之，不及，遂墮
> 河水死。於是援箜篌而鼓之，作公無渡河之歌，聲甚淒愴，曲終，
> 自投河而死。霍里子高還，以其聲語麗玉，玉傷之，乃引箜篌而寫
> 其聲，聞者莫不墮淚飲泣。麗玉以其聲傳鄰女麗容，名曰〈箜篌引〉。
> （《全書》850 冊，頁 104）

楊牧曾經指出，〈公無渡河〉是中國詩裡最樸實無華的作品之一，它的精神是「哀而不傷」的，文盡之處並無狂態，依然存有一種節制的情感，詩人到了這種境界，便是「以詩的悲哀，征服了生命的悲哀」〔註 59〕，相信〈公無渡河〉「哀而不傷」的生命情感，是和它以人作爲犧牲的祭河儀式分不開的。在這種獻祭儀式中，氣氛總是莊嚴、隆重而感傷的，由這種心緒所凝聚成的悲劇原型，自然不同於源自希臘酒神節狂縱的悲劇形態了。

　　陳寧寧曾從巫俗的角度來看待〈公無渡河〉一詩，他舉出了韓國投水巫俗與白髮狂夫投水行爲之間的關聯性，並認爲後者應與投水作犧牲、或在宗教狂熱狀態中赴水而死的儀式有關〔註 60〕。除了白首狂夫外，曹盱溺水而死的故事，恐怕也可以從同樣的儀式原型來解釋，《後漢書・列女傳》載：

> 孝女曹娥者，會稽上虞人也。父盱能絃歌，爲巫祝。漢安二年五月
> 五日，於縣江泝濤婆娑（迎）神，溺死，不得屍骸。娥年十四，乃
> 沿江號哭，晝夜不絕聲，旬有七日，遂投江死。

〔三國〕邯鄲淳《孝女曹娥碑》序記載相同的故事之後，其正文云：

> 何悵華落，雕零早分，葩艷窈窕，永世配神。若堯二女，爲湘夫人，
> 時效彷彿，以昭後昆。〔註 61〕

曹娥效法堯之二女，永世配神行爲的深層底蘊，或即是古巫以女子獻祭水神的儀式。而五月五日龍舟競渡活動本是爲紀念伍子胥而設立的，蘇雪林曾指出，曹娥的父親乃因龍舟競渡而溺死，龍舟競渡的目的之一即在迎接水神（死神）〔註 62〕；前文也說，在祭祀水神時，有乘舟追蹤的節目，或許在這節目當中，即有虔誠而狂亂的巫者親身赴江流以迎神吧。曹盱溺水而死的故事使我們想起關於屈原死亡前後的傳說，屈原曾不斷在作品中提到巫者彭咸，並表達了強烈的企慕之情，如：

〔註 59〕　參見楊牧：〈公無渡河〉，氏著：《傳統的與現代的》，頁 7～8。

〔註 60〕　陳寧寧認爲「白首」的字彙和「男巫」在古代韓語中發音相似，白首狂夫可以解釋成處於精神恍惚狀態的巫者，他的「披髮提壺」是藉著飲酒而達致狂亂歌舞的狀況中。所以他不理會妻子的挽留，亂流而渡，墮河而死。巫者即通過這種死亡儀式，而得到與神合一的體驗。至於他的妻子隨即投河而死，是與古代殉葬風習有關。參見陳寧寧：〈箜篌引的研究〉，《出版與研究》50 期，頁 14～19，民國 68 年。

〔註 61〕　嚴可均編：《全三國文》卷 26，頁 1196。

〔註 62〕　參見蘇雪林：〈端午與屈原〉及〈端午與龍舟〉兩文，氏著：《屈賦論叢》，頁 63～82。

「願依彭咸之則」（〈離騷〉）。

「吾將從彭咸之所居」（〈離騷〉）。

「指彭咸以為儀」（〈抽思〉）。

「何彭咸之造思」（〈悲回風〉）。

「昭彭咸之所聞」（〈悲回風〉）。

「託彭咸之所居」（〈悲回風〉）。

「思彭咸之故也」（〈思美人〉）。

現代學者多認為彭咸是指《山海經》〈海內西經〉及〈大荒西經〉中的大巫巫
彭和巫咸；不過，王逸卻說彭咸是：「殷賢大夫，諫其君不聽，自投水而死。」
屈原的「願依彭咸之則」、「將從彭咸之所居」，似乎已有托身於水鄉的意思；
若再聯繫起屈原臨死前的傳聞：「屈原既放，游於江潭，行吟澤畔；顏色憔悴，
形容枯槁。」又：「寧赴湘流，葬於江魚之腹中。」（俱見〈漁父〉）屈原「顏
色憔悴，形容枯槁」的外貌與白首狂夫的形貌頗為神似；而「寧赴湘流」的
決絕誓言，則是「願依彭咸之則」心志的一貫表白。屈原的「從彭咸之所居」，
固有企慕古代聖賢的新喻，但其原型應是源自原始宗教投水以追蹤水神的舊
儀。屈原不再在水一方，臨河遠望，他勇敢地蹈赴江流，從彭咸居，從而其
身心都超越到另一個彼岸世界，這就關係到了水的古老象徵寓義。

四、水的神話意象

（二）「水」的神話意象。請看下列資料：

1. 《左傳‧昭公二十九年》載：「水正曰玄冥。」

2. 《山海經‧海外北經》載：「北方禺彊。」郭璞《注》：「字玄冥，
水神也。」

3. 《淮南子‧天文》載：「北方，水也。其帝顓頊，其佐玄冥，執權
而治冬。」

水神玄冥的名字實具有黑暗冥間之義。古人觀察到太陽早晨從東方升起，中
午則偏向正南天空，到黃昏時落入西方地平線下，次日太陽又從東方升起，
如此日夜循環不息，那麼夜間的太陽一定是潛行於北方地下了。

在古人的設想中，地底是一片汪洋大水，即所謂的黃泉，如《淮南子‧
天文》載：「日入於虞淵之汜，曙於蒙谷之浦。」這裡的「虞淵之汜」、「蒙谷
之浦」，與《山海經‧大荒東經》中的「湯谷」、「溫源谷」、「甘淵」等，都說

明地下的黃泉是大水的世界。黃泉並是上古地獄的象徵，它具有無垠大水與無邊黑暗兩大特徵，《淮南子・天文》稱之爲「蒙谷」，《楚辭・招魂》則稱之爲「幽都」，「蒙」與「幽」都有黑暗無光的意思，這是與人間不同的另外一個世界。在一九七二年長沙馬王堆漢墓出土的帛畫「飛衣」畫面上，分成上、中、下三個部分，下部由頂托大地的水神玄冥（或禺強）主宰，玄冥四周顯現出許多水族生物，「飛衣」帛畫以實物證明了地底是一片大水的觀念；而地下有黃泉的觀念應該伴隨著初民對太陽出入神話的創作，在史前時代即已出現了。因此，水和黑暗、陰間、北方、冬天等，構成了同一組的神話意象，依照神話的思維邏輯，黑暗、陰間、北方、冬天等元素，又是光明、陽間、東方、春天的萌芽，因此水具有死亡的本質，又具有生命的種子。由以上分析可以知道，水神具有死神與生命神的二重性；而經由水的洗禮，生命終於得以超越死亡，獲得重生。

五、登高感契的咒術性儀式

原始「企望」儀式所影響後代的，既然包括「登高望遠」和「臨水遠望」的文化母題，那麼「登高望遠」的儀式也具有一種悲劇原型，這同樣可以由以下兩點來說明。（一）登高遙望、感契的咒術性儀式。請看下列例子：

1. 王粲〈登樓賦〉：「登茲樓以四望兮，聊假日以銷憂。……憑軒檻以遙望兮，對北風而開襟。平原遠而極目兮，蔽荊山之高岑，悲舊鄉之壅隔兮，涕橫墜而勿禁。」〔註63〕

2. 沈約〈臨高臺〉：「高臺不可望，望遠使人愁。……可望不可至，何用解人憂？」

3. 李白〈愁陽春賦〉：「試登高而望遠，咸痛骨而傷心。」

從以上例證可以看出，登高望遠每足以使有愁者添愁，無愁者生憂。而論說「望」的心緒、感懷最精闢的，大概要算是〔唐〕李嶠的〈楚望賦〉了，請看以下幾句：

「登高能賦」謂感物造端者也。夫情以物感，而心由目暢；非歷覽無以寄杼軸之懷，非高遠無以開沈鬱之緒。……故夫望之爲體也，使人慘悽伊鬱，惆悵不平，興發思慮，震盪心靈。其始也，惘兮若有求而

〔註63〕 嚴可均編：《全後漢文》卷90，頁959。

> 不致也，悵乎若有待而不至也。……精迴魂亂，神荼志否，憂憤總集，
> 莫能自止。……故望之感人深矣，而人之激清至矣！〔註64〕

「望」的這種震盪心靈、感人至深的心理結構是如何產生的呢？錢鍾書在引
用〈招魂〉「目極千里兮傷春心」與〈高唐賦〉「長吏隳官，賢士失志，愁思
無已，太息垂淚，登高遠望，使人心瘁」兩段文字後說：

> 二節爲吾國詞章增闢意境，即張先〈一叢花令〉所謂「傷高懷遠幾
> 時窮」是也。張協〈雜詩〉之九：「重基可擬志，迴淵可比心。」《文
> 選》李善註引《顧子》：「登高使人意遐，臨淵使人志清。」斯故然
> 矣。別有言憑高眺遠，憂從中來者，亦成窠臼，而宋玉賦語實爲之
> 先。〔註65〕

接著錢氏又指出《詩經·魏風·陟岵》雖有登高瞻望，卻沒有明白道出悲愁
的意境，所以李商隱〈楚吟〉說：「山上離宮宮上樓，樓前宮畔暮江流；楚天
長短黃昏雨，宋玉無愁亦自愁。」溫庭筠〈寄岳州李外郎遠〉則說：「天遠樓
高宋玉悲。」二詩都認爲登高悲愁的心理情感拈自宋玉〔註66〕。

　　前文已經指出，〈高唐賦〉的「望」，具有原始宗教追蹤祭儀的原型；而
所謂「登高遠望，使人心瘁」，正描繪出可望不可及的心懷。「登高望遠」首
先是懷神、慕神的宗教儀式〔註67〕；後來則演變、凝聚成懷人、慕人的心理
情感，《詩經·周南·卷耳》云：

> 采采卷耳，不盈頃筐。嗟我懷人，寘彼周行。
>
> 陟彼崔嵬，我馬虺隤。我姑酌彼金罍，維以不永懷！
>
> 陟彼高岡，我馬玄黃。我姑酌彼兕觥，維以不永傷！
>
> 陟彼砠矣，我馬瘏矣，我僕痡矣，云何吁矣。

這首詩的背後似有一深遠的文化原型，如白川靜所指出的，原始土著們凡旅
經路途崎嶇的山巔，或海波洶湧的湍流，往往登高遙望，口誦咒歌；它的意
義除了是祈禱當地神靈庇祐（即入境問神）的儀式外，也有遙望故鄉，與祖

〔註64〕《欽定全唐文》卷二百四十二，頁3093～3094。

〔註65〕見《管錐篇》「宋玉」條。

〔註66〕見《管錐篇》「宋玉」條。

〔註67〕其間或有爲山神娶女的事，如《後漢書·宋均傳》載：「（均）遷九江太守。……
浚道縣有唐、后二山，民共祠之，眾巫遂取百姓男女以爲公姬，歲歲改易。
既而不敢嫁娶，前後守令莫敢禁。均乃下書曰：『自今以後爲山娶者，皆娶巫
家，勿擾良民。』於是遂絕。」這個故事可說與西門豹治鄴事前後呼應，想
必古代中國鄉間充斥著這類嫁女於水神、山神的情事。

魂、族人心靈共感的巫術作用在〔註68〕，這就是後來所謂的「遠望可以當歸」。
〈卷耳〉一詩中有思念遠行者的婦人（第一章），有懷念家中婦人的遊子（二、
三、四章），兩人登高遙望，除了如白川靜所說，源於與族人、家人心靈相契
的巫術作用外；更根本的或是源自人與山神精魂共感的咒術性儀式（至於摘
草置於道旁，也是「香草巫術」母題的變形）。〈卷耳〉全詩的情調是低沈的、
悲傷的，又積澱著人神相感遙契的遠古風俗；另外，《詩經・魏風・陟岵》也
表達了同樣的主題：

> 陟彼岵兮，瞻望父兮。父曰嗟予子，行役夙夜無已。上慎旃哉，猶
> 來無止！
> 陟彼屺兮，瞻望母兮。母曰嗟予季，行役夙夜無寐。上慎旃哉，猶
> 來無棄！
> 陟彼岡兮，瞻望兄兮。兄曰嗟予弟，行役夙夜必偕。上慎旃哉，猶
> 來無死！

這首詩的孝子至情全在「瞻望」二字上表現，行役士兵的父母、兄長念己、
祝己之情，都從役者登高「瞻望」中想像出來，其中自然包括了原始咒術性
儀式的原型積澱。

　　「登高望遠」心神共感的古老儀式，後來凝定為九九重陽的節俗，人們
在重九日登臨高山，頭插茱萸，共飲菊花酒，向他鄉的遊子招魂續魄；而羈
旅在外的遊子也舉行同樣的儀式，與家人心靈遙相感應。高山在這裡具有神
聖的作用，這就必須進一步探討關於山的神話象徵。

六、山的神話意象

　　（二）山的神話意象。高山是遠古薩滿（Shaman）巫師通天的途徑之一，
如《山海經》〈西山經〉和〈海內西經〉所載的崑崙山，既是上帝的下都，也
是巫師通天的途徑〔註69〕；而〈離騷〉的主人翁於想像神遊時，則登上懸圃、
閬風，上下追求神靈〔註70〕，高山在這裡是作為分隔聖俗兩界而存在的。以

〔註68〕　參白川靜：《詩經研究》，頁38～41。
〔註69〕　又〈海外西經〉的登葆山、〈大荒西經〉的靈山及〈海內經〉的肇山等，也都
　　　　　是古代巫師通天的天梯或天柱。關於薩滿（Shaman）巫師通天地的問題，可
　　　　　參看本論文第五章第一節。
〔註70〕　懸圃、閬風都在崑崙山，如《淮南子・墜形》篇載：「崑崙之丘，或上倍之，
　　　　　是謂涼風（按，即閬風）之山，登之而不死；或上倍之，是謂懸圃之山，登
　　　　　之乃靈，能使風雨。」

神山爲天梯，既溝通，又分開聖俗兩界的巫俗觀念，在漢代以後演變成兩種
形態：一是帝王的封禪儀式，二是平民尋訪仙家的世外桃源〔註 71〕。首先來
看帝王的封禪儀式。《史記‧封禪書》載秦始皇的封禪儀式曰：

> 始皇聞此議，各乖異難施用，由此絀儒生。而遂除車道，上自泰山
> 陽至巔，立石頌秦始皇帝德，明其得封也，從陰道下禪梁父。其禮
> 頗采太祝之祀雍上帝所用，而封藏皆祕之，世不得而記也。

又載漢武帝的封禪儀式曰：

> 上念諸儒及方士言封禪，人人殊，不經，難施行。天子至梁父，禮
> 祠地主。乙卯，令侍中儒者皮弁薦紳，射牛行事，封泰山下東方，
> 如郊祠太一之禮。封廣丈二尺，高九尺，其下則有玉牒書，書祕。
> 禮畢，天子獨與侍中奉車子侯上泰山，亦有封，其事皆禁。

從以上記載可以看出，秦皇、漢武舉行的封禪典禮具有十分神秘的性質，
這或者是因爲封禪儀式是一種達致長生不死的秘術，如《史記‧封禪書》
載：

> 少君言上曰：「祠灶則致物，致物而丹沙可化爲黃金，黃金成以爲飲
> 食器則益壽，益壽而海中蓬萊僊者乃可見，見之以封禪則不死，黃
> 帝是也。」

又載：

> 申公曰：「漢主亦當上封，上封則能僊登天矣。」

又載：

> 封禪者，合不死之名也。

可見封禪的目的似與不死有密切關係，封禪高山這種神秘不死的功能，或者
源自於山在遠古神話中具有分隔聖與俗（即死亡與再生）的象徵意義；因而
封禪的神聖知識代表了特權、身份和專利，必須秘而不宣，只能掌握在巫師
手中。

〔註71〕 這裡所討論的是以聖山爲主的「追蹤祭祀儀式」；另外，以遠遊昇天爲主的「追
蹤祭祀儀式」，也是原始薩滿巫師的神秘體驗，屈原的〈離騷〉、〈遠遊〉有部
分的描寫即是以遠遊昇天巫術爲原型的。遠遊昇天的巫系文學，在戰國以後，
也呈兩系發展：一是以娛樂帝王爲主的「巡遊」文學，如賈誼〈惜誓〉、司馬
相如〈大人賦〉、張衡〈思玄賦〉等；二是以追求長生爲主的「遊仙」文學，
如郭璞的遊仙詩等。遠遊昇天巫系文學的這種發展傾向，可以和登山通天追
蹤祭儀的發展相參看。

再來看平民尋訪仙家的世外桃源。《搜神記》佚文載：

> 劉晨、阮肇入天台山取穀皮，遠不得反。經十三日，飢，遙望山上
> 有桃樹，子實熟，遂躋險援葛至其下，啖數枚，飢止體充。欲下山，
> 以杯取水，見蕪青葉流下，甚鮮新，復有一杯流下，有胡麻焉。乃
> 相謂曰：「此近人家矣！」遂渡山，出一大溪，溪邊有二女子，色甚
> 美，見二人持杯，便笑曰：「劉、阮二郎捉向杯來！」劉、阮驚。二
> 女遂欣然如舊相識曰：「來何晚也？」因邀還家。南東二壁各有絳羅
> 帳，帳角懸鈴，上有金銀交錯。各有數婢使令，其饌有胡麻飯、山
> 羊脯、牛肉，甚美。食畢，行酒。俄有群女持桃子，笑曰：「賀汝婿
> 來。」酒酣作樂。夜後各就一帳宿，婉態殊絕。至十日，求還，苦
> 留半年。氣候草木是春時，百鳥啼鳴，更懷鄉，歸思甚苦，女遂相
> 送，指示還路。既還，鄉邑零落，已十世矣。〔註72〕

劉阮入天台世外桃源的故事在晉代以後流傳甚廣，應該與道教的傳播有關。
這裡的「天台」就是本文本章前一節所引〔晉〕孫綽〈遊天台山賦〉的「天
台山」；天台山位於浙江省東部天台、寧海、奉化等縣間，陶弘景《真誥》說：
「天台山高一萬八千丈，周八百里，山有八重，四面如一，當斗牛之分，上
應台宿，故曰天台。」可見「天台」在南北朝時就成為道教的名勝仙山了。
如果說秦皇、漢武的封禪在求長生不死；那麼劉、阮等凡夫的入世外桃源則
在成仙，高山在這兩類意識形態中，都是作為聖與俗（死亡與再生）的分界。
而高山這種聖與俗分界的神話意義，自然也貫串在「登高望遠」的儀式中，
從而進一步深化了「登高望遠」儀式內涵。

七、精神的淨化與超越

綜合上文所說，在遠古的神話中，世俗的生命可以經由山水的分界而獲
致神聖的意義，這即是一種死亡——再生儀式；因此「登高望遠」與「臨水
遠望」的追蹤祭儀，也就蘊含了由俗（死亡）返聖（再生）的文化原型。而
〈高唐賦〉以「望」為結構的夢幻核心，同樣可以溯源自追蹤祭祀山水神靈
的儀式，其中自然具有由俗（死亡）返聖（再生）的神話底蘊，這即是所謂
的永恆回歸文化原型（參見本論文第五章第二節），這類文化原型更不斷出現
在後代文學作品中，如王維〈祠漁山神女歌〉云：

〔註72〕 見張甦等編著：《全本搜神記評譯》，頁398。

〈迎神〉

坎坎擊鼓，漁山之下。吹洞簫，望極浦。女巫進，紛屢舞。陳瑤席，
湛清酤。風淒淒，又夜雨。不知神之來兮不來，使我心兮苦復苦。

〈送神〉

紛進舞兮堂前，目眷眷兮瓊筵。來不言兮意不傳，作暮雨兮愁空山。
悲急管兮思繁弦，神之駕兮儼欲旋。倏雲收兮雨歇，山青青兮水淺
淺。（《樂府詩集》，頁 687）

這整組詩歌所散發出的氛圍十分類似〈九歌・二湘〉，又雲雨意象的使用則與
〈高唐賦〉相同。這組詩的典故當與弦超及神女成公智瓊的故事有關，據〔晉〕
張華〈神女賦〉序文載：

魏濟北從事弦超，嘉平中，夜夢神女來，自稱天上玉女，姓成公，
字智瓊，東郡人。早失父母，天地哀其孤苦，令得下嫁。後三、四
日一來，即乘輜軿，衣羅綺。智瓊能隱其形，不能藏其聲，且芬香
達於室宇，頗為人知。一旦，神女別去，留贈裙衫褂襠。

而〔晉〕干寶《搜神記》卷一則詳細記載了弦超與成公智瓊的故事，其結尾
是這樣描寫的：

（神女）去後五年，超奉郡使至洛，到濟北漁山下陌上，西行遙望，
曲道頭有一車馬，似智瓊。驅馳前至，果是也。遂披帷相見，悲喜
交切。……張茂先為之作《神女賦》。〔註73〕

智瓊這位天上玉女後來成為漁山神女，而漁山神女的本事又與宋玉〈高唐〉、
〈神女〉二賦相類，應是源自同樣的原型吧！不論如何，王維〈祠漁山神女
歌〉作為追蹤祭祀山水女神儀式的詩歌是無庸置疑的。而當追蹤祭祀山水（即
由俗返聖、由死亡而再生）儀式的文化原型，以集體潛意識的方式，持續影
響後代時，自屈原以降的文學家們則早已運用理性的光輝，推陳創新，以登
山意象象徵精神的淨化，以涉水意象象徵精神的超越，這就更加豐富了追蹤
祭祀文化原型的內蘊了。

〔註73〕見張甦等編著：《全本搜神記評譯》，頁 31。

第三章　聖婚儀典

第一節　雲、雨、風、氣所具有的生殖象徵

　　〈高唐賦〉全篇是一個追蹤神女的夢境，作者在序文開頭用「雲」作引子，以映襯出懷王的「夢」，由於迷濛雲氣和惚恍睡夢同樣具有飄緲虛幻的性質，因而可以相互比擬〔註 1〕；不過，在〈高唐賦〉中，「雲」的更重要作用應在於，與反覆出現在賦作當中的「雨」、「風」、「氣」等單元素，構成生殖的原型意象，從而和整篇賦作的生殖崇拜底蘊聲息呼應，本節以下就將探討雲、雨、風、氣等所具有的原始生殖象徵。

一、《詩經》中運用水、雲、雨、風等生殖原型意象的詩歌

　　〈高唐賦〉序載：

　　　　昔者先王嘗遊高唐，怠而晝寢，夢見一婦人曰：「妾巫山之女也，為
　　　　高唐之客。聞君遊高唐，願薦枕席。」王因幸之。去而辭曰：「妾在
　　　　巫山之岨，旦為朝雲，暮為行雨，朝朝暮暮，陽臺之下。」

〔註 1〕　古代文人就常常將二者交織成詩句，如：
　　　① 張融〈海賦〉：「浮微雲之如夢，落輕雨之依依。」（嚴可均編：《全齊文》
　　　　　卷 15，頁 2872。）
　　　② 白居易〈花非花〉：「來如春夢不多時，去似朝雲無覓處。」
　　　③ 崔櫓〈華清宮〉之三：「紅葉山下寒寂寂，濕雲如夢雨如塵。」
　　　④ 皮日休〈病後春思〉：「牢愁有度應如月，春夢無心只似雲。」（按，以上
　　　　　三首詩分別見於《全唐詩》卷 435，第 13 冊，頁 4822；卷 567，第 17 冊，
　　　　　頁 6567；卷 613，第 18 冊，頁 7074）

前文曾說，巫山神女的故事在六朝以後流傳漸廣（見本論文第一章第二節）；而賦序中的「朝雲」、「行雨」更在後代的文藝作品中，轉化成為「雲雨」一詞，被用來當作男女合歡的代用語，如：

〔唐〕李群玉〈醉後贈馮姬〉：「願託襄王雲雨夢，陽台今夜降神仙。」

〔後唐〕韓熙載〈書歌妓泥金帶〉：「風柳搖搖無定枝，陽台雲雨夢中歸。」（按，以上二詩見於《全唐詩》卷569，第17冊，頁6601；卷738，第21冊，頁8416）

〔宋〕柳永〈婆羅門令〉：「空床展轉重追想，雲雨夢，任敧枕難繼。」〔註2〕

〔明〕馮夢龍《醒世恆言·賣油郎獨占花魁》：「二人相挽就寢，雲雨之事，其美滿更不必言。」

另外，如「翻雲覆雨」、「雲收雨散」等詞語也表示出同樣的意思；其實，這類用「雲」、「雨」來隱喻男女之事的表現手法，在《詩經》當中就已經使用了。如《詩經·齊風·敝笱》云：

敝笱在梁，其魚魴鰥。齊子歸止，其從如雲。

敝笱在梁，其魚魴鱮。齊子歸止，其從如雨。

敝笱在梁，其魚唯唯。齊子歸止，其從如水。

《詩序》說這首詩是：「刺文姜也。齊人惡魯桓公微弱，不能防閑文姜，使至淫亂，為二國患焉。」鄭《箋》解「敝笱在梁，其魚魴鰥」句說：「魴也、鰥也，魚之易制者，然而敝敗之笱不能制，興者，喻魯桓微弱，不能防閑文姜，終其初時之婉順。」古來解詩的學者，大都遵循鄭玄和《詩序》的說法，並沒有悟出以魚起興的原型象徵。直到聞一多指出，「魚」在《詩經》中常作性欲的隱語使用後〔註3〕，才弄清楚了「魚」和「文姜淫亂」之間的隱喻關係。至於從者「如雲」、「如雨」、「如水」，鄭玄分別注解說：

其從，姪娣之屬。言文姜初嫁於魯桓之時，其從者之心意如雲然。

雲之行，順風耳。後知魯桓微弱，文姜遂淫恣，從者亦隨之為惡。

如雨，言無常，天下之則下，天不下則止，以言姪娣之善惡，亦文姜所使止。

水之性可停可行，亦言姪娣之善惡在文姜也。

〔註2〕 《全宋詞》冊1，頁24。

〔註3〕 參見聞一多：〈說魚〉，《聞一多全集·詩經編上》，頁231～252（第三冊）。

孔《疏》則說：「雲行順風東西，從者隨嫡善惡。由文姜淫泆，而從者亦淫。」鄭、孔二人同樣認爲「雲」、「雨」和「水」具有某種不自主的性質，如雲順風而行，雨隨天意或落或止，水則依地勢或停或行，它們都隨著外在環境的變化而改變，因而詩人用以比喻：因文姜淫亂，從者也跟著淫亂。這種解釋的轉圜處顯得很生硬，無法使人信服；其實，詩人這裡是用「雲」、「雨」、「水」來暗喻淫泆的行爲，因爲「雲」、「雨」、「水」本具有原始生殖的原型意義，它們和「魚」構成雙重起興的表現技法〔註4〕。

　　容格曾說，水是潛意識最普遍的象徵，山谷中的湖就是無意識，潛伏在意識之下〔註5〕。李達三則認爲，水的母題在神話和詩歌裡多代表「創造的神秘、生——死——復活、淨化與贖罪、生產力與成長」的原型意象〔註6〕。而水的這種普遍原型意象是如何產生的呢？（加拿大）弗萊（Northrop Frye）在《神話——原型批評》中說：「水的象徵性循環：由雨水到泉水，由泉水到溪流與江河，再由江河到海水，海水蒸發又化爲雨水，如此往復不已。」〔註7〕（漢）王充與（東晉）王彪之都曾表達過同樣的意思，只是沒有賦予它原型象徵的方法學意義：

　　1. 王充《論衡·順鼓》：「天將雨，山先出雲，雲積爲雨，雨流爲水。」
　　　（《叢書》3 冊，頁 414）
　　2. 王彪之〈水賦〉：「故能委輸而作四海，決導而流百川，承液而生
　　　雲雨，湧凝而爲甘泉。」〔註8〕

「水——雲——雨——水」的形態反復循環，在變化中體現著永恆。只要這種現象合乎規律的發生，就能保證大地上的生物正常地繁衍、生長；如果失序混亂，則會降下旱澇冰雹等災害，危及萬物的生存與發展。遠古時代的人們，經由日常生活不斷的觀察、體驗，進而認識到「雲」、「雨」、「水」等物質的重要性，逐漸將它們積澱爲普遍的心理原型結構。所謂「雲行雨施，品物流行」（《易經·乾卦·象辭》）、「天地絪縕，萬物化醇；男女媾精，萬物化

〔註4〕　毛《傳》云：「如雲，言盛也。」又：「如雨，言多也。」又：「如水，喻眾也。」
　　　　這種解法較鄭、孔爲佳。用盛、多、眾來說解雲、雨、水的象徵意義，也映
　　　　襯出魚的盛、多、眾，更表示出文姜及其從者淫亂行爲的盛、多、眾，這種
　　　　解法與將「雲」、「雨」、「水」看成具有原始生殖原型意義的說法並不衝突。
〔註5〕　見容格：〈集體無意識的原型〉，馮川、蘇克編譯：《心理學與文學》，頁39。
〔註6〕　見李達三：《比較文學研究之新方向》，頁237。
〔註7〕　見〔加拿大〕弗萊（Northrop Frye）：《神話——原型批評》，頁212。
〔註8〕　嚴可均：《全晉文》卷二十一，頁1574。

生」〔註9〕（《易經・繫辭》下），正是這種原始生殖原型的哲學式說明〔註10〕。

關於「雲」、「雨」的生殖原型象徵意義，更可以用《詩經・鄭風・風雨》一詩來討論：

> 風雨淒淒，雞鳴喈喈。既見君子，云胡不夷？
>
> 風雨瀟瀟，雞鳴膠膠。既見君子，云胡不瘳？
>
> 風雨如晦，雞鳴不已。既見君子，云胡不喜？

從漢代的毛《傳》、鄭《箋》、《詩序》，到唐代的《毛詩正義》，基本上都否定《詩經》中有男女愛情詩歌的存在，而多把情歌附會成具有政治教化的目的〔註11〕，如《詩序》就說〈風雨〉一詩是「思君子也。亂世則思君子不改其度焉。」可是宋代朱熹的《詩集傳》卻說：「風雨晦冥，蓋淫奔之時。君子，指所期之男子也。夷，平也。淫奔之女言當此之時，見其所期之人而心悅也。」而將〈風雨〉歸入所謂「淫詩」一類的詩作當中。朱子的說法自然引起後世學者不少的非難，其中以清代毛奇齡辯駁最力：

> 自淫詩之說出，不特《春秋》事實皆無可按，即漢後史事其於經典有關合者，一概掃盡。如《南史・袁粲傳》：「粲初名愍孫，峻於儀範。廢帝倮之，迫之使走。愍孫雅步如常。顧而言曰：『風雨如晦，雞鳴不已。此〈風雨〉之詩，蓋言君子有常，雖或處亂世而仍不改其度也。』如此事實，載之可感，言之可思。不謂淫說一行，而此等遂闃然。即造次不移，臨難不奪之故事，俱一旦歇絕，無可

〔註9〕 「絪縕」即如麻枲、綿絮般，用以比喻雲氣迷濛的樣子；「天地絪縕」一句表示，天地陰陽二氣緊密交融纏綿在一起，像是麻枲、綿絮、雲靄的形態一般。又後代民間傳說中曾將媒妁之神稱為氤氳大使，〔明〕陶宗儀等編著《說郛》卷六十一引〔宋〕陶穀《清異錄・仙宗》云：「世人陰陽之契，有繾綣司總統，其長官號氤氳大使。諸凡緣冥數當合者，須駕鴛牒下乃成。雖伉儷之正，婢妾之微，買笑之略，偷期之秘，仙凡交會，華戎配接，率由是道焉。」氤氳即絪縕，將氤氳大使當成媒合男女的神祇，正是與「天地絪縕，萬物化醇；男女媾精，萬物化生」哲學思想相對的民俗觀念。

〔註10〕 參見李辛儒：《儒學文化與民俗美術》，頁43～52。

〔註11〕 如《詩序》把《鄭風・將仲子》與「鄭伯克段於鄢」的史實聯繫起來說：「刺莊公也。不勝其母以害其弟，弟叔失道而公弗制，祭仲諫而公弗聽，小不忍以致大亂焉。」又將《鄭風・子衿》和「子產不毀鄉校」的史事串聯起來說：「刺學校廢也。亂世，則學校不脩焉。」《詩序》中這種以《詩經》作為政治教化手段的例子，實在不勝枚舉，其中有的屬於《詩序》創造性的轉換，有的則不免有所附會了。如實來看，〈將仲子〉和〈子衿〉兩首詩，似乎更具有男女情詩的味道。

據已。嗟乎痛哉！

又曰陳晦伯作《經典稽疑》載〈風雨〉一詩，行文取證者甚備。
郭麐叛呂光遺楊軌書曰：「陵霜不凋者松柏也，臨難不移者君子也。
何圖松柏凋於微霜，而雞鳴已於風雨？」《辨命論》云：「《詩‧風雨》
云：『風雨如晦，雞鳴不已。』故善人為善，焉有息哉？」《廣弘明
集》云：「梁簡文帝於幽繫中自序云：『梁正士蘭陵蕭綱，立身行己，
始終如一。風雨如晦，雞鳴不已。非欺暗室，豈況三光。數至於此，
命也如何？』」〔註12〕

不過，試看毛奇齡所徵引的史例，全都是深受《詩序》之說的影響，以「風
雨如晦，雞鳴不已」來激勵士節；再如近人陳子展說：

〈風雨〉，懷人之詩。詩人於風雨之夜，懷念君子，既而見之，喜極
而作。詩人與君子有何關係？君子為何人？詩所未言，殊難猜
測。……此詩之積極意義在於鼓勵人之為善不息，不改常度，造次
不移，臨難不奪。倘爭論其必為淫奔之詩，則有何根據？有何意義
乎？〔註13〕

實際上，自《詩序》以下，將《風雨》詩看成是激勵士節的學者，也多運用
了以意逆志的讀詩法，又何嘗提出任何確鑿的根據呢？朱熹從倫理道德的角
度提出「淫詩說」，固不可取，不過卻點出這些「淫詩」的本質是講男女之情
的。如果從原型象徵的角度來看，在《詩序》用「風雨」比喻亂世以前，「風
雨」與男女交合之間，早已具有一種神秘的交感法術關係，「風雨」更多是用
作原始生殖的原型象徵意義；至於「雞」在民間口語當中，也常作為陽物的
代稱。因此〈風雨〉一詩裡的「風雨」與「雞鳴」，應該是思春女子對期盼男
子的雙重起興〔註14〕，而「云胡不夷」、「云胡不瘳」、「云胡不喜」等狂喜情
感，也表達出樸質大膽的民歌本色。所以這首詩的詩旨當如高亨所說：「在一
個風雨如晦，雞鳴不已的早晨，妻子與丈夫久別重逢，不禁流露出無限喜悅
的心情。又解，這是寫女子與情人夜間幽會的詩。」〔註15〕

不過，〈風雨〉一詩至遲在春秋時代已被賦予新意，其情色的特徵從此隱
含不彰，《左傳‧昭公十六年》載韓宣子訪鄭，請鄭六卿賦詩時，其中就有子

〔註12〕《皇清經解續編》卷21，第1冊，頁198～199。
〔註13〕陳子展：《詩經直解》，頁272～273。
〔註14〕參葉舒憲：《詩經的文化闡釋》，頁600～607。
〔註15〕見高亨：《詩經今注》，頁122。

游所賦的〈風雨〉一詩，在如此嚴肅的外交場合，似乎並不適合吟誦床幃之語、情色之詞〔註16〕。因此當時的人們似乎對〈風雨〉一詩已有不同以往的解釋，這與《風》詩由俗而雅的過程有關。《周禮・春官・太師》載：「教六詩：曰風、曰賦、曰比、曰興、曰雅、曰頌。」是周代官學中已有六詩的傳授，這六詩恐怕有許多是採自民間；而《詩》三百中的《風》詩，由民間被採入宮廷後，就從民間歌曲脫胎為宮廷樂章，失去了原有的內涵和旺盛的生命力，進而成為周代統治階層外交官場上的套語。春秋時代列國君卿在外交場合賦詩言志的情形是很普遍的，從賦者自如，聞者如響，賦得恰好受人讚賞，賦得不當受人奚落的情況來看，《詩》三百在周代貴族學校中似乎已有固定的教本。許多《風》詩的原始意義，恐怕就在這種雅化過程中被另賦新意〔註17〕，到了漢代，由於受到政治大環境的影響，更將詩教與道德教化聯繫起來，自然更沒有愛情詩歌立身之地了。因此，當《詩經》開始成為政治教化工具的時候，也是它的原型象徵意義開始失落之時。

二、風雨是天地父母交合下的產物

原始初民相信風雨是天地父母交媾下的產物，在印度《吠陀》神話中，風雨之神巴爾加魯耶統治著眾水和一切生命，當祂降下甘霖時，確保了男人們的生育力；當祂釋放出風時，整個世界都會顫動，動植物也因此增強了繁殖力，祂正是天神與地母之子〔註18〕。中國雖然缺少相對於印度風雨之神的神話〔註19〕，但在典籍裡卻記載著：

  1.《老子》三十二章：「天地相合，以降甘露。」

  2.《易・姤卦・象辭》：「天下有風，姤。」〔註20〕

〔註16〕 參李家樹：《詩經的歷史公案》，頁102。

〔註17〕 如《詩序》以雞鳴表示守職（《周禮・春官》已有「雞人」一職），更用來比喻君子不失其度，或者即是周代官學中對《詩》的創造性新解。

〔註18〕 參見葉舒憲：《詩經的文化闡釋》，頁588。

〔註19〕 中國古籍裡關於風雨之神的神話有以下幾處零星的記載，《山海經・大荒北經》載黃帝與蚩尤大戰，蚩尤請風伯雨師縱大風雨。《韓非子・十過》則載風伯進掃，雨師灑道，為黃帝儀仗。《楚辭・離騷》提到飛廉，王逸《注》說是風伯。劉向《列仙傳》載赤松子是神農時的雨師，常隨風雨上下。至於《周禮》及應劭《風俗通》所提到的風師，已經被看成是能致風氣的箕星，而失去了人格神的形象。

〔註20〕 《序卦傳》：「姤者，遇也。」《雜卦傳》：「姤，遇也。柔遇剛也。」〈姤卦〉卦辭云：「女壯，勿用取女。」周策縱以為是為婚媾而卜（參周策縱：《古巫

3.《易·繫辭》上：「剛柔相摩，八卦相盪，鼓之以雷霆，潤之以風
雨。日月運行，一寒一暑。乾道成男，坤道成女。」

這些哲學性的話語想必來自古老的生活經驗。由於相信風雨是天地父母交合的產物，因而古代求雨儀式中，常有模擬天地父母性交動作的風俗，這是一種極為普遍的原始求雨法術，如胡鑒民記錄羌人的求雨儀式說：

羌民的求雨歌詞有好幾首，茲只錄一首如下：

「男人的Ｘ物常求女人的Ｘ戶，餓得很，渴得很！

弄Ｘ物，咕咕咕；弄Ｘ戶，咕咕咕！

得了！雲已聚齊了！

得了！雲雨一起都來了！」

參加求雨的都是已婚婦女，所以唱得出這樣的歌詞。在別首歌詞中，婦女們還得描寫昨夜怎樣與丈夫性交。不過，我們未聞羌民在求雨時有亂合的行為。這又與印度的農節有別，而與荷蘭及德國的農民夫婦於播種時期，在田裡敦倫的情形類似。〔註21〕

這類求雨儀式的歌詞十分露骨；其實早在漢代的典籍中，就載有男女敦倫可致雲雨的道理，如王充《論衡·順鼓》載：「《春秋》說曰：『人君亢陽致旱，沈溺致水。』夫如是，旱則為沈溺之行，水則為亢陽之操。」（《叢書》3冊，頁414）所謂「旱則為沈溺之行」，意思是旱災祈雨水時必須縱欲；而「水則為亢陽之操」，則意謂澇災止淫雨時則要禁欲。又《春秋繁露·求雨》說：「令吏民夫婦皆偶處。」凌曙引《樂稽耀嘉》說：「凡求雨，男女欲和而樂。」而《春秋繁露·止雨》則說：「止雨之禮，廢陰起陽。……夫婦在官者，咸遣婦歸。」這裡的說法是和《論衡》一致的，它們表明上自人君，下至官員、庶人都用同樣方式求雨、止雨。

《說文解字》十一上云：「淫，浸淫隨理也。從水㸒聲。一曰：久雨曰淫。」《爾雅·釋天》載：「久雨謂之淫。」《說文》、《爾雅》所載的久雨為淫，正是「淫」字的本義。從久雨為淫，到男女縱欲為淫，正透顯出久雨和男女縱欲之間，具有一種神秘的交感作用在。中國在元代或明代早期，曾有遣妓女禱雨的風俗，季羨林認為這種風俗因襲自印度佛典的記載。但是，為什麼妓女與禱雨有關呢？季氏提出兩個原因：一是農業最早由婦女所操管的；二是

醫與「六詩」考》，頁210）；又至今陝北民歌中仍有以「刮黃風」喻性愛的套語（參葉舒憲：《詩經的文化闡釋》，頁591）。

〔註21〕見呂大吉主編：《中國原始宗教資料叢編·羌族卷》，頁555。

初民的巫術思維認為，婦女的豐饒多產能夠促進農作物的豐盛富饒，所以最初祈雨是女巫的任務，後來則由婦女來擔任〔註 22〕。可惜季氏沒有進一步指出，上古時代的女巫也有兼是廟妓的（參見本論文本章第三節），所以後代才衍生出由妓女來禱雨的風俗。

三、由「雲雨」具體之氣到「陰陽」抽象之氣

以上的討論似乎偏重在「雨」的方面，而忽略了「雲」與「風」的原始生殖意義。其實，先民常將雨、雲和風聯繫在一起，而且認為山林川澤當中最容易生成風雨雲霧，如：

1. 《荀子·勸學》：「積土成山，風雨興焉。」
2. 《禮記·祭法》：「山林川谷丘陵能出雲，為風雨，見怪物，皆曰神。」
3. 《論衡·祭意》：「山出雲雨潤萬物。」（《叢書》3 冊頁 507）

因此，凡是山水神靈出入的時候，一定會伴隨著風雲雷雨，如：

1. 《山海經·中次十二經》：「洞庭之山，……帝之二女居之，是常遊於江淵，澧、沅之風，交瀟湘之淵，是在九江之間，出入必以飄風暴雨。」
2. 《山海經·中山經》：「光山，……神計蒙處之，……出入必有飄風暴雨。」
3. 《博物志》卷八：「太公為灌壇令。武王夢婦人當道夜哭，問之，曰：『吾是東海神女，嫁於西海神童，今灌壇令當道，廢我行，我行必有大風雨。而太公有德，吾不敢以暴風雨過，是毀君德。』」（《叢書》4 冊，頁 159）

由於風、雲、雨、霧（還包括雷霆）是具有同質性的自然現象，它們常會帶來災害，卻也有益農作物的生長，是生活安定的保證，因此很早就被神格化為神明，來加以祭拜。薩滿巫師昇天行追蹤祭儀時，就常以風雲雷雨之神作為前導的儀仗，如：

1. 《楚辭·離騷》：「前望舒使先驅兮，後飛廉使奔屬。鸞皇為余先

〔註 22〕參見季羨林：〈原始社會風俗殘餘──關於妓女禱雨的問題〉，氏著：《比較文學與民間文學》，頁 197～204。而《春秋繁露》〈求雨〉載：「凡求雨之大體，丈夫欲藏匿，女子和而樂。」〈止雨〉則載：「凡止雨之大體，女子欲其藏而匿也，丈夫欲其和而樂也。」這兩條記載也顯示出女子與雨水有密切的關係。

戒兮，雷師告余以未具。吾令鳳鳥飛騰兮，繼之以日夜。飄風屯
其相離兮，帥雲霓而來御。」

2.《楚辭‧遠遊》：「前飛廉以啓路，……風伯爲余先驅兮，……
左雨師使逕侍兮，右雷公以爲衛。」

3.《楚辭‧九辨》：「屬雷師之闐闐兮，通飛廉之衙衙。」〔註23〕

雲神和雨神之間的關係是二而一的的關係，如王充《論衡‧說日》云：「雨之
出山，或謂雲載而行，雲散水墜，名爲雨矣。夫雲則雨，雨則雲矣。初出爲
雲，雲繁爲雨。」（《叢書》3 冊，頁 377）〔註24〕。另外，王充還反對「雨從
天下」的說法，他認爲「雨從地上，不從天下」，而且霜、露、霧、雪也都是
如此：「雲霧，雨之徵也，夏則爲露，多則爲霜，溫則爲雨，寒則爲雪。雨露
凍凝者，皆由地發，不從天降也。」（《論衡‧說日》，《叢書》3 冊，頁 377）
這裡的「從天下」、「由地發」，應該指的是大氣間上下運動循環的水氣。另外，
《黃帝內經‧素問》卷二〈陰陽應象大論〉說：「清陽爲天，濁陰爲地，地氣
上爲雲，天氣下爲雨，雨出地氣，雲出天氣。」〔註25〕天氣與地氣上下循環，
也就形成雲雨不斷轉化的現象。

　　將雲雨視爲大氣的循環轉化，正可以與原始的風氣生殖觀聯繫起來。〈高
唐賦〉說：「望高唐之觀，其上獨有雲氣。」這裡的雲氣也就是化身作雲雨的
神女；請再看以下幾條關於雲氣的資料：

1.《說文解字》十一下云：「雲，山川氣也。從雨云，象雲回轉之形。」

2.《說文解字》一上云：「氣，雲氣也。象形。」

3.《莊子‧逍遙遊》說藐姑射神人：「乘雲氣，御飛龍，而遊乎四海
之外。」

4.《莊子‧在宥》：「雲氣不待族而雨。」

以上幾例都將雲視作一種氣體。人類對於氣的認識，最初是從自身的呼吸開
始的；可是在春秋晚期以前，並沒有出現意謂氣息或大氣的文字。甲骨卜辭

〔註23〕由於《楚辭》作品中的想像神遊與薩滿巫師的昇天儀式有密切的關聯性，所
　　　　以可以用爲例證。

〔註24〕這種想法至遲在殷商時代就有了，殷人知道下雨前必先積雲，所以看到天上
　　　　有烏雲時，就卜問是否會下雨，如武丁卜辭中，常見卜問雲雨的記載，如：「茲
　　　　雲，其雨？不其雨？」（《燕》553，更多的例子可參看陳夢家：《殷虛卜辭綜
　　　　述》，頁 242）。

〔註25〕《黃帝內經素問校釋》，頁 65。

及周代金文中出現的「三」或「气」字，據于省吾考證，是作乞求、訖至和終訖等三種意義使用，與氣體的意義無關〔註26〕。一直到春秋晚期魯昭公時代，才開始有人討論氣的觀念，如《左傳‧昭公九年》載：

> 味以行氣，氣以實志，志以定言，言以出令。

又《左傳‧昭公元年》載：

> 君子有四時，朝以聽政，晝以訪問，夕以修令，夜以安身。於是乎
> 節宣其氣，勿使有所壅閉湫底，以露其體，茲心不爽而昏亂百度。

以上兩條資料不但講到身體內的氣能充實意志，而且還注意到必須宣洩、調節體內的氣，不使壅閉，心志才不致昏亂無度。另外，身體內的氣源於自然之氣的觀念在此時也已形成，如《左傳‧昭公元年》載醫和論「六氣」說：

> 天有六氣，降生五味，發爲五色，徵爲五聲，淫生六疾。六氣曰陰、
> 陽、風、雨、晦、明也。

此處將風雨看成是氣的具體呈現，這種素樸的觀念是「氣」概念發展的早期階段；從戰國末年開始，則逐漸出現萬物皆由氣所形成的哲學思想，這種氣主要表現爲抽象的陰陽之氣或天地之氣；由於陰陽之氣或天地之氣的交流消長，就引生出四季的推移、氣候的變化和萬物的化育。如：

1. 《呂氏春秋‧義賞》：「春氣至則草木產，秋氣至則草木落。」

2. 《呂氏春秋‧孟春紀》：「是月也，天氣下降，地氣上騰，天地合同，草木繁動。」

3. 《呂氏春秋‧季春紀》：「是月也，生氣方盛，陽氣發泄，牙者畢出，萌者盡達。」

4. 《呂氏春秋‧仲秋紀》：「是月也，……殺氣浸盛，陽氣日衰。」

5. 《呂氏春秋‧季秋紀》：「命有司曰：『寒氣總至，民力不堪，其皆入室。』」

6. 《呂氏春秋‧孟冬紀》：「命有司曰：『天氣上騰，地氣下降，天地不通，閉而成冬。』。」

7. 《呂氏春秋‧季冬紀》：「命有司大儺，旁磔，出土牛，以送寒氣。」

8. 《禮記‧樂記》：「地氣上齊，天氣下降，陰陽相摩，天地相蕩，鼓之以雷霆，奮之以風雨，……而百化興焉。」

〔註26〕 參見于省吾：《甲骨文字釋林》，頁 79～83。

9.《論衡・自然》:「夫天覆於上,地偃於下,下氣烝上,上氣降下,
萬物自生其中間矣。」(《叢書》3 冊,頁 439)

至於人類生命氣息的流動,是被認爲與天地、陰陽之氣具有相同的規律性,
如:

1.《莊子・知北遊》:「人之生,氣之聚也;聚則爲生,散則爲死。」

2.《莊子・在宥》:「天地不合,地氣鬱結,六氣不調,四時不節。
今我願合六氣之精以育群生。」

3.《管子・樞言》:「有氣則生,無氣則死。生者以其氣。」

4.《管子・五行》:「通乎陽氣,所以事天也,經緯日月,用之於民:
通乎陰氣,所以事地也,經緯星歷,以視其離。」

5.《論衡・自然》:「天地合氣,萬物自生,猶夫婦合氣,子自生
矣。」(《叢書》3 冊,頁 436)

這種自然與人事本質都是氣的想法,到了漢代就形成以氣爲主的氣化宇宙論
思潮〔註27〕。

以上概說了春秋晚期至漢初「氣」概念的發展,至於春秋晚期以前,對
於「氣」又持有怎樣的看法呢?由於書缺有間,不得而知。不過,從許愼認
爲氣的原義是指雲氣,以及醫和將風雨看成是氣的呈現等線索來看,抽象的
「大氣」觀念應該是由具體可感的自然氣象——如風、雨、雲、霧等——發
展出來的。(日)平岡禎吉曾指出,在《呂氏春秋》和《淮南子》中,有用寒、
暑、風、雨來表示春、夏、秋、冬的例子,而寒、暑、風、雨可以歸納爲風
一項,因爲風作爲抽象之氣的具體表徵,實最容易體驗出氣的變化;而且風
的不同方位和變化,與人類日常生活息息相關。他更著重指出,風就是氣的
異名〔註28〕。(日)赤冢忠也認爲,氣是在給予生物(尤其是農作物)的生成
及變化之風的類比當中,誘導出來的概念;換句話說,風和季節變化的關係
產生出了氣的概念〔註29〕。

〔註27〕 參見(日)小野澤精一等編著,李慶譯:《氣的思想——中國自然觀和人的觀
念的發展》,頁 119～198。

〔註28〕 參見(日)小野澤精一等編著,李慶譯:《氣的思想——中國自然觀和人的觀
念的發展》,頁 19～20。另外,《莊子・齊物論》也説:「大塊噫氣,其名爲風。」

〔註29〕 參見(日)小野澤精一等編著:《氣的思想——中國自然觀和人的觀念的發
展》,頁 20。

四、原始風氣生殖觀

　　如果上述兩位日本學者論述無誤的話，那麼日後作為宇宙萬物生成本質的氣，應該就來自原始的風氣生殖觀。《釋名·釋天》云：「風，氾也。其氣博氾動物也。風，放也，氣放散也。」《太平御覽》卷九引《易通卦驗》曰：「八風以時，則陰陽變化之道成，萬物得以育生。」這是後代將風等同於氣觀念下的產物。而許慎則用「八風」來解釋「風」字（《說文解字》十三下），「八風」是指八個不同方位來的風，正是它們帶來了季節的遷移變化，這種想法肯定較早出現〔註30〕。另外，許慎在解說「風」字為何從「虫」時則說：「風動虫生，故虫八日而化。」〔註31〕所謂「風動虫生」，用莊子的話說就叫「風化」，《莊子·天運》云：

> 夫白鶂之相視，眸子不運而風化；虫雄鳴於上風，雌應於下風而風
>
> 化；類自為雌雄，故風化。

莊子所說的三種風化，都是一種無性生殖，如同花粉受精一般，在這裡風扮演了很重要的媒介角色；風的原始生殖意義，恐怕就是從這種日常生活的觀察中發生的。《尚書·費誓》曰：「馬牛其風。」賈逵《注》：「風，放也。牝牡相誘謂之風。」《左傳·僖公四年》：「唯是風馬牛不相及也。」孔《疏》引服虔云：「風，放也。牝牡相誘謂之風。」「牝牡相誘謂之風」的說法，應該還是源自於以風作為媒介的風化觀念。在現代江南方言中，男女野合，恐人撞見，倩人守衛，叫作「望風」；與情敵相爭，稱為「爭風」，恐怕都是由「牝牡相誘謂之風」的意義衍生而來〔註32〕。至於如「風月」、「風流」、「風情」、「有傷風化」等後起的詞彙，多含有性誘惑的成分在內，大概也不是隨意妄增的吧〔註33〕！

〔註30〕 這種想法最早可以溯源到殷墟卜辭中的四方風觀念，參見（日）小野澤精一等編著，李慶譯：《氣的思想——中國自然觀和人的觀念的發展》，頁20～24。

〔註31〕 王充：《論衡·商虫篇》也有同樣說法：「夫虫，風氣所生，蒼頡知之，故凡、虫為風之字。取氣於風，故八日而化生。」（《叢書》3 冊，頁 421）又甲骨卜辭中的風，並不是寫成現在這個「風」字，而是假借鳳（朋）字為風（參見羅振玉：〈說鳳〉，朱歧祥編：《甲骨四堂論文選集》，頁8），因為古人有鳳鳥飛翔生風的想法（參見葉舒憲：《詩經的文化闡釋》，頁560）；而世界各地也都出現大量的鳥生傳說神話（參文崇一：〈亞洲、北美、及太平洋的鳥生傳說〉，氏著：《中國古文化》，頁365～401），可見鳥（鳳）與原始生殖信仰觀念十分密切。

〔註32〕 參見朱光潛：〈性欲「母題」在原始詩歌中的位置〉一文引陸侃如的說法，馬昌儀編：《中國神話學文論選萃》上編，頁341～342。

〔註33〕 參見周策縱：《古巫醫與「六詩」考》，頁209。

　　在世界各民族的神話中，也常見到因風受孕的故事。如南洋巴都島傳說
中，有個女神因風受孕。北美 Menomini 印地安人的神話說，他們的至上神創
造了第一個婦女後，變成一陣風，風擁抱了這個婦女，使她懷孕，並生了一
個兒子。又有 Wogulena 人的傳說，一個婦女懷孕後，向丈夫說：「風使我懷
孕了。」〔註 34〕在歐洲，古芬蘭人的〈創世歌〉中講到原始處女伊里馬達爾
在海中因風受孕，懷胎七百年後生下七個蛋，從中化出宇宙萬物〔註 35〕。這
個故事使人想起，西方文藝復興時期，弗羅倫薩畫家波提切利，有一幅取材
自同時代詩人波里西安的畫作——〈維納斯的誕生〉，這幅畫畫的是春天的景
色，在畫面中央，平靜的海面上蕩著微波，純潔優美的維納斯從張開的貝殼
中誕生了。左邊有兩個身體糾纏在一起、展翅飛來的男女風神，其中男風神
向維納斯吐出代表生命與靈魂的氣息；右邊則是花神作勢為維納斯披衣。由
這幅畫可以看出維納斯的誕生與風賜與生命的關聯性十分密切。

　　至於中國境內的少數民族，也有因風受孕或風賜予生命的神話傳說：如
納西族的創世神話《崇邦統》載：

　　　最早好氣象，上面出響聲，下面出氣息；聲氣相變化，出三滴白露；

　　　白露做變化，出三個大海；大海做變化，生出人類的祖先。〔註 36〕

所謂「上面出響聲，下面出氣息」，或許代表天地父母的交合吧！而響聲應該
就是雷霆（電），氣息則是風雲（雨）〔註 37〕。又如獨龍族的人類起源神話說：

　　　在荒古時代，地上空無一人。獨龍族的大神嘎美和嘎莎用泥巴團捏

　　　出一 男一女，這兩個人的身上沒有血液，也不會呼吸。於是嘎美和

　　　嘎莎就往他倆身上吹了一口氣，頓時他倆身上有了血液，也會呼吸

〔註 34〕　參見杜而未：〈莊子神話解釋〉，台灣大學《文史哲學報》第三十二期，頁 30，
　　　　　民國 72 年。

〔註 35〕　轉引自葉舒憲：《詩經的文化闡釋》，頁 575。

〔註 36〕　呂大吉主編：《中國原始宗教資料叢編・納西族卷》，頁 322。

〔註 37〕　《繹史》卷一引三國徐整《五運歷年記》載，盤古死後，氣成風雲，聲為雷
　　　　　霆。又云：「盤古之君，龍頭蛇身。噓為風雨，吹為雷電。」而雷電也與原始
　　　　　生殖有關，如：
　　　　　①《史記・高祖本紀》：「其先劉媼嘗息大澤之陂，夢與神遇。是時雷電晦冥，
　　　　　　太公往視，則見蛟龍於其上，已而有身，遂產高祖。」
　　　　　②《史記・五帝本紀・正義》：「（黃帝）母曰附寶，之祁野，見大電繞北斗樞
　　　　　　星，感而懷孕，二十四月而生黃帝於壽丘。」
　　　　　③《太平御覽》卷十八引《詩含神霧》：「大跡出雷澤，華胥履之，生伏犧。」
　　　　　④《太平御覽》卷十三：「子路感雷精而生。」

了。〔註38〕

這個故事與前述〈維納斯的誕生〉也很類似。又怒族的創世記神話說：

> 地上有九個風神，分別住在九個無底洞裡。當他們閉目養神時，地面上就風平浪靜；當他們輕輕呼氣時，地面上就微風習習；當他們粗聲喘氣時，地面上就大風呼嘯。直到今天，怒族還有「風洞」、「風穴」的說法，認為風是從無底洞裡吹出來的。〔註39〕

怒族神話說風是從無底洞裡吹出來的，宋玉的〈風賦〉也有「空穴來風」、「夫風，生於地，起於青萍之末」的說法；〈風賦〉並將風分成「大王之雄風」與「庶人之雌風」，前者「清清泠泠，愈病析酲。發明耳目，寧體便人」，後者則使人「中心慘怛，生病造熱。中脣為胗，得目為蔑。啗齰嗽獲，死生不卒」〔註40〕，這些都已經是戰國末年，認為自然風氣與人體氣息有密切關聯思想下的產物了，不過，當中也隱含著風的生殖原型象徵意義。

五、〈高唐賦〉中的雲雨與風氣

　　這種生殖象徵同樣以隱喻的方式反復出現在〈高唐賦〉中，如賦序先總提「高唐觀」上的「雲氣」具有無窮的變化：「崒兮直上，忽兮改容，須臾之間，變化無窮。」再說神女旦來如朝雲，暮去如行雨，「朝朝暮暮，陽臺之下」；然後點出神女出沒「湫兮如風，淒兮如雨。風止雨霽，雲無處所」。而當賦的正文寫到往見神女時，則見「風起雨止，千里而逝」，神女行蹤自始至終都難以捉摸。〈高唐賦〉中的雲雨、風氣作為生殖原型象徵，且人格化為高唐神女，並不是憑空捏造出來的，而是由影響當地居民生活至深的自然、地理氣候，經過人為想像加工、流傳後的產物。因此，正是「遇天雨之新霽兮，觀百谷之俱集」、「長風至而波起兮，若麗山之孤畝」、「奔揚踴而相擊兮，雲興聲之霈霈」等風物景觀，共同賦予〈高唐賦〉原始生殖原型的深意，這與〈高唐賦〉全篇作為一種祭祀高禖的生殖崇拜儀式底蘊，也是緊密吻合的。

〔註38〕見呂大吉主編《中國原始宗教資料叢編·獨龍族卷》，頁671。

〔註39〕見呂大吉主編：《中國原始宗教資料叢編·怒族卷》，頁902。又這個故事與《山海經·海外北經》所載也有類似的地方：「鍾山之神燭陰，……吹為冬，呼為夏，……息為風。」

〔註40〕另外，宋玉在〈風賦〉中還說：「夫風者，天地之氣也。」又：「其所託者然，則風氣殊焉。」也是將風、氣視作一物。

第二節　高唐與高禖——掌管生殖的大母神

前節既已探討了〈高唐賦〉中雲雨、風氣等的隱喻意義，這一節則將進一步說明，高唐神女其實就是中國古代掌管生殖的高禖神，而且她具備了普見於人類文明發展早期的「大母神」崇拜（the Great Mother Worship）原型。「大母神」崇拜即是原始初民對於生殖的信仰與崇拜，而這種崇拜的目的則在於促進部落人口與食物的雙重豐產。「大母神」崇拜又是中國古代社崇拜的原型，聞一多在論述古代「社」的重要性時曾說：「先民禮俗之重要者莫如求子與求雨，而二事又皆寓於社。」所以他認爲：「治我國古代文化史者，當以社爲核心。」〔註41〕因著聞一多的提示，下文就從社這個線索出發，先探討社崇拜的生殖意義；再進一步說明社崇拜與高禖、高唐的關係；最後則對高禖作深層的解析、研究。

一、社的形制及所祀之神

王國維曾經指出，卜辭中的「土」字，都是「社」字的假借字，後來王氏又改變說法，認爲「土」指的是殷先公相土〔註42〕；這兩個說法被陳夢家批判的繼承，陳夢家認爲，武丁卜辭中的「土」，象土塊的形狀，後世在地上立圓丘爲社，正是象土堆的形狀，而它與先公（相土）常並列在一辭中受相同的祀禮〔註43〕。陳氏說社象土堆的形狀，正與典籍中的「封土爲社」相合，《管子‧輕重戊》載：

> 有虞之王，燒曾藪，斬群害，以爲民利。封土爲社，置木爲閭，始
> 民知禮也。

似乎早在虞舜時代，就已有社祀的風俗了；不過，典籍中除了「封土爲社」外，另外還有設立叢社的記載，如《墨子‧明鬼下》載：

> 昔者虞夏、商、周三代之聖王，其始建國營都日，必擇國之正壇，
> 置以爲宗廟。必擇木之脩茂者，立以爲菆位〔註44〕。

〔註41〕見聞一多跋陳夢家〈高禖郊社祖廟通考〉，《清華學報》12 卷 3 期，頁 465，1937 年。

〔註42〕參王國維：〈殷卜辭中所見先公先王考〉，《觀堂集林》卷九。

〔註43〕參陳夢家：《殷墟卜辭綜述》，頁 582～583、340。

〔註44〕王念孫說：「菆與叢同，位當爲社字之誤也。」並舉出許多例證來證明這個說法；又所謂「叢社」，據顏師古的解釋是：「叢謂草木岑蔚之所，因立神祠，即此所謂擇木之脩茂者，立以爲叢社也。」（參見王念孫：《讀書雜誌‧墨子三》「菆位禁社」條）可見叢社是一個叢林區。而叢社在後代另外又有社叢、

或立為叢社，或封土為社，這兩種形制一直傳衍到後代，如《呂氏春秋‧懷寵》載：「問其叢社大祠。」揚雄《太玄‧聚次》載：「牽羊示於叢社。」這表示後世仍有叢社之制；又《逸周書‧作雒》云：

> 諸受命為周，乃建大社於周中，其壇東青土，南赤土，西白土，北
> 驪土，中央覃以黃土。將建諸侯，鑿取其方一面之土，苞以黃土，
> 苴以白茅，以為土封，故受削土於周室。

以五色土築社的制度，已是五行觀念下的產物，不過這種制度應當源自更早的封土為社風習。

由社的形制有土社和叢社兩種來看，似乎可以說，社最初是土地崇拜或叢林崇拜。凌純聲曾經羅列近代東、西方學者關於社的定義，總共達十六種之多：其中有兩家主社為叢林崇拜說，有三家主社是土地神崇拜說，另有一家主社為叢林崇拜和土地崇拜二者聯結說〔註45〕。以上三種說法就是著眼於現存最早的社制，或為叢社，或是封土為社的記載而立論的。而《淮南子‧齊俗》載：

> 有虞氏之祀，其社用土，……其服尚黃；夏后氏其社用松，……其
> 服尚青；殷人之禮，其社用石，……其服尚白；周人之禮，其社用
> 栗，……其服尚赤。

這段記載雖也出現在五行觀念產生之後，不過其中關於社制用物的說法，應該前有所本才是。這裡記四代之社有土、松、石、栗等，其中的「其社用松」、「其社用栗」當有二義：一是以松林、栗林為社，屬於叢社，如《周禮‧地官‧封人》說：「設王之社稷壇，為畿封而樹之。」這是在環壇上植樹作為封界；二是以松樹、栗樹作社主，可以稱為樹社，如《周禮‧地官‧大司徒》說：「設其社稷之壇，而樹之田主，各以其野之所宜木，遂以名其社與其野。」《說文解字》一上也說：「社，地主也。……各樹其土所宜木。」並列「 」為古文「社」，表示在壇中央立樹作為社主的意思。以上兩義有時也可以合而為一，就是既在環壇上植樹作為封界，也在壇中央立樹作為社主。

神叢、叢祠、大叢社等名稱，如《六韜‧地略篇》載：「冢樹社叢，……勿伐社叢。」《戰國策‧秦策》載：「恆思有神叢。」《史記‧陳涉世家》載：「又聞令吳廣之次近所旁叢祠中。」《博物志》載：「次睢大叢社。」

〔註45〕 參見凌純聲：〈中國古代社之源流〉，中央研究院《民族研究所集刊》第17期，頁1～2，民國53年。

樹社與叢社的歷史一樣久遠，天然生成的森林或神木常會引起初民的敬畏之情，進而將它神靈化為社神，這即是樹木或叢林崇拜〔註46〕。至於殷人「其社用石」，表示社制除了上述的土社、叢社和樹社外，還有一種石社〔註47〕；廣義地看，石塊與土塊並沒有分別，所以可以將石社併入土社，當成是一類的東西，表徵著土地崇拜。

凌純聲曾將社祭的神祇分為土神、穀神、田獵、軍旅、巡狩、日食、大水、求雨、火災、高禖、天神、上帝等十二類〔註48〕。不過，實際上真正可以稱為神祇的，只有土神、穀神、高禖、天神、上帝等五類，其它七類都屬於行事祭社的範圍，並沒有指出特定的神祇來。而在社祀的五類神祇當中，凌氏引《史記・魯周公世家》「釁社告紂之罪於天及殷民」的例子，認為這是社祭天神的證據；又引《呂氏春秋・順民》載「湯以身禱於桑林」、「用祈福於上帝」的例子，認為這是社祭上帝的證據，其實這兩例都嫌牽強，因此社祀天神及上帝的證據仍不夠充分。

至於社作為土神崇拜是自古以來的說法；在農業生產社會，穀物是土地最重要的產物，因此社又與稷連稱，代表大地的生育力量，如《孝經援神契》云：

> 社者，土地之主也；稷者，五穀之長也。土地廣博，不可遍敬，故封土為社，以報功也；五穀眾多，不可遍敬，故立稷而祭之。

又《白虎通・社稷》載：

> 王者所以有社稷何？為天下求福報功。人非土不立，非穀不食。土地廣博，不可遍敬也，五穀眾多，不可一一而祭也。故封土立社，示有土尊。稷，五穀之長，故封稷而祭之也。〔註49〕

〔註46〕 如《莊子・人間世》記載一株「其大蔽牛，絜之百圍，其高臨千仞而後有枝」的櫟社樹；又《漢書・五行志》也載有山陽橐茅鄉社大槐樹被官吏砍伐，當夜復立於庭的事，這些都是以神木為社的例子。

〔註47〕 《周禮・春官・小宗伯》「若大師則帥有司而立軍社奉主車」句，鄭注：「社之主蓋用石為之。」《呂氏春秋・貴直篇》載：「文公即位二年，……城濮之戰，五敗荊人，圍衛，取曹，拔石社。」《漢書・郊祀志》載：「祀石社於胊臨。」《水經注・卷二十六・淄水》條則載梧宮臺西有石社碑，〈卷二十七・沔水〉條也有旱山「山下有祠，列石十二，不辨其由，蓋社主之流，百姓四時祈禱」的記載，這些都是古有石社的例子。

〔註48〕 參見凌純聲：〈中國古代社之源流〉，中央研究院《民族研究所集刊》第17期，頁21～30。

〔註49〕 〔明〕程榮纂輯：《漢魏叢書》，頁152。

以上兩條資料表示，土（石）社形制所代表的是土穀之神，但這似乎仍不是土（石）社最初設置時所崇祀的對象。

二、石社、高禖石最初爲性器象徵物

土地是人類食物產生的根源處，女性則是人類生命的創造者，在極古老的時代，土地與女性之間，就產生了一種交感巫術的作用。美國學者艾利亞德（Mircea Eliade）曾經指出，由於女性在原始觀念中，與生命的賦予相關，母神崇拜實質上就是對生命和生命再生的崇拜。由狩獵社會發展到農耕社會以後，女性自然又與生養農作物的土地發展起象徵對應的關係，這便導致了遍布全球各地所謂「地母」的信仰〔註50〕。正是這種跨文化的母神崇拜（即對女性生育能力的崇拜），可以揭開土（石）社的原始面目，並把社作爲高禖神和土（穀）神——前後兩種神格聯繫起來〔註51〕。

前文已經提出社有用石作爲社主的例子，而高禖也有用石作象徵物的，馬端臨《文獻通考·郊社考》「高禖」項「漢武帝年二十九乃得太子，甚喜，始立爲高禖之祀。」條，《注》引晉博士束晳曰：「漢武帝晚得太子，始爲立高禖之祠。高禖者，人之先也，故立石爲主，而祀之以太牢也。」《文獻通考》同項又曰：「魏禖壇有石。」《注》云：「青龍中造，許慎云，山陽人以石爲主。」另外，干寶《搜神記》卷七載：「元康七年，霹靂破城南高禖石。高禖，宮中求子祠也。」〔註52〕一直到宋代，皇帝宮中仍存有祭祀高禖石的禮制，如上引《文獻通考》同項載：

> 宋仁宗景祐四年，御史張奎請親祀高禖，下禮院，定築壇南郊。春
> 分之日祀青帝，本《詩》克禋以祓之義，配以伏羲、帝嚳，以禖神
> 從祀，報古爲禖之先。石爲主，依東漢、晉、隋之舊。

根據前文所引文獻資料來看，石社最早見於殷代，而高禖石最早則見於漢武

〔註50〕 轉引自蕭兵、葉舒憲：《老子的文化解讀》，頁175。

〔註51〕 陳夢家曾經提出十一個證據來說明高禖就是社（參見陳夢家〈高禖郊社祖廟通考〉，《清華學報》12卷3期，頁460～463，1937年），不過有些地方聯繫的很牽強，那是因爲並沒有站在「地母信仰」的跨文化角度來討論這個問題。

〔註52〕 關於這件事，《隋書·禮儀志》二有更詳細的記載：「晉惠帝元康六年，禖壇石中破爲二。詔問石毀，今應復不？博士議禮無高禖置石之文，未知造設所由；既已毀破，可無改造。……後得高堂隆故事，魏青龍中造立此石，詔更刻石，今如舊制高禖壇上，埋破石入地一丈。案，梁太廟北門內道西有石，文如竹葉，小屋覆之，宋元嘉中修廟所得。陸澄以爲孝武帝時郊禖之石，然則江左亦有此禮矣。」

帝時，不過有理由相信，高禖石與石社應是同一種東西的分化。凌純聲曾經指出，石社的初形是廣泛存在於東亞的陰陽性器巨石崇拜文化〔註 53〕，如果凌氏的田野調查、研究結論無誤的話，那麼石社與高禖石最初可能都是男女性器的象徵物，後來才分化為土地神與祈子神的代表物。

　　以陰陽性器崇拜文化而言，作為女性牝器象徵物的石（土）社，應早於作為男性牡器的象徵物，因為人類最早所崇拜的，是具有直接生殖行為的女性（及嬰兒所從出的女陰），這即是所謂的「大母神」崇拜，據葉舒憲介紹說：

> 大母神（the Great Mother）又稱大女神（the Great Goddess），或譯「原母神」，是比較宗教學中的專門術語，指父系社會出現以前人類所崇奉的最大神靈，她的產生比我們文明社會中所熟悉的天父神要早兩萬年左右。人類學家和宗教史學家認為，大母神是後代一切女神的終極原型，甚至可能是一切神的終極原型。換句話說，大母神是女神崇拜的最初型態，從這單一的母神原型中逐漸分化和派生出職能各異的眾女神和男神。〔註 54〕

葉氏這個說法是有考古文物證據支持的，隨著考古工作的進展，在西起法國西部，東至俄羅斯平原中部，延伸約 1100 英里的廣大區域——即所謂的「維納斯環帶」裡，出土了許多被稱為「史前維納斯」的女裸雕象，她們不但是目前所發現最早的造型藝術（約距今三萬年到一萬四千年的舊石器時代晚期），也代表了人類最早期創造神話的衝動。她們的形象多是面目模糊，頭部低垂而呆板，卻有著寬厚、肥大的臀、腰及腹部，此外，萎縮的雙臂放在豐滿的乳房上，雙腳則被簡化成像是一根棒子的形狀〔註 55〕。根據安德烈·列奧·戈翰的研究認為，舊石器時代的藝術表現了早期宗教的某些形式，在這種宗教裡，女性的形象和象徵起了一種核心的作用。因為女性雕像和表現女性的記號都位於洞室的中心位置；相反地，男性記號都放在洞室四周，或女性雕像、記號的周圍〔註 56〕。至於在中國境內，如遼寧凌源牛河梁、東山嘴及內蒙古赤峰西水泉等紅山文化遺址群，也都出現過類似「史前維納斯」的

〔註 53〕　參見凌純聲：〈中國祖廟的起源〉及〈中國古代神主與陰陽性器崇拜〉二文，氏著：《中國邊疆民族與環太平洋文化》，頁 1198～1201、1272～1276。
〔註 54〕　蕭兵、葉舒憲：《老子的文化解讀》，頁 172。
〔註 55〕　參見易中天：《藝術人類學》，頁 117～119。
〔註 56〕　參見〔美〕理安·艾斯勒（Riane Eisler）著，程志民譯：《聖杯與劍》，頁 6～7 所引。

女裸陶像（只是它們的年代距今約 5000 年左右，已屬於新石器時代中晚期）
〔註 57〕，由這些女裸陶像詳略分明的創作方式來看，很明顯地是要突出、誇
張女性的生殖能力。

　　另一方面，與「史前維納斯」相對的史前男裸塑像則相當少見的，考古
人員曾在巴格達附近的梭方遺址（公元前 5500～5000）下層，發現了一百三
十多座墓葬，大多數是埋葬小孩的，並隨葬了大乳房、鼓肚腹、粗肥臀的多
產女性石像，其中個別墓葬中則出現了石祖〔註 58〕，這已是新石器時代中期
的遺址。據嚴汝嫻、宋兆麟指出，遠在舊石器時代晚期和新石器時代初期，
還沒有發現過陶祖和石祖；但是從新石器時代中、晚期開始，在世界各地都
發現了有關的遺物。以中國的考古發現為例，陝西、河南、山東、甘肅、湖
北、湖南、廣西和新疆等地，都出現過陶祖（其中也有少量的石祖、木祖）
遺物〔註 59〕。從舊石器時代晚期的「史前維納斯」女裸雕像（距今約三萬年
到一萬四千年），到新石器時代中、晚期的男祖（距今約七千年到四千年），
貫穿其間的是初民的生殖信仰崇拜；至於由強調女性乳房、肚子、臀部、牝
器等部位，到著重突顯男性的牡器，則顯示出自母系社會過渡到父權社會時，
宗教崇拜對象的變化。

　　作為初民生殖崇拜的象徵物，除了豐產女神「史前維納斯」塑像外，還
有象徵牝器的石（土）社，如中國山東、遼東兩半島和朝鮮、日本等地，被
稱作「多爾門」形式的巨石，就是女性性器的象徵物〔註 60〕，它們可以溯源
自以土石表徵女陰的觀念，而這種觀念的產生是和「史前維納斯」塑像一樣
久遠。至於與「多爾門」相對的，是被稱作「門希爾」形式的巨石，它們象
徵著男性性器〔註 61〕，如同上文所說，以土石製成男祖觀念的產生，是遠晚
於「史前維納斯」塑像的時代。

　　郭沫若曾於〈釋祖妣〉一文中指出，「社」的古字是「土」，而「土」象

〔註 57〕　參見安金槐主編：《中國考古》，頁 162～166，及趙國華：《生殖崇拜文化論》，
　　　　　頁 157～158。

〔註 58〕　張忠培：〈東山嘴祭祀遺址與紅山文化社會制度〉，氏著：《中國北方考古文
　　　　　集》，頁 184～186。

〔註 59〕　參見嚴汝嫻、宋兆麟：《永寧納西族的母系制》，頁 208。

〔註 60〕　參見凌純聲：〈中國祖廟的起源〉，氏著：《中國邊疆民族與環太平洋文化》，
　　　　　頁 1198～1199。

〔註 61〕　參見凌純聲：〈中國祖廟的起源〉，氏著：《中國邊疆民族與環太平洋文化》，
　　　　　頁 1198～1199。

男性牡器之形〔註62〕，但是《淮南子・說山》云：「西家子見之，歸謂其母曰：社愛其速死？吾必悲哭社。」高誘《注》：「江淮謂母為社。」《說文》十二下也說：「姐，蜀人謂母曰姐，淮南謂之社。」是在江淮語言中稱母作社，仍保存著母親與土地（神）相合的概念。語言的發生總是先於文字，因此，以「土」字象男性牡器之形，是遲至殷族父權社會以後，這時更強調男祖和生殖之間的關係。

　　另外，還有一個與「土」（男根）相對的「也」字，此字不見於卜辭，《說文解字》十二下云：「也，女陰也。象形。」而土地的「地」字從也得聲，這是一個融合男女性器，又以牝器為主，來表示大地生殖力量的字〔註63〕。「地」與「它」字相通，「它」，《廣韻》說是「蛇」的俗字，這個字也與女性有關，馮漢驥在研究石寨山出土銅器時說：

> 從各種圖像中關于蛇的表現來看，蛇在滇族中，大概係「土地」的象徵的動物。……在古代和原始民族中以蛇象徵「地」、「蕃殖力」、「女性」或「陰司」等等，是常見的。特別是在溫帶地區，蛇的活動與季節的循環是相符合的。在春天萬物發生時，蛇就開始活了，到冬天植物枯槁時，蛇亦入地而蟄了，所以人們往往以蛇來象徵「地的蕃殖力」。例如，印度的地方蕃殖女神 Ellamma 或其化身 Matangi，均附以蛇的相徵。再者，因蛇出入于地中，故蛇往往具有與「地府」有關的性質。另一方面，在原始神話和傳說中，蛇又往往與女性相聯繫。〔註64〕

楊知勇並不同意「蛇與女性相聯繫」的看法，他認為石寨山出土的銅器圖像上，與蛇相關聯的場景很複雜，必須對各個圖像作具體分析，不能用單一解釋來概括關於蛇的全部象徵意義。楊氏並歸納蛇在原始人的觀念中，具有以下六種神秘的屬性：（1）成為創造天地之神；（2）成為人類祖先和部族守護神；（3）成為恐怖力量的化身；（4）以其行動代替特殊的信息；（5）成為力

〔註62〕　參見郭沫若：〈釋祖妣〉，氏著：《甲骨文字研究》，頁34。

〔註63〕　清代學者黃承吉曾倡「字義起於右旁之聲說」，認為「語原自性生，而字本從言起」，所以「諧聲之字，其右旁之聲必兼有義，而義皆起於聲，凡字之以某為聲者，皆原起於右旁之聲義以制字，是為諸字所起之綱」（見黃承吉：〈字義起於右旁之聲說〉，黃生撰，黃承吉合按：《字詁義府合按》，頁75～83），依照黃氏之見，則「地」字應以右旁的「也」聲為主。

〔註64〕　馮漢驥：〈雲南晉寧石寨山出土銅器研究——若干主要人物活動圖像試釋〉，氏著：《考古學論文集》，頁151。

量、智慧、德性的象徵；（6）成爲男根的象徵。他又認爲台灣排灣族崇拜的百步蛇，及印度「濕婆三面像」右邊男神手中所持的猛蛇，都是男根的象徵。而蛇之所以成爲男根的象徵，主要由於兩個原因：一是圖騰崇拜的轉化；二是蛇的性能形狀與男根類似〔註65〕。楊氏的見解頗有啓示性，不過，根據霍爾佩克的說法，象徵聯想的普遍性來自人類與物質世界間的關係，但這并不意味著，象徵的物質聯想將導致一種萬能的解釋。因爲即使在某一個別的文化之中，同一個象徵也會有不同的語境意義〔註66〕。這種求同存異的態度，可以作爲解釋象徵的一個方法論原則。因此，楊氏絲毫沒有提及蛇作爲女性象徵的一面，似乎也是美中不足。

綜合上文可知，大地的生殖力量有用女陰及男祖（即最初的石社、土社）來表示的，這屬於性器本相崇拜；有用蛇來象徵的，這是性器象徵物崇拜；有用「土」、「地」等文字符號來表現的，則屬於性器抽象符號崇拜〔註67〕。而這三者當中，以性器本相崇拜最早發生，且延續的時間最長。

三、高唐──初民舉行求子儀式的神秘聖地

楊知勇在討論以女陰本相作爲崇拜對象一點時，曾舉出遍布中國各地形似女陰的山洞湖澤，作爲崇拜對象的事例，他說：

> 雲南個舊市一山頂懸崖形似女陰，人們即呼之爲「老陰山」。四川省
> 鹽源縣前所崖石上有一石洞，名曰「打儿窩」，傳說爲巴丁拉木女神
> 的生殖器。當地各民族不會生育的婦女多去拜「打儿窩」，向洞裡投
> 石塊，投進者便認爲可懷孕。涼山喜得縣觀音岩上有一摸兒洞，洞
> 內有石塊和沙子，前去求育的婦女除燒香磕頭外，還伸手到洞內摸，
> 認爲摸得石塊有子，摸得砂子有子。貴州大方縣白臘花若鄉有一座
> 山，山上有一洞叫「阿若迷」，意爲打儿洞，不育婦女常去燒香叩頭，

〔註65〕 參見楊知勇：《西南民族生死觀》，頁115～120。
〔註66〕 見葉舒憲：《詩經的文化闡釋》，頁596。
〔註67〕 楊知勇將各民族的男女陰崇拜，分成以下三種類型：一是男女陰本相崇拜，如形似男女陰的天然山洞湖澤、石岩土柱，或經人工雕製的石（木）尹岩畫等。二是男女陰象徵物崇拜，女陰象徵物較普遍的有貝殼、紅蓮、魚、月亮、蛙等；男陰則有鳥、蛇、箭、門檔等。三是男女陰抽象符號崇拜，女陰抽象符號如「神聖的女性三角形」符號等；男陰抽象符號如「神聖的男性三角形」符號等。參見楊知勇：《西南民族生死觀》，頁78～101、103～124。

投石求子。貴州畢節黃泥村有一山洞，被當地彝族奉爲女陰，不育婦女常去投石求子。位於四川、雲南之間的瀘沽湖，被當地人稱作「哼拉美」，意爲母海，湖畔並峙的山峰和斷裂的溝壑，是人們祈求生育的崇拜對象。〔註68〕

蕭兵也在探討《道德經》第六章「谷神不死，是謂玄牝」一節時，指出「谷神」的表層含義是谿谷之神，而其深層象徵意義則是指女性的生殖器；他並廣徵中外以山谷、洞穴、坑洼、幽泉、岩縫、溪澗等作爲女陰象徵的例子〔註69〕。而高唐神女所在的大洪山區，或也有形似女陰的石穴、鍾乳，如《水經注・卷三十一、潕水》條載：

> （大洪山）在隨郡之西南，竟陵之東北。盤基所跨，廣員一百餘里。峰曰懸鉤，處平原眾阜之中，爲諸嶺之秀，山下有石門夾障，層峻巖高，皆數百許仞。入石門，又得鍾乳穴，穴上素崖壁立，非人跡所及。穴中多鍾乳，凝膏下垂，望齊冰雪，微津細液，滴瀝不斷。幽穴潛遠，行者不極窮深，以穴內常有風熱，無能經久故也。

酈道元對大洪山鍾乳穴的描繪，的確會使人聯想到：這裡也是能夠產生女陰——地母崇拜的溫床，而高唐神女神話正是以此處爲中心傳播開的。

高唐神女作爲生育女神，從她的居所——「高唐」上，就可以見出端倪，請看下列資料：

1. 《水經注・卷三十四、江水二》載：「所謂巫山之女，高唐之阻，旦爲朝雲，暮爲行雨。」
2. 《渚宮舊事》卷三引《襄陽耆舊傳》云：「妾在巫山之陽，高丘之岨，旦爲朝雲，暮爲行雨。」〔註70〕

一說「高唐之阻」，一說「高丘之岨」，可見高唐即是高丘；「高」在這裡作形容詞用，說明「唐」、「丘」皆位於高處。而什麼是「唐」呢？請再看下列資料：

1. 《淮南子・人間》云：「且唐有萬穴，塞其一，魚何遽無由出？」高誘《注》：「唐，堤也。」
2. 《說文》十四下云：「隄，唐也。」段《注》：「唐、塘，正俗字。

〔註68〕參楊知勇：《西南民族生死觀》，頁79。
〔註69〕參見蕭兵、葉舒憲：《老子的文化解讀》，頁551～579。
〔註70〕見《筆記小說大觀》第24編第1冊，頁156。

唐者，大言也。假借爲陂唐，乃又益之土旁作塘矣。隄與唐得互
爲訓者，猶陂與池得互爲訓也。其實竆者爲池、爲唐；障其外者
爲陂、爲隄。」

是「唐」實合池塘與陂隄而言，指四面高障而中央低陷的地形〔註71〕。

又《說文解字》八上云：「丘，土之高也，非人所爲也。……一曰：四方
高、中央下爲丘。」據此，唐與丘都指四方高起而中央竆下的地形，二者可
以聯繫起來。

另外，《山海經・大荒東經》云：「有大人之市，名曰大人之堂。」郭璞
《注》：「亦山名，形狀如堂室耳。」陳夢家曾指出，唐與堂同音通假，高唐
即高堂，也就是高密、高丘，指的是土之高者，乃天然的山阜〔註72〕；陳氏
又認爲，密本是形容山的普通名詞，後來成爲專門地名〔註73〕，此外，密另
有隱密、神秘的意思。因此，高唐與高丘、高堂、高密等，都是一種中央竆
下而四方高障的地形，由於這種地形形勢隱密（或許還形似女陰），正適合作
爲初民野合的場所，也就進而成爲人們舉行求子儀式的神秘聖地。

聞一多又曾指出高密即高禖〔註74〕，陳夢家也說：「高禖者乃高密之音

〔註71〕 劉向《楚辭・遠遊》云：「委兩館於咸唐。」王逸《注》：「咸唐，咸池也。」
是池、唐（塘）意義相同，往往合爲池唐（塘）詞組。而池字從也，如同上
文所說，蘊含有女陰的象徵，因此唐字的隱喻也不言自明了。又《說文》二
上載：「唐，大言也。從口庚聲。」段玉裁認爲這是唐的本義，而池唐的唐是
假借義，恐有商榷的必要。依上文所說，唐指的是外高中低的地形，那麼唐
字應是從口（圍）庚聲，口正象四方堤岸高起而中央陷落之形。《莊子・天下》
云：「以謬悠之說、荒唐之言，無端崖之辭。」陸德明《釋文》云：「荒唐，
謂廣大無域畔者也。」堤唐荒圮自然就無域畔了。由此看來，唐的本義應指
堤唐而言，大或大言則是引申義。

〔註72〕 見陳夢家：〈高禖郊社祖廟通考〉，《清華學報》12 卷 3 期，頁 463～464。關
於唐、堂同音通假，陳氏並沒有舉出任何例證。本論文指導老師葉老師則告
知一證，《後漢書・延篤傳》載：「少從潁川唐溪典受《左氏傳》。」章懷太子
《注》：「《風俗通》曰：『吳夫既王奔楚，封堂谿，因以爲氏。』……唐與堂
同也。」

〔註73〕 參陳夢家：〈高禖郊社祖廟通考〉，《清華學報》12 卷 3 期，頁 447～449。又
《爾雅・釋山》云：「山如堂者密。」郭璞《注》：「形如堂室者，《尸子》曰：
松柏之鼠，不知堂密之有美樅。」邢昺《疏》：「言山如堂室者名密。」而《說
文》九下曰：「密，山如堂者。」段《注》：「按，密主謂山，假爲精密字，而
本義廢矣。」是密與堂同義之證。

〔註74〕 見聞一多：〈高唐神女傳說之分析〉，《聞一多全集・神話編》，頁 19～20（第
三冊）。

轉，其初本指高丘密崖，初人野合之處，久而尊其處爲神宮；世代遞降，則封土以象之，曰臺、曰觀、曰館、曰宮，則已非復舊觀矣。」〔註75〕高禖既同於高密，又可稱作閟（泌、秘）宮，或閟（泌、秘）丘。如《詩經·魯頌·閟宮》曰：「閟宮有侐，實實枚枚。」毛《傳》：「閟，閉也，先妣姜嫄之廟在周，常閉而無事。孟仲子曰：是禖宮也。」鄭《箋》：「閟，神也。姜嫄神所依，故廟曰神宮。」姜嫄是周民族的生殖女神——高禖〔註76〕，而閟宮則是禖宮、神宮、密宮，也即是崇祀高禖的神室。除了魯國的閟宮外，陳地有一地名「泌」，《詩經·陳風·衡門》曰：

> 衡門之下，可以棲遲。泌之洋洋，可以樂飢。
>
> 豈其食魚，必河之魴？豈其取妻，必齊之姜？
>
> 豈其食魚，必河之鯉？豈其取妻，必宋之子？

「泌之洋洋，可以樂飢」一句，毛《傳》云：「泌，泉水也。」這首詩有樂（療）飢、食魚等隱語，且與娶妻有關，因此聞一多認爲「泌之洋洋」的「泌」，是作爲男女幽會之所的高禖，其所在地必依山傍水，以便於男女行秘密之事〔註77〕，此說應當可信。除了《詩經》中的閟宮、泌之外，典籍中還有泌丘、秘丘、祕丘等記載，如：

1. 〔東漢〕蔡邕〈汝南周勰碑〉云：「洋洋泌丘，於以逍遙。」

   蔡邕〈郭泰碑〉云：「洋洋縉紳，言觀其高，棲遲泌丘，善誘能教。」

2. 〔晉〕束晳〈玄居釋〉云：「學既積而身困，夫何爲乎祕丘？」
   〔註78〕

3. 《廣雅·釋丘》載：「丘上有木爲秘丘。」

王念孫認爲泌、祕、秘三字相通〔註79〕，想必它們都是溪水流經的丘谷，並且其原型都來自於祭祀高禖的神秘聖地。

　　泌丘或許又和宛丘相同，前文曾說，丘爲四方高起而中央低平的地形，這種地形像一張碗，所以又稱爲宛丘，《爾雅·釋丘》云：「陳有宛丘。」《詩

〔註75〕見陳夢家：〈高禖郊社祖廟通考〉，《清華學報》12卷3期，頁447。

〔註76〕聞一多認爲夏、商、周三民族都以其先妣（塗山氏、簡狄、姜嫄）爲高禖，見氏著：〈高唐神女傳說之分析〉，《聞一多全集·神話編》，頁18～19。

〔註77〕參見聞一多：〈說魚〉，《聞一多全集·詩經編上》，頁245（第三冊）。

〔註78〕以上三條資料見嚴可均編：《全後漢文》卷75，頁881、卷76，頁884；《全晉文》卷87，頁1964。

〔註79〕見王念孫：《廣雅疏證》，《爾雅、廣雅、方言、釋名清疏四種合刊》，頁636。

經・陳風・宛丘》云：

> 子之湯兮，宛丘之上兮。洵有情兮，而無望兮！
>
> 坎其擊鼓，宛丘之下。無冬無夏，值其鷺羽。
>
> 坎其擊缶，宛丘之道。無冬無夏，值其鷺翿。

《詩序》云：「刺幽公也。淫荒昏亂，游蕩無度焉。」又《陳風・東門之枌》曰：

> 東門之枌，宛丘之栩。子仲之子，婆娑其下。
>
> 穀旦于差，南方之原。不績其麻，市也婆娑。
>
> 穀旦于逝，越以鬷邁？視爾如荍，貽我握椒。

《詩序》云：「疾亂也。幽公淫荒，風化之所行，男女棄其舊業，亟會於道路，歌舞於市井爾。」兩首有關宛丘的詩，《詩序》都認為是譏刺陳幽公淫荒的詩；鄭玄卻有不同的看法，《詩譜・陳譜》曰：「大姬無子，好巫覡，禱祈鬼神，歌舞之樂，民俗化而爲之。」《漢書・地理志》則指〈宛丘〉、〈東門之枌〉是源自大姬禱祈鬼神的歌舞音樂，孔穎達也以爲大姬「好巫、好祭，明爲無子禱求。」宛丘既然可以作爲禱求子嗣的場所，它的性質與閟宮、泌丘相同，當無可疑〔註80〕。

四、水邊增殖儀式——沐浴致孕的巫術信仰

〔清〕陳奐《詩毛氏傳疏》卷十二云：「陳有宛丘，猶之鄭有洧淵。皆是國人游觀之所。」〔註81〕《漢書・地理志》載：「鄭地土狹而險，山居谷汲，男女亟相會，故其俗淫。」所謂「洧淵」即是高禖求子的祭所，《鄭風・溱洧》云：

> 溱與洧，方渙渙兮。士與女，方秉蕳兮。女曰觀乎？士曰既且。且往觀乎？洧之外，洵訏且樂。維士與女！伊其相謔，贈之以勺藥。
>
> 溱與洧，瀏其清矣。士與女，殷其盈矣。女曰觀乎？士曰既且。且往觀乎？洧之外，洵訏且樂。維士與女！伊其將謔，贈之以勺藥。

〔註80〕 近人周振鶴認爲，〈宛丘〉、〈東門之枌〉二詩所描寫的古老生殖舞祭場面，現在還保存在群山綿延，地形閉塞的貴州安順一帶「地戲」表演中。安順一帶的「地戲」是由明代進入貴州的軍士帶去的，這種舞蹈與非洲某些民族的土風舞類似，由一大群男性舞者在凹地內激烈地跺腳，並手執兵器在地上猛戳，其目的是祈求婦女多產多育，以使本族人丁興旺，而凹地正是女陰的隱喻。參見周振鶴：〈地戲溯源臆測——讀《詩經・陳風》的聯想〉，張榮明主編：《道佛儒思想與中國傳統文化》，頁41～44。

〔註81〕 陳奐：《詩毛氏傳疏》，頁81。

孫作雲曾引《韓詩》的說法，將〈溱洧〉詩與三月上巳的風俗聯繫起來，同時也比較了〈漢廣〉等十五首戀歌，認為它們都具有戀愛、春天、水邊三個要素，並反映著同樣的高禖求子風俗；另外，孫氏又認為上巳節日源於仲春之月，會合男女、祭祀高禖、祓禊求子的風俗，他說：

> 總之，男女聚會、戀愛、游遨、戲謔、唱歌、祭祀、祓禊、求子，
> 這一連串兒的事都不是孤立的，而是出於一本的。依我看，就是出
> 於古代人生活季節的變化；由於生活季節的變化，遂演成一系列的
> 禮俗，自遠古以迄於今。〔註82〕

這裡需要指出的是，〈溱洧〉詩中的「蕑」、「勺藥」，與前引〈東門之枌〉的「握椒」，都屬於香草巫儀性用物，具有香草巫術的作用與原型（參見本論文第二章第一節）。

　　為什麼舉行生殖崇拜的聖地，都臨近溪流水畔，如溱、洧二水、淇水〔註83〕、汝水（《周南·汝墳》）與上文所說的泌水呢？陳炳良認為，這正是葛蘭言與聞一多都提到的水邊增殖儀式；陳氏並引用艾伯華的意見說：「沐浴可以引致懷孕的思想，在未開化的社會裡是不足為奇的。」〔註84〕《周禮·春官·女巫》載：「掌歲時祓除釁浴。」鄭《注》：「歲時祓除如今三月上巳如水上之類；釁浴謂以香薰草藥沐浴。」這並不只是單純的沐浴，而是具有香草巫術的目的在。據《史記·殷本紀》載，殷的高禖神簡狄「三人行浴，見玄鳥墮其卵，簡狄取吞之，因孕生契」，劉向《列女傳》則說的更詳細，簡狄「與其妹娣浴於玄邱之水，有玄鳥含卵過而墜之，五色甚好。簡狄與其妹娣競往取之。簡狄得而含之，誤而吞之，遂生契焉」，所謂「玄邱之水」自然與泌丘等屬同一類的高禖聖地，因此，簡狄行浴生契的神話傳說，應當和初民沐浴能夠致孕的想法有關。前文曾引《水經注·卷三十一、涓水》條載，神女所在的大洪山有鍾乳穴，「穴中多鍾乳，凝膏下垂，望齊冰雪，微津細液，滴瀝不斷」，這裡滴瀝不斷的微津細液，大概也具有祓禊求子的作用。

〔註82〕　參見孫作雲：〈詩經戀歌發微〉、〈關於上巳節二、三事〉，氏著：《詩經與周代
　　　　　社會研究》，頁295～320、321～331。

〔註83〕　衛國會合男女，祭祀高禖，多集中在淇水之旁，《衛風》中描寫淇水岸邊的戀
　　　　　愛詩共達八首之多，參孫作雲：〈詩經戀歌發微〉，氏著：《詩經與周代社會研
　　　　　究》，頁304～308。又《漢書·地理志》載：「衛地有桑間濮上之阻，男女亟
　　　　　相會，聲色生矣。」

〔註84〕　參見陳炳良：〈說汝墳——兼論詩經中有關戀愛和婚姻的詩〉，氏著：《神話、
　　　　　禮儀、文學》，頁73。

　　沐浴致孕的古俗並未消失，據康保成研究，現今流行在湖南西、北部地區的《孟姜女》儺戲，其中以〈姜女下池〉一場最受觀眾觀迎；這場戲表演孟姜女夏日在池塘中沐浴，被在樹上的萬杞良看見，萬杞良便主動向她求婚，二人結為夫妻的故事。〈姜女下池〉還保存著上古裸浴求偶的風俗，其中裸浴擇偶的孟姜女與《詩經・鄘風・桑中》去淇水被禊的孟姜是同一個人〔註85〕，上古被禊求子風俗連同主人公的名字，一齊積澱到後世的文藝作品中。康氏還舉出一些在驅儺中融進婚戀、性交、求子內容的例子，並認為，被禊與驅儺的合流是雙向的：一方面，漢代以後，裸浴求偶的成份淡化，禳災被禊成份與驅儺風俗歸併；另一方面，偏僻地區則較多保持了被禊古俗的原旨，並將擇偶、性交、求子的宗旨和形式滲透、融化到儺戲中，或者說，借驅儺形式表現被禊求子的宗旨，湘西儺戲〈姜女下池〉便屬於後者〔註86〕。

五、桑間濮上之音及桑林之樂的魔力

　　春秋以前，作為男女遊觀、生殖崇拜聖地的，不只陳之宛丘和鄭之溱洧而已，其他各國也有類似的場所，《墨子・明鬼下》載：

> 燕將馳祖。燕之有祖，當齊之（有）社稷，宋之有桑林，楚之有雲夢也，此男女之所屬而觀也。

這裡的「祖」、「社稷」、「桑林」和「雲夢」都是高禖聖地，祖是沮澤的意思，王念孫說：

> 《法苑珠林・君臣篇》作「燕之有祖澤，宋之有桑林，國之大祀也」，據此則祖是澤名，故又以雲夢比之。〔註87〕

孫詒讓《墨子閒詁》也說：

> 顏之推《還冤記》又作「燕之沮澤，當國之大祀」，祖與沮、苴字通。
> 〈王制〉云：「山川沮澤。」孔《疏》引何胤隱義云：「沮澤，下溼地也。」《孟子・滕文公篇》趙《注》云：「苴，澤生草者也。今青

〔註85〕《詩經・鄘風・桑中》第一章云：「爰采唐矣，沬之鄉矣。云誰之思？美孟姜矣！期我乎桑中，要我乎上宮，送我乎淇之上。」這裡的桑中、上宮、淇水，都是高禖聖地，參見孫作雲：〈詩經戀歌發微〉，《詩經與周代社會研究》，頁304～306。

〔註86〕參見康保成：〈儺戲姜女下池與華夏古俗〉，《中國文學研究》1992年第1期，頁13～19。

〔註87〕見王念孫：《讀書雜誌・墨子三》「馳祖」條。

州謂澤有草者爲菹也。」

是祖（沮）澤與社稷（叢社）、桑林、雲夢（及前文所說宛丘、溱洧）等，都是草木茂盛的隱密處所，適合男女相親野合，這就是「男女之所屬而觀」的意思。《周禮・地官・媒氏》載：「仲春之月，令會男女，於是時也，奔者不禁。」而仲春之月正是祭祀高禖的時節，《禮記・月令・仲春之月》載：

> 是月也，玄鳥至。至之日，以大牢祠於高禖。天子親往，后妃帥九嬪御，乃禮天子所御，帶以弓韣，授以弓矢，於高禖前。

鄭《注》：

> 天子所御，謂今有娠者。於祠，大祝酌酒，飲於高禖之庭，以神惠顯之也。帶以弓韣，授以弓矢，求男之祥也。〈王居明堂禮〉曰：「帶以弓韣，禮之禖下，其子必得天材。」

在這裡，「奔者不禁」（《春官・媒氏》）、男女雜沓（《鄭風・溱洧》）、縱情狂歡的古俗，已經廟堂化爲莊嚴、隆重的朝廷大典了。

在春秋時代齊地，仍可以見到男女縱情狂歡的古俗，如《春秋・莊公二十三年》載魯莊公「如齊觀社」，三《傳》都譏其非禮，《穀梁傳》云：「常事曰視，非常曰觀。觀，無事之辭也，以是爲尸女也。」何休《公羊解詁》則曰：「觀社者，觀祭社，諱淫。」這裡說的都很隱約，（清）俞正燮則明白指出：「如齊觀社，實爲觀女人。」〔註88〕因此，齊社實如同桑間濮上一般，雜有褻慢荒淫的情事在內〔註89〕。

在這種男女縱情狂歡的活動中，往往有音樂、舞蹈助興，《荀子・樂論》說：「鄭衛之音，使人之心淫。」《禮記・樂記》也說：「桑間濮上之音，亡國之音也。」鄭玄《注》：「濮水之上，地有桑間者，亡國之音於此之水出也。昔殷紂使師延作靡靡之樂，已而自沈於濮水。」《韓非子・十過》並十分傳神地描繪出這種淫樂的威力程度，〈十過〉載晉平公想聽濮上之音，師曠不答應，並說：「主君德薄，不足聽之，聽之將恐有敗。」平公堅持，師曠不得已而鼓之：

> 一奏之，有玄雲從北方起；再奏之，大風至，大雨隨之，裂帷幕，破俎豆，墮廊瓦，坐者散走，平公恐懼，伏於廊室之間。晉國大旱，赤地三年。平公之身遂癃病。

〔註88〕參俞正燮：《癸巳類稿・燕祖齊社義》。

〔註89〕參見拙作：《說相——桑樹崇拜文化研究》第五章第一節〈桑中之會〉。

如此威力不可謂不驚人！值得注意的是，演奏濮上音樂時，先起玄雲，然後刮大風、下大雨；本章前節已經指出，初民以爲雲雨、風氣是天地父母交媾時的產物，因而祈求風雨時，常常運用模擬交感巫術，或許濮上之音最初即是一種伴以猥褻動作的求雨舞樂吧。另外，《左傳·襄公十年》所載的桑林之樂似乎也具有同樣的作用：

> 宋公享晉侯於楚丘，請以「桑林」。荀罃辭。荀偃、士匄曰：「諸侯宋、魯，於是觀禮。魯有禘樂，賓祭用之。宋以『桑林』享君，不亦可乎？」舞，師題以旌夏，晉侯懼而退入於房。去旌，卒享而還。及著雍，疾。卜，桑林見，荀偃、士匄欲奔請禱焉，荀罃不可，曰：「我辭禮矣，彼則以之。猶有鬼神，於彼加之。」

「桑林」是殷人的祈雨樂舞，在湯禱桑林的著名傳說之前就已存在，其歷史相當久遠；後來被宋人用爲盛樂，它的舞容可能仍不脫怪誕、粗鄙、猥褻，才會使晉悼公懼而生疾〔註90〕。悼公的「疾」與其後輩平公的「身遂癃病」，正是異曲而同工，從這裡也可以看出此類舞曲所具有的巫術、邪祟成份了。

六、格姆女神、巴丁喇木女神與高唐神女的同質性

晉悼公、平公所觀看的桑林之樂、濮上之音，是比較特別的秘術，也僅有少數專業人員才懂得其中的奧妙〔註91〕；不過，他們大多隱而不宣，只有非常時刻才拿出來運用表演，因爲如果常常使用，結果就會不靈驗了。至於後世一般類似高禖社祀的活動，還是充滿了縱情狂歡的氣氛，蕭兵就指出，在中國少數民族那裡，所謂「跳花」、「趕擺」、「趁墟」、「跳月」、「踏盤」、「跳蘆笙」、「搖馬郎」、「行歌坐月」等等，都具有程度不同，形式各異的「齊社」、「燕祖」、「桑林」、「雲夢」的情調和內容〔註92〕，而這些活動的情調和氣氛基本上是熱烈浪漫的，它們也總是以崇拜一個女神爲中心。以下可以再舉出

〔註90〕 參見蕭兵：〈《左》疑六則〉，氏著：《黑馬——中國民俗神話學文集》，頁166〜175。

〔註91〕 晉平公的樂師師曠，本來就是一位具有巫術能力的神秘心物，參拙作：《說相——桑樹崇拜文化研究》第六章第一節〈相瞽、相禮與君子儒〉。

〔註92〕 參見蕭兵：〈《左》疑六則〉，氏著：《黑馬——中國民俗神話學文集》，頁149〜155。又宋兆麟在〈人祖神話與生育信仰〉一文中，也列舉出許多少數民族的男女在節日裡野合的風俗；不過，隨著社會文明的發展，這種風俗正在逐漸消失中，或轉變成如淮陽人祖廟會上的「擔花籃」、「掛娃娃」、「摳石洞」等巫術活動形式，參見王孝廉、吳繼文編：《神與神話》，頁234〜238。

永寧摩梭人的「游女山」節及藏族、普米族、和摩梭族人共同崇拜的「巴丁喇木」女神爲例，來與高唐神女相比較。

永寧摩梭人奉格姆女神爲他們的愛神、美神、保護神和五穀神。格姆女神廟建在格姆山的南面，格姆女神有多種形象，或身著白衣白裙、騎白獅；或身著青衣黑裙、騎白馬；或身著紅衣綠裙、騎牝鹿。

作爲五穀神，永寧盆地和瀘沽湖的五穀豐欠與牲畜增減都由她司管，這裡每逢農曆七月二十五日都要舉行隆重的祭祀、朝拜活動，摩梭語稱爲「格姆刮」，是「游女山」的意思。這個節日的功能在於保佑永寧盆地和瀘沽湖風調雨順，人畜興旺、五穀豐登。節日當天，人們帶著祭品到格姆女神山廟前祭拜，祭拜完畢後，就在山中露宿，燃起堆堆篝火，飲酒食肉，跳鍋庄舞。當夜，青年男女在舞場中通過對唱情歌或搶頭巾、腰帶等形式，來結交「阿注」（情侶的意思）；雙方情投意合後，就依偎在花草叢中傾訴愛情，共度良宵。翌日下山，在永寧盆地和瀘沽湖邊舉行賽馬或跳鍋庄舞。「游女山」已成爲摩梭人一年一度的狂歡節。

另外，在滇、川交界處的藏族、普米族、和摩梭族人，從古到今共同崇拜一位原始女神「巴丁喇木」，這個名詞是藏語、普米語、和摩梭語的複合詞。藏語的「巴丁喇木」可譯爲「巴人的古老女神」；普米語的「巴丁喇木」可譯爲「巴人的女神」；摩梭語的「巴丁喇木」可譯爲「西番人的女神」，「巴丁喇木」這個複合名詞，在這三種語言中都有原始女神的意思。

巴丁喇木女神的化身是一尊天然石像，窈然深藏在綿延於滇、川西北境內喇孜山脈的鳥角尼可岩洞裡。喇孜山山高林密，山中棲息虎、豹、熊、鹿、獐、麂、鶴、箐雞等飛禽走獸，其中尤以猛虎眾多著稱，所以用喇孜山（群虎山）命名。

喇孜大山海拔約五千米，山勢拔地而起，巍峨險峻，山中古木參天，林蔭蔽日。山峰冬日白雪皚皚，夏秋雲霧繚繞。幽谷有無數岩穴，形狀奇絕。夏日，洞口噴吐出泉水，宛如條條白練，令人心曠神怡。喇孜山的懸岩絕壁之下，處處巨石峭立，猶如奇獸怪鬼，陰沈迫人。山中幽泉星羅棋布，幽泉草叢間，時有碗口粗的大蛇竄游，或盤伏在岩石之上，或纏繞在枯樹枝頭，昂頭覓窺，悠然自得。山腳底有一道奔騰咆哮的通天河，由西向東直瀉而下，水流湍急，浪花飛濺，水石相搏，聲如洪鐘。

巴丁喇木女神就深藏在山腰中的一個岩洞裡，這個岩穴只有一洞口，呈

圓形，直徑約一米，僅可容納一人進退。窺探洞內，陰森漆黑，投以小石，則嗡然有水聲，音響清脆，經久回蕩。朝拜巴丁喇木女神的善男信女必須結伙搭伴，手執火把，徐徐依次入洞。一入洞內，頓覺陰風颼颼，浸肌寒骨。洞內平曠，約可容納百人就座。洞內有一泓幽泉，泉水澄清，水色碧綠。距這幽泉一丈許，兀立一尊天然成形的鐘乳石，這尊鐘乳石坐南朝北，約 1.7 米，酷肖女人。這尊鐘乳石自頂部垂下數條微細的石絲，宛如女人蓬鬆的秀髮；正面天生兩個隆起的石包，頗似女郎豐滿的乳房；兩側向外伸延，猶如女人碩長的臂膊；下部連成一體，兩腿不分。腰細臀肥，臀部前面有一指長的狹長凹孔，形如女陰。這尊天生就酷肖山野女人的鐘乳石，就是藏族、普米族、和摩梭人幾千年來頂禮膜拜的巴丁喇木原始女神。這尊巴丁喇木原始女神石像前，還有四尊高約一米的圓柱形岩石，這些石柱頂面平整，被洞頂滴水鑿成七、八個凹孔，約酒杯大。這些凹孔被朝拜者當作燈盞使用。這座神奇的洞穴，從來無人通達盡頭，愈往裡入，洞口愈小，陰風愈大，火把俱滅，人莫敢進。

「巴丁喇木」實際上是具有多種功能的女神，例如，她是賜給婦女旺盛生命力的繁殖女神，以及消除婦女疾病的保護女神。巴丁喇木還被藏族、普米族、和摩梭族人奉為美神和愛神，是婦女外貌、膚色、衣著及行為的典範，且藏族、普米族和摩梭族的婦女多以「喇木」取名。此外，藏族、普米族和摩梭族人並崇奉巴丁喇木為森林女神和狩獵女神，由於巴丁喇木居住的喇孜山區叢聚著參天古木，而且野生動物種類極多，巴丁喇木自然被看作是森林及飛禽走獸的女主人。當地牧人和獵人入山伐木、狩臘時，都要先祭祀巴丁喇木，以求得她的恩允。巴丁喇木女神除了守護山中的飛禽走獸外，山中的溪流、泉水也歸她司管，因為她的居所正是一泓碧澄的幽泉〔註93〕。

上文關於格姆女神及巴丁喇木女神的描述，是一位學者親身田野調查、研究的成果，其中對於喇孜大山的描繪，與前引《水經注‧卷三十一、溳水》對大洪山的描寫，及〈高唐賦〉正文對高唐山水景觀的刻劃十分類似，〈高唐賦〉云：

> 惟高唐之大體兮，殊無物類之可儀比。巫山赫其無疇兮，道互折而曾累。登巉巖而下望兮，臨大阺之稸水。遇天雨之新霽兮，觀

〔註93〕關於格姆女神及巴丁喇木女神的詳細描述，可參見楊學政：《原始宗教論》，頁 224〜242。

百谷之俱集。潺洶洶其無聲兮，潰淡淡而並入。滂洋洋而四施兮，
翁湛湛而弗止。長風至而波起兮，若麗山之孤畝。勢薄岸而相擊兮，
隘交引而卻會。崒中怒而特高兮，若浮海而望碣石。礫磊磊而相摩
兮，嶊震天之蓋蓋。巨石溺溺之瀺灂兮，沫潼潼而高厲。水澹澹而
盤紆兮，洪波淫淫之溶裔。奔揚踴而相擊兮，雲興聲之霈霈。猛獸
驚而跳駭兮，妄奔走而馳邁。虎豹豺兕，失氣恐喙。雕鶚鷹鷂，飛
揚伏竄，股戰脅息，安敢妄擊。

　　於是水蟲盡暴，乘渚之陽。黿鼉鱣鮪，交積縱橫。振鱗奮翼，
蜲蜲蜿蜿。中阪遙望，玄木冬榮。煌煌熒熒，奪人目精。爛兮若列
星，曾不可殫形。榛林鬱盛，葩華覆蓋。雙椅垂房，糾枝還會。徙
靡澹淡，隨波闇藹。東西施翼，猗狔豐沛。綠葉紫裏，丹莖白蒂。
纖條悲鳴，聲似竽籟。清濁相和，五變四會。感心動耳，迴腸傷氣。
孤子寡婦，寒心酸鼻。長吏隳官，賢士失志，愁思無已，太息垂淚。
登高遠望，使人心瘁。盤岸巑岏，裖陳磑磑。磐石險峻，傾崎崖隤。
巖嶇參差，從橫相追。陬互橫啎，背穴偃蹠。交加累積，重疊增益。
狀若砥柱，在巫山下。仰視山巔，肅何千千，炫燿虹蜺。俯視崝嶸，
窒寥窈冥。不見其底，虛聞松聲。傾岸洋洋，立而熊經。久而不去，
足盡汗出。悠悠忽忽，怊悵自失。使人心動，無故自恐。賁育之斷，
不能為勇。卒愕異物，不知所出。縱縱莘莘，若生於鬼，若出於神。
狀似走獸，或象飛禽。譎詭奇偉，不可究陳。

這裡的描寫與上文對巴丁喇木女神所在之喇孜大山的描繪，竟然具有驚人的
一致性；因此，〈高唐賦〉中對高唐山水樹木、鳥獸蟲魚等種種神秘異物的刻
劃，實具有深刻的意義在；在這些文字背後呼之欲出的，是與巴丁喇木女神
一樣，集多種性能於一身的生殖女神原型。高唐神女作為泉水女神在前文已
經有所說明（參見本論文第二章第二節）；經過這一節的討論，可以確定，高
唐神女是一位高禖——繁殖女神；至於作為山林、狩獵女神的高唐神女，請
待後文相關章節的說明。

第三節　瑤姬、巫兒——神聖處女與豐產儀式

　　上一節曾說明了高唐神女是作為掌管生殖的高禖神，也就是以古代祭祀

高禖，會合男女的習俗、儀式爲原型的女神。在這類習俗、儀式之中，作爲高禖神代表的，往往是一位女巫或女祭司，她們沒有世俗的婚姻，一生以嫁神爲榮，因此得到了神聖處女、神聖貞女、神聖少女等稱呼。本節以下就擬說明，〈高唐賦〉裡的神女瑤姬，實際上即是以這類神聖處女爲其神話底蘊的。

一、促進植物豐產的「聖婚」儀式

先民在祭祀高禖之時，除了祈求人口繁衍外，還有祝禱五穀豐登的意義在〔註94〕；前者屬於人類自身的生產，後者則是人類生活所必須的食物之生產，這就是〔德〕恩格斯所說的「兩種生產」，恩格斯說：

> 歷史中的決定性因素，歸根結蒂是直接生活的生產和再生產。但是，
> 生產本身又有兩種：一方面是生活資料，即食物、衣服、住房，以
> 及爲此所必須的工具的生產；另一方面是人類自身的生產，即種的
> 繁衍。一定歷史時代和一定地區內的人們生活於其下的社會制度，
> 受著兩種生產的制約：一方面受勞動的發展階段的制約；另一方面
> 受家庭的發展階段的制約。勞動愈不發展，勞動產品的數量、從而
> 社會的財富愈受限制，社會制度就愈在較大程度上，受血族關係的
> 支配。〔註95〕

在愈原始、愈不發達的社會中，食物生產與人口繁衍兩種生產之間，聯繫、補充、制約、滲透、比擬的關係愈加密切，而且是以後者爲主導一方的。初民相信男女交合能夠促進作物的豐產，這是基於類比心理（同類相生、果必同因）的模仿巫術（即所謂順勢巫術），這種巫術心理和行爲在以農業爲主的社會中最常見到，如〔英〕弗雷澤曾說：

> 我們未開化的祖先把植物的能力擬人化爲男性、女性，並且按照順
> 勢的或模擬的巫術原則，企圖通過以五朔之王和王后，以及降靈新
> 娘、新郎等等人身表現的樹木精靈的婚嫁，以促使樹木花草的生長。
> 因此，這樣的表現就不僅是象徵性的，或比喻性的戲劇，或用以娛
> 樂和教育鄉村觀眾的農村的遊戲。它們都是咒法，旨在使樹木蔥鬱，
> 青草發芽，穀苗茁壯，鮮花盛開。我們會很自然地認爲，用樹葉或

〔註94〕 前節所說的永寧摩梭人崇拜的格姆女神，及藏族、普米族、和摩梭族人共同
崇拜的巴丁喇木女神，也都可以作爲例證。

〔註95〕 〔德〕恩格斯：《家庭、私有制、和國家的起源》第一版序言。

鮮花打扮起來，模擬樹木精靈的婚嫁愈是逼眞，則這種咒力的效果
就愈大。相應我們還很可以假定，那些習俗的放蕩表現並不是偶然
的過分行爲，而是那種儀式的基本組成部分，根據奉行這種儀式的
人的意見，如果沒有人的兩性的眞正結合，樹木花草的婚姻是不可
能生長繁殖的。(《金枝》，頁 207)

弗雷澤並舉出許多的例子，如：

1. 中美洲的帕帕爾人在向地裡播下種子的前四天，丈夫一律同妻子
   分居，目的是要保證在播種的前夜，他們能夠充分地縱情恣慾，
   甚至有人被指定在第一批種子下土的時刻，同時進行性行爲。

2. 爪哇一些地方，在稻秧孕穗開花結實的季節，農民總要帶著自己
   的妻子到田間去看望，並且就在田裡進行性交。這樣做的目的是
   爲了促進作物成長。

3. 恩波依納有些地方，當丁香樹園的收成情況有可能不好的時候，
   男人們便在夜裡光著身子，去到園裡給那些樹授精，跟他們要使
   女人懷孕的做法完全一樣。他們一面這麼做著，一面嘴裡還說著：
   「多長些丁香！」他們想像這樣就能使這些樹豐產。(以上僅舉出
   三個例證，其餘諸多例子請參看《金枝》，頁 207～212)

在中國也可以找到同樣的風俗，馮漢驥在研究雲南晉寧石寨山出土銅器
時指出，銅飾 M13：239 上有兩人站立交合，這是孕育儀式中很普遍的
動作，並廣泛存在於西南各民族中〔註 96〕。另外，中國筆記小說裡也有
關於這種「孕育儀式」儀式的記錄，〔宋〕釋文瑩《湘山野錄》卷中載有
一則故事：

> 沖晦處士李退夫者，(作) 事矯怪。攜一子游京師，居北郊別墅，
> 帶經灌園，持古風 (以飾) 外。一日，老圃請撒園荽，即《博物
> 志》張騫西域所得胡荽是也。俗傳撒此物，須主人口誦猥語，撒
> 之則茂。退夫者，固矜純節，執荽子於手撒之，但低聲密誦曰「夫
> 婦之道，人倫之性」云云，不絕於口。夫 (無) 何客至，不能記
> 事，戒其子使畢之。其子尤矯於父，執餘子咒之曰：「大人已曾上
> 聞。」皇祐中，館閣遂以爲雅戲。凡或談話清淡，則曰「宜撒園

〔註96〕參見馮漢驥：〈雲南晉寧石寨山出土銅器研究——若干主要人物活動圖像試
　　　釋〉，氏著：《考古學論文集》，頁 151。

　　妾一巡」。〔註97〕

這個有趣的記載反映出後代搢紳先生以爲矯怪、諧謔的舉止，卻正是原始農業「孕育儀式」的遺風。

　　原始農業的巫術孕育儀式，在民間以男神與女神婚配的宗教禮儀形式流傳下來，這種儀式就是民俗、神話學中所稱的「聖婚」。「聖婚」風俗普遍存在於西亞各民族中，這些民族都供奉一個偉大的母親女神，她在各民族中的名字雖然不同〔註98〕，但是相關的神話和儀式則類似：她每年都在神殿中和愛人結合，人們認爲這種儀式能夠保證大地豐產、人畜興旺（參見《金枝》，頁487～488）。〔美〕理安・艾斯勒（Riane Eisler）曾說：

> 史前的女神崇拜最有趣的一個方面是神話學家和宗教史家的瑟夫・坎貝爾稱之爲「信仰調合論」的那種東西。從根本上來說，這種東西的意思是，女神崇拜不僅是多神論的，而且是一神論的。說它是多神論的，就是說，女神是在不同的名字下，而且以不同的形式被崇拜的。但是，它也是一神論的，就是說，我們可以合乎體統的說，信仰女神就像我們說信仰作爲一種先驗實體的上帝一樣。……在所有古代的農業社會中，似乎最初崇拜的是女神。我們在農業發源的三個主要中心——小亞細亞和歐洲的東南部，亞洲東南部的泰國，以及後來還有中美洲——發現了把女性神化的證據，因爲就女性的生物屬性來說，她正如大地那樣給予生命和食物。〔註99〕

大地母親神作爲聖婚的女主角，運用與植物神婚嫁或生育植物神的儀式，來表徵植物的死亡、重生與繁殖。例如在巴比倫的宗教文獻裡，植物神塔穆茲是大母神伊希塔的配偶，人們相信塔穆茲每年都要死去一次，伊希塔爲了尋找心愛的情人，走遍黃泉。當自然生殖力的化身伊希塔不在人間的時侯，人間的愛情便停息了，動物也不進行交配，一切生命都受到絕滅的威脅。於是偉神伊亞不得不派人到地府，命陰間王后用生命之水灑在伊希塔身上，並讓她和情人塔穆茲一同回返人間。當他們回到人間時，萬物都恢復了生機。因

〔註97〕　見《筆記小說大觀》第12編第1冊，頁65。

〔註98〕　如埃及的伊希斯、納特和瑪特神；伊斯蘭教的伊斯坦爾、阿斯塔特和利利思神；希臘的得墨忒爾、科瑞和赫拉神；羅馬的阿塔耳伽提斯、刻瑞斯和庫伯勒神；猶太教的朱諾神；天主教的瑪麗亞等。參見〔美〕理安・艾斯勒（Riane Eisler）著，程志民譯：《聖杯與劍》，頁7～8。

〔註99〕　〔美〕理安・艾斯勒著，程志民譯：《聖杯與劍》，頁23～24。

此在巴比侖，每年春天到來的時候，人們都要舉行慶祝塔穆茲復活的盛會。
伊希塔與塔穆茲的故事流傳到希臘神話中，就變成了阿芙羅狄蒂和阿多尼斯
的傳說：在阿多尼斯還是嬰兒的時候，愛神阿芙羅狄蒂將他裝在盒子中交給
冥后珀耳塞福涅撫養，當冥后打開盒蓋，看見嬰兒非常漂亮，從此便捨不得
將阿多尼斯歸還給愛神。阿芙羅狄蒂後來親赴陰間想要救出自己心愛的人，
卻與冥后起了爭執，最後由宙斯出面調處，他判決阿多尼斯每年一半時間與
珀耳塞福涅同住陰間，另一半時間則在陽間與阿芙羅狄蒂為伴。這是希臘人
對塔穆茲每年死去又復話傳說的另一種說法〔註100〕。

二、姜嫄履跡生稷的民俗人類學及經學解釋

如果用一種跨文化的人類學視角來觀察的話，中國雖然沒有像巴比侖「伊
希塔—塔穆茲」和希臘「阿芙羅狄蒂—阿多尼斯」這樣完整的神話故事，但
是仍然存在著類似的對照模式，那就是「姜嫄—稷」（或者說是「社神—稷神」）
的神話傳說。弗雷澤曾指出，塔穆茲與阿多尼斯都是穀精的代表（《金枝》，
頁 498），他們或是地母神的情人，或是地母神的兒子；而周族始姚姜嫄的原
型，也是一位大地母神，她的兒子正是作為穀物神代表的稷。《詩經・大雅・
生民》第二章載：

> 誕彌厥月，先生如達。不 不副，無災無害，以赫厥靈。上帝不寧，
> 不康禋祀，居然生子！誕置之隘巷，牛羊腓字之；誕置之平林，會
> 伐平林；誕置之寒冰，鳥翼覆之。鳥乃去矣，后稷呱矣。

古代農業的發明，是人們偶然見到棄落在土裡的穀種竟然發芽結穗，而得
到了靈感；關於后稷三棄三收的神話儀式，正說明了種子具有巨大的生殖
力量，它無論在多麼惡劣的環境下都能生長，所以這是一則有關穀種發生、
起源的推源神話。另外，稷還有死而復活的傳說，如《淮南子・地形》載：
「后稷壟在建木西，其人死復蘇。」后稷的原型本來是作為穀物代表的小
米，後來則成為周族的祖先神，這種由植物神演變為祖先神，或植物神被
賦予祖先神職能的現象，在古代及原始民族的神話、宗教觀念中，常常可
以見到〔註101〕。

〔註100〕此外，阿多尼斯在敘利亞、塞浦路斯也都形成了相同意義的傳說。參見《金
　　　　枝》，頁475～493。
〔註101〕參見李少雍：〈后稷神話探源〉，《文學遺產》1993年第六期，頁24～25。

　　至於姜嫄作為地母神，她孕生稷的過程實與聖婚風俗有關，《詩經·大雅·生民》第一章載：

> 厥初生民，時維姜嫄。生民如何？克禋克祀，以弗無子！履帝武敏歆，攸介攸止。載震載夙，載生載育，時維后稷。

姜嫄履大人跡而孕生稷的神話儀式，或是如李少雍所說，土地上的種子因人獸足跡的翻動而萌芽出生〔註102〕，這個說法十分平實；另外，聞一多則從象徵儀式的觀點指出：

> 上云禋祀，下云履跡，是履跡乃祭祀儀式之一部分，疑即一種象徵的舞蹈。所謂「帝」實即代表上帝之神尸，神尸舞於前，姜嫄尾隨其後，踐神尸之跡而舞，其事可樂，故曰「履帝武敏歆」，猶言與尸伴舞而心甚悅喜也。「攸介攸止」，「介」，林光義讀為愒，息也，至確。蓋舞畢而相攜止息於幽閒之處，因而有孕也。《論衡·吉驗篇》曰：「后稷之時，履大人跡，或言衣帝嚳衣，坐息帝嚳之處，有妊。」此說當有所本。帝嚳與衣，說並詳後；其云「坐息帝嚳之處」，則與《詩》「攸介攸止」合，此可證息為與帝同息，猶前此之舞亦與帝同舞也。〔註103〕

聞氏的說法雖然具有較大的臆測性，不過卻可以與跨文化的民俗人類學相同事類會合溝通。如弗雷澤曾指出，在埃萊夫西斯每年九月舉行的盛大神秘禮儀中，天神宙斯和五穀女神得墨忒耳的結合，是由司神秘儀式的祭司和女祭司兩人的交合來代表的。不過，他們的交媾僅是戲劇性或象徵性的，因為男祭司事前先服食了一種用毒芹提煉的毒藥，而暫時失去了性能力。神秘儀式開始後，所有火炬都熄滅了，這對夫妻降臨在一個幽暗的處所，膜拜的人群在周圍焦切地等待著神人的會合。過了片刻，男祭司出現了，在一片光明中靜靜地出示一支收割後的穀穗，這就是二神婚後的果實，男祭司這時大聲宣稱：「至高無上的女神生育了至高無上的神。」女祭司則在一旁表演了穀物母親分娩時的陣痛，這一幕是全劇的最高潮（《金枝》，頁 219）。如果我們不專注某些枝節性的訓詁，而從民俗人類學的宏觀視野來觀察的話，〈生民〉詩第一章所描繪的場景，與弗雷澤氏這裡的敘述，的確有若干相似的地方。

　　對於姜嫄生稷（以及同樣事類的簡狄生契、女嬉生禹）傳說，漢代今、

〔註102〕參見李少雍：〈后稷神話探源〉，《文學遺產》1993 年第六期，頁 24。
〔註103〕聞一多：〈姜嫄履大人跡考〉，《聞一多全集·神話編》，頁 50～51（第三冊）。

古文經學家的看法十分分歧，〈生民〉詩「上帝不寧，不康禋祀，居然生子」句，孔穎達《正義》引許慎《五經異義》云：

> 《詩》齊、魯、韓、《春秋公羊》說聖人皆無父感天而生，《左氏》說聖人皆有父。謹案，〈堯典〉：『以親九族。』即堯母慶都感赤龍而生堯，堯安得九族而親之？《禮讖》云：『唐五廟。』知不感天而生。

毛《傳》在解說〈生民〉與〈玄鳥〉二詩時，更明白說稷、契都是由他們的父母祭祀禖神而生，與今文經學家「無父感生說」形成了鮮明的對比；鄭玄則對今、古文經學的說法都有意見，他說：

> 玄之聞也，諸言感生得無父，有父則不感生，此皆偏見之說也。《商頌》曰：「天命玄鳥，降而生商。」謂娀簡吞玄鳦子生契，是聖人感，見於經之明文。劉媼是漢太上皇之妻，感赤龍而生高祖，是非有父感神而生者也。且夫蒲盧之氣，嫗煦桑蟲，成爲己子，況乎天氣，因人之精就而神之，反不使子賢聖乎？是則然矣，又何多怪？（孔穎達《詩經正義》引）

鄭玄似在三家《詩》與毛《詩》之間，採取了折中的態度〔註104〕；不過，他實際上比較偏向於感生說，他認爲無論有父、無父，聖人都感天而生。鄭玄對《毛傳》的訓詁一向十分推崇，他的《箋》也多遵循《毛》意而加以敷暢，但是一旦涉及到《詩經》中語「怪」的地方，他便一反作箋初衷，不敢輕易苟同前脩了。毛、鄭以後的學者，或者宗毛（不承認感生說），或者宗鄭（承認感生說），不但與他們對「怪」（感生神話）的態度有關，而且也形成日後《詩經》學派的區分〔註105〕。

王充《論衡·奇怪》一篇，可以說是對於聖人感天而生問題駁斥最力的代表之一，他說：

> 儒者稱聖人之生，不因人氣，更稟精於天。禹母吞薏苡而生禹，故夏姓曰姒。契母吞燕卵而生契，故殷姓曰子。后稷母履大人跡而生后稷，故周姓曰姬。……薏苡，草也；燕卵，鳥也；大人跡，土也。三者皆形，非氣也，安能生人？說聖者以爲稟天精微之氣，故其爲

〔註104〕〔清〕皮錫瑞也說：「今文《三家詩》、《公羊春秋》，聖人皆無父感天而生爲一義；古文《毛詩》、《左氏》，聖人皆有父不感天而生爲一義。鄭君兼取二義爲調停之說。」，《經學通論》，頁4。

〔註105〕參見李少雍：〈經學家對「怪」的態度——詩經神話胠議〉，《文學評論》1993年第3期，頁50～52。

有殊絕之知。今三家之生，以草、以鳥、以土，可謂精微乎？天地之性，唯人為貴，則物賤矣。今貴人之氣，更稟賤物之精，安能精微乎？夫令鳩雀施氣於雁鵠，終不成子者，何也？鳩雀之身小，雁鵠之形大也。今燕之身不過五尺，薏苡之莖不過數尺，二女吞其卵實，安能成七尺之形乎？爍一鼎之銅，以灌一錢之形，不能成一鼎，明矣。今謂大人天神，故其跡巨。巨人之跡，一鼎之爍銅也，姜嫄之身，一錢之形也。使大人施氣於姜嫄，姜嫄之身小，安能盡得其精？不能盡得其精，則后稷不能成人。（《叢書》3 冊，頁 296）

為王充所斥的儒者之說，是漢代通行的今文經學家「精氣感生說」，在王充理性主義的批駁之下，「精氣感生說」顯得多麼站不住腳！可是一直到晚清贊成感生說的今文經學家皮錫瑞，卻提不出比漢儒「精氣感生說」更高明的說詞，只有以「癡人前說不得夢」，對王充作無力的還擊〔註 106〕。

三、世界性的神聖處女原型

不過，我們實在不能太厚非前代的學者，畢竟時代學術的風氣還沒有走到跨國際、跨學科的視野與境地。關於姜嫄履大人跡生后稷（及簡狄吞玄鳥卵生契、女嬉吞薏苡而生禹）等古文經學家及王充等人以為奇怪的事〔註 107〕，正是現代神話學上常見到的處女懷胎原型模式。〔美〕拉格倫（Lord Raglan）在分析、比較西方許多傳說英雄故事的情節單元後，認為這些英雄故事具有類似的情節單元及原型，並可以歸納為二十二項特徵或模式，其中第一項就是，英雄的母親是一位王室的童貞女〔註 108〕。拉格倫在討論中並沒有引用到中國英雄傳說的例子，郎櫻則在研究突厥史詩英雄身世母題時指出，在構成

〔註 106〕見皮錫瑞：《經學通論》，頁 43。

〔註 107〕關於禹母有女嬉、女志、女狄等稱呼，以及以下幾種不同的傳聞：
　　①（東漢）趙曄《吳越春秋‧越王無余外傳》第六載：「禹父鯀者，帝顓頊之後，鯀娶於有莘氏之女，名曰女嬉。年壯未孳，嬉於砥山，得薏苡而吞之，意若為人所感，因而妊孕，剖脅而產高密。家於西羌，地曰石紐，石紐在蜀西川也。」（《叢書》1 冊，頁 694）
　　②《世本‧帝繫》載：「鯀娶有辛氏，謂之女志，是生高密。」宋衷注：「高密，禹所封國。」（《叢書》1 冊，頁 546）
　　③《太平御覽》卷四引《遁甲開山圖榮氏解》云：「女狄暮汲石紐山下泉，水中得月精，如雞子，愛而含之，不覺而吞，遂有娠，十四月生夏禹。」

〔註 108〕參見〔美〕拉格倫（Lord Raglan）：〈傳統的英雄〉，〔美〕阿蘭‧鄧迪斯（Alan Dundes），陳建憲、彭海斌譯：編《世界民俗學》，頁 199～222。

突厥史詩英雄身世的各種母題中，英雄特異誕生母題是一個變化不多、較爲穩固的古老母題；它的特色鮮明，而且是每一部突厥史詩所共有的，常表現爲下列一組形式：一對夫婦年老無子——向天神祈子——妻子入樹林獨居——受孕——孕中特異的反應——難產——英雄誕生時的特異標志〔註109〕。在突厥史詩中，年老夫妻向天神求子及老妻進入樹林獨居受孕等情節，似乎可以納入世界性處女懷胎母題下進行研究。

〔美〕理安‧艾斯勒（Riane Eisler）就曾指出，新石器時代兩種女神的雕像——即年輕的女神或處女的形象，及懷抱聖嬰、貞女懷孕的母親女神形象——是作爲自然循環再生象徵的母親和處女；而且女神的兒子從整體上來說，完全與誕生、死亡和復活的主題相關。她又說，在世界各個不同地方，具有母親、女祖先、女創世主，及貞女或處女等各種不同面貌的女神崇拜象徵、形象之間，存在著明顯的相似之處〔註110〕。換句話說，大母神崇拜與處女神崇拜最初具有同一性，因此關於女嬉生禹、簡狄生契、姜嫄生稷及突厥史詩中的英雄誕生神話情節，應該都可以放在世界性母神——處女懷胎原型模式下加以通貫的解釋。

本章前節曾經指出，高唐神女是以遠古大母神崇拜爲原型的；實際上，高唐神女與處女懷胎原型模式有著更密切關係。《渚宮舊事》卷三引《襄陽耆舊傳》提到高唐神女與懷王雲雨燕好後，臨去時對懷王說：「妾處之瑤，尚莫可言之，今遇君之靈，幸妾之摯，將撫君苗裔，藩乎江漢之間。」〔註111〕這段話顯示出神女向懷王許下子孫繁庶的保證（似乎也暗示出了作物的豐登），神女與懷王交合的神話傳說，本來就蘊含有原始孕育巫術的原型。而在這之前，神女曾對懷王說：「我夏帝之季女也，名曰瑤姬，未行而亡，封乎巫山之臺。」這句話也並非隨意泛說，其中具有處女神崇拜的深層底蘊。

在較早的時代，年輕處女由於具有旺盛的生殖力，而且生育品質也比年紀大的婦女強，因而成爲初民頂禮膜拜的對象，後來處女崇拜逐漸演變成爲聖婚儀式，即神娼、廟妓風習。弗雷澤在《金枝‧諸神的婚姻》一節中曾經舉出許多關於這種習俗的例子，如：

〔註109〕 參見郎櫻：〈突厥史詩英雄特異誕生母題中的薩滿文化因素〉，仁欽道爾吉、郎櫻編：《阿爾泰語系民族敘事文學與薩滿文化》，頁148～153。

〔註110〕 理安‧艾斯勒著，程志民譯：《聖杯與劍》，頁24、26。

〔註111〕 見《筆記小說大觀》第24編第1冊，頁155。

1. 在巴比倫，天地之神伯爾的莊嚴聖殿像金字塔似地矗立市內。……只有一位女人住在那裡，此外沒有任何人在裡面過夜。據迦勒底人的祭司說，那女人是神在巴比倫婦女中挑選的唯一女人，神每晚到來且睡在那床上，那位女人作為神的配偶，便不能同任何凡人發生性關係。

2. 埃及的底比斯古城，太陽神阿蒙的神殿裡，總有一位婦女作為神的配偶在那裡睡覺過夜，並且也跟巴比倫的伯爾妻子一樣，這位婦女據說也不能和其他男人交往。在古埃及人的經文裡，她經常被作為「神的配偶」提及，而且絕不亞於埃及王后的地位。

3. 在瑞典，每年都要把動植物繁育之神——福瑞的塑像（與人身大小尺寸相等），用車子載著走遍各地，一位漂亮的姑娘奉著神像，人們稱她為神的妻子。這位姑娘也充當神在阿普薩拉的神殿裡的女祭司。載著神像和神的妙齡新娘的車子所到之處，人們成群結隊地夾道歡迎，奉獻祭品，祈求年年豐收。

4. 秘魯有一個村莊，那裡的印地安人將年僅十四歲左右的漂亮姑娘嫁給他們奉之為神（華卡）的略似人形的石頭，全村居民都參加那歷時三天十分隆重的婚禮。此後，那個女孩便一輩子不能嫁人，她為全村百姓作了偶像的妻子，犧牲了自己，村子裡的人對她極為尊敬，奉若神明。（這裡只舉出四個例證，其餘諸多例子請參看《金枝》，頁 218～223）

從以上的例子可以看出，被神選作新娘的女孩來到神殿裡，與神的代表舉行神聖的結合儀式，〔美〕M・艾瑟・哈婷把這種儀式稱為「聖婚」，並指出，聖婚有時與作為男性生育神代表的祭司，有時與男性生殖器模型，還有時則與在神廟院內過夜的任意一位陌生人共同完成。從聖婚的兩造這種不確定性中，可以清楚地看到一種非個性化的企圖。首先是祭司，他不是一位普通男性，而是上帝的肉體化身，他只在職責範圍內得到確認；在使用上帝生育器官模型的情況裡，儀式整體不包括任何個人性內涵；至於陌生人充當祭司或上帝的角色時，儀式由兩位從未謀面，而且今後也很難再會的人進行，實際上規定陌生人應當在破曉之前離去，非個性化的情形同樣明顯〔註112〕。

〔註112〕參見〔美〕M・艾瑟・哈婷著，蒙子等譯：《月亮神話——女性的神話》，頁 140～141。

　　充當聖役或聖娼的處女祭司將一生都奉獻給女神，她們沒有世俗的婚姻，在伊希塔的神殿裡，她們被稱作「快樂的少女」。布里福（Briffault）在《母親》一書中指出，「少女」一詞的原始本義是未婚的，但這一術語還蘊含另一層意義，貞女伊希塔常被稱為「奉獻貞操的人」，她也自稱是一個貞操奉獻者。她身著 posin 或戴面紗，posin 或面紗在基督教徒中，既是處女，也是奉獻者的標志；在伊希塔神廟中的聖役和聖獻貞者也都被稱為「聖潔的貞女」，私生兒也被稱為「聖潔的童子」、「貞女之子」。另外，阿芙羅狄蒂也是個貞女〔註113〕。所以「少女」（及「處女」、「貞女」）一詞的古義明顯地與今義不同，它的古義指的是未婚（沒有世俗的婚姻）而奉獻貞操給女神的神娼、聖妓〔註114〕。

　　高唐神女正是以這類奉獻貞操給女神的神娼、聖妓為原型的，她與伊希塔等少女一樣，也是一位聖貞女。高唐神女說自己的名字是「瑤姬」，這個名字有兩層意思：首先，瑤是一種美玉（《說文》一上：「瑤，石之美者。」），可以用來象徵神女的貞潔；其次，瑤與媱同音，《廣雅・釋詁》卷一下云：「媱，妷也。」王念孫《疏證》曰：「媱，各本訛作妷。」〔註115〕又《方言》卷十載：「遙、窕，淫也。九嶷荊郊之鄙謂淫曰遙，沅湘之間謂之窕。」錢繹《箋疏》：「媱與遙、妷與淫，聲義並同。」〔註116〕因而瑤姬又是妷（淫）姬。妷姬與貞女的意義在這裡正好相反而相成，初民以為在神殿中奉獻貞操給女神的是聖潔的貞女，後世則將此事視作淫亂的行為，神女瑤姬最初的身份應該就是神聖處女。

　　高唐神女的「未行而亡」，意謂她沒有經歷過世俗的婚姻，而將一生奉獻給神明〔註117〕；她死後「封於巫山之臺」，恐怕暗示著神聖巫女在聖地的司職〔註118〕；又神女與楚懷王的交合，也與 M・艾瑟・哈婷所說，聖婚有時是聖處女與作為男性生育神代表的祭司合歡隱隱相符。已經有學者指出，楚國統治階級迷信巫術是有傳統性的：遠在楚成王時，就曾以大神巫咸為

〔註113〕參見 M・艾瑟・哈婷：《月亮神話——女性的神話》，頁106。

〔註114〕參見 M・艾瑟・哈婷：《月亮神話——女性的神話》，頁106、139。

〔註115〕見王念孫：《廣雅疏證》，《爾雅、廣雅、方言、釋名清疏四種合刊》，頁377。

〔註116〕見錢繹：《方言箋疏》，《爾雅、廣雅、方言、釋名清疏四種合刊》，頁919。

〔註117〕這裡的「亡」可以看成經由世俗生命的死亡，而使神聖生命獲得重生，「死亡與重生」、「聖與俗」是神話學中常見的母題，參見本論文第五章第二節相關的討論。

〔註118〕臺作為一種神秘的聖地，可參見本論文第五章第一節。

質，與秦穆公盟誓（見秦《詛楚文》）；共王時甚至立太子之事都要卜問神明；而靈王不但信巫，他本人恐怕就是一名大巫；至於楚昭王還曾經與大夫觀射父討論過巫祀之事，這些都發生在戰國以前；及至楚懷王信之更篤，簡直成了迷信巫術的專家〔註119〕。《國語·楚語》下云：「楚之衰也，作爲巫音。」《漢書·郊祀志》也載谷永的話說：「楚懷王隆祭祀，事鬼神，欲以獲神助，卻秦師。」又〔明〕董說《七國考·楚雜祀》引陸機《要覽》云：「楚懷王於國東偏起沈馬祠，歲沈白馬，名饗楚邦河神，欲崇祭祀，拒秦師，卒破其國，天不佑之。」〔註120〕以懷王一貫的行事作風，若說他到雲夢聖臺上或神殿中與神妓交合〔註121〕，以遂行古風，這並不會讓人感到驚訝。

四、「季女」一詞的深層本義

　　神女又說自己是夏帝之「季女」，「季女」一詞的意義頗堪玩味。《說文》十四下云：「季，少稱也。從子從稚省，稚亦聲。」《廣雅·釋詁三》曰：「季，少也。」因而季女就是少女，這裡應該與布里福所說「少女」一詞的深層本義，即聖潔貞女相當。《詩經·召南·采蘋》似乎就是一首描寫季女在神廟中作尸的詩歌：

　　　　于以采蘋？南澗之濱。于以采藻？于彼行潦。

　　　　于以盛之？維筐及筥。于以湘之？維錡及釜。

　　　　于以奠之？宗室牖下。誰其尸之？有齊季女。

《詩序》云：「大夫妻能循法度也。能循法度，則可以承先祖、共祭祀。」姚際恆則提出異議說：「其云大夫妻，非也。古者五十始爲大夫，其妻安得稱季女耶？……且大夫主祭，妻助祭，何言尸乎？」他並贊成毛《傳》和鄭《箋》的說法，認爲這首詩是描寫父家嫁女的祭祀〔註122〕。請看毛《傳》和鄭《箋》的說法：

　　　　毛《傳》曰：「古之將嫁女者，必先禮之於宗室，牲用魚，芼之以蘋、藻。」

　　　　鄭《箋》曰：「古者婦人先嫁三月，祖廟未毀，教于公宮；祖廟既毀，

〔註119〕參見王錫榮：〈離騷的浪漫手法與古代巫術〉，《楚辭研究論文集》，頁266。

〔註120〕見〔明〕董說著，繆文遠訂補：《七國考訂補》，頁548。

〔註121〕楚之雲夢和齊之社、宋之桑林、燕之沮澤一樣，都是古代男女遂行野合之所，也是高禖求子的聖地，參見本論文本章第二節。

〔註122〕見姚際恆：《詩經通論》，頁36～37。

教于宮室。教以婦德、婦言、婦容、婦功。教成之祭，牲用魚，芼
之以蘋、藻，所以成婦順也。」

鄭氏所說都是因襲《禮記・昏義》的成文，問題是女子出嫁時的祭祀，「牲用
魚，芼之以蘋、藻」，其目的爲何？鄭《箋》說：「蘋之爲言賓也，藻之爲言
澡也。婦人之行，尚柔順自潔清，故取名以爲戒。」依鄭氏之說，蘋、藻是
作爲象徵出嫁女子柔順潔清的品德之用；那麼魚的作用又是什麼呢？趙國華
在探討魚的原始生殖意義時說：「在浙江衢州市郊南宋墓出土的一盞銀杯內
底，也可見到雙魚水藻爲飾，令人聯想到河姆渡文化遺存中的雙魚伴草紋。」
〔註123〕這種魚戲水草文飾的深層意義正在於強調生殖上〔註124〕，因此如〈昏
義〉所說，新嫁娘在接受過完整的新娘教育後，用魚、蘋、藻等物舉行驗收
祭儀，其目的大概是在祈求嫁後能夠瓜瓞綿綿。至於在女子出嫁前的教成之
祭上，又爲什麼要由女子扮作尸呢？毛氏、鄭玄及姚際恆等經學大師都沒有
說解。

事實上，〈采蘋〉詩中作尸的季女，應該和魯莊公到齊國觀看的尸女相同
（《穀梁傳・莊公二十三年》），也與姑媱之山化爲䔄草的女尸無別（《山海經・
中次七經》），她們都是作爲女神代表的女巫或女祭司（即女尸或尸女），也就
是將貞操奉獻給神的神聖貞女。因此，〈采蘋〉一詩的底蘊應是歌詠聖婚儀式
的詩歌。

「有齊季女」的「齊」字，毛《傳》作「齋敬」解，《左傳・襄公二十
八年》載穆叔的話說：「敬，民之主也，而棄之，何以承守？濟澤之阿，行
潦之蘋、藻，寘諸宗室，季蘭尸之，敬也。敬可棄乎？」這段話的主旨在強
調「敬」，穆叔舉出〈采蘋〉一詩作例子，由此可知，當季女作爲尸女，舉
行聖婚儀式的時候，雖然具有交合的行爲（或如前引弗雷澤關於在埃萊夫西
斯舉行的聖婚儀式，其中的交合僅是象徵性的），但是整個氣氛卻是莊嚴隆
重的，並不允許有輕薄浮蕩的態度。另外，這段話中的「季蘭」，杜《注》
說：「使服蘭之女而爲之主，神猶享之。」孔《疏》也說：「詩言季女，而此

〔註123〕趙國華：《生殖崇拜文化論》，頁 178。

〔註124〕魚具有生殖的象徵意義，已被許多學者討論過。較詳細的可以參看趙國華《生
殖崇拜文化論》，頁 40～144。另外，李辛儒也從民俗美術工藝作品中，大量
舉出魚和蓮的組合圖案，認爲這是產量最多、最具民間性的一種形式，它反
映出了人民大眾對「生殖」長久不絕的祝福。參見李辛儒：《民俗美術與儒學
文化》，頁 62～70。

言季蘭，謂季女服蘭草也。」季女所佩服的蘭草，與芷草、瑤草作用相同，都具有香草巫術的原型意義（參看本論文第二章第一節）。不過，〔明〕何楷曾將「有齊季女」的「齊」解釋成齊國（何楷《詩經世本古義》，《全書》冊81頁158），這個解釋也頗有啟發性。《易‧說卦》云：「兌為澤，為少女，為巫，為口舌。」〔註125〕以少女為巫的風習，在春秋時期的齊國仍然保存著，如《漢書‧地理志》載：

始桓公兄襄公淫亂，姑姊妹不嫁，於是令於國中，民家長女不得嫁，名曰巫兒，為家主祠，嫁者不利其家，民至今以為俗。〔註126〕

〈地理志〉的這段記載，是可以得到考古學證據支持的，在今山東益都出土的春秋時期銅器〈齊巫姜作尊簋〉，上面共刻有十六個銘文：「齊巫姜作尊簋其萬年子子孫永保用享。」銅器的銘詞雖然公式化，但是名為巫姜，又是生前自作的器物，巫字顯然不是諡號，而是職務的稱謂，巫姜應該是專業司掌祭祀的人〔註127〕。從民俗人類學上也可以看到與此相同的風習，如古代南美的印卡王室在帝國許多省分境內，都建造了「太陽貞女宮」，並選擇血統高貴、姿容秀美的處女入宮，以作為太陽神的妻子；她們有固定的勞作與清規，不得違反，並且終生過著幽居的生活〔註128〕。又如中國少數民族彝族的民間，對主持家政的未嫁處女稱作「管家女」，在彝族家庭中，以未嫁處女的權力最大，全家人都必須聽她的差遣，對外她也有調停械鬥的權力〔註129〕。這種奇特的風俗恐怕也與少女的宗教身份有關。

經由上文的說明，如果將〈采蘋〉看作是一首描寫季女（即巫兒）舉行聖婚的詩歌，應該不會差得太遠才是。季女一詞在《詩經》中共出現過三次〔註130〕，除〈采蘋〉詩外，《曹風‧候人》和《小雅‧車舝》也是歌詠季女

〔註125〕「兌為澤」，此處的水澤恐怕與水邊增殖儀式有關，參上一節；又「兌為口舌」，或即是與巫同源的祝，參本論文第五章第二節。
〔註126〕袁枚也在引用這條資料後說：「大概遇社會之日，則巫兒皆出，妖冶喧闐，故莊公往觀，曹劌以為非禮，尸女或即巫兒。」見袁枚：《隨園隨筆‧卷二十四‧尸女條》。
〔註127〕參見劉敦愿：〈齊地婦女婚戀生活古俗談〉，氏著：《美術考古與古代文明》，頁455。
〔註128〕參見〔秘魯〕印卡‧加西拉索‧德拉維加著，白鳳森、楊衍永譯：《印卡王室述評》，頁234～246。
〔註129〕參見葉大兵、烏丙安主編：《中國風俗辭典》，頁600。
〔註130〕根據《十三經引得》及《諸子引得》的檢索，「季女」一詞僅在《詩經》中三見，其他地方就沒有出現過。

的詩篇，這兩首詩的詩意十分深澀，如果不從將奉獻貞操給神的聖處女原型來詮釋「季女」的底蘊，這兩首詩就很難得到通貫的解釋。《曹風‧候人》曰：

> 彼候人兮，何戈與祋。彼其之子，三百赤芾。
> 維鵜在梁，不濡其翼。彼其之子，不稱其服。
> 維鵜在梁，不濡其咮。彼其之子，不遂其媾。
> 薈兮蔚兮，南山朝隮。婉兮孌兮，季女斯饑。

《詩序》云：「刺近小人也。共公遠君子，而好近小人。」《詩序》之所以會這樣解說，應與「三百赤芾」一句有關；鄭《箋》說：「佩赤芾者三百人。」孔《疏》則引《左傳‧僖公二十八年》晉文公「入曹，數之以不用僖負羈，而乘軒者三百人」之事，來發明《詩序》，這個說法恐有商榷的必要。

「三百赤芾」這一句原是用來形容「彼其之子」的，「彼其之子」在《詩經》中總共出現過十四次，各處的用法應該具有一致性。毛《傳》對「彼其之子」沒作說解，鄭玄則說：「之子，是子也。……其，或作記，或作己，讀聲相似。」（《王風‧揚之水‧箋》）對於「其」字的意義仍然闕如。近人季旭生則根據《詩經》的用語習慣；《左傳》、《晏子》、《韓詩外傳》、《禮記》等書的異文；以及主要是商周其國青銅器上的銘文，認為《詩經》中「彼其之子」的「其」，指的是殷周時期的姜姓其（其、己、紀）氏〔註131〕。如果季氏的說法無誤，那麼以蕞爾曹國，怎麼可能同時用了三百位其氏的候人，而且這些外籍候人都有車可乘呢？所以〈候人〉詩不但與晉文公入曹的史事無關，而且「三百赤芾」也不能像鄭玄解釋的「佩赤芾者三百人」〔註132〕。毛《傳》解「三百赤芾」句說：「大夫以上赤芾乘軒。」恐怕被曹國候人所迎接的，正是一位擁有三百件赤芾的其（紀、己）國大夫吧〔註133〕。

毛《傳》、鄭《箋》認為〈候人〉詩多用比喻，請看毛、鄭的說法：

〔註131〕參見季旭生：〈王風‧揚之水「彼其之子」古義新證〉，氏著：《詩經古義新證》，頁53～91。

〔註132〕《周禮‧夏官》述周王室的候人編制說：「候人，上士六人，下士十有二人，史六人，徒百有二人。」由此來看曹國一下用了三百個候人，而且都是其氏子孫，這是不可能的事。而且《史記‧晉世家》載：「晉師入曹，數其不用僖負羈，而美女乘軒者三百人。」乘軒的三百人是美女，而不是候人。

〔註133〕芾的前身應是人類早期用皮毛等物圍於膝下腹前的遮羞布（見許嘉璐主編：《中國古代禮俗辭典》，頁4），在這首詩裡是否用來比喻其氏大夫的嚴守禮法，與下文「不遂其媾」相呼應呢？

「維鵜在梁，不濡其翼」句

　　毛《傳》云：「鵜，洿澤鳥也。梁，水中之梁，鵜在梁，可謂不濡其翼乎？」

「彼其之子，不稱其服」句

　　鄭《箋》云：「不稱者，言德薄而服尊。」

「彼其之子，不遂其媾」句

　　毛《傳》云：「媾，厚也。」

　　鄭《箋》云：「遂猶久也。不久其厚，言終將薄於君也。」

「薈兮蔚兮，南山朝隮」句

　　鄭《箋》云：「薈蔚之小雲，朝升於南山，不能為大雨，以喻小人雖見任於君，終不能成其德教。」

「婉兮孌兮，季女斯饑」句

　　鄭《箋》云：「天無大雨則歲不熟而幼弱者飢，猶國之無政令則下民困病矣。」

可以看出毛、鄭二氏受《詩序》「刺近小人」的影響，對於詩句的比喻多所附會，並不可取。聞一多很早就從原型的角度指出，《詩經》中「魚」、「飢」合稱的地方，往往都是比喻男女合歡或情欲未遂的；另外聞氏也說，《詩經》中常用隮（虹）來比喻淫奔的女子，因此〈候人〉詩是刺淫女的詩〔註134〕。如果不堅持「刺淫女」的詩教觀點，聞氏上述的說法應該大致無誤，《呂氏春秋·音初》載：

　　禹行功，見塗山之女。禹未之遇而巡省南土。塗山氏之女乃命其妾待禹於塗山之陽。女乃作歌，歌曰：「候人兮猗！」實始作為南音。

塗山氏似乎也是一位聖處女（即神的妻子、聖婚的女主角），如果說《詩經》中的〈候人〉詩是以《呂氏春秋》中的〈候人〉歌作為藍本〔註135〕，或者說

────────────

〔註134〕見聞一多：〈高唐神女傳說之分析〉及〈說魚〉，《聞一多全集》第三冊，頁3～34、頁231～252。

〔註135〕《楚辭·天問》載：「禹之力獻功，降省下土四方；焉得彼塗山女，而通之於台桑？閔妃匹合，厥身是繼；胡維嗜不同味，而快朝飽？」這裡用「快朝飽」喻禹與塗山女在台桑野合，而得到情欲的滿足。表現手法與〈候人〉詩如出一轍。

二者源於同一儀式原型的話，那麼〈候人〉詩中的季女與〈候人〉歌中的塗山氏應該具有相同的身份才是。

詩中的季女對來訪的其國大夫十分心儀，可惜這位男子雖然裝飾盛美，卻不解風情，使得婉孌美麗的少女不遂心意，這首詩充分表現了直率熱情的民歌本色。魏源《詩古微》十七云：

古時曹濮爲貨財聲色之都會，故國小而色荒，若斯之盛矣！〔註136〕

這段話也爲〈候人〉詩的社會背景作了最好的說明。

另外，《小雅・車舝》也歌詠了「季女」，詩曰：

閒關車之舝兮，思孌季女逝兮。匪飢匪渴，德音來括。雖無好友，式燕且喜。

依彼平林，有集維鷮。辰彼碩女，令德來教。式燕且譽，好爾無射！

雖無旨酒，式飲庶幾。雖無嘉殽，式食庶幾。雖無德與汝，式歌且舞！

陟彼高岡，析其柞薪，析其柞薪，其葉湑兮。鮮我覯爾，我心寫兮！

高山仰止，景行行止。四牡騑騑，六轡如琴。覯爾新婚，以慰我心！

《詩序》云：

大夫刺幽王也。襃姒嫉妒無道，並進讒巧敗國，德澤不加於民。周人思得賢女以配君子，故作是詩也。

但是此詩中卻看不出有一點諷刺幽王的意思，朱熹《詩集傳》說：「此燕樂其新婚之詩。」則十分接近詩旨；只是這首詩描寫的不是一般人的婚禮，而是季女嫁與神靈的聖婚。白川靜曾經指出，「好友」一詞在西周金文的用法，係指同年輩身份的人；而這個婚禮沒有同輩來祝福，實在太反常了，又特別說明結婚不是因爲飢渴的緣故，也不可思議。這段婚姻是不尋常的，一定有某些暗情潛藏在文字的背後。白川靜並從第二章描寫飛翔於茂林中的山雉，說明季女的結婚有神靈的祝福，因爲鳥形精靈是祖靈的化身；另外，「無射」是奉獻於神，受得神意的祭祀用語，因此整首詩是神靈與少女新婚的描寫〔註137〕。白川靜的說法已接近事實，但還不夠完全。

這首詩首章的「匪飢匪渴，德音來括」一句，說出美麗少女的乘車出嫁，不是由於男女大欲，而是因爲貞潔的名聲受到贊揚的結果。所謂「德音來括」

〔註136〕《皇清經解續編》卷1308，第19冊，頁14853。

〔註137〕參見白川靜著，杜正勝譯：《詩經研究》，頁88～92。

與第二章的「令德來教」相呼應，都是針對嫁神少女有貞潔美德，可作為教化典範而說的；而「匪飢匪渴」則與第三章「雖無旨酒」四句相應，再次強調這場婚姻並不是為了縱欲。不過在這嫁神儀式中，的確有男女合歡的行為，如第四章出現「析其柞薪」的意象，〔清〕馬瑞辰說：

> 〈漢廣〉有刈薪之言，〈南山〉有析薪之句，〈豳風〉之伐柯與娶同喻，《詩》中以析薪喻昏姻者不一而足。東山之詩曰：「其新孔嘉。」薪之為言新。《說文》：「新，取木也。」《詩》蓋以取木喻取女，因而即以析薪喻娶妻，為新迎也。〔註138〕

馬氏「以析薪喻娶妻，為新迎」的說法，似乎沒有從根源處為析薪的隱喻找出解答。周策縱則指出，《詩經》中用析薪來比喻媒娶，已是社會制度化的觀念了；以斧析薪最初是性行為的象徵，初民用日常工作、勞動的狀態來形容性行為，可以得到下意識的滿足〔註139〕。需要補充的是，初民以析薪象徵性行為，應源於生活與生育兩種生產活動的巫術交感作用。另外，葉舒憲則從神話學與字源學並用的方法，解析了甲骨卜辭「東方之神曰析」的底蘊，證明析神就是春神、禖神，而《詩經》中用斧析薪的原型意象，正如同高禖儀典上「授弓矢」的儀節，也像是聖婚神話中以棍子插進貝殼（或用凸物填入凹處）的意象，都是一種象徵性的行為〔註140〕。〈車舝〉詩在「析其柞薪，其葉湑兮」後，接著說「鮮我覯爾，我心寫兮」，析薪母題與性愛隱喻間的關係實是昭然若揭了，整首詩最後再用「覯爾新婚，以慰我心」突顯詩旨，曲終奏雅，餘韻無窮。

五、神聖處女原型的流播

從上文的分析可以知道，《詩經》中的季女與高唐神女（季女）都源自共同的原型，那就是在神廟中與神舉行聖婚典禮、並奉獻貞操給神靈的神聖貞女。這類神聖貞女在古籍中除了季女、尸女（女尸）的稱呼外，還有遊女、處女（子）、素女、采女、玄女等名稱。遊女的遊與瑤、媱（淫）、誘等字古音相同〔註141〕，《詩經・周南・漢廣》「漢有遊女，不可求思」的遊女，應該也是以這類神聖的季女、媱女為原型的（參見本論文第二章第二節）。又《莊

〔註138〕參見馬瑞辰撰，陳金生點校：《毛詩傳箋通釋》，頁 741～742。
〔註139〕參見周策縱：《古巫醫與「六詩」考》，頁 11。
〔註140〕參見葉舒憲：《詩經的文化闡釋》，頁 637～647。
〔註141〕參見聞一多：〈釋猱〉，《聞一多全集》第二冊，頁 551。

子‧逍遙遊》載藐姑射山有肌膚若冰雪、綽約若處子的神人，他不食五穀，吸風飲露，乘雲氣，御飛龍；更重要的是他能夠使物不疵癘而年穀熟。這位住在神山上如處女的神人，同樣也是以這類聖處女爲模本創造出來的。又如《史記‧趙世家》載趙武陵王十六年：

> 王游大陵。他日，王夢見處女鼓琴而歌詩曰：「美人熒熒兮，顏若苕之榮。命乎命乎，曾無我嬴！」異日，王飲酒樂，數言所夢，想見其狀。吳廣聞之，因夫人而內其女娃嬴孟姚也，孟姚甚有寵于王，是爲惠后。

這個故事與高唐神女傳說十分神似（「孟姚」的名字也和「夢瑤（淫）」音同），這位在大陵上鼓琴的處女實與高丘之女瑤姬同出一源。《戰國策‧趙策》載有同一故事云：「武陵王游於大陵，夢見處女，鼓瑟而歌，登黃華之上。」不論鼓琴或鼓瑟，都是神婚不可缺少的場面，〈車舝〉詩不是說「雖無德與汝，式歌且舞」嗎？不過，鼓琴卻有另外一層意思，請看下列資料：

1. 《說郛》輯〔宋〕虞汝明《古琴疏》云：「素女播都廣之琴，溫風冬飄，素雪夏寒，鸞鳥自鳴，鳳鳥自舞，靈壽自花。」

2. 《山海經‧海內經》載：「有都廣之野，后稷葬焉。爰有膏菽、膏稻、膏黍、膏稷，百穀自生，冬夏播琴，鸞鳥自歌，鳳鳥自舞，靈壽實華，草木所聚，爰有百獸，相群爰處。此草也，冬夏不死。」

〈海內經〉「冬夏播琴」句，畢沅《疏》云：「播琴，播種也。《水經注‧汝水》云：『楚人謂冢爲琴（岑）。』冢、種聲相近也。」都廣之野是神秘的宗教聖地，也是神話世界的不死之鄉（參本論文第五章第一節），后稷死後埋葬在這裡（后稷有死而復生的神話，見前文），這裡的百穀（稷）自己會生長出來，草木冬夏不死。因此，「素女播琴」的神話情節，似乎表示素女與百穀豐產之間的密切關係；在這神聖之地播琴（播種）的素女，應該如同稷的母親姜嫄一樣是神聖處女吧！

素女原型在後代還產生了「白螺素女」的神話故事，《搜神後記》卷五載：

> 晉安侯官人謝端，少喪父母。……端夜臥早起，躬耕力作，不舍晝夜。後於邑下得一大螺，如三升壺，以爲異物，取以歸，貯甕中，畜之十數日。端每早至野還，見其戶中有飯飲湯火，如有人爲者。……端默然心疑，不知其故。後以雞鳴出去，平早潛歸，於籬外竊窺其

家中。見一少女從甕中出，至灶下燃火。端便入門，徑至甕所視螺，但見螺。乃到灶下問之曰：「新婦從何所來，而相爲炊？」女大惶惑，欲還甕中，不能得去，答曰：「我天漢中白水素女也。天帝哀卿少孤，恭慎自守，故使我權爲守舍炊烹。十年之中，使卿居富得婦，自當還去。而卿無故竊相窺掩，吾形已見，不宜復留，當相委去。雖然，爾後自當少差，勤於田作，漁採治生。留此殼去，以貯米穀，常可不乏。」端請留，終不肯。時天忽風雨，翕然而去。端爲立神座，時節祭祀，居常饒足，不致大富耳。於是鄉人以女妻之。後仕至令長云。今道中素女祠是也。〔註142〕

螺既形似女陰，又是多產的象徵；白螺素女對謝端說：「留此殼以貯米穀，常可不乏。」可見她與在都廣之野播種的素女一樣，都源於聖婚豐產儀式與聖處女的原型。

素女原型源自古老的生殖——豐產聖婚儀式，她在後代則成爲房中術主角的原型。〔漢〕張衡描寫新婚的〈同聲歌〉云：「衣解巾粉卸，列圖陳枕張。素女爲我師，儀態盈萬方」，〔荷蘭〕高佩羅認爲，素女是房中秘術的守護者之一，常見於六世紀及六世紀以後的各種房中書中，而〈同聲歌〉中的素女指的是《素女經》；又素女只是三女之一，房中書還提到另外兩位傳授房中術的婦女，即玄女和采女〔註143〕。玄女曾經幫助黃帝戰敗蚩尤，〔清〕嚴可均《全上古三代文》卷十六輯《黃帝問玄女兵法》云：

> 黃帝與蚩尤九戰九不勝，黃帝歸於太山，三日三夜，天霧冥。有一婦人，人首鳥形，黃帝稽首再拜，伏不敢起。婦人曰：「吾玄女也，子欲何問？」黃帝曰：「小子欲萬戰萬勝，萬隱萬匿，首當從何起？」遂得戰法焉。〔註144〕

袁珂據玄女「人首鳥身」的外貌，推測這是簡狄吞玄鳥卵生契的神話竄入黃帝神話之中〔註145〕；前文曾說簡狄是一位聖處女，那麼這裡的玄女也應具有相同的身份了。高佩羅指出，中國的房中書和色情文學常將性交過程繪形繪聲，如同戰場上的軍事行動一樣，而以玄女命名的《玄女戰經》一卷、《玄女經要法》一卷，恐怕就是這類性質的書。至於采女的采，意爲五彩，選用這

〔註142〕見陶潛撰，汪紹楹校注：《搜神後記》，頁30～31。
〔註143〕參見〔荷蘭〕高佩羅著，李零等譯：《中國古代房內考》，頁82～84。
〔註144〕嚴可均編：《全上古三代文》，頁114。
〔註145〕見袁珂編著：《中國神話傳說辭典》，頁137〈玄女〉條。

個名字可能因為她與素女正好相對，後世房中書也把她說成是黃帝時代的女神〔註146〕。

綜上所述，遠古聖婚儀式中作為女神替身的女巫（祭司），最終竟成為房中秘術的傳授者；而流傳在民間的高唐神女傳說故事，難免會滲入這兩方面的內容及色彩。這就使得〈高唐賦〉在後人眼中，一方面是「發乎情，止乎禮義，真得詩人風化之本」（《容齋三筆》第三卷）的作品；另一方面則成為「禮法之罪人」（朱熹《楚辭後語·目錄》）。今天在我們還原高唐神女的本來面目之後，竟更進一步發現，原來神女傳說故事的深層底蘊，實含藏著人類為生存而創造的兩種生產文化這樣巨大的課題在。

〔註146〕參見〔荷蘭〕高佩羅：《中國古代房內考》，頁84。

第四章　聖宴禮典

第一節　原始狩獵巫術儀式

〈高唐賦〉正文在描寫完高唐觀旁側的香草、奇鳥等景物之後，筆鋒一轉，接著就鋪排出祭禱、音樂和田獵等場面，即如下三段文字：

1. 有方之士，羨門高谿，上成郁林，公樂聚穀。進純犧、禱璇室、醮諸神、禮太一，傳祝已具，言辭已畢。（按，以上爲祭禱場面。）

2. 王乃乘玉輿，駟倉螭，垂流旌，旆合諧，紬大絃而雅聲流，冽風過而增悲哀。於是調謳令人愀愴憯悽，脅息增欷。（按，以上爲音樂場面。）

3. 於是乃縱獵者，基趾如星，傳言羽獵，銜枚無聲，弓弩不發，罘罔不傾，涉莽莽，馳苹苹，飛鳥未及起，走獸未及發，何節奄忽，蹄足灑血，舉功先得，獲車已實。（按，以上爲田獵場面。）

在寫完祭禱、音樂和田獵的場面後，賦作就以敘說往見神女的準備過程及見後功效作爲結尾，即以下一段文字：

4. 王將欲往見，必先齋戒，差時擇日，簡輿、玄服、建雲旆、蜺爲旌、翠爲蓋。風起雨止，千里而逝。蓋發蒙，往自會。思萬方，憂國害，開聖賢，輔不逮，九竅通鬱，精神察滯，延年益壽千萬歲。

以上四段文字在〈高唐賦〉中具有什麼作用呢？姜書閣曾經認爲〈高唐賦〉末節描繪祭禱、音樂與田獵的場面，是畫蛇添足的多餘文章，他說：「既敘先

王遊高唐，則言高唐山水景物雖嫌過繁，尚屬題內文章，何必又雜言音樂，牽入羽獵，與上下文皆無關涉呢？」他更指出，其實文章寫至「往自會」一句，就可以結束了，但卻又生硬地加上短短幾句游離的諷諫尾巴，即「思萬方」至「精神察滯」數句，此與上文絕不協調；更在諷諫尾巴之後再加上一句祝頌之語──「延年益壽千萬歲」，這給漢大賦開了侈麗閎衍、勸百諷一的先路，也給魏、晉樂府在篇末加上祝壽之語，如「今日樂相樂，延年萬壽期」一類，創了先例〔註1〕。姜氏以上意見恐怕代表了許多研究者的疑惑，問題是〈高唐賦〉末段祭禱、音樂和田獵等場面，真是畫蛇添足的文字嗎？又「思萬方」以下幾句果與上文絕不協調嗎？這四段文字在整篇〈高唐賦〉中的意義到底是什麼呢？本節以下即擬從原始狩獵巫術儀式的觀點，來發掘這四段文字的深層內蘊。

一、資源豐富的雲夢獵場

《渚宮舊事》卷三引《襄陽耆舊傳》載高唐神女臨去時對懷王說：「將撫君苗裔，藩乎江漢之間。」這段話或即是〈高唐賦〉結尾「思萬方，憂國害，開聖賢，輔不逮」之所本，在這裡，神女由原先作為豐產女神的機能，轉變為與國家安危息息相關的女神，其間的轉變仍有線索可尋，因為豐產女神往往與風調雨順、食物豐盛有密切關聯。

遠在古早的狩獵社會，初民即運用豐產巫術儀式，以冀求得到更多可食的獸類，如在法國馬德萊納洞窟中，曾發現一幅命名為〈橫臥的維納斯〉石刻，這是舊石器時代稀有的人體形象之一，據研究者推測，它與先民的繁殖祭祀有關；另外在義大利西西里島的阿達拉洞穴中，也發現一幅舊石器時代的壁畫，被命名作〈祭禮〉，畫面上方有一些人似在跳舞，還有一些人則躺臥在地上，上面多重疊著另一個人的形象，下方則配置了許多野獸的圖像，這幅畫也被認為表現了人和動物的繁殖祭祀〔註2〕。這類狩獵豐產巫術的歷史相當久遠，而且也廣見於世界各處。據弗雷澤指出，羅馬內米森林的森林女神狄安娜（Diana，她有另一化身是清泉女神伊吉利婭 Egeria），不只是山林、湖沼的女主人，而且還是野獸的女守護神（即狩獵女神），她代表了生育繁殖的力量；人們崇拜狄安娜的儀式，其實就是一種豐產巫術（《金枝》頁 217、227～228、254～255）。與狄安娜相同，如永寧摩梭人崇拜的格姆女神，及藏

〔註 1〕 參見姜書閣：《漢賦通義》，頁 62～63。
〔註 2〕 參見陳兆復、邢璉：《外國岩畫發現史》，頁 72～74。

族、普米族、和摩梭族人共同崇拜的巴丁喇木女神，也被人們看成是森林女神和狩獵女神；而高唐森林區的神女媱姬，實具有同樣的身份（參見本論文第三章第二節）。因此，〈高唐賦〉中描寫祭禱、音樂和田獵場面，就不是偶然的了；這幾段文字的深層底蘊，實可追溯到原始狩獵豐產巫儀上。

〈高唐賦〉正文所描繪的山水景物，已經鋪陳出一個森林茂密、水源充沛、禽獸繁多的雲夢獵場，請再看下列資料：

1. 《墨子·公輸》載：「楚有雲夢，犀兕麋鹿滿之，江漢之魚鱉黿鼉爲天下富，荊有長松文梓，楩柟豫章。」
2. 《國語·楚語》載王孫圉之言云：「有藪曰雲連徒洲，金、木、竹、箭之所生也。龜、珠、齒、角、皮、革、羽、毛所以備賦用以戒不虞者也，所以供幣帛以賓享於諸侯者也。」

從以上兩條記載，可以看到雲夢地區具有豐富盛多的動、植物產。古文獻中對雲夢描述得最詳細的，要算是司馬相如的〈子虛賦〉。司馬相如雖是漢武帝時人，但他所鋪陳的雲夢卻是戰國時的雲夢，因爲漢代楚國在淮北（即西楚），並不在江漢地區，而〈子虛賦〉裡的雲夢，明顯地是戰國時期江漢地區楚王的遊獵場〔註 3〕。譚其驤曾經指出，〈子虛賦〉裡雖然有賦家夸飾之辭，但它所反映的雲夢區有高山、平原及茂林，池澤只佔其中一部分的情形，是無可置疑的；這篇賦的可貴之處就在於，它將雲夢這個眾多野生動、植物繁衍生息的區域，形象化地描述出來了〔註 4〕。

據〈子虛賦〉說，雲夢區域方九百里，其中有高山和坡地，高山上干青雲，遮日蔽月；坡地則下連江河。這裡充滿各種色彩、種類的金玉土石。雲夢區的東部是蕙圃，生長著許多香草、香花；南部是平原、廣澤，以長江和巫山爲邊緣〔註 5〕，其中高而乾與卑而濕的地區，各自繁衍出不同種類的植物；西部則有涌泉清池，聚生著神龜、蛟鼉、玳瑁、鱉黿等水族生物；北部則是茂密的森林，各類樹木叢生，樹上有鳥、猿棲息，林中有虎、豹等猛獸。而楚王的主要獵場正位於雲夢北部的茂林區中，〈子虛賦〉是這樣描寫的：

其北則有陰林：其樹楩柟豫章，桂椒木蘭，檗離朱楊，櫨梨梬栗，

〔註 3〕參見譚其驤：〈雲夢與雲夢澤〉，氏著：《長水集》下冊，頁 107～108。
〔註 4〕參見譚其驤：〈雲夢與雲夢澤〉，氏著：《長水集》下冊，頁 107～108。
〔註 5〕譚其驤指出，這裡的巫山指的是廣義的巫山，即鄂西山地的邊緣（參見譚其驤：〈雲夢與雲夢澤〉，氏著：《長水集》下冊，頁 109），所以不是神女所在的巫山（大洪山）。

橘柚芬芳。其上則有鵷雛孔鸞，騰遠射干。其下則有白虎玄豹，蟃
蜒貙犴。

在這段文字之後，〈子虛賦〉接著說：

> 於是乎乃使剸諸之倫，手格此獸。楚王乃駕馴駁之駟，乘雕玉之輿；
> 靡魚須之橈旃，曳明月之珠旗；建干將之雄戟，左烏號之雕弓，右
> 夏服之勁箭。陽子驂乘，孅阿為御；案節未舒，即陵狡獸。蹴蛩蛩，
> 轔距虛；軼野馬，惠陶駼；乘遺風，射游騏。倏眒倩浰，雷動飆至，
> 星流霆擊；弓不虛發，中必決眥；洞胸達腋，絕乎心繫。獲若雨獸，
> 揜草蔽地。於是楚王乃弭節徘徊，翱翔容與，覽乎陰林，觀壯士之
> 暴怒，與猛獸之恐懼；徼紩受詘，殫睹眾物之變態。

從楚王「覽乎陰林，觀壯士之暴怒，與猛獸之恐懼」一句，即可看出雲夢北
方的茂林區（陰林）正是楚王主要的獵場。

據譚其驤研究指出，〈子虛賦〉裡所說雲夢北部的高山叢林，當指今鍾祥、
京山一帶的大洪山區〔註6〕。而前文已經指出，高唐神女所在的巫山即今湖北
隨縣西南百二十里的大洪山（高唐則在隨縣西北八十五里，也屬大洪山區境
內）；巫山稍北則有雲夢臺，是楚王游獵後休憩的地方（見本論文第一章第二
節）。

二、自我綏靖的巫術儀式

〈高唐賦〉全篇是由楚襄王與宋玉登遊雲夢之臺，望高唐之觀起頭的；
至於賦的末節則有狩獵場面的描寫，最後即以往見神女後的功效（即九竅通
鬱，精神察滯，延年益壽千萬歲）作結；而〈子虛賦〉在藉子虛之口描繪楚
王田獵的盛大場面後（見前文所引），有如下的敘述：

> 將息獠者，擊靈鼓，起烽燧。纚乎淫淫，般乎裔裔，於是楚王乃登
> 雲陽之臺（李善《注》引孟康曰：「雲夢中高唐之臺，宋玉所賦者，
> 言其高出雲之陽也。」），泊乎無為，憺乎自持，勺藥之和具而後御
> 之（按，李善《注》引服虔曰：「或以芍藥調食也。」）。

在司馬相如的描寫中，楚王於狩獵結束後，登上雲陽之臺（也就是高唐的臺
觀），此舉固然有覽望、休憩的用意；但其更重要的目的應與〈高唐賦〉所云
相同，即向神女祭祀致意才是。因此，所謂「泊乎無為，憺乎自持，勺藥之

〔註6〕參見譚其驤：〈雲夢與雲夢澤〉，氏著：《長水集》下冊，頁108。

和具而後御之」云云，也類似〈高唐賦〉所說的「九竅通鬱，精神察滯，延年益壽千萬歲」。

在狩獵活動中，時刻都充滿了危險，即使是王室的打獵也不例外，如《漢書・司馬相如傳》載相如諫漢武帝狩獵時說：

> 今陛下好陵阻險，射猛獸，卒然遇逸才之獸，駭不存之地，犯屬車之清塵，輿不及還轅，人不暇施巧，雖有烏獲、逢蒙之技不能用，枯木朽株盡為難矣。……且夫清道而後行，中路而馳，猶時有銜橛之變。況乎涉豐草、馳丘虛，前有利獸之樂，而內無存變之意，其為害也不難矣！

同樣地，雲夢獵場中也充斥著兇猛、驚駭的野獸，及險惡、危阻的地形；一場狩獵活動下來，往往耗損大量的心神元氣。因此〈子虛賦〉載楚王用芍藥作調料，以和五臟、辟毒氣，其目的即在於養護馳逐田獵時所耗損的元神，以達致「九竅通鬱，精神察滯，延年益壽千萬歲」的功效。換句話說，往見神女實具有自我綏靖的意義在。《戰國策・楚策一》載：

> 楚王游於雲夢，結駟千乘，旌旗蔽日，野火之起也若雲蜺。兕虎嗥之，聲若雷霆。有狂兕羊車依輪而至。王親引弓而射，壹發而殪。王抽游旄而抑兕首，仰天而大笑（按，《藝文類聚・九十五》引此文，笑作歎）曰：「樂矣！今日之游也！寡人萬歲千秋之後，誰與樂此矣？」

這裡的楚王是戰國初期的楚宣王，他在田獵時射死一頭狂奔亂竄的犀兕，激動熱烈的情緒使他樂極生悲，因而生出「寡人萬歲千秋之後，誰與樂此」的感慨；不過，宣王的感慨恐怕還有更深一層的原因，《呂氏春秋・至忠》載：

> 荊莊哀王（按，畢沅《注》：「此楚莊王也，不當有哀字。」）獵於雲夢，射隨兕中之，申公子培劫王而奪之。王曰：「何其暴不敬也？」命吏誅之。左右大夫皆進諫曰：「子培賢者也，又為王百倍之臣，此必有故，願查之也！」不出三月，子培疾而死。荊興師戰於兩棠，大勝晉，歸而賞有功者，申公子培之弟進請賞於吏曰：「人之有功也於軍旅，臣兄之有功也於車下。」王曰：「何謂也？」對曰：「臣之兄犯暴不敬之名，觸死亡之罪於王之側，其愚心將以忠於君王之身，而持千歲之壽也。臣之兄嘗讀故《記》曰：『殺隨兕者不出三月。』是以臣之兄驚懾而爭之，故伏其罪而死。」王令人發平府而視之，

於故《記》果有，乃厚賞之。〔註7〕

高誘說隨兕是一種惡獸，范耕研則云：「隨兕者，隨國之兕耳。隨與楚近，見滅於楚，故楚王獵雲夢得以射之，未必有惡獸專名隨也。」〔註8〕其實隨國之兕也可以是一種惡獸，兩者並不衝突〔註9〕。兕即是江漢地區常見的犀牛，它的皮革可以製甲，犀角可以入藥，因而成為狩獵的重要對象；但隨地又有「殺隨兕者不出三月」的禁忌，這要如何釋呢？劉敦愿認為，依照圖騰崇拜的原則，祇有對以犀為氏族圖騰的人們，這種不准殺害犀牛的禁忌才有效，至於其他氏族則不受約束，所以「殺隨兕者不出三月」的禁忌，是過去以犀為國族民稱的集團留下的影響〔註10〕。

與楚莊王射兕的故事相印證，可以知道楚宣王因獵到一頭狂兕，在極大的快樂中想到「殺隨兕者不出三月」的禁忌與傳聞，以及他的先輩有忠臣替死的故事，於是不禁興起「寡人萬歲千秋之後，誰與樂此」的感慨；同樣的，〈高唐賦〉「九竅通鬱，精神察滯，延年益壽千萬歲」的祝辭，及〈子虛賦〉「泊乎無為，儋乎自持，勺藥之和具而後御之」的護持元神行為，應該都與狩獵時不免會觸犯惡物的禁忌有關〔註11〕，因此可以將它們看作是具有自我綏靖意義的行為。

〔註7〕 這個故事又載於《說苑·立節》，只是其中獵獲的動物不是「隨兕」，而是「科雉」，這大概是傳聞異辭所致。

〔註8〕 又虞兆隆《天香樓偶得》云：「《正字通》云：『隨母之兕，始出科之雉。』分兕、雉為二。夫傳聞異辭，正自不能強合。愚謂隨兕乃兕中之異者，科雉乃雉中之異者，所以申公子培劫而奪之，不出三月病死，言其怪也。若隨母之兕，始生之雉，又何可怪之有哉？」是虞氏將隨兕看成怪異之獸。又《易·隨卦·九四爻辭》云：「隨有獲，貞凶。」《象辭》曰：「隨有獲，其義凶也。」陳奇猷認為「殺隨兕者不出三月」的傳聞，是本諸這裡的爻辭和象辭，可列為一說。范、虞、陳三人的說法見陳奇猷：《呂氏春秋校釋》卷十一，頁581。

〔註9〕 如果隨兕指的是隨國之兕，而巫山正好位於隨國（後來隨縣）的右壤（參本論文第一章第二節），那麼可以將〈高唐賦〉中描寫田獵的場面與《呂氏春秋·至忠》、《戰國策·楚策一》所載兩位楚王射兕的故事聯繫起來。

〔註10〕 參見劉敦愿：〈雲夢澤與商周之際的民族遷移〉，氏著：《美術考古與古代文明》，頁417。

〔註11〕 當然這種禁忌不必定與殺死犀兕有關，如〈高唐賦〉說：「卒愕異物，不知所出。縱縱莘莘，若生於鬼，若出於神，狀似走獸，或象飛禽。譎詭奇偉，不可究陳。」又說：「飛鳥未及起，走獸未及發，何節奄忽，蹄足灑血，舉功先得，獲車已實。」而〈子虛賦〉說雲夢北部陰林：「其上則有鵷雛孔鸞，騰遠射干。其下則有白虎玄豹，蟃蜒貙犴。」可見雲夢之中獵物的種類很多，而且其中不乏怪異神秘的禽獸。

三、撫慰野獸的咒術行爲

此外，〈高唐賦〉「九竅通鬱，精神察滯，延年益壽千萬歲」的祝禱，與田獵前的祭祀、音樂等場面，及狩獵結束後求見神女的行爲，正源自一個完整的狩獵巫術儀式原型。原始社會的獵人在狩獵前後，必須舉行一連串具有咒術性的儀式，其中包括撫慰野獸、祈求豐產和自我綏靖等意義。如弗雷澤所指出，原始獵人將野獸看成跟人一樣，是由親屬關係和報復血仇的責任聯繫在一起；所以傷害了它們同族中的任何一員，根據血族復仇原則，被殺害野獸的魂魄會煽動它的親屬，對狩獵者進行報復。但是原始土著並不能做到任何動物都不殺，他總得吃一些動物，否則就要挨餓；因此，當他們殺害野獸時，往往心存敬重及感激，而且儘可能向死靈解釋自己的行爲，並許諾妥善安置它們的遺骸，甚至還舉行儀式，獻上供品，使死靈覺得自己不是個犧牲，倒像是宴會上的客人，並誘引同伴一起踏上這快樂的死亡之途。原始人即借助這種贖罪——祝禱儀式，來防止死獸及其同族的憤怒，更保證將來狩獵持續的豐收。弗雷澤舉出了眾多的例證，如：

1. 堪察加人在殺死任何一個陸上或海洋動物之前，都要請求它的原諒，求它不要因此而生氣。他們還向它獻上杉果等供物，使它覺得自己並不是一個犧牲品，而是一個宴會上的客人，這樣它就會去邀請它的同伴一齊前來。

2. 巴西的印第安人將雪豹屍體帶回村裡時，婦女用各色羽毛裝點屍體，在它的腿上戴上鐲子，哭訴說：「求你不要向我們的孩子報仇，你因爲自己的無知被捉，我們的丈夫只是設陷阱捕捉能吃的動物，他們從來沒有想到把你也捉在裡面。所以，不要讓你的魂魄請同伴來向我們的孩子報仇。」

3. 布拉福特的印第安人將捕獲的鷹擺在地上，用一根棍子把鷹頭撐起來，每隻鷹嘴裡放一塊乾肉，使得死鷹靈魂回去告訴同伴，說印第安人待他們很好。

4. 美洲印第安人在獵熊前，長期齋戒潔淨；出發時則向以前殺死的熊魄奉獻祭品贖罪，求它照顧獵人。殺死一隻熊後，他們會請死熊抽煙斗，求它不要因此而生氣，妨礙以後的打獵。熊肉必須吃的一塊都不能剩下，頭則塗成紅色和藍色，掛在柱子上，由演說者極力稱讚它。

5. 西伯利亞東北部沿海地區的科里亞克人將死熊帶回家的時候，婦
女出來迎接，打著火把跳舞。熊皮連著熊頭一起剝下來，有一個
婦女披上熊皮跳舞，求熊不要生氣。他們在送走死熊靈魂時，還
爲它備好路上吃的糧食。（《金枝》頁 757）

與上列 4、5 例相類似的是中國東北部鄂倫春人的獵熊風習，據秋浦介紹說：

6. 在獵場上，熊被打死以後，首先要把頭割下來用草包裹起來，安
放在木架上。這時，由老年獵人帶領青年獵人跪下來給死熊叩
頭、獻煙，並禱告說：「雅亞，不是我們有意要打死你，是錯殺
了你，不要降禍於我們，保祐我們多野獸吧。」禱告完畢，又點
燃了草，用煙薰熊頭，然後才可以把熊肉帶回，熊頭就放在那裡
不管了。〔註12〕

與上述的例證對照，可以說〈高唐賦〉中描寫田獵前的祭禱、音樂等場面，
是源於撫慰野獸的儀式；而狩獵之後往見神女的行爲，則是源自祈求豐產與
自我綏靖的巫儀，只不過在〈高唐賦〉的描寫當中，這些儀式的原始咒術特
徵已不是那麼明顯了。

四、羨門與薩滿（Shaman）

〈高唐賦〉描寫狩獵前的祭禱場面說：

> 有方之士，羨門高谿，上成郁林，公樂聚穀。進純犧、禱璇室、醮
> 諸神、禮太一，傳祝已具，言辭已畢。

這裡「羨門高谿」一詞，實與原始薩滿（Shaman）巫術、宗教有關。弗雷澤
曾指出，從白令海峽到拉普蘭（Lappland，按，今挪威、瑞典、芬蘭等國的北
部，和蘇聯的最西北邊境），這整個舊世界的北部，獵人都尊敬他們殺掉、吃
掉的熊（《金枝》頁 761）；而這整個區域即是所謂薩滿教（Shamanism）的分
布區〔註13〕，上述 4、5、6 三個相似的例子也正是薩滿文化區的特色之一。
令人好奇的是，產於南楚的〈高唐賦〉中，竟也吸收了薩滿教的文化因子（詳
下），由此可見中國境內各地區文化傳播、交流、融合之一般了。

據秋浦指出，薩滿教是中國北方阿爾泰語系民族普遍信仰的一種原始宗

〔註12〕 參見秋浦等著：《鄂倫春社會的發展》，頁 164～165。

〔註13〕 秋浦說：「薩滿教的分布，除了我國北方以外，與我國北方相毗鄰的西伯利亞，
也是它的主要分布地區。甚至從非洲經北歐到亞洲，再到南北美洲這一廣闊
空間所居住的各族，都存在共同的薩滿教。」見秋浦：《薩滿教研究》，頁 2。

教，它的起源非常古老，不過直到十二世紀中葉，「Shaman」一詞的譯音才第一次明確地出現在中國的文獻記載當中，南宋學者徐夢莘在《三朝北盟會編》中說：「珊蠻者，女眞語巫嫗也。以其變通如神，粘罕以下皆莫能及。」自明清以後，對薩滿教的零散記載日漸增多，但是關於「薩滿」一詞的用字卻很不統一，如西清《黑龍江外記》、姚元之《竹葉亭雜記》和《清史稿·禮志》寫作「薩瑪」；吳振臣《寧古塔紀略》作「叉馬」；方式濟《龍沙紀略》作「薩麻」；索禮安《滿訓四禮集》作「薩莫」；還有寫作「叉瑪」、「沙漫」、「撒卯」的，總之是語音相近而用字不同。《大清會典事例》最先使用「薩滿」兩字，以後遂逐漸被學術界所採用〔註14〕。從秋浦的說法可以看出，「Shaman」有許多語音相近，用字不同的語詞，而「羨門」當也是其中之一。

《史記·始皇本紀》載有秦始皇使燕人盧生求「羨門高誓」的事，李善以爲〈始皇本紀〉中的羨門高誓即是〈高唐賦〉中的羨門高谿；又〈封禪書〉云：

> 於是始皇遂東遊海上，行禮祠名山大川及八神，求僊人羨門之屬。……自齊威、宣之時，鄒子之徒論著終始五德之運，及秦帝，而齊人奏之，故始皇采用之。而宋母忌、正伯僑、充尚、羨門高、最後，皆燕人，爲方仙道，形解銷化，依於鬼神之事。〔註15〕

李約瑟曾說，《史記》中出現的「羨門」原是「Shaman」的譯音，羨門高或許是羨門一位名高的大師；到了後來，羨門才由專有名詞演變成普通的稱謂（即方士的通稱）〔註16〕。如果李氏所言正確的話，那麼〈高唐賦〉中的「羨門」，要較《三朝北盟會編》中的「珊蠻」一詞，早出現約一千四百年左右。

薩滿最初的意義是什麼呢？秋浦說，薩滿意謂激動、不安和瘋狂的人〔註17〕。富育光等人則有不同意見，他們指出，有些滿族薩滿神諭中稱薩

〔註14〕 參見秋浦：《薩滿教研究》，頁1～2。
〔註15〕 王念孫以爲，〈封禪書〉中的「最後」疑即〈高唐賦〉中的「聚穀」，因爲最爲取之誤，而聚與取古字通；又穀有殻音，而殻與後聲相近，所以「最後」即「聚穀」，也是方士之流。見王念孫：《讀書雜誌·史記二》「羨門子高、最後」條。
〔註16〕 〔英〕李約瑟著，陳立夫譯：《中國之科學與文明》第二冊，頁203～206。
〔註17〕 見秋浦：《薩滿教研究》，頁2。秋浦又指出，有兩類人最有資格繼承薩滿的職務，一是患過重病，幸而痊癒者、言行異常的精神病者、癲癇病患者、身體或智力不健全者、能言善道者，其中以重病痊癒者居多；二是女性，即使以男性充任，往往也要男伴女裝、男作女態、男言女聲，這說明薩滿和母系氏族社會有密切關係（見《薩滿教研究》，頁141）。

滿爲「阿巴漢」、「烏漢睒夫」，這與《三朝北盟會編》中記載女眞語稱薩滿爲「烏達舉」是一致的，所謂「阿巴」、「烏漢」、「烏達」，都是「阿布卡」的音轉，爲漢語「天」的意思；所以「阿巴漢」等詞譯成漢語，即天的奴僕、天使、天僕。因此過去將「薩滿」譯爲巫、精神癲狂者或興奮狂舞者，並未中的。在滿族民間傳講中，世上第一個女薩滿是天神派來的，或天神命神鷹變幻的（或天神與鷹交配後生下的），因此薩滿天生具有飛天入地的本領；相傳薩滿在祝祭時，能使自己靈魂出殼，升入天穹〔註 18〕。

從薩滿古神諭和古神話中可以看到，薩滿教將自然宇宙的範圍分爲三界，他們認爲，最上界爲天界（或稱火界、光明界），爲天神阿布卡恩都里和日、月、星辰、風、雷、雨、雪等神祇所居，此外還有眾多的動物神、植物神，以及氏族祖先英雄神也高踞其間；中界則是人、禽、動物及弱小精靈繁衍的世界；下界爲土界（又稱地界、暗界），是偉大的巴那吉額姆（地母）、司夜眾女神，及惡魔居住藏身的地方。薩滿是三界的使者，既可飛騰高天以通神，又可馳入暗界以除魔〔註 19〕。張光直也曾指出，中國古文明最主要的特徵之一，就是所謂的「薩滿式」文明。在薩滿的世界觀中，生人與神鬼，有生命與無生命者，氏族中活著與死亡的成員，都分別存在於同一宇宙的不同層次中，其中最主要的層次就是天與地，所以溝通天地兩層世界，就成爲遠古宗教祭祀、儀式規範所要達到的目的〔註 20〕。這種生命與魂魄存在於同

〔註 18〕 見富育光、孟慧英：《滿族薩滿教研究》，頁 175。

〔註 19〕 見富育光、孟慧英：《滿族薩滿教研究》，頁 179～180。其實，薩滿教的天穹古諭是絢爛多彩的，其中最普遍的是九重天的觀念。「九」是薩滿教的神聖數字，在滿族等北方民族薩滿神諭中，普遍用九來估量宇宙廣度，出現了九重天的觀念（《滿族薩滿教研究》，頁 178）。而《史記·封禪書》云：「九天巫祠九天。」恐怕也受到薩滿教的影響。至於薩滿教三界及九重天的觀念也表現在南楚文化中，如《楚辭·招魂》云：「魂兮歸來，君無上天些。虎豹九關，啄害下人些。」王逸《注》：「天門凡有九重，使神虎豹執其關閉，主啄齧天下欲上之人而殺之也。」這是與薩滿教相同的九重天觀念。〈招魂〉又云：「魂兮歸來，君無下此幽都些。土伯九約，其角觺觺些。」王逸《注》：「其地有土伯，執衛門戶，其身九屈，有角觺觺，主觸害人也。」這個土伯大概是幽都暗界的魔怪。另外，如 1972 年出土長沙馬王堆一號漢墓的「非衣」帛畫上，也表現了天上、人間、地下三界的内容（這是俞偉超的意見，參見〈座談長沙馬王堆一號漢墓〉，《文物》1972 年第 9 期，頁 60～61）。現在還沒有充分證據說薩滿文化影響了南楚文化，但從薩滿文化區分布之廣闊，及《史記》、〈高唐賦〉的「羨門」一詞來看，薩滿一詞已傳播到中原及南楚境内，那麼薩滿信仰中一些古老的基因融入中原及南楚文化中，也是很有可能的事。

〔註 20〕 而巫覡正負起溝通天地的任務。當巫覡通天地時，必須藉助法器和巫術才有

一空間的觀念，則可以用來說明，原始獵人必須向動物魂魄進行撫慰謝罪的儀式行為。

最重要的是，在薩滿教發展的歷史過程中，有一些非常穩定、變化緩慢的因素，如鳥、蛇、虎、熊、火、水、女性祖先、世界樹等信仰，從新石器時代就一直沿續下來，到現代仍是薩滿教的信仰核心。新石器時代的經濟生活是以狩獵、捕魚為主要內容，因此，鳥、蛇、虎、熊、火、水、樹神的信仰，是由當時低下的生產力，和相對確定的生活內容所決定的；至於女性祖先及女神崇拜，則是母系氏族社會中，女性崇高地位的反映〔註21〕。而薩滿教源自新石器時代的動物神信仰，與女祖、女神崇拜等文化因子，在〈高唐賦〉中是以原型的方式出現的，這或者說明了，中國南方早期也經歷過狩、魚獵的經濟生活，以及母系氏族社會的形態。而〈高唐賦〉中以羲門高谿為主的巫師群，所舉行的「進純犧、禱琁室、醮諸神、禮太一」等儀式，其深層底蘊應當即是如同薩滿通天，以求得狩獵女神寬宥與祝福的巫儀。

五、至上神「太一」與虎神崇拜

如果我們對〈高唐賦〉祭禱一段文字源自撫慰野獸精靈、向狩獵女神贖罪，及其中的動物神信仰原型還有懷疑的話，不妨再來看看「太一」的問題。「太一」一詞在戰國之際已經出現，請看下列資料：

1. 《莊子·天下》：「關尹、老聃聞其風而悅之，建之以常無有，主
   之以太一。」

能力飛行於天地兩界之間，所謂的法器和巫術包括聖山、神木、動物、龜筮、食物酒醬、歌舞音樂等（見張光直：〈古代中國及在人類學上的意義〉，《史前研究》1985 年 2 期，頁 41～46）。又本論文第二章第一節所說的「追蹤祭祀儀式」，實可以包括在薩滿巫師通天的主題範圍內。

〔註21〕 參見富育光、孟慧英：《滿族薩滿教研究》，頁 22～23。富育光等人又指出，在滿族神話中，有一批聰明、美貌的女神組成的神群，她們統御著天穹並踞於神壇的中心，為滿族人所敬祀、膜拜。這些女神中出現最早，且地位最顯赫的是三位統稱「阿布卡赫赫」（意即天女之意）的女性大神。她們形影不離，同時出現，同時隱去，六雙眼睛觀望不同的六方，主宰宇宙大地的安寧。與阿布卡赫赫一起主宰宇宙大地的是另一位女性神祇——巴那吉額姆（地母）。她的形象偉岸，腹乳高隆，巨若山丘，威力無比，寬厚仁慈。如果去除神秘的宗教外衣，滿族女神實際上是母系氏族社會中，女性崇高地位的反映（參見《滿族薩滿教研究》，頁 182、266～267），另外，富育光、于又燕：〈滿族薩滿教女神神話試譯〉對滿族女神和神話有較概括的論述。而富氏等人對滿族女神及神話的介紹，也可以拿來與巫山神女神話作比對。

2.《呂氏春秋・勿躬》：「神合乎太一，生無所屈，而意不可障。」

3.《呂氏春秋・大樂》：「萬物所出，造於太一，化為陰陽。」又：「道
也者，至精也，不可為形，不可為名，彊為之名，謂之太一。」

這幾處的太一似乎都屬於抽象的哲學用語，而《楚辭・九歌》中則有東皇太
一，是楚人所崇祀的至上神。文崇一認為，從先秦到漢代，太一最少有三層
意義：一是宗教上的太一，即一個最高的神或上帝；二是哲學上的太一，即
作為宇宙本體的道；三是星象上的太一，即星座的名稱。這三種太一，以宗
教說出現的最早，哲學說其次，星象說最晚〔註22〕。換句話說，太一至遲在
西漢時代，已兼有神名、星名、哲學本體等多重含義，而它很可能是由宗教
的神名衍化為哲學概念與星座名稱的。問題是，太一作為宗教至上神的名稱
是否就是最早的本義呢？《史記・封禪書》載：

> 亳人謬忌奏祠太一方，曰：「天神貴者太一，太一佐曰五帝。古者天
> 子以春秋祭太一東南郊，用太牢七日，為壇開八通之鬼道。」於是
> 天子令太祝立其祠長安東南郊，常奉祠如忌方。其後，人有上書言：
> 「古者天子三年壹用太牢祠神三一：天一、地一、太一。」天子許
> 之，令太祝領祠之於忌太一壇上，如其方。後人復有上書言：「古者
> 天子常以春解祠：祠黃帝用一梟、破鏡；冥羊用羊祠；馬行用一青
> 牡馬；太一澤山君地長用牛；武夷君用乾魚；陰陽使者以一牛。」
> 令祠官領之如其方，而祠於忌太一壇旁。

這段話中出現兩個不同意義的太一：一個是以五帝為佐的至上神太一，另一
個則是太一澤山君，值得注意的是後一義的太一〔註23〕。所謂「古者天子常
以春解祠」的「解祠」一詞，據司馬貞《索隱》云：「謂祠祭以解殃咎、求福
祥也。」這大概是一種綏靖、祓除的祭祀吧。而這種祭祀其中的一類就是「太
一澤山君地長用牛」，裴駰《集解》引徐廣曰：「澤一作皋。」司馬貞《索隱》
則云：「澤山，《本紀》作皋山；皋山君地長，謂祭地於皋山。」又《漢書・
郊祀志》「太一澤山君地長用牛」作「太一皋山山君用牛」，這裡澤山君應該
就是指皋山的山神而言。

〔註22〕 參見文崇一：〈九歌中的上帝與自然神〉，余崇生編：《楚辭研究論文選集》，
頁441～451。

〔註23〕 歷來注家都將「太一澤山君」斷句為「太一、澤山君」，認為這兩者共用牛祭
祀，這種說法值得商榷。以這裡所解祠的諸神——黃帝、冥羊、馬行、武夷
君、陰陽使者等——對照來看，「太一澤山君」也應是一神，而非二神。

這裡可以再進一步追問，作爲皋山山神的太一神格究竟是什麼呢？答案似乎就在「澤（皋）山君地長」上，「山君」正是虎的代稱，《說文》五上云：「虎，山獸之君。」《風俗通義・祀典》也說：「虎者，百獸之長也。」而皋又有虎意，《左傳・莊公十年》載：「蒙皋比而先犯之。」杜《注》：「皋比，虎皮。」〔註24〕比、皮同音通假，皋的意思自然是虎了〔註25〕。因此，皋山即是虎山，大概此山因多虎而得名。又《酉陽雜俎・諾皋記》上說：「太一君諱葛，天秩萬二千石。」劉漢堯指出，「諾」是彝族語「黑」的意思，而「皋」爲漢語的「虎」，「諾皋」一詞是漢彝複合詞，意爲黑虎〔註26〕。在《酉陽雜俎》這一條關於黑虎的記載中，稱太一爲君，如同稱虎爲山君，而太一的名諱爲葛，《集韻》云：「臘或作葛。」據畢志峰說，彝族的族稱和對虎的稱法相同，都是以虎自命。而各地彝族稱虎作臘、拉、勒、老、佬、羅等，都是同音的差異，他們是同一族，共同以虎爲圖騰〔註27〕，因此臘是彝族語虎的意思。若是彝族文化學派學者的論述無誤的話，那麼太一的根源倒有可能深藏在彝族的虎崇拜中了〔註28〕。

此外，（宋）羅泌《路史・前記・太一氏》載：「昔者，神農嘗受事於太一小子，而黃帝、老子皆受要於太一君。」（宋）羅苹《注》：「道書謂太一君諱葛。」這裡稱太一爲「小子」，又稱太一爲「君」，大概都是民間對虎的諱稱，可見太一爲虎神的說法在民間傳說裡是相當久遠的；因而「太一爲天神貴者」的信仰，恐怕也是由民間傳說中，虎爲山獸之君、百獸之長的事實衍

〔註24〕 這事正如同〈僖公二十八年〉「稱胥臣蒙馬以虎皮」行爲一樣。胡厚宣曾指出，卜辭中的虎字，即今蒙字。古代作戰殺伐時，有以虎皮表軍眾、包兵甲、蒙戰馬的習慣，這是取其凶猛的意思。參胡厚宣〈甲骨文「虎」字說〉，胡厚宣等著：《甲骨探史錄》，頁36～68。

〔註25〕 《說文》二上：「嗥，咆也。從口皋聲。」段《注》：「《廣韻》：嗥，熊、虎聲也。」《說文通訓定聲》：「皋，假借爲高。」是皋、高二字同音。而《說文》二上：「唬，虎聲也。從口虎，讀若暠。」暠字從高得聲，自然與皋同音。因此，皋有虎意，大概是由於虎聲如「皋」。

〔註26〕 見劉漢堯：《中國文明源頭新探——道家與彝族虎宇宙觀》，頁124。

〔註27〕 參見畢志峰：〈彝族與虎〉，《雲南民族文化雙月刊》1982年第5期，頁54。

〔註28〕 前文引《史記・封禪書》載：「古者天子常以春解祠：祠黃帝用一梟、破鏡；冥羊用羊祠；馬行用一青牡馬；太一澤山地長用牛；武夷君用乾魚；陰陽使者以一牛。」從這裡的「一梟、破境」、「冥羊」、「馬行」、「太一澤山君」、「武夷君」、「陰陽使者」等奇怪的名稱來看，這裡的神名似非漢族所原有，有可能由是其他民族的解祠秘方傳入中原所致。這可以作爲太一爲虎君傳自彝族的一個旁證。

生出來的。

如果前述論說無誤的話，那麼〈高唐賦〉中用純犧（牛）來「醮諸神，禮太一」，太一至上神的最初義，正是代表百獸的虎神。〈高唐賦〉說：「虎豹豺兕，失氣恐喙。」〈子虛賦〉說：「其下則有白虎玄豹，蟃蜒貙犴。」可見雲夢澤中常有虎族出沒。而位於隨縣巫山南端的雲（鄖）國，更是一個崇拜虎的民族，《左傳·宣公四年》載：

> 初，若敖娶於鄖，生鬥伯比。若敖卒，從其母畜於鄖，淫於鄖子之女，生子文焉。鄖夫人使棄諸夢中。虎乳之。鄖子田，見之，懼而歸。夫人以告，遂使收之。楚人謂乳：穀；謂虎：於菟，故命之曰鬥穀於菟。以其女妻伯比，實為令尹子文。

令尹子文出生的故事具有世界型的棄子英雄母題〔註 29〕，而子文由母虎乳育，又以虎命名，恐怕與其先族以虎為圖騰脫不了關係。另外，楚國又有名為《檮杌》的史書，蕭兵認為檮杌即虎圖騰〔註 30〕，因而楚國境內虎崇拜的歷史是相當久遠的。若說古早的雲夢獵人每當狩獵之前，必須向掌管百獸的虎神舉行咒術性巫儀，以求贖罪與豐產，這並非不可能的事。

六、立秋「貙膢」始殺

狩獵前祭拜虎神的風習源遠流長，到了漢代的貙膢祭儀中，仍然保存著此類習俗，請看以下資料：

1. 《漢書·武帝紀》載：「（太初二年）三月，行幸河東，祠后土；令天下大酺五日，膢五日，祠門戶，比臘。」（漢）伏儼《注》：「膢音劉，劉，殺也。」（曹魏）如淳《注》：「膢音樓，《漢儀注》：立秋貙膢。」（曹魏）蘇林《注》：「膢，祭名。貙，虎屬，常以立秋祭獸。王者亦以此日出獵，還以祭宗廟，故有貙膢之祭也。」

2. 《鹽鐵論·論菑》引《禮記·月令》云：「涼風至，殺氣動，蜻蚓鳴，衣裘成，天子行微刑，始貙膢以順天令。」（按，今本無這幾句。）

從上引資料來看，膢主要是一種立秋的祭典，不過似乎也有在冬季舉行的，如《說文》四下云：「膢，楚俗以二月祭飲食也。」這裡不僅說明膢祭屬於楚

〔註 29〕 參見蕭兵：《中國文化的精英》第二編「棄子英雄」。

〔註 30〕 蕭兵對這個問題有詳細的探討，參見蕭兵：《楚辭文化》，頁 335～423。

地的風俗，而且指出臘所祭的對象是飲食（神）；又據蘇林等人所說，臘所祭的對象爲虎類猛獸——貙〔註31〕。因此臘祭應可溯源於祭完貙虎之後出獵，並將得到豐盛獲物的原始巫儀。

臘的初義當如伏儼所說爲殺的意思，因而「貙臘」照字面的解釋即是「貙殺（獸）」之意，蔡邕《獨斷》說：「貙虎常以立秋日搏獸，還食其母；王者亦以此日出獵，還以祭宗廟。」也就是由貙捕食野獸作爲狩獵始殺的徵兆，這就逐漸形成「祭貙而殺獸」（即漢代「立秋貙臘」）的風俗，即先由王者舉行祭貙儀式後，始展開年度的狩獵活動。換句話說，「祭貙而殺獸」的禮制是由「貙殺獸」的自然界現象衍生出來的〔註32〕。

原始社會的獵人認爲虎的凶猛無物能及，於是漸漸形成虎爲萬獸之王、山神、刑神的觀念〔註33〕，因此狩獵前必須先向它致祭，其中具有贖罪、安撫的用意。據上引關於「貙臘」的文獻可以看出，「貙臘」正是一種與狩獵活動有關的祭典，漢代選在立秋舉行，有始殺的意義在；也就是說，國君必須先舉行祭虎的儀式，才能展開之後的狩獵殺戮活動，而這種祭典應該源於原始的狩獵巫術儀式。

此外，周代天子有射牲禮，學者以爲它的性質和漢代「貙臘」相同，如《國語・楚語》載：「天子禘郊之事，必自射牲，諸侯宗廟之事，必自射其牛，刲羊擊豕。」又《周禮・夏官・射人》云：「祭祀，則贊射牲。」鄭《注》：「丞

〔註31〕〔晉〕干寶《搜神記》卷十二載：「江漢之域有貙人，其先，稟君之苗裔也，能化爲虎。……或云：貙虎化爲人，好著紫葛衣，其足無踵。虎有五指者，皆是貙。」是江漢流域的貙人與貙虎可以互相變形，從這裡來看，貙虎應是貙人所崇拜的圖騰物。

〔註32〕《禮記》中仍保存一些記載可與這裡所說的相互參證，如〈王制〉云：「獺祭魚，然後虞人入澤梁；豺祭獸，然後田獵。」又〈月令〉云：「（孟秋之月）鷹乃祭鳥，用始行戮。」原始獵人首先是以季節性的獺獲魚、豺獵獸、鷹捕鳥作爲狩獵始殺的徵兆，而後才逐漸形成（以魚）祭獺、（以獸）祭豺、（以鳥）祭鷹之後，始展開狩獵活動的風習。

〔註33〕《山海經・海外西經》載：「西方蓐收，左耳有蛇，乘兩龍。」郭璞《注》：「金神也，人面、虎爪、白毛、執鉞。」郭璞的說法大概本於《國語・晉語二》的記載：「虢公夢在廟，有神，人面虎爪，執鉞立於西阿。公懼而走。神曰：『無走！帝命曰，使晉襲於爾門。』公拜稽首。覺，召史嚚占之，對曰：『如君之言，則蓐收也，天之刑神也，天事官成。』公使因之，且使國人賀夢。……六年，虢乃亡。」是古代刑神具有虎形。又後代掌管狩獵的官員也多以虎命名，如虞衡（《周禮・太宰》）、虞人（《禮記・檀弓》）、野虞（《禮記・月令》）、先虞（《後漢書・禮儀志》中）等，「虞」正是一種虎類動物（《說文》五上云：「虞，騶虞也。白虎黑文，尾長於身。」）。

嘗之禮有射豕者。《國語》：『禘郊之事，天子必自射牲。』今立秋有貙劉云。」賈《疏》：「漢時苑中有貙劉，即《爾雅》：『貙，似狸。劉，殺也。』云立秋貙殺物，引之者，証烝嘗在秋，有射牲，順時氣之法。」而在漢代的「貙膢」祭禮中，也具有射牲、斬牲的儀式，並且寓有軍事訓練的性質，如《後漢書‧禮儀志》中云：

> 立秋之日，自郊禮畢，始揚威武，斬牲於郊東門，以薦陵廟。其儀：乘輿御戎路，白馬朱鬣，躬執弩射牲。牲以鹿麚。太宰令、謁者各一人，載以獲車，馳送陵廟。於是乘輿還宮，遣使者齎束帛以賜武官。武官肄兵，習戰陣之儀、斬牲之禮，名曰貙劉。兵、官皆肄孫吳兵法六十四陣，名曰乘之。立春，遣使者齎束帛以賜文官。貙劉之禮：祠先虞，執事告先虞已，烹鮮時，有司告，乃逡巡射牲，獲車畢，有司告事畢。

由上文的敘述可知，最初「貙膢」是一種狩獵前撫慰野獸、並向野獸贖罪的行為；到了周代已禮儀化為天子射牲的儀式；至於漢代則更象徵化、形式化為帝王狩獵始殺的祭典，並寓有軍事訓練的性質。這正可以用來說明〈高唐賦〉的祭禱、音樂和田獵等場面，及往見神女一段文字的表層意義和深層底蘊。

〈高唐賦〉的祭禱場面是在登上高唐之觀後舉行的，以羨門高谿為首的方士進獻純犧、禮敬太一，其原型是源自原始獵人向百獸之王的虎神所行的巫術儀式，其中具有贖罪、撫慰與豐產的意義在。祭禱完畢，樂聲響起，「紬大絃而雅聲流，冽風過而增悲哀。於是調謳令人悽悵惏悷，慭息增欷」，如此悲哀的音樂大概是為了接踵而來的田獵殺戮事先哀悼吧，這裡暗示出狩獵活動並不是為了娛樂，而是為了生存下去不得不然的行為。接著「弓弩不發，罘罘不傾，涉莽莽，馳苹苹，飛鳥未及起，走獸未及發，何節奄忽，蹄足灑血」，一幅雲夢古獵人的狩獵圖如在眼前。田獵之後，則欲往見神女（狩獵女神），其目的在於舉行豐產儀式，也再一次確證自己狩獵行為的意義；然後為整個部族（國家）祓災、祈福──「思萬方，憂國害，開聖賢，輔不逮」，最後則以「九竅通鬱，精神察滯，延年益壽千萬歲」的祝禱辭自我綏靖，將這一系列的描述放在原始獵人狩獵巫儀的原型下，就得到清晰而一貫的解釋了。

第二節　神女與農業的關係——寒食改火起源探究

本章上一節曾說，〈高唐賦〉所描寫的祭禱、音樂和田獵等場面，及往見神女等行爲，並不是多餘的文字，它們可以溯源於史前獵人在狩獵前後，撫慰野獸、向野獸贖罪、及祈求豐產的巫術儀式。又前文也曾舉出中國西南少數民族所崇拜的格姆女神及巴丁喇木女神爲例，說明她們既是狩獵女神，也是五穀神，具有護祐人畜平安、五穀豐登的功能，而高唐神女的神格與這兩位女神十分類似（參見本論文第三章第二節）；因此，高唐神女應該集狩獵女神和農業女神的身份於一身，這是神話傳說記憶集約化的結果〔註34〕。換句話說，如果神話傳說的本質凝縮了漫長時間中的歷史事件與心理體驗的話，那麼以神女神話傳說爲核心而鋪展成篇的〈高唐賦〉，其中就壓縮、凝聚、集約了狩獵經濟時期和農業經濟時期的生活記憶。本節以下就想進一步說明，高唐神女與農業生產的關係，並由此引發出對寒食改火節日由來的探討。

一、農業的起源與神農神話傳說

高唐神女所在的古雲夢區（尤其是大洪山區一帶），雖然是野生動、植物聚集叢生的地方，但是其中也錯雜許多已經開發的耕地聚落及都邑。據譚其驤指出，考古學者曾在這個範圍內陸續挖掘出許多新石器時代和商周遺址，如京山屈家嶺、京山石龍過江水庫、京山朱家嘴、黃陂盤龍城、洪湖瞿家灣等；另外，見於史書記載的，春秋有軫、鄖（雲）、蒲騷、州、權、那等處，戰國有州、竟陵等國邑。譚其驤說：

> 《禹貢》：荊州「雲夢土作乂」。就是說，這些原屬雲夢區的土地，在疏導後已經治理的可以耕種了。漢、晉時的雲杜縣，也有寫作雲土的，當即雲夢土的簡稱。雲杜縣治即今京山縣治，轄境跨漢水南北兩岸，東至今雲夢，南至今沔陽，正是雲夢區的中心地帶。〔註35〕

〔註34〕 張光直經曾指出：「神話所代表的時間深度遠比歷史爲大。歷史所記的過去，只是不久以前的過去；一旦付諸記錄以後，只要不經後人竄改，就停止變化，可以代表一個確定的時代。但神話則自古口口相傳，歷無數世代之演變。它包含原始社會中口口相傳之一切對過去的記錄、對現在的說明、與對將來的展望。它是一個時代的、又是歷諸時代的；它還不僅是這兩者，而是兩者混合、攙雜、壓擠在一起的表現。」（見張光直：〈中國創世神話之分析與古史研究〉，《中央研究院民族研究所集刊》第 8 期，頁 51，民國 48 年）這段話正是此處所說的神話傳說記憶集約化之意。

〔註35〕 參見譚其驤：〈雲夢與雲夢澤〉，氏著：《長水集》下冊，頁 109～110。

《水經注‧卷三十一、溳水》條說大洪山「在隨郡之西南，竟陵之東北」、「處平原眾阜之中，為諸嶺之秀」，這裡零星的平原即是雲夢區開發較早的地點。譚氏又說：

> 郢都以東就是那片楊水兩岸的湖澤區，澤區東北是漢水兩岸一片由漢水泛濫沖積成的，以春秋郢邑、戰國竟陵邑為中心的平原。其北岸今天門、京山、鍾祥三縣接壤地帶，則是一片在新石器時代業已成陸的平原，上面分布著許多屈家嶺文化遺址。自此以東，便是那片成陸不久的雲夢土。〔註36〕

譚氏所說的京山、鍾祥一帶，是中國南方早期一個重要的農業聚落中心；而位於這個區域的巫山山脈，正是高唐神女傳說流傳的核心區，也是一個炎帝神農神話的中心傳說圈〔註37〕。

農業生活是繼狩獵生活之後出現在人類社會當中，據學者研究指出，農業發生在距今一萬年前左右，「當時母系氏族制度有很大發展，人口顯著增加，分布地區也擴大了。人類日益需要有穩定的生活來源，這是采集和漁獵所不能保證的。因此，迫切地要求開闢和擴大新的生活資料來源。當時，婦女在長期的采集實踐中，年復一年，經過反復的觀察，逐漸認識了某些植物的生長規律。她們發現，在土地、水分和氣候適宜的條件下，有些種子可以發芽、開花和結果，有些還能移植。這是一個重大的發現」〔註38〕。中國古代有關神農的神話傳說正反映出從采集漁獵經濟向農業生產經濟的轉變，如：

〔註36〕 見譚其驤：〈雲夢與雲夢澤〉，氏著：《長水集》下冊，頁 119～120。

〔註37〕 據巫瑞書指出，千百年來盛傳不衰的炎帝神農傳說，在中國至少形成了三個不同時期、不同地域，並且各有中心點和鮮明特色的傳說圈，其中一個就是在湖北厲山、隨州市及神農架森林區（見氏著：〈炎帝神農傳說圈試探〉，《民間文學論壇》1993 年 3 期，頁 27～31）。而湖北厲山、隨州市及神農架森林區等，正位於京山、鍾祥一帶。

〔註38〕 參見宋兆麟等：《中國原始社會史》，頁 129～130，。不過也有另外一種看法認為，距今約一萬年前左右，冰期後的氣候劇烈轉變，使得野獸大量遷移及死亡，人們食物急速短缺，因而促成采集──漁獵經濟轉向農業生產經濟，所以農業的發生是遇到困境的早期人類進行文化轉型的產物，否則為什麼農業恰好是在距今一萬年前後的那段時間內發生，而不是其他的時期呢（參見王鍾陵：《中國前期文化──心理研究》，頁 228）？其實上述兩種說法並不衝突，因為有些地方在距今一萬年前，或許因氣候的劇變而促使農業發生；另外有些地方則在較晚的時候，因人口的增多而造成農業的出現；每個地方的物質生活進程不同，文化型態也有差異，是不能一概而論的。

1.《易‧繫辭》下說:「包犧氏沒,神農氏作。」

2.《淮南子‧修務》說:「古者民茹草飲水,采樹木之實,食蠃蚌之肉,時多疾病毒傷之害,於是神農乃始教民播種五穀。」

以上兩段話表明,在神農之前,是一種采集——漁獵經濟,至神農之後,人們才知道播種五穀。而班固《白虎通‧卷上‧號》載:

古之人民,皆食禽獸肉,至於神農,人民眾多,禽獸不足,於是神農因天之時,分地之利,制耒耜,教民耕作。〔註39〕

這段話不僅說明神農之前存在著狩獵經濟,而且也點出由於狩獵經濟不能養活逐漸增多的人口,才使神農創發了農業。又請再看下列資料:

1.《繹史》卷四引《周書》云:「神農之時,天雨粟,神農遂耕而種之;作陶冶斤斧,為耒耜鉏耨,以墾草莽,然後五穀興助,百果藏實。」

2.〔晉〕王嘉《拾遺記》卷一載:「時有丹雀,銜九穗禾,其墜地者,帝乃拾之,以植於田,食者老而不死。」〔註40〕

這裡所謂「天雨粟」及「丹雀銜九穗禾」的神話內蘊應該是在說明,具有易脆莖枝的植物,往往能經由自然界的力量而將種子散布得很廣;農業正是在這種對於種子的偶然性、機遇性,甚至有些神秘性的發現中,逐漸誕生了〔註41〕。而在發現穀種的過程中,是充滿了艱難性與危機性,如「神農嘗百草之滋味,一日而遇七十毒」(《淮南子‧修務》)、「神農嘗草,殆死者數十」(《弘明集‧理惑論》)等傳說,即描繪出這種情形。另外,鑿井灌溉也是早期農業生活的大事,《水經注‧卷三十二、漻水》載:「神農既誕,九井自穿,汲一井則眾水動。」這則神話反映出神農與鑿井灌溉之間神秘的聯繫。

漻水所在地不僅有「神農既誕,九井自穿」的神話,還有關於神農誕生遺址(即神農社)的傳說,而漻水正位於高唐神女所在的巫山山區境內,請

〔註39〕〔明〕程榮纂輯:《漢魏叢書》,頁152。

〔註40〕〔明〕程榮纂輯:《漢魏叢書》,頁708。

〔註41〕前文也曾指出,關於棄的三棄三收神話(《詩經‧大雅‧生民》)似乎也傳達了發現穀種的偶然性、機遇性和神秘性過程的訊息(參見本論文第三章第三節)。又《說文》五下載:「來,周所受瑞麥來麰也。……天所來,故為行來之來。《詩》曰:『詒我來麰。』」又《詩經‧大雅‧生民》:「誕降嘉穀,惟秬惟秠。」《傳》云:「天降嘉種。」而《說文》七上「秬」字引這句詩後說:「天賜后稷之嘉穀也。」以上資料都說明,先民將發現穀種的偶然性、機遇性和神秘性過程全歸諸天,認為嘉種是老天的恩賜。

看下列資料：

1. 《水經注・卷三十二、潕水》載：「潕水北出大義山，南至屬鄉，……一水西逕屬鄉南，水南有童山，即烈山也。山下有一穴，父老相傳云是神農所生處也，故禮謂之烈山氏。……有神農社。」

2. 〔宋〕羅泌《路史》載：「安登生神農於烈山之石室，生而九井出焉。」羅苹《注》引《荊州記》云：「九井在山北重塹，周之廣一頃二十畝，內有地云神農宅，神農所生，舊言汲一井，則八井震動。」

由於屬鄉的列山有神農誕生的遺址，所以神農又號列山氏〔註42〕。又《左傳・昭公二十九年》載：「稷，田正也。有烈山氏之子曰柱，爲稷，自夏以上祀之。周棄亦爲稷，自商以來祀之。」是列山氏有子名柱，在夏朝以前被當作農神祭祀。神農父子兩代，一是農業的發現者，一被祀爲農神，都與原始農業有密切的關係；而屬人自古所膜拜的高唐神女曾自稱爲炎帝神農的女兒（參見本論文第一章第二節），於是高唐神女和農神柱在神話傳說當中就成了兄妹（或姊弟）的關係，也因此神女具有農神的神格當無疑問。

二、女性穀神與神鳥傳授穀種神話

實際上女性農神出現的時代當較男性農神爲早，因爲女性不僅是農業的發現者，而且在農業發展的早期階段，她們也是農業事務主要的操作者。在狩獵經濟社會，男人主要的工作是追逐獵物或放牧家畜，行蹤較爲不定；女人則由於天賦體力及生育的限制，往往必須固定於一處，這樣反而使她們容易觀察到植物種子由落地、發芽至成長等現象，經過反復的試驗，終於找出可以食用的穀物種子，從而加以人工播種及培育。在早期的農業發展中，從最初選擇穀種到最後貯存糧食等大部分的工作都由女性負責，女性也是關於這些知識的保存和傳承者〔註43〕；再加上人們認爲女性的生殖能力與穀物的

〔註42〕前文（本論文第一章第二節）曾經指出，神農本源出於山西一帶的羌族，這是一個以牧羊爲生業的古民族，其時農業尚屬萌芽階段，於是神農族中的一支，且牧且耕，在有文字記載以前，就向東南遷移到湖北屬山一帶定居，成爲當地的土著民族，自稱爲屬（列）山氏。因此，湖北隨縣、屬鄉的列山氏是由山西神農氏的一支遷移過來的。

〔註43〕參見吳繼文：〈玄鳥降臨──殷民族始祖傳說研究〉，王孝廉、吳繼文編：《神與神話》，頁368～370。

多產性之間具有神秘的巫術關係，這就使得女性神成爲早期農業社會所崇拜的農神。

　　由於穀種的發現逐漸改變了人類以狩獵爲主的生活形態，因而圍繞穀種的起源就產生出許多神話，其中流行在東亞各民族中的是女性穀神化身神鳥傳授穀種的神話。〔日〕大林太良在比較了東亞諸民族穀物起源的傳承後說：

> 日本、朝鮮、東南亞（穀物起源說）的共通點爲：（鳥類）所將來之穀物對當地人類而言是最初之物，又鳥的種類多種多樣，以及這些鳥都被認爲是女性，或者和女性神有密切之關係。是故，屬於女性的某種鳥類自天而降，將最初之穀物予人類，或者是天上女神，特別是母神的命令下由鳥類將來，這樣的形式應當是原型，而且，這些女性神或鳥類就是各地的穀神。〔註44〕

與東亞各民族女穀神化身神鳥傳授穀種的神話相比較，作爲穀神的高唐神女也有化身爲鳥的傳說，〔宋〕無名氏《奚囊橘柚》載：

> 袁伯文七月六日過高唐遇雨，宿於山家。夜夢神女甚都，自稱神女。伯文欲留之，神女曰：「明日當爲織女造橋，違命之辱。」伯文驚覺，天已辨色，啓窗視之，有群鵲東飛。有一稍小者從窗中飛去。是以名鵲爲神女也。〔註45〕

這則故事雖已是後代的傳說，但是神女化身作鳥鵲的原型依然保存，其與農業的關係也依稀可見〔註46〕。高唐神女既有化身爲鳥鵲的原型〔註47〕，那麼以下〈高唐賦〉這段描寫鳥類的文字，似乎應有更深層的寓意：

〔註44〕　見〔日〕大林太良：《稻作神話》，弘文堂，1973年，頁193。

〔註45〕　見《說郛》弓三十一引。

〔註46〕　〔晉〕崔豹《古今注‧鳥獸》早就說過：「鵲，一名神女。」（《全書》850冊，頁106）《奚囊橘柚》中所載的故事恐怕受此影響。又在上述故事中，神女說：「當爲織女造橋，違命之辱。」這是指她化作喜鵲爲織女、牛郎相會之事，〔日〕小南一郎曾經指出，織女、牛郎相會的故事，是具有以農耕社會的聖婚習俗爲背景的神話，參見〔日〕小南一郎著，孫昌武譯：，《中國的神話傳說與古小說》，頁81～88。

〔註47〕　高唐神女不僅有化作鵲的傳說，還有化爲精衛鳥的神話，如《山海經‧北次三經》載：「發鳩之山，其上多柘木。有鳥焉，其狀如烏，文首、白喙、赤足，名曰精衛，其鳴自詨。炎帝之少女，名曰女娃，女娃游於東海，溺而不返，故爲精衛。常銜西山之木石，以堙於東海。」這裡變形爲精衛的女娃，是炎帝的小女兒，而高唐神女也是炎帝的季女，因此瑤姬和女娃的故事，或者是同一個傳說的分化，或者是不同神話的合流。

越香掩掩，眾雀嗷嗷。雌雄相失，哀鳴相號。王雎鸝黃，正冥楚鳩。

姊歸思婦，垂雞高巢。其鳴喈喈，當年遨遊。更唱迭和，赴曲隨流。

這段文字之前是寫登上高唐觀的旁側，看到許多香花、香草（神女也曾化身作香芷草）；接著就是這段描寫鳥類的文字〔註48〕；而在這段文字之後，緊接著就寫祭禱、田獵等場面，所以這裡眾多的鳥類，應該暗寓著希求神女精魂歸來，以受祭禱的意思〔註49〕。

高唐神女化身作與農業有關的鳥鵲原型，從下面這則故事中更可以清晰地看出來：

南方赤帝女學道得仙，居南陽愕山桑樹上。正月一日銜柴作巢，至十五日成。或作白鵲，或女人。赤帝見之悲慟，誘之不得，以火焚之，女即升天，因名帝女桑。今人至十五日焚鵲巢作灰汁，浴蠶子招絲，象此也。（《太平御覽》卷九二一引《廣異記》）〔註50〕

上引這則故事可以與《列仙傳》卷上「赤松子」條的記載相參看：

赤松子者，神農時雨師也，服水玉以教神農，能入火自燒。往往至崑崙山上，常止西王母石室中，隨風雨上下。炎帝少女追之，亦得

〔註48〕 在這段文字中有「姊歸」一種鳥，《華陽國志・蜀志》載：「後有王曰杜宇，教民務農，一號杜主。……杜宇稱帝，號曰望帝。……禪位於開明，帝升西山隱焉。時值二月，子鵑鳥鳴，故蜀人悲子鵑鳥鳴也。巴亦化其教而務農。迄今巴蜀民農時，先祀杜主君。」任乃強注曰：「杜宇，……一曰布穀，適當割麥抽禾時，鳴聲近之。從來以為農候之鳥。此王教民務農，故有此稱，後人乃倒言之，謂此王死魂化為此鳥。」（見任乃強：《華陽國志校補圖注》，頁120）又〔宋〕羅願《爾雅翼・釋鳥二・子巂》條則云：「《爾雅》為巂，《說文》為子巂，太史公書為秭鳩，〈高唐賦〉為秭歸，《禽經》為子規，徐廣為子鵑，字雖異而名同也。亦曰望帝，亦曰杜宇，亦曰杜鵑，亦曰周燕，亦曰買危，名異而實同也。是農家候之，又以為見者宜於蠶。」（參見〔宋〕羅願：《爾雅翼》，頁148～149，石雲孫點校）由於子規鳥與農桑的關係，因此這裡的「子規」自然不是泛寫。

〔註49〕 鳥除了是神女靈魂的化身外，在薩滿教裡還是天的信使、神的化身或某種精靈，可以隨意升降於天與地、人與神、聖與俗之間，總之，靈禽崇拜是薩滿教多神崇拜的重要特徵之一（參見富育光、孟慧英：《滿族薩滿教研究》，頁207～223）張光直也曾指出，薩滿巫師通天的樹端常棲息著飛鳥，可以將這些飛鳥看作是登天階梯的延伸。殷商文化中鳥的重要性，由玉器中鳥的形象之多和複雜可見，這些鳥的形象不僅是為了裝飾，至少有若干在商人通神儀式中起過作用。（參見張光直：《中國青銅時代》第二集，頁56）所以〈高唐賦〉這裡眾多鳥類的底蘊，或是神女精魂的化身，或是作為通天巫者的法器。

〔註50〕 《山海經・中次十一經》也有關於「帝女桑」的記載：「宣山，……有桑焉，大五十尺，其枝四衢，其葉大尺餘，赤理黃華青柎，名曰帝女之桑。」

　　仙俱去。至高辛時復爲雨師，今之雨師本是焉。(《叢書》4 冊，頁
　　180)

赤松子作爲神農時的雨師，其原型大約就是一位被焚以求雨的巫師〔註51〕，
而炎帝少女既有追隨赤松子成仙的傳說，也有被火焚身而升天的神話，其身
份自然是一位掌管農業祈雨的巫師了；這與〈高唐賦〉所載，作爲炎帝季女
的高唐神女，常化身作朝雲暮雨的傳說也若合符節。因此，上述兩條記載應
該積澱著遠古焚巫祈雨的習俗〔註52〕。

　　不過，《廣異記》所載的故事還保存有帝女化作白鵲及帝女桑等單元素，
內容更加豐富；究其實情，這則傳說故事的底蘊，更應該是以刀耕火種的烈
山耕種法爲其時代背景，並以在篝火中燒死人犧（穀精）的儀式爲其原型的。

三、篝火節與改火風俗

　　弗雷澤於《金枝》第六十四章「在篝火中焚燒活人」中說：

　　　　正如把死神的殘體插在地裡促進莊稼生長一樣，在春天篝火中燒掉
　　　　的人形偶像的殘炭有時也放在地裡，相信它能防止蟲害。新婚的新
　　　　娘必須在懺悔日燒毀的稻草人的火焰上跳過，這一習俗的目的在於
　　　　使她生育子女。我們已經考察到人們認爲樹精有福祐婦女生育的能
　　　　力，因此，說新娘必須從上面跳過的燃燒著的偶像，就是那個促進
　　　　繁殖力的樹精或植物精靈的代表，也是合理的推斷。用沒有脫穗的
　　　　穀稍紮成人形，綴上鮮花，做成偶像，它的身份就是植物精靈，這
　　　　幾乎是一點也不錯的。要注意的是，有時在春天和仲夏篝火中燃燒
　　　　的不是偶像，而是活的或砍倒的樹木。考慮到樹精經常以人形來表
　　　　示這一事實，我們說在篝火中焚燒的樹或偶像都是表示樹精的，這
　　　　些樹或偶像彼此是相等的。(《金枝》，頁 933～934)

弗雷澤這裡雖然只說到偶像，並沒有談到人犧，但有理由相信偶像的前身就
是人犧〔註53〕。弗雷澤曾花了很多的篇幅來介紹歐洲的篝火節（Fire festivals，

〔註51〕　參見王青：〈赤松子神話與商周焚巫祈雨儀式〉，《民間文學論壇》1993 年 1
　　　　期，頁 20～27。
〔註52〕　關於上古焚巫祈雨的風俗可以參看鄭振鐸：〈湯禱篇〉，馬昌儀編：《中國神話
　　　　學文論選》上冊，頁 191～221。
〔註53〕　弗雷澤在《金枝》第二十八章「處死樹神」，和第四十七章「里提爾西斯」中，
　　　　提到不少把活人當犧牲祭祀穀神，或以活人當穀精處死而求風調雨順的事
　　　　例。見《金枝》，頁 439～473、頁 631～660。又弗雷澤在第六十四章第二節

見《金枝》第六十二章），篝火節在歐洲大陸分布極廣，而且這種風俗從古代一直延續到了近代，在篝火節中有一項很重要的活動，即改火，據弗雷澤介紹說：

1. 在這一天（按，指復活節的前夕），所有天主教國家都有一個風俗，熄滅教堂裡所有的火，然後用火石和鋼，或用火鏡點起新火。用這種新火點起逾越節或復活節的大蠟燭，然後再用這大蠟燭點起教堂裡所有熄滅的火。德國有許多地方也用這種新火在教堂附近的空地點起一堆篝火，這是獻祭過的篝火，人們拿著橡樹、核桃樹、山毛櫸的枝子，在火上燒成炭，然後帶回家去。有些炭枝在家中新點起的火中燒掉，並禱告上帝賜福全家，免受火災、雷電、和冰雹。這樣一來，每家都有了新火。……

2. 蘇格蘭中部高地的篝火，以「貝爾坦篝火」聞名。……頭天晚上，人們把所有的火都小心的熄滅，第二天早上，點燃的材料都已準備好。……找一塊久經風吹日曬橡樹板，正當中鑽一個洞，再用一根橡木棍子將其一端插入洞內當螺旋鑽。……經過猛烈摩擦，稍有一點星火，就燃起一種菌子，這種菌子是長在老樺樹上的，非常容易燃燒。這個火好像是直接從天上來的，人們認為它有各種各樣的神性。……

3. 在法國南部柯明日的山區裡，仲夏節篝火習俗做法是，劈開一棵高樹的樹幹，塞進紙屑刨花等，用火點燃。

4. 法國有些省裡，尤其是普羅旺斯省，長期來遵行聖誕木柴的風俗，……拿一根叫做 trefoir（即聖誕燃燒的木頭）的木頭，在聖

「在篝火中燒死人和動物」中，則認為在篝火中被燒死的人和動物更有可能是被當作妖巫而處死的（《金枝》，頁 935～942），這是一種替罪羊的母題。其實二者不必然衝突，篝火節本來就有積極促進莊稼生長、人畜興旺，或消除威脅人們的雷電、火災、霉、蟲、減產、疾病，以及不可輕視的巫法等目的（《金枝》，頁 921）。在中國，與弗雷澤所介紹的歐洲篝火節相類似的，可以舉出彝族的火把節為例，據陳久金等人指出，火把節是彝族最隆重的節日，主要的活動有：1. 灑火把的用意和內容：（1）用以祈年、占歲（2）用以照歲（3）驅晦氣、災星，逐疫、送窮、求利（4）驅蟲。2. 聚餐歡飲。3. 叩頭送福。4. 敬天祭祖。5. 賽神（詳細介紹請看陳久金、盧央、劉漢堯等著：《彝族天文學史》，頁 180～182）。這和漢族由臘祭、除夕、新年到元宵等，一連串節慶活動的意義也相類似。

誕節前一天開始放在火上，接著每天都在火上燒一會，直到十二夜，然後把它放在床底下，以爲這樣就能夠在新的一年中保護房子不遭火燒雷擊，家裡人冬天不凍腳後跟，牲口不生疾病。如果拿一片木頭浸在母牛喝的水裡，就能幫助母年孕育小牛；最後，如果把木頭灰撒在田裡，就能防止小麥發霉。

5. 在塞爾維亞人中，至今還隆重地舉行砍聖誕柴的儀式。柴通常是一塊橡樹，有時也用橄欖樹或山毛櫸。他們似乎認爲從燃燒的聖誕木裡敲擊多少火星，他們就會得到多少小牛、小羊、小豬、小山羊。有些人拿一塊聖誕木到田裡，以防冰雹。

6. 在阿爾巴尼亞，直到近年都有在聖誕節燒聖誕柴，並把柴灰撒在田裡肥田的普遍風俗。（這裡僅引出幾個例子，眾多的詳細事例請參看弗雷澤《金枝》，頁 881～931）

弗雷澤說歐洲篝火節的改火最常在春、夏兩季，有些地方也在秋末和冬天舉火（《金枝》，頁 881）。而中國古代也有四時五季改火的記載，如《周禮・夏官・司爟》「四時變國火」句，鄭玄《注》引鄭司農以鄹子的話說：「春取榆柳之火，夏取棗杏之火，季夏取桑柘之火，秋取柞楢之火，冬取槐檀之火。」〔註54〕李宗侗指出，每季用兩種木頭，正是一種作鑽，一種作盤；而各家各邦的改火時候並不一定相同，所以有五季取火用木的不同〔註55〕。又請看下列資料：

1. 《管子・禁藏》：「當春三月，萩室燻造，鑽燧易火，杼井易水，所以去茲毒也。」（《管子》，頁 165）

2. 西漢木簡〈丙吉奏書〉云：「元康五年五月二日壬子夏至，宜寢兵，大官抒井，更水火，進鳴雞。……官先夏至一日，以陰燧取火。……以日至易故火。」〔註56〕

3. 《後漢書・禮儀志中》云：「日夏至禁舉大火，……是日浚井改水，日冬至鑽燧。」

這裡分別有春三月、夏至、冬至改火的例證。

　　《周禮・夏官・司爟》說改火可以「救時疾」，《管子・禁藏》則說可以

〔註54〕 又《淮南子・時則》載，春季「爨其燧火」、夏季「爨柘燧火」、秋季「爨柘燧火」、冬季「爨松燧火」，這是四時改火的記載。

〔註55〕 參見李宗侗：《中國古代社會史》，頁 167。

〔註56〕 見于豪亮：〈居延漢簡釋叢〉，《于豪亮學術文存》，頁 182。

「去茲毒」，這和歐洲篝火節的功能相同。但是為什麼改火能具備這些功效呢？弗雷澤認為改火的意義在於「摹仿太陽魔法」和「淨化」兩種作用上，他說：

1. 兩個最重要、流傳最廣泛的篝火節的日期，多少與夏至和冬至恰好一致，也就是說，正碰上太陽在天空的明顯軌道的兩個轉折點，即太陽運行中，分別達到它的最高點和最低點。……聖誕節就是基督教會制訂出來，代替古老的異教的太陽誕生節的，人們顯然認為太陽在這一年的最短的一天復生，然後它的光和熱眼看著增長，終於在仲夏時達到最成熟的程度。所以說，聖誕節的民間慶祝活動中佔突出地位的聖誕木材，原是為了幫助在仲冬出生的太陽再點燃它似乎逐漸熄下去的火光。……這些儀式上常有滾火輪下山的風俗，很可以當作模仿太陽在天空運行，這種模仿在仲夏節尤其適合，這時太陽開始了一年中的傾斜。……模仿太陽在天空的運行，你就真正幫助太陽準確迅速地繞巡天際。民間有時把仲夏節篝火稱為「天火」，清楚表明人們那時已經把地上的火光和天上的火光有意識地聯繫起來了。〔註57〕

2. 在那些篝火儀式中，點燃的篝火不是創造性的手段，而是清洗性的手段，它通過燒掉或消除可以導致疾病和死亡、威脅一切生物的物質的或精神的有害因素，而淨化人和牲畜與作物。……很顯然，點燃淨火（或叫特需火），也可以看作是定期篝火節的母火，首先就是為了治療畜疾或牲口其他疾病的。其儀式則表明（根據一般的推理是可能的），點燃淨火這一習俗可以上溯到很早的歷史階段，當時歐洲人的祖先主要依靠畜牧為生，農業生產還處在從屬的地位。當時歐洲許多地區的牧人最害怕的兩大敵人仍然是妖巫和豺狼，所以他們把火作為禁戒兩大敵人的有力手段，就不足為奇了。（《金枝》，頁928～929）

弗雷澤所說的清洗淨化的手段，在早期農業社會的農耕法——刀耕火種中也

〔註57〕見弗雷澤：《金枝》，頁923～924。又以中國來說，流傳最廣的季春改火——寒食風俗，恐怕和心（大火）星的在三月東昇的現象更為密切，比照弗雷澤的說法，可以稱作「摹仿心星魔法」吧，參見拙作：《說相——桑樹崇拜文化研究》第四章第二節「大火星」。

被廣泛使用著，刀耕火種這種原始耕作法使用熊熊烈火燒山，即屬於一種淨化以恢復地利的手段〔註58〕，這裡可以舉出雲南景頗族爲例：

> 過去，雲南景頗族在農業生產過程中要舉行很多宗教儀式，其中最大的祭鬼活動是「祭龍薩」。「祭龍薩」一般是一年舉行二次，一次在農曆二、三月間，時值破土播種，目的是祈求諸鬼保祐，五穀豐稔。在仍保留著刀耕火種、砍倒燒光的農業生產技術的地區，第一次祭龍薩時，家家戶戶均熄滅了火，在祭祀中重新求取火種。取火的方法係用兩片竹子作劇烈摩擦而生火，稱爲「新火種」，並用這火燒去旱地上已砍伐的林木。這種原始的取火方法長期在宗教中被保留下來，他們相信這樣取得的火，是人們生產和生活安全幸福的象徵，它能克服人們所不能克服的困難，給人們創造奇跡。〔註59〕

《周禮・秋官・司烜氏》載：「仲春以木鐸修火禁於國中。」鄭《注》：「爲季春將出火也，火禁謂用火之處及備風燥。」古代儒者認爲季春出火或爲焚萊，以便田獵；或爲陶工冶陶之用〔註60〕，但是由景頗族的例子來看，仲春時節改火後的新火應該還有做爲農耕淨化地利使用的〔註61〕。鄭玄認爲，仲春修

〔註58〕 刀耕火種農業又稱火耕農業，它的殘餘形態在中外歷史上長期留存。直到近、現代，在中國南方和西南少數民族居住地區，和外國一些較原始民族中也仍有保存。它具有如下的特點：（1）刀耕火種地一般分布在邊遠山區林深草茂的地方，以砍伐、焚燒林木茂草爲灰肥，直接播種在灰中，一般不再施用肥料。（2）當年（耕作年）砍燒，當年播種，一般不翻地，不中耕除草（少數進行極粗率的一、二次除草），基本上沒有田間管理。很多都是種植一年就撂荒，也有連續種植二、三、四年的，由於土地利用年限短，不大規模的整修耕地，沒有明顯的田疆界畔，也無灌溉渠道。（3）以刀耕火種爲主的少數民族，如1957年定居以前的雲南金平縣的苦聰人，1967年下山以前的西藏察隅縣的 人，一般都沒有農業土壤學方面的知識，其他有關農作技術也較貧乏。參見陳振中：〈菑新畬與西周的農作制度〉，陝西歷史博物館編：《西周史論文集》，頁508。

〔註59〕 見裘錫圭：〈寒食與改火〉，《中國文化》第2期，頁73，1990年6月。

〔註60〕 如《禮記・郊特牲》載：「季春出火，爲焚也，然後簡其車賦而歷其卒伍，而君親誓社以習軍旅。」又《周禮・夏官・司爟》「季春出火，民咸從之」句，鄭《注》：「火所以用陶冶。」

〔註61〕 裘錫圭也說：「我國古代曾經跟景頗族一樣，有過在夏曆二、三月間用改火所得的新火燒山焚田的習俗。大概古人也像景頗族人一樣，認爲用這樣的火焚田能使農業生產順利進行。我國古代農業無疑經歷過相當長的焚田而耕的階段。在這種農業活動中，一般似乎都在夏曆二、三月時進行焚田活動。除景頗外，如雲南西雙版納的攸樂人在過去行刀耕火種的農業生產時，也是每年

火禁是由於將要出新火的關係，而出新火實由改火、禁火而來，這也就是盛行在宋代以前寒食節最重要的儀式。

四、介子推傳說的起源

〔梁〕宗懍《荊楚歲時記》載：

> 去冬節一百五日，即有疾風甚雨，謂之寒食，禁火三日，造餳大麥粥。寒食挑菜，鬥雞、鏤雞子、鬥雞子。〔註62〕

或說寒食禁火起因於紀念介子推，請看下列兩條資料：

1. 《後漢書・周舉傳》載：「舉稍遷并州刺史，太原一郡，舊俗以介子推焚骸，有龍忌之禁，至其亡月，咸言神靈不樂舉火。由是士民每冬中輒一月寒食，莫敢煙爨，老小不堪，歲多死者。舉既到州，乃作弔書以置子推之廟，言盛冬去火，殘損民命，非賢者之意，以宣示愚民，使還溫食。於是眾惑稍解，風俗頗革。」

2. 〔隋〕杜臺卿《玉燭寶典》卷二引魏武帝《明罰令》曰：「聞太原、上黨、西河、雁門，冬至後一百有五日，皆絕火寒食，云為介子推。夫子推，晉之下士，無高世之德。子胥以直亮沈水，吳人未有絕水之事。至於子推，獨為寒食，豈不偏乎？云有廢者，乃致雹雪之災，不復顧不寒食鄉亦有之也。漢武時，京師雹如馬頭，寧當坐不寒食乎？且北方沍寒之地，老小羸弱，將有不堪之患。令書到，民一不得寒食，若有犯者，家長半歲刑，主吏百日刑，令長奪俸一日。」〔註63〕

若依前文所說，改火、禁火和出新火的風俗與原始刀耕火種法有關，那麼為什麼又有寒食禁火起因於紀念介子推的傳說呢？換句話說，介子推與早期烈山耕作法之間有什麼關係？

關於介子推的事跡，最早見載於《左傳・僖公二十四年》，左氏曰：「晉侯賞從亡者，介之推不言祿，祿亦弗及。……遂隱而死。晉侯求之不獲，以

秋收前後即動手砍山刈草，一直砍到冬臘月，到次年二、三月砍倒的樹木曬乾，便開始燒山。所以把「季春出火，為焚也」的「焚」解釋為農業上的焚田是很合理的。……季春焚田用的是改火後的新火，仲春修火禁原來大概跟防止人們過早地用舊火焚田有關。見裘錫圭：〈寒食與改火〉，《中國文化》第2期，頁74，1990年6月。

〔註62〕〔梁〕宗懍著，王毓榮校注：《荊楚歲時記校注》，頁109～122。

〔註63〕《歲時習俗資料彙編》第1冊，頁187～188。

綿上爲之田。」這裡並沒有說到介子推焚死之事，不過以下幾條資料，卻出現介子推焚死的傳說：

1. 《莊子・盜跖》載：「介子推至忠也，自割其股以食文公。文公後背之，子推怒而去，抱木而燔死。」

2. 《楚辭・九章・惜往日》曰：「介子忠而立枯兮，文君寤而追求。封介山而爲之禁兮，報大德之優游。思久故之親身兮，因縞素而哭之。」

3. 劉向編《新序・節士》載：「……（介子推）遂去而之介山之上。文公使人求之不得，爲之避寢三月，號呼期年。……文公待之，不肯出；求之，不能得，以謂焚其山宜出。及焚其山，遂不出而焚死。」（《叢書》1 冊，頁 895～896）

可見戰國時代已經流傳著關於介之推焚死的傳說，原先說他「抱木而燔死」，到了漢代則加入焚山而死的情節，爲什麼介子推會和「抱木而燔死」、「焚山而死」這類事情聯繫起來呢？這必須從這個傳說的發源地來考察。

《左傳・僖公二十四年》「以綿上爲之田」句，杜預《注》：「西河介休南有地名綿上。」而《水經注・卷六、汾水》載：

汾水又南，與石桐水合，即綿水也。水出界休之綿山，北流逕石桐寺西，即介子推之祠也。昔子推逃晉文公之賞而隱於綿上之山也。晉文公求之不得，乃封綿爲介子推田，曰「以志吾過，且旌善人」，因名斯山爲介山。故袁崧《郡國志》曰：「界休縣有介山，有綿上聚、子推廟。」……

這是指今山西中部介休境內的綿上和綿山（即介山），但是今山西西南萬泉（古汾陰）附近也有一個介山，《水經注・卷六、汾水》載：

汾水西逕郊邱北，故漢時之方澤也。賈逵云：「漢法，三年祭地汾陰方澤，澤中有方邱，故謂之方澤，邱，即郊邱也。」許慎《説文》稱：「從邑癸聲，河東臨汾地名矣。」在介山北，山即汾山也，其山特立，周七十里，高三十里，……山上有神廟，廟側有靈泉，祈祭之日，周而不耗，世亦謂之子推祠。楊雄〈河東賦〉曰：「靈輿安步，周流容與，以覽於介山。嗟文公而愍推兮，勤大禹於龍門。」晉《太康記》及《地道記》與《永初記》並言子推所逃隱於是山。

不過酈道元仍從杜預的說法，認為界休境內的介山是介子推逃隱的地方，介山的得名，也因介子推的緣故，酈氏的說法乎值得商榷。顧炎武《日知錄》卷三十一「綿上」條云：

> （《左傳》）〈襄公十三年〉，晉悼公蒐於綿上以治兵，使士匄將中軍，讓於荀偃。此必在近國都之地。又〈定公六年〉，趙簡子逆宋樂祁，飲之酒於綿上。自宋如晉，其路豈出於西河休乎？況文公之時，霍山以北大抵皆狄地，與晉都遠不相及。今翼城縣西亦有綿山，俗謂之小綿山，近曲沃，當必是簡子逆樂祁之地。今萬泉縣南二里有介山。《漢書‧武帝紀》，詔曰，朕用事介山，祭后土，皆有光應。〈地理志〉，汾陰，介山在南（原注，今萬泉，古汾陰也）。〈楊雄傳〉，其三月，將祭后土，上迺帥群臣橫大河，湊汾陰。既祭，行游介山……然可見漢時已有二說矣。〔註64〕

顧氏言下之意似乎認為介子推故事也可能產生在汾陰的介山，汾陰這個地方又另有一個稷山，《水經注‧卷六、汾水》載：

> 汾水又逕稷山北，在水南四十許里，山東西二十里，南北三十里，
> 高十三里，西去介山一十五里，山上有稷祠，山下稷亭。

《太平御覽》卷四十五引《隋圖經》也載：「稷山在絳郡，后稷播百穀於此山。」清同治四年沈鳳翔所纂修的《稷山縣志》則有如下的記載：

1. 卷一〈山川志〉：「稷神山，在縣南五十里，……以后稷教稼於此，故名。」

2. 卷二〈祀典志〉：「后稷廟二。一在汾南五十里稷神山頂，……東南有塔，刻『后稷明堂』四字。累朝遵奉，明初太常定甲，以夏四月十七日遣官致祭，後邑令代，今仍之。……一在縣治西南，元至正五年建，廟後有姜嫄聖母祠。……東西壁繪農功王業圖。」

3. 卷七〈古跡志〉：「稷王城，縣西三十里，地微存。又縣南五十里稷王山，相傳后稷教稼地，有陵。……古后稷陵，相傳在縣南五十里稷山。碑誌：昔稷嘗躬稼於此，薨遂葬焉。」〔註65〕

參照上引各條資料，正如錢穆所指出的：「后稷始稼，其事傳述乃在汾水之陰，今聞喜、萬泉、稷山、介山一帶，迤東及於汾水入河之口，則漢祠后土之所

〔註64〕 見顧炎武：《日知錄》，頁890～891。

〔註65〕 《中國方志叢書》之《稷山縣志》。

由來也。」〔註 66〕后土祠、稷山、介山既都與后稷始稼有關，又都集中在汾陰一帶，因此，介子推焚死傳說最早可能產生在汾陰介山，之後才傳播到界休介山。更重要的是，錢氏還指出了介山得名的原由：

> 然則介山何以名？曰萬泉之介山，亦猶界休之介山也。其先蓋由烈山而耕。由烈山而誤爲歷山、爲屬山、爲介山，其實則一。〔註 67〕

他在同一篇文章的另一個地方也說：

> 屬之與烈，界之與屬，皆以聲轉相通。《周官・山虞》：「物之爲屬。」鄭《注》：「每物有蕃界也。」此以屬、界聲通互訓。然則介休之界山，即屬山、烈山也。其地本在近晉之隨城，後乃誤而迻之於德安之隨，則猶歷山之自蒲而之歷也。……竊疑漢、魏以來相傳焚山之事，即自古烈山氏之遺說也。古之稼穡，其先在山坡，以避水潦，烈草木而火種曰蕃畬，故神農氏又稱烈山氏。後既以烈山爲屬山、界山，乃誤及於介之推，因以炎帝之烈山，誤傳爲介之推之焚山也。〔註 68〕

因此，烈山氏的得名，應是先民爲紀念在烈山耕作中犧牲生命的無名英雄，後來則將他（們）作爲能促進豐產的農神（神農）來崇拜，其中或有用活人爲穀精模仿火焚作爲獻祭的情事；而由介子推山焚而死的傳說故事產生的地望來看，這個傳說故事大概也是由這類儀式傅會而成的。綜上所述，介子推這個人物的傳說故事原是一個被火焚身的農神爲原型。

〔註 66〕見錢穆：〈周初地理考・三、后稷篇・（十）〉，《燕京學報》第 10 期。
〔註 67〕見錢穆：〈周初地理考・三、后稷篇・（九）〉，《燕京學報》第 10 期。
〔註 68〕見錢穆：〈周初地理考・二、姜氏篇・（三）〉，《燕京學報》第 10 期。錢氏認爲，介山、屬山、列山原都在山西的隨城，後來遷移到湖北，在下引這段文字中，錢氏提出更多的證據：「《一統志》：『屬鄉在德安府隨州北，今名屬山店。』酈道元《水經注》即以屬鄉爲烈山氏生處。今考古帝傳說，皆在冀州，姜氏諸族，其後可考者，亦多在冀，而稼穡故事，亦始冀州，何以烈山氏生於隨州之屬鄉？蓋晉地亦有隨，《左傳・隱公五年》：『冀侯奔隨。』《一統志》：『隨城在汾州府介休縣東，後爲士會食邑。』此晉地有隨也。」（見錢穆〈周初地理考・二、姜氏篇・（三）〉，《燕京學報》第 10 期）。而地名隨著民族遷移連帶轉徙的例子，在上古時代是常見的現象，錢穆也曾說：「蓋古人遷徙無常，一族之人，散而之四方，則每以其故居迻而名其新邑，而其一族相傳之故事，亦迻隨其族人足跡所到，而遞播以遞遠焉。」錢氏並舉出舜的事跡作例子（見錢穆〈周初地理考・一、總說・（二）〉，《燕京學報》第 10 期）。另外，還可參看鄭坤德：〈層化的河水流域地名及其解釋〉，氏著：《中國歷史地理論文集》，頁 179～230。

五、烈火焚身的女農神——妒女及高唐神女

前文曾說農神與鳥的關係十分密切，而介子推正有化作鳥類的傳說，《拾遺記》卷三載：

> （魯）僖公十四年，晉文公焚林以求介之推，有白鳥繞煙而噪，或集之推之側，火不能焚。晉人嘉之，起一高臺，名曰「思煙臺」。……或云，戒所焚之山數百里居人，不得設網羅；呼曰仁鳥，俗亦謂鳥白臆者爲慈鳥，則其類也。〔註69〕

這裡的白鳥和炎帝女所化作的白鵲（見前文）源於相同的原型，那即是前文所說的與穀物起源有關的神鳥。又請再看下列資料：

1. 《中國風俗辭典》「清明節」條載：「因爲逢寒食禁火，到清明重新用榆柳取火，故人們在門口插柳，本爲取火用；山西等地插柳或用柳條穿用麵粉做成的「子推燕」掛於門口，是爲晉介子推母子招魂，均含寒食遺意。」〔註70〕

2. 清明時節，在山東省各地都插柳條、松枝，據說是紀念介子推；另外，在膠東一帶，婦女有蒸麵燕的習俗，麵燕古稱「子推燕」，早期應是紀念介子推的，現在卻成了春天的象徵〔註71〕。

這裡用作招魂的「子推燕」，恐怕如上條資料中的「慈鳥」一樣，都被加以後代思想的解說，不復其作爲攜來穀種神鳥的本來面目。前文曾說，攜來穀種的神鳥是穀母神的化身，因此，作爲男性農神的介子推，當他焚死時有白鴉繞煙的傳說，又有用「子推燕」紀念他的風俗，其原型都可溯源自穀母鳥吧。

〔五代〕馬縞《中華古今注》卷下「鵲」條云：「一名神女，俗云七月塡河成橋。」又「燕」條云：「一名神女，一名天女，一名鷙鳥。」（《全書》850冊，頁136）是神女也稱作鵲或燕；而據吳繼文指出，燕子具有穀母神的特性及生殖多產、農業豐饒的象徵〔註72〕。請再看下列兩條資料：

1. 〔唐〕李諲〈妒女頌〉序云：「河東之美者，有妒水之祠焉，其神周代之女、介推之妹。……妹以兄涉要主，身非令終，遂於冬至之後日，積一薪，烈火焚之，爲其易。俗諺云：『百日斫柴一日

〔註69〕 〔明〕程榮纂輯：《漢魏叢書》，頁714。

〔註70〕 見葉大兵、烏丙安主編：《中國風俗辭典》，頁87。

〔註71〕 見李萬鵬等著：《山東民俗》，頁27。

〔註72〕 參見吳繼文：〈玄鳥降臨——殷民族始祖傳說研究〉，王孝廉、吳繼文編：《神與神話》，頁373～376。

燒。』此之謂也。闔境之內疇，敢不恭順之，則風雨應期；違之，
則雷電傷物。」〔註73〕

2. 〔唐〕張鷟《朝野僉載》卷六載：「并州石艾、壽陽二界，有妒女
泉。有神廟，泉水沈潔澈千丈，祭者投錢及羊骨，皎然皆見。俗
傳妒女者，介之推妹，與兄競。去泉百里，寒食不許舉火，至今
猶然。女錦衣紅鮮、裝束盛服，及有人取山丹百合經過者，必雷
風電電以震之。」（《全書》1035 冊，頁 278）

這個傳爲介子推之妹的妒女，同樣有被烈火焚死的傳說，想必她是一位因烈
山焚死而升格爲農神的女無名英雄吧！上述兩條資料中說「闔境之內疇，敢
不恭順之，則風雨應期；違之，則雷電傷物」、「有人取山丹百合經過者，必
雷風電電以震之」，其深層底蘊應即如前引弗雷澤所說，在獻祭過的篝火中燃
燒的木材和炭枝，有庇護人們免受雷電、冰雹侵害的巫術效力。至於妒女的
忌妒心讓人聯想起高唐神女的「未行而亡」，在她們的神話傳說當中，實凝聚
著歷代廣大人民熱烈的同情心與好惡感。

高唐神女傳說是從湖北隨縣、屬山一帶的大洪山區傳播開來的，經過上
文的討論，有理由相信此一傳說的起源可以追溯到山西汾陰的介山（烈山）
一帶，這區域是神農炎帝神話最早發生之地。而高唐神女作爲炎帝的女兒，
另有化身作白鵲，被火焚死的神話，如前文曾徵引過的：

《太平御覽》卷九二一引《廣異記》曰：「南方赤帝女學道得仙，居
南陽愕山桑樹上。正月一日銜柴作巢，至十五日成。或作白鵲，或
女人。赤帝見之悲慟，誘之不得，以火焚之，女即升天，因名帝女
桑。今人至十五日焚鵲巢作灰汁，浴蠶子招絲，象此也。」

雖然這則記述，已含有仙話的意味，但是，其中的情節和介子推及其妹妒女
被焚死的故事具有相同的內蘊，即都是以刀耕火種的烈山耕作法爲時代背
景，又是以在篝火中燒死人犧、穀精的儀式爲其原型的。前文曾說，四時、
五季改火，在季夏有用桑柘鑽燧的風俗；而上述記載中，南陽愕山的桑樹——
——帝女桑，即有作爲鑽燧改火用木的原型意義。前文又說，刀耕火種是以砍
伐、焚燒林木茂草爲灰肥，直接播種在灰中；而上述記載中，「焚鵲巢作灰汁，
浴蠶子招絲」，即是以火耕焚林作灰肥的原始農耕法爲其底蘊的〔註74〕。因

〔註73〕 見欽定《全唐文》卷408，第九冊，頁5274。
〔註74〕 田桑在較早時代本是一事，到後代分工漸細，才逐漸形成男耕女織的生活樣

此，帝女桑神話，與介子推及妒女傳說一樣，都凝聚著改火烈山、以穀精爲犧牲的古老生活記憶。

綜上所說，高唐神女神話實凝聚了烈山開墾、火焚穀精的犧牲原型；也集約了焚巫求雨的儀式底蘊，神女具有穀母神、女農神的身份，是十分明確的。

第三節　圖騰宴與人頭祭風俗考察

前二節曾經說明〈高唐賦〉壓縮、凝聚了狩獵社會和農業社會初期的生產經濟生活；而高唐神女則集狩獵和農業豐產女神於一身。這一節將接續前二節的討論，著重說明在狩獵和農業社會的祈豐祭中，有所謂「圖騰宴」和「嘗新祭」的風習〔註75〕，並由此引生出對於人頭祭風俗的考察，進而說明炎帝神農一族中斷頭神祇的神話底蘊，最終將豁顯出高唐神女作爲神明和犧牲的雙重身份。

一、「因特丘馬」（Intichuima）式的圖騰聖宴

弗雷澤曾經指出，原始獵人認爲，每當殺死一頭作爲他們圖騰的動物時，

> 態，如《道門定制》（王欽若在宋眞宗大中祥符年間，奉旨重修刪定的科儀）載，道教舉行羅天大醮時，規定設神位1200於道場，其中很重要的一對神是穀父神和蠶母神。男耕女織自古是農村經濟兩大支柱，穀父神和蠶母神雖然載於後代道書中，但反映出較早的民間信仰當無疑問。另外在《仙傳拾遺》和《續仙傳》兩部道書中，也都有祈謝穀父和蠶母之神，以致豐穰的說法（見劉枝萬：〈中國稻米信仰緒論〉，《中國民間信仰論集》，頁199～200）。所以此處「焚鵲巢作灰汁，浴蠶子招絲」，既與赤帝女的身份相合，又包含了男耕而言。
>
> 〔註75〕陳國強主編：《文化人類學詞典》「圖騰宴」（totem feast）條云：
> 在與圖騰觀念相關的儀式中，氏族群體共食其圖騰物種的宴會。對圖騰物種的禁食僅流行於一部分氏族的一段時期內。有些氏族在一定情況下，認爲食用圖騰物種可以將與本氏族有親緣關係的物種的優良性能傳於氏族成員的體內。故爲此而共食圖騰物種，同時舉行一定的宗教儀式（如作神舞等）。（頁319）
> 又「嘗新祭」（first fruit rite）條云：
> 亦譯「荐新祭」。指收穫之際所行的祭儀。包括將部分首次收穫的產品獻給該社會所確認的專司生產的神祇，以表示感恩之意；也包括敬荐神祇和祖先以初熟果食或其他作物之結果，甚或包括奉獻某一時期初得的獵獲物及一有獵獲即先奉獻，這類具有信仰意義的行爲。嘗新祭普見於原始社會，許多較發達的社會亦有遺風。（頁356）

便是殺死了一個神祇，除了當場致祭贖罪外，每年還要舉行一次盛大的報償
贖罪儀式；在這個儀式上面，要殺一頭同類的野獸來獻祭，這頭野獸既被當
作犧牲爲眾人所分食共享，又被當作神明爲族人所尊敬崇拜。在原始人的想
法裡，認爲吃了圖騰動物的肉，就能獲得他們的體質和智力，這是一種順勢
巫術。另外，他們還認爲，一切盟誓中最有力的盟誓莫過於共食一種神聖的
東西，因爲這樣一來，參與盟誓者如果背盟棄信，就絕不能逃脫吃進腹內、
長在身上神明的懲罰（《金枝》，頁 725、776～777）。不過，有些原始部族卻
認爲，如果人們吃了代表自己部落圖騰的肉，他們將喪失對它的權力，而不
能使圖騰動物繁殖，所以平日禁食圖騰；但在一年一度舉行的「因特丘馬」
（Intichuima）式的圖騰聚餐和繁殖儀式上〔註76〕，不僅允許族人吃圖騰的肉，
而且規定大家都必須這麼做。據信這樣做能使圖騰和圖騰群團大量繁殖。這
是一種圖騰聖餐，是廣泛流行的聖餐儀式的原始形式〔註77〕。由上文的說明
可知，原始初民不論平時是否吃食圖騰物，他們都會在每年選定一個時日，
舉行狂歡共食的圖騰宴，來刺激圖騰群團的豐產；而在圖騰宴上被分食的動
物，是作爲犧牲被分享，又被當作神明來崇拜的〔註78〕。

　　另外，弗雷澤還指出，共食儀式的神聖性正在於，所有參與聖餐的人都
在自己身體中得到一份神的實體，也就是與神靈有了一次神秘交往的經驗
（《金枝》，頁 718）。美國人類學家羅伯遜・史密斯在研究希伯來宗教（猶太
教）早期獻祭犧牲儀式時也說，在犧牲背後所潛藏著的主導性觀念，並非以
禮物取悅神靈，而是在於一種「公共的活動」，在這種活動之中，神與祂的崇
拜者通過共同分享被獻祭犧牲的血肉而達成一個統一體〔註79〕。李宗侗也介
紹說，希臘古代祭祀，必燔肉於祭台上，然後大家分食，以取因人神共感而
人人相感的意思；若拒絕一個人加入團體時，就不分給他燔肉，表示不與他

〔註76〕　「因特丘馬」（Intichuima），又稱作「分物禮」，指澳大利亞中部一種旨在利
　　　　　用某種魔法將物和其他必需品分配給各個圖騰群體的禮儀。儀式的目的往往
　　　　　在於提供較多可食用的圖騰動物。見吳澤霖總纂：《人類學詞典》，頁 365。
〔註77〕　見〔蘇〕謝・亞・托卡列夫等著，李毅夫等譯：《澳大利亞和大洋洲各族人民》
　　　　　上冊，頁 284。
〔註78〕　原始初民在圖騰宴上通過暴飲、濫食和狂歡的活動，來刺激、加速圖騰與人
　　　　　口兩種生產的豐產，可以說明最初作爲圖騰的動（植）物是可食的。因爲可
　　　　　食，進而崇拜它，希望通過吃食得到它的靈性；再進而將這種動（植）物看
　　　　　成與自己有血緣關係的圖騰，於是產生了平日禁止殺戮，以避免傷害祖先和
　　　　　毀滅部落的禁忌。
〔註79〕　轉引自葉舒憲：《詩經的文化闡釋》，頁 455～456。

共事神〔註80〕。而中國周代的天子及諸侯在祭祀結束後，有所謂「歸胙」（分肉）的禮儀，似可溯源自遠古人神相感的圖騰宴風俗，請看下列資料：

    1.《左傳‧成公十三年》：「國之大事，在祀與戎。祀有執膰，戎有受脤，神之大節也。」

    2.《穀梁傳‧定公十四年》：「脤者何也？俎實也，祭肉也。生曰脤，熟曰膰。」

    3.《周禮‧春官‧大宗伯》：「以脤膰之禮，親兄弟之國。」鄭《注》：「脤膰，社稷宗廟之肉，以賜同姓之國，同福祿也。」賈《疏》：「分而言之，則脤是社稷之肉，膰是宗廟之肉。」

除了脤、膰外，還有一種稱爲胙的祭肉，《說文》四下云：「胙，祭福肉也。」這種受過神靈降福的祭肉，是天子用來分送諸侯（或諸侯分送卿大夫）的。同祭則分肉，不同祭則送肉，最初分祭肉只限於同姓的族人，如：

    1.《說文》一上：「祳，社肉盛之以蜃，故謂之祳，天子所以親遺同姓。」

    2.《說文》十下：「膰，宗廟火熟肉，天子所以饋同姓。」

許愼所說祳、膰即脤、膰，是天子送給同姓的祭肉，用以親兄弟之國，這是基本的大原則；但是自東周以降，王綱逐漸解體，則分肉、送肉漸不限於同姓，如：

    1.《左傳‧僖公九年》：「王使宰孔賜齊侯胙，曰：『天子有事於文武，使孔賜伯舅胙。』」（又《國語‧齊語》也載此事。）

    2.《左傳‧僖公二十四年》載皇武子言曰：「宋，先代之後也，於周爲客，天子有事膰焉。」

    3.《孟子‧告子下》：「孔子爲魯司寇，不用；從而祭，膰肉不至，不稅冕而行。」

齊、宋對周王室而言是異姓諸侯，孔子對魯國諸侯來說，也屬異姓大夫；可見歸胙禮在春秋時代已由同姓擴展到異姓。

二、舉國若狂的年終臘祭

    遠古狩獵時期的圖騰宴共食儀式，除了形成周代的「歸胙」禮儀外；這類「因特丘馬」式的繁殖儀式，在中國也逐漸演變成年終臘（蠟）祭的節日，

〔註80〕參李宗侗：《中國古代社會史》，頁168。

請看下列資料：

1. 《禮記·月令》：「臘先祖五祀，勞農以休息之。」鄭《注》：「此
《周禮》所謂蜡祭也。……臘謂以田獵所得禽祭也。」孔《疏》：
「臘，獵也，謂獵取禽獸以祭先祖五祀也。此等之祭，總謂之蜡。」

2. 《說文》四下：「臘，冬至後三戌，臘祭百神。」段《注》：「臘本
祭名，因呼臘月臘日耳。……鄭注〈月令〉曰：『臘謂以田獵所
得禽祭也。』《風俗通》亦曰：『臘者，獵也。』按，獵以祭，故
其祀從肉。」

3. 《風俗通》云：「夏曰清祀，殷曰嘉平，周曰大蜡，漢曰臘。臘者，
獵也，因獵取獸以祭。」

由以上諸家說法可知，臘祭或祭先祖五祀，或祭百神，而其最初義當是從獵
取禽獸以祭而來；臘祭在後代文獻中有索饗、交接、報功、送故、祠社、報
田等目的，其中已反映出更多農業社會的生活背景〔註81〕，以致狩獵生活的
贖罪、安撫、綏靖等目的反成了隱性因子；不過，關於祈求「兩種生產」豐
盛這層意義則是一直延續下來了。如在周代年終臘祭時，人們有放縱狂飲的
行為，《禮記·雜記》下載：

子貢觀於蜡，孔子曰：「賜也樂乎？」對曰：「一國之人皆若狂，賜
未知其樂也。」子曰：「百日之蜡，一日之澤，非爾所知也。張而不
弛，文武弗能也；弛而不張，文武弗為也，一張一弛，文武之道也。」

孔《疏》：

子貢以謂禮儀有序，乃是可樂。今此蜡，人恣性酣飲，載號載呶，
大小悉爾，故云一國之人皆若狂也。既皆如狂，則非歡樂，故云未
知其樂也。

〔註81〕「索饗」，《禮記·郊特牲》云：「天子大蜡八。伊耆氏始為蜡。蜡也者，索也，
歲十二月合聚萬物而索饗之也。」「交接」，〔晉〕張亮云：「臘，接也。祭宜
在新故交接也。俗謂之臘明日為初歲，秦漢以來有賀此，皆古之遺語也。」「報
功」，漢舊儀云：「臘者，報諸鬼神古聖賢有功於民者也。」「送故」，《續漢書》
云：「季冬之月，星迴歲終，陰陽已交，農夫享臘以送故。」「祠社」，《前漢
書·郊祀志》云：「高祖十年有司奏令縣道，常以春二月乃臘祠社稷以羊豕。」
「報田」，杜氏《通典》云：「伊耆氏之代始而有蜡禮，古之君子使之必報之，
是報田之祭也。其神神農，神農初為田事，故以報之。又《禮記》云：蜡祭
百神以報先嗇神農也。」以上各條參見〔明〕吳虛舟、鄭若庸纂輯：《類雋》
卷四。

〈雜記〉下所謂「一張一弛，文武之道」，是後代賦予臘祭的意義；臘祭最初面貌，應該就是狩獵時期的「圖騰宴」繁殖、共食儀式。所謂「一國之人皆若狂」，及「今此蠟，人恣性酣飲，載號載呶」（蔡邕《獨斷》也說：「臘者，歲終大祭，縱吏民宴飲。」《叢書》3 冊，頁 257），從民俗人類學的觀點來看，正如男女狂歡、雜婚、濫交可以刺激土地豐饒、莊稼茂盛和後嗣繁育一樣；暴飲暴食的目的在導致萬物的繁庶、農稼的豐殖——這同樣是依據順勢療法的交感巫術原則，以為大吃大喝能帶來大豐大盈〔註 82〕。這也就是為什麼有些原始部族平日不吃圖騰物，而在一年一度的圖騰聖宴上則儘量吃食的緣故。

在周代年終臘祭，除了放縱狂飲的行為外，還有所謂序齒位的敬老風俗，前引《禮記·雜記》下一段文字，鄭玄《注》說，蠟祭是「國索鬼神而祭祀，則黨正以禮屬民而飲酒於序以正齒位」，孔穎達《疏》曰：

> 謂州黨之學云以正齒位者，以歲終事畢，黨正屬民，以正齒位，若〈鄉飲酒〉義云。六十者坐，五十者立，壹命齒於鄉里之屬。……以飲初之時正齒位，及飲末，醉無不如狂者也。

又《周禮·地官·黨正》云：

> 國索鬼神而祭祀，則以禮屬民而飲酒於序，以正齒位，壹命齒於鄉里，再命齒於父族，三命而不齒。

鄭《注》：

> 國索鬼神而祭祀，謂歲十二月大蠟之時，建亥之月也。正齒位者，〈鄉飲酒義〉所謂六十者坐，五十者立侍；六十者三豆，七十者四豆，八十者五豆，九十者六豆是也。……齒於鄉里者，以年與眾賓相次也；齒於父族者，父族有為賓者，以年與之相次，異姓雖有老者，居於其上；不齒者，席於尊，東所謂遵。

在周代臘祭中蘊有鄉飲酒禮的正齒位風習，並不是偶然的。楊寬曾經指出，尚齒是鄉飲酒禮的重點，它主要表現在兩方面：一是「老者重豆，少者立食」；一是旅酬時按照年齡長幼為次。楊氏並認為，鄉飲酒禮不僅源於氏族聚落會食的尊老、養老風俗，而且還具有商定部族大事的元老會議性質〔註 83〕。楊氏似乎沒有注意到，臘祭中也含有鄉飲酒禮正齒位的意義。因為臘祭的本質

〔註 82〕 參見蕭兵：《儺蠟之風——長江流域宗教戲劇文化》，頁 606。
〔註 83〕 參見楊寬：〈鄉飲酒禮新探〉與〈饗禮新探〉，氏著：《古史新探》，頁 280～309。

在於舉國之人若狂的縱飲暴食上；因此，臘祭中的尊老、養老風俗應該就源自於遠古圖騰聖宴上所謂「初食權」的權利。

三、嘗新祭與初食權

初民的圖騰聖宴往往就是一場「嘗新祭」，請看下列資料：

1. 《詩經・小雅・天保》：「禴祠烝嘗，於公先王。」毛《傳》：「秋日嘗。」孔《疏》：「嘗新穀。」

2. 《公羊傳・桓公八年》：「秋日嘗。」何休《注》：「嘗者，先辭也，秋穀成者非一，黍先熟可得荐，故日嘗。」

3. 《禮記・少儀》：「未嘗不食新。」

4. 《爾雅・釋天》：「秋祭曰嘗。」

將嘗解釋成嘗新穀，這是農業社會生活的反映，農業社會的「秋嘗」是為了和「春祠」、「夏禴」、「冬烝」等禮儀作分別，這是區分日精後產生的說法。其實，遠在狩獵時期就有嘗新的風俗，只是當時的意義不是嘗新穀，而是嘗新獲。

《史記・秦本紀》載：「十二年，初臘。」張守節《正義》曰：「十二月臘日也，……獵禽獸以歲終祭先祖，因立此日。」又（漢）桓譚《鹽鐵論・散不足論》云：「古者庶人糲食藜藿，非鄉飲酒、臘、臘祭祀，無酒肉。」（《叢書》3 冊，頁 40）這裡將臘、臘、鄉飲酒等聯繫起來，而三者確有連貫性。臘是開始狩獵時所舉行的祭典，許慎則說「祈穀食新曰臘」（參見本章第一節）；臘既是狩獵始殺祭，又是祈穀食新祭，這兩者並不矛盾，它們表示了不同經濟社會的生活記憶。如《風俗通》卷八「臘」條就說：「謹按韓子書，山居谷汲者，臘臘而遺水。楚俗常以十二月祭飲食也。又日：嘗新始殺也，食新曰貙臘。」（《叢書》3 冊，頁 596）此處說（貙）臘意為「嘗新始殺」，又為「食新」，可見在狩獵季節剛開始的時候，將新獵獲的動物拿來獻神，以求贖罪和豐產的習俗，來源非常古老，並不待農業社會才有（參見本章第一節）。

「嘗新禮」在世界各原始民族中經常可見，如北美易洛魁人在森林裡打獵時，要用第一批得到的野味獻祭給他們所崇拜的戰神。又北羅得西亞坦噶尼喀湖西面的 Yombe 人禁止吃第一批收穫物，直到酋長在祖先墳前獻上一頭公牛，並在神龕前供上新釀的啤酒，和用第一批收穫物做的粥後，大家才能

分享這頭牛、啤酒和粥〔註84〕。值得注意的是，古代嘗新禮還有獻祭頭生子（人犧）的風俗，如《聖經‧舊約‧出埃及記》中，有如下幾處記載：

1. 耶和華曉諭摩西說：「以色列中凡頭生的，無論是人、是牲畜，都是我的，要分別為聖歸我。」（第十三章第一節）

2. 摩西對百姓說：「那時你要將一切頭生的，並牲畜中頭生的，歸給耶和華；公的都要屬耶和華。凡頭生的驢，你要用羊羔代贖，若不代贖，就要打折它的頸項。凡你兒子中頭生的都要贖出來。」（第十三章第十二、十三節）

3. 耶和華說：「凡頭生的都是我的，一切牲畜頭生的，無論是牛是羊，公的都是我的。」（第三十四章第十九節）

4. 耶和華說：「地裡首先初熟之物，要送到耶和華你神的殿。」（第三十四章第二十六節）〔註85〕

〈出埃及記〉這幾處關於獻新的記載，當源自遠古的嘗新風俗〔註86〕。

不同原始部族的嘗新祭有不同的作法：或者將第一次的收穫獻神，由神先享用；或是獻給族中長老，由長老先食後，其餘成員才能食用。如 A LeRoy 述及非洲矮人的荐新祭時說，他們殺一頭水牛時，先割下一小塊最好的肉，置於火上燒熟獻神；又在尋得野蜜時，先於林中向天上擲去少許。他們以為一切食物必須請神先吃，這是為了求得生命的力量，並為孩子們求福〔註87〕。另外，澳洲的阿龍泰人（Witchetty）以螞蟥為圖騰，在螞蟥出現之際，必須先舉行「因特丘馬」式的跳舞：跳舞者的身體都先作螞蟥的裝飾，集合到固定場所，長老「阿拉典家」（Alatunja）則預先隱藏在用樹枝圍成的所謂「溫巴那」（Umbana）的屋子中，以象徵這種甲蟲初生的蛹。而全部成員時行時止地向

〔註84〕 參見裘錫圭：〈殺首子解〉，《中國文化》第 9 期，頁 47～51，1994 年 2 月。

〔註85〕 見吳羅瑜總編輯，串珠‧註釋本《聖經》（《舊約全書》），。

〔註86〕 這裡既有獻祭頭生子的告諭，也有贖取頭生子的權宜措施，後者已是比較文明時期的做法；還有如上帝要亞伯拉罕把他的長子以撒獻為祭品的故事，最後也是用一頭公羊代替作為祭品的（見《舊約‧創世記》第二十二章）。而弗雷澤也曾提到，婆羅門宣傳獻祭的米餅是代替神人之身的。當米餅還是米粉時，那是頭髮；當祭司給它澆上水，就成了皮膚；當祭司將它攪拌時，它就變成了肉；當米餅拿去烘烤時，它就變成了骨頭；當祭司從火上拿開米餅灑上黃酒時，就把它變成了骨髓。於是，他們所謂的五重祭品就此完成（見《金枝》頁 718），以上這些都可以看成是「替罪羊」的母題（關於「替罪羊」的母題，可參看《金枝》，頁 817～856）。

〔註87〕 參見芮逸夫主編：《人類學》，頁 303。

「溫巴那」進發，最後進入屋中，放聲歌唱，歌詞都申述甲蟲的誕生情形，或螞蟥圖騰隱身於岩洞的故事。歌畢，長老躍出屋外，蹲在地上，開始模仿甲蟲從結蛹到成蟲各階段變化的舞蹈，成員則唱歌解釋老人的動作。當「因特丘馬」式的舞蹈結束後，部族成員各自外出捕捉螞蟥，獻給長老，長老將它們搗爲粉末吞食後，將剩餘部分分給成員。同樣的，袋鼠集團成員，也在「因特丘馬」式的舞蹈結束後，出外狩獵袋鼠，贈獻給長老，而老人則吃盡袋鼠的肉，並用脂肪塗在參加儀式者的身上〔註88〕。類似上述這種在圖騰宴或狩獵季時，將初次獵獲的物品獻給神明或族中長老的慣例，到後代則演變爲年終臘祭的鄉飲酒會上，尊老、養老的序齒位禮儀。

又請再看《禮記・月令》以下的三段記載：

1. 孟秋之月，……農乃登穀，天子嘗新，先薦寢廟。
2. 仲秋之月，……以犬嘗麻，先薦寢廟。
3. 季秋之月，……天子乃以犬嘗稻，先薦寢廟。

這裡孟秋之月，「天子嘗新」，應即是遠古嘗新祭典上，長老初食權的孑遺；至於「先薦寢廟」，則是圖騰（神）先食的衍化。至於仲秋、季秋兩月，「以犬嘗麻」、「以犬嘗稻」，則是農業社會中所特具的狗之初食權風俗，類似風俗在中國少數民族那裡還多有保存，如景頗族有一個傳統的節日叫做新米節，這節日在穀熟時分戶舉行：

> 節前一天，主人揀一捆成熟的糯穀，用插滿鮮花的籃子背回家中，擺在鬼門旁，然後邀請親朋好友。節日當天，寨中男女老少和魔頭至主人家，主人以酒迎客，互致問候。吃飯前，舉行祈禱儀式，禱求風調雨順，人畜平安，并由老人講述穀子的來歷。據說很久以前，景頗族種穀子，因穀魂上了天，穀子長不好，家狗見狀終日吠叫，終於叫回穀魂，使禾苗茁壯，穀子豐收。故吃飯時，人們先餵狗，再餵牛，然後給老人吃，以尊長者。〔註89〕

除了景頗族外，彝族、瑤族、布郎族的「嘗新節」都有請狗先食的風俗，如：

〔註88〕 岑家梧又指出，「因特丘馬」式第二部（按，第一部爲模擬圖騰繁殖的舞祭，第二部即殺食圖騰典禮）的最大特色是破除圖騰禁忌，殺食圖騰。在這段時間內，食物禁忌的解消，實爲集團間暫時彌補食物恐慌的特殊處置。殺食圖騰動物既出於經濟上的不得已要求，其儀式就全以向圖騰贖罪爲目的。見岑家梧：《圖騰藝術史》，頁106～109。

〔註89〕 見葉大兵、烏丙安主編：《中國風俗辭典》，頁96。

1. 彝族在收割前舉行。嘗新前，全家先祭天、獻祖。然後以一小盆
   新米飯餵狗，兩團新米餵牛，最後，人才品嘗。

2. 瑤族在農曆八月新穀還家時舉行，家家均以蒸熟的新穀祭獻穀
   娘。有的地方要辦美餐供狗飽食一頓；有些地方則取禾稈三節與
   新米同煮，每人須吃三碗飯後才能飲水，否則來年將不會豐收。

3. 布郎族則在七月蛇日舉行，掐回新穀時，要叫穀魂；以新米嘗新
   後，始收割。嘗新前，要讓牛和狗先吃。〔註90〕

狗的初食權是如何產生的呢？哈尼族有一則嘗新先餵狗的追源神話，可以提
供些許線索：傳說狗從天神處盜來穀種，使得人間有了稻作文化，所以秋收
時，割穫的第一批稻穀做成米飯後，必先送給家中的狗吃，以表達人們的感
激之情〔註91〕。此處說的較簡單，而由彭發生所採錄的故事則有更詳細的說
明：

> 每年六月六，農家舉行吃新節，第一餐新米飯要讓狗先嘗。這個習
> 俗源自於古老的時代，那時仙境充滿了稻穀香，人間卻因沒有穀種
> 而鬧饑荒。仙狗於心不忍，就想盜取仙境的穀種給凡間種植。它趁
> 仙人不注意時，在仙稻穀中打了幾個滾，全身毛內粘滿了仙稻，連
> 尾巴上也沾滿了稻穀。它急急忙忙地坐船奔向人間，卻不慎掉入通

〔註90〕 至於其他少數民族的「嘗新節」，雖無狗先食的風習，但也臚列於下，以見各
民族的嘗新風俗的異同：
① 苗族是在稻穀開始生出或成熟時舉行，以稻苞或新米飯為供品，祭祀祖
先，以求風調雨順，人畜清潔平安。有些地方要鬥牛，以選擇優良牛種。
② 基諾族叫新米節，在每年農曆九月舉行。此時遍山坡包穀成熟、早穀金黃，
居住在西雙版納北部山區的基諾人民，在穀物成熟的這一個月內，由家長
自選一吉日吃新。吃新時需先到田地裡舉行祭穀儀式，傍晚則邀親戚共進
晚餐，同慶新穀登場之喜。
③ 布依族一般在穀熟時，大家約定共同日子，打粑粑、祭祖。
④ 拉祜族是在農曆七月半，即穀子將要全熟時，擇日舉行。當天殺豬烤酒，
先獻新米給廟神，再祭家神、天神，待牲畜吃過節日供品後，才上酒、飯，
與親友共餐，餐後跳蘆笙舞同歡。
⑤ 德昂族在穀熟後舉行。各家主婦先摘回新穀，制成米，摻入老米同煮，意
為「老穀換新穀」。先餵水牛，再供佛，老人品嘗後，家人共食，之後就
開鐮收割。
⑥ 侗族在六月六，或七月初一舉行。有的只祭祖先，不請親友；有的則遍請
親友。其時有唱侗戲、鬥牛、對歌等文娛活動。
見唐祈、彭維金主編《中華民族風俗辭典》，頁23～24。
〔註91〕 參見《中國各民族宗教與神話大詞典》，頁174。

天河中，粘在身上毛內的仙稻穀都被水沖走了。仙狗想，只要保住尾巴上的仙稻種，也有種子可以繁殖，於是它使勁地把尾巴蹺出水面，終於順利將稻種帶到凡間。人們日後為了感念仙狗的功績，所以收成時的第一餐新米飯要讓狗先嚐。〔註92〕

這個故事已經蘊含了新穀由狗先嚐的原因——那即是由於豐實飽滿的稻穗正像纍纍下垂的狗尾巴，因此由狗先嚐新穀，就寓有祈祝豐產的願望，這是一種由「相似律」所規範出的「模擬巫術」思維〔註93〕。

《禮記·月令》在仲秋之月「以犬嚐麻」之下，還載有下列一段文字：

食麻與犬，其器廉以深。是月也，養衰老，授几杖行，糜粥飲食。

這裡頗可注意的是「食麻與犬，其器廉以深」一句，前文曾說，「以犬嚐麻」意謂狗的初食權，狗在嚐新祭上是被當作神明供奉、崇拜的；但是此處的「食犬與麻」，卻又說明狗與麻是仲秋之月最重要的吃食之一〔註94〕，這正反映出神明與犧牲的一體化（詳見下文）。至於「其器廉以深」，意思是說盛裝秋收物品的器皿必須清潔、深厚：深厚用以表示秋穫豐備，而清潔始能達成禮神的功效。

如同弗雷澤曾指出的，嚐新就是聖餐，是與神交往，而在與神明交通的過程中，通神者必須沐浴潔身，且使用新的或專用的器皿，以達致神聖的功效。把嚐新儀式的聖餐性質表現得最清楚的，要算是克里克人和塞米諾爾人的奇異風俗了。他們在嚐新前必須大吃瀉藥，這樣做的意圖是要防止新的、神聖的、特殊的食物與舊的、世俗的、一般的食物混淆，而使神性受到污染，以致失去神力。另外有些民族，在嚐新禮前，則採用禁食的方法，如墨西哥人在與神莊嚴交往的那一天不吃別的東西，連水也不能喝，只吃他們尊為神

〔註92〕 見《中華民俗源流集成》冊一《節日歲時卷》「六月六吃新節」條，頁385～386。本文引錄時做了一些文字上的修飾。

〔註93〕 前節曾說到東亞流行有鳥類攜來穀種的神話傳說，正可以和此處所說作比較。〔日〕大林太良在討論鳥類作為穀母神的傳承現象時，曾說：「在中國南部，除川苗族的例子外，明顯的稻之穗落神（鳥類穀母神）傳承的例子是見不到的。……乃因在中國南部，關於稻種起源的新形式之傳承發達後，驅逐了屬於較古老形式的（火耕民族）穗落神模式之故。可以被考慮當作新形式傳承的，是狗或鼠在水沼中發現了稻種而帶給人類的（水稻耕作民族）模式。」（見〔日〕大林太良：《稻作神話》，頁196～198）因此，鳥類攜來穀種的神話傳說，是火耕或旱地耕作民族特有的傳承，在水稻耕作區是看不到的。

〔註94〕 關於犬作為犧牲，可參看凌純聲：〈古代中國及太平洋區的犬祭〉，《中研院民族研究所集刊》第3期，民國46年，頁1～40。

的骨肉的麵包，他們是怕普通食物污染了胃中神的骨肉（《金枝》頁 716、719）。
這種聖與俗的分際，在原始初民看來，是不容許有絲毫混淆的；而在祭壇上
的犧牲如狗等，也是經由獻祭的方式，從犧牲（俗世的生命）轉化為神明（神
聖的靈魂）的。

四、后稷肇祀──祈年、饗神和嘗新

　　將神明（聖）與犧牲（俗）之間既有分際、又有聯繫的現象，表達得最
清楚的，可以舉出《詩經‧大雅‧生民》所謂的「后稷肇祀」作為例子，〈生
民〉後三章云：

　　　誕降嘉種：維秬維秠，維穈維芑。恆之秬秠，是穫是畝。恆之穈芑，
　　　是任是負，以歸肇祀（六章）。

　　　誕我祀如何？或舂或揄，或簸或蹂。釋之叟叟，烝之浮浮。載謀載
　　　惟：取蕭祭脂，取羝以軷。載燔載烈，以興嗣歲（七章）。

　　　卬盛於豆，於豆於登。其香始升，上帝居歆。胡臭亶時！后稷肇祀，
　　　庶幾無悔，以迄於今（八章）。

關於〈生民〉詩這三章描寫「后稷肇祀」的活動，李少雍指出，它可能原是
一首獨立的祭儀神話詩，李氏並引用俄國學者楊申娜的推斷說，〈生民〉詩可
能是由三首獨立的神話詩「感染錯雜」（conta-minafion）而成的，其中述及祭
儀的部分產生得最早，是后稷神話綜合體最古老的核心。「肇祀」活動的目地
在祈年（即「以興嗣歲」），內容則包括饗神和嘗新（即「上帝居歆，胡臭亶
時」），這些內容對於古代民族的農業祭儀來說是很典型的，在神話、宗教史
及民族志資料中，都不乏這類遠古農事祭儀的實例〔註95〕。

　　誠如李氏所說，「上帝居歆，胡臭亶時」的意義在於饗神和嘗新，那麼「卬
盛於豆，於豆於登」，就如同前文所說，在與神明交通的過程中，通神者必須
使用新的或專用的器皿，以達致神聖的功效〔註96〕。又在〈生民〉詩「后稷

〔註95〕　如〔俄〕尼科爾斯基的：《腓尼基農業祭儀研究》、〔英〕弗雷澤的《金枝》、〔俄〕
　　　　普羅普的《俄羅斯農事節》等書裡，都載有不少與此「肇祀」相近的祭儀神
　　　　話。參見李少雍：〈后稷神話探源〉，《文學遺產》1993 年第 6 期，頁 18～19。
〔註96〕　前文（見本論文第三章第三節）曾說《詩經‧召南‧采蘋》是一首描寫嫁神
　　　　少女（有齊季女）在聖殿舉行聖婚的詩歌，其中有「於以盛之？維筐及筥。
　　　　於以湘之？維錡及釜」的句子，這是說剛採來的新鮮蘋藻必須用清潔的器皿
　　　　（筐、筥、錡、釜）盛裝起來供神；在短短的詩作中，卻花了極多篇幅來強
　　　　調器皿，可見這些器皿應該有其作為宗教上專門而神聖的用途，正與前引〈月

肇祀」的祈年祭中，稷是作為奉祭的祭品（穀物）、受祭之神（稷神）和主祭者（司農事的稷官或農官之長后稷）三重身份出現的。首先來看作為祭品的稷，請看下列資料：

1. 《山海經‧西次山經》末段講到祀山祠禮所用祭品時說「糈用稷米」。

2. 《左傳‧桓公六年》「粢盛豐備」句，孔《疏》：「祭之用米，黍稷為多。」

3. 《禮記‧曲禮下》曰：「稷曰明粢。」孔《疏》：「言此祭祀明白粢也。」

從上引資料可以看出，稷是祀神時的重要祭品；稷所以能作為重要的祭品，主要由於它是五穀之長，許多文獻都提到了這一點，如：

1. 《孝經援神契》：「稷者，五穀之長。」

2. 《白虎通‧社稷》云：「稷，五穀之長，故立稷而祭之也。稷者，得陰陽中和之氣，而用尤多，故為長也。」

3. 《說文》七上：「稷，五穀之長。」

又《禮記‧月令》「首種不入」句，鄭《注》：「舊說首種謂稷。」孔《疏》：「按《考靈耀》云：『日中星鳥，可以種稷。』則百穀之內，稷先種，故云首種。首即先也，種在百穀之先也。」稷本是天所降下的嘉種，為五穀之長，又種在百穀之先，於豐收後用作祭品是很自然的事；而它所供奉的對象正是作為穀神的稷神〔註97〕，這是由於稷穀能生養眾民，對人類生存貢獻極大，因而逐漸被神格化為穀神〔註98〕。另外，因為周的始祖棄對原始農業的發展極有

〈令〉「其器廉以深」的意思相同。

〔註97〕但是〈生民〉詩中所提及的祭品有秬、秠、穈、芑等，卻唯獨沒有稷，李少雍認為，這表明〈生民〉詩寫定的時代離「反自食」的時代已遠，所以詩人有意避忌。所謂「反自食」即同類相食；也指在祭祀儀式中，用與神同類的祭品祭神，如殺馬以祭馬神等，這在遠古祭儀中是常見的現象（如本章第一節談到原始獵人撫慰野獸的巫儀時，也有用獵物自身的肉祭獵物死靈的例子）。隨著文明的進步，同類相食，或以與神同類的祭品祭神，是不人道的想法，漸植人心，因而才產生「反自食」的禁忌。詳細的討論可以參看李少雍：〈后稷神話探源〉，《文學遺產》1993年第6期，頁25～27。

〔註98〕在初民萬物有靈的觀念中，用鐮刀割斷穀物，是傷害穀物生靈的作法，所以必須向穀靈行贖罪禮，以免激怒穀靈，而遭報復（如欠收、荒年等）。這是最早的拜物——贖罪巫術儀式，後來隨著歷史的進程，逐漸發展成崇神——報謝的宗教祭典。可參看本章第一節相關的討論。

貢獻，於是死後被賦予稷神的神格〔註99〕。而後代主司農事的官員稱作「后稷」，或是從稷為五穀之長的重要性而來，也有可能是立此官職來紀念周代的英雄始祖稷〔註100〕。因此，稷最初的身份是嘉種，後來神格化為神明（穀物神），又與祖先英雄后稷的形象結合，最後成為農官的職稱。

五、人頭祭穀——犧牲與神靈的同一性

從文獻資料來看，「稷」在〈生民〉詩中是作為祭祀品、受祭神和主祭者三種身份出現的；而由「稷」的字形來看，它則包含了更原始的髑髏頭犧牲與神靈同一性的含義。白川靜曾說，「稷」的古字形是「畟」，它的上半部象神頭之形，神頭下面則是向左右垂開手足的形狀，這個字可以看作表示稷神神像〔註101〕。的確，「畟」字上半部的「田」形，並非田野的田，而是如異、畏、魅、醜等字，取象於「鬼」字的上半部，《說文》九上說：「鬼從儿、田，象鬼頭。」也就是鬼頭或髑髏頭神偶的形狀。而《說文》七上「稷」字下並列有「䄷」字，許慎說是古文「稷」；段玉裁則說「䄷」字右旁的「兇」形是古文「畟」，它的上半部正象鬼頭。

「畟」字所以從鬼頭或髑髏頭之形的原因，首先可以由考古學上的資料

〔註99〕 金履祥：《詩集傳名物鈔》卷七云：「《書》曰『播時百穀』，《詩》稱『誕降嘉種』、『貽我來牟』，則百穀之備自稷始也；趙過曰『后稷始畎田』，則畎田之法自稷始也；〔晉〕董氏曰『辰以成善，后稷是相』，則農時之節自稷始也，大哉！后稷之為天下烈。」這段話概括說明了周族英雄始祖稷在農業上的功績；他死後被神話為農神稷，也反映了周族族人對他的感念。

〔註100〕 李少雍指出，據韋昭、孔穎達之說，稷為稷官，「后稷」二字的意義是統領稷官，棄作為管理稷官的首長，其地位就更高了。在司馬遷、王肅看來，「后稷」即主持稷事（有關稷的種植、收穫一類的事），棄就是稷官或農官。在上述兩種場合裡，古人或者把「稷」解釋為「稷官」，或者把它解釋為「稷事」，似乎都有意迴避它作為一種「穀物」的客觀實在性。我們則完全有理由如實地把稷視作此種穀物本身，而不是別的什麼。因此，也就完全可以把「后稷」理解為「掌管稷穀」。見李少雍：〈后稷神話探源〉，《文學遺產》1993年第6期，頁23。按，現將韋昭等人的說法臚列於下：
①《國語‧周語上》「昔我先王世后稷，以服事虞夏」句，韋昭《注》：「民之大事在農，……是故稷為大官。」
②《左傳‧昭公二十九年》「稷，田正也」句，孔《疏》：「百穀，稷為其長，遂以稷名為農官之長。正，長也，稷是田官之長。」
③〈五帝本紀〉謂：「棄主稷。」
④〈堯典〉「汝后稷」句，孔《疏》引王肅云：「稷是五穀之長，立官主此稷事。」

〔註101〕 見白川靜著，加地伸行、范月嬌合譯：《中國古代文化》，頁81～82。

來說明。在江蘇連雲港將軍崖岩畫中曾發現所謂的「大頭人禾苗」圖形，余偉超認爲，將軍崖岩畫所在地當是東夷社祀遺跡；他並指出，岩畫中西邊一組的頭像下普遍刻有禾苗和穀穗，似乎暗示出這種頭像與某種農作物的聯繫，這種頭像或是某種農神的象徵物。在世界上的原始部落中，常見將地母崇拜和祭祀農神結合在一起的現象，中國古代的周族，就曾經將農神后稷和社祀結合在一起〔註102〕。而蕭兵在研究同一組岩畫時也說，「稷」字右邊未必從田，口中的十字紋樣可能表示此神頭面以「割痕」爲飾；將軍崖岩畫的「大頭人」面部、頭部都有複雜的「割紋」，拉拉碴碴的鬍鬚可能是在模擬禾穗，跟西方古代描繪農神、穀神的辦法暗合。不過，那也可能是一種面具〔註103〕。

　　這類「大頭人」大概就是所謂「大頭爺」或「后稷頭」的農神神偶吧！據徐旭生曾介紹說，直到現在，陝西渭水附近某些地方還供奉一種農神，即在一間小屋裡面，塑一個高約四、五尺的大腦袋，僅有頭，無身軀，俗稱它爲「大頭爺」，也叫作「后稷頭」，想必這是一種古代的流傳〔註104〕。「畟」就如同將軍崖岩畫上的「大頭人禾苗」，若去除簡略的身形部分，則頗像陝西農村小屋裡供奉的「大頭爺」、「后稷頭」，那麼「畟」字強調鬼頭或髑髏頭的意義又是什麼呢？

　　某些原始農業民族相信，不論活人或死人，靈魂的精氣都常存於頭部，而且頭顱愈大，精氣就愈強，其所產生的巫術效力也就愈有力量〔註105〕。而這種重視大頭顱的巫術思維，並與穀物的生命結合起來，如葉舒憲認爲，將軍崖岩畫中那些長著特大頭顱的禾人形象正是稷的原型，而且「　」也是這一類大頭人的直觀表象。不同處僅在於岩畫中的大頭人刻劃出了面部特徵，尤其是頭頂前額部位用 X 光透視法表現了頭骨內藏有生命物質的脹滿狀態，那恰是種子——穀靈的所在；古文字爲了簡略起見，略去了大頭人的面部描繪，

〔註102〕　見余偉超：〈連雲港將軍崖東夷社祀遺址與孔望山東漢佛教摩崖造像〉，江蘇省《文博通訊》第 24 期，頁 6。
〔註103〕　參蕭兵：〈連雲港將軍崖岩畫的民俗神話學研究〉，氏著：《黑馬——中國民俗神話學文集》，頁 258。
〔註104〕　見徐旭生：《中國古史的傳說時代》，頁 44。
〔註105〕　《說文》九上載碩、頌、顒、顥、顨等字，都是大頭的意思；這些字的意思雖然都是大頭，但是在初民的心目中應該分別表示不同的大頭，它們的形成大概與上述的觀念有關。另外，在薩滿教中，也有人類和動物的靈魂（或生命力）駐居在頭骨裡的觀念：所謂 X 光式或骨骼式的人、獸像，都是薩滿式美術中廣見的母題，參見張光直：《中國青銅時代》第二集，頁 137、77。

只用一個十字符號標明頭內蘊藏的生命種子〔註106〕。

在原始人的想法中，一如人的頭顱是靈魂、精神蘊藏處般，粒實飽滿的穀穗則是穀靈、穀精蘊藏的地方；在交感巫術的思維作用下，當農人用鐮刀割斷穀穗時，就殘害了稷穀最精華的部分，所以必須用人頭來獻祭，以撫慰穀靈、祈求豐產，並達到贖罪、綏靖的目的，因此在世界各地的原始民族中，都曾發現過獵頭祭梟的風俗，如凌純聲曾說：

> 著者曾在卡瓦與阿美兩族調查時，發現他們戰爭與獵首不分。部落之間為了爭地、劫掠、或復仇等原因，引起戰爭而獵首；有時為要得頭以祭穀神或田神，或為酋長之喪必得一人頭以祭之，因獵首而引起戰爭。他們相信祀神祭鬼，人頭是最重要的犧牲祭品，且以多為貴，故不惜生命，以獵取人頭。〔註107〕

又楊學政介紹雲南佤族的獵頭、祭頭風俗說：

> 直到 1956 年，雲南西盟縣和滄源縣的佤族還舉行獵人頭血祭神靈，以祈求穀物豐產的習俗。他們是在每年春耕播種的三、四、五月間，以部落為單位，舉行獵頭、接頭、祭頭和送頭等一系列公共祭典。……佤族人把獵到的人頭先放於專設在木鼓房下的人頭椿上，由部落村寨頭人代表大家對獵到的人頭祈求，求人頭保佑村寨安全，人畜興旺，穀物豐收。然後在人頭上放些火灰，讓人頭血融合於火灰，然後每家分一點，等播種時，同穀物一同撒到地裡。他們相信浸過人頭血的穀種播到地裡，稻穀將會生長得旺盛，顆粒飽滿。人頭本是原始宗教祭祀中的一種最高祭獻品，但佤族人對獵到的人頭懷有敬畏感，反過來將獵到的人頭作為祭祀的對象。
>
> 祭祀人頭很隆重，民族酋長從人頭椿上取下人頭，由兩個未婚姑娘用木棍抬到木鼓房。在去木鼓房的路上，獵得此人頭者，必須走在前面，兩個姑娘抬著人頭尾隨其後，村民再跟隨其後，鳴槍擊鼓，舞蹈而行。到木鼓房後，將人頭放在祭台上，村人向人頭撒生米，祈求人頭保佑豐衣足食，萬事如意。然後，再將人頭取下，眾人排成一行，抬著人頭，圍繞木鼓房轉圈舞蹈。最後仍按原路線將人頭

〔註106〕參見葉舒憲：《詩經的文化闡釋》，頁 506。

〔註107〕見凌純聲：〈國殤、禮魂與馘首、祭梟〉，氏著：《中國邊疆民族與環太平洋文化》上冊，頁 618。又凌氏在同一篇文章中還介紹了四個太平洋的南方民族的獵頭祭梟風俗，可參看。

送回酋長兼祭司家，再由酋長兼祭司宰殺雞豬祭祀人頭後，最後放
在木鼓房供人頭的竹製人頭架裡。

佤族每年四、五月播種時，舉行送舊人頭到村外的人頭樁的儀式。
由酋長兼祭司將人頭送到村外樹叢中的人頭樁上，酋長兼祭司端著
人頭居中，十餘個男人臀部掛著牛鈴鐺，邊走邊舞，另有十餘人吹
笙伴奏，一般群眾在後邊跳邊唱。送走舊人頭，以準備迎接來年的
新人頭〔註108〕。

另外，〔英〕海頓（A. C. Haddon）於《南洋獵頭民族考察記》一書裡也提到，
在薩剌瓦克的克陽人關於獵頭風俗的起源神話中，有敵人人頭能促進農作豐
收，而且使生病的人恢復健康的說法。而在同書的另一處並描寫了南洋獵頭
民族處理人頭的情形：

當一個敵人被殺的時候，就用一把竹刀割下他的頭，並且用一根藤
吊索穿入下顎骨下面，攜回家中。那人頭被懸掛於火上，而且將所
有的頭髮都燒掉。當進行這個手續的時候，村莊上所有年輕姑娘都
聚集攏來，並且在火的近旁圍成一圈——但不是圍繞著火——跳
舞，始終唱著歌。然後把人頭拿開，並且將所有的肉取掉；把骨頭
洗滌以後，用一個雕刻的木釘插進頭骨裡面，以便將頭骨懸掛於房
屋的正柱上〔註109〕。

這裡的描寫可與雲南佤族的獵頭風俗相參。此外，馮漢驥在分析石寨山出土
的三件「人物、屋宇鏤花銅飾物」的文飾活動場面後，認為這些活動場面所
表現的，是與農業有關的「孕育儀式」。而其中兩件飾物（M3：64 和 M6：22 ）
上的圖樣布局，都是自平地用巨木樁建一平台，台後建一屋宇，屋脊兩山向
外突出，下面各掛一個牛頭。屋宇正中開一小窗，窗中供一人頭。馮氏指出，
人頭應為一種犧牲；而台上男女雜沓，笙歌樂舞，以及各種食物的準備，其
儀式及意義都是對於所獵人頭的供養〔註110〕。

〔註108〕 見楊學政：《原始宗教論》，頁 244～245。又王勝華在〈西盟佤族的獵頭習俗
　　　　與頭顱崇拜〉一文中，也詳細描寫了佤族獵頭、祭頭的過程和儀式，可以參
　　　　看，見《中國文化》第 9 期，1994 年 2 月，頁 71～77。

〔註109〕 參見〔英〕海頓（A. C. Haddon）：《南洋獵頭民族考察記》，頁 351～362、112
　　　　～113。

〔註110〕 參見馮漢驥：〈雲南晉寧石寨山出土銅器研究——若干主要人物活動圖像試
　　　　釋〉，《馮漢驥考古學論文集》，頁 151。

由以上的說明可知，原始初民對人頭懷有崇高的敬畏感：一方面把人頭作爲最高貴的犧牲品，拿來獻祭穀物之神；另一方面卻又將人頭當作穀物神靈本身加以祭祀，這正是犧牲與神靈的一體兩面性。蕭兵就曾指出，將軍崖岩畫裡星辰間的獸頭、獸面如果確是祭品的話，那些人頭也可能是用以祭享禾稼，以求豐饒的犧牲。而人頭從犧牲變作神祇，這正是岩畫中的頭形高翔在天空星辰間的緣故〔註111〕。

六、神農一族的斷頭穀神神話

稷的母親爲神農族的姜嫄，稷又曾於姜氏族人聚集地「有邰」從事稼穡（《大雅・生民》）；而在神農一族中正有幾位斷頭神祇的神話，他們都是以獵頭祭梟風俗爲原型的，首先請看刑天：

> 1. 《山海經・海外西經》載：「刑天與帝爭神，帝斷其首，葬之常羊之山。乃以乳爲目，以臍爲口，操干戚以舞。」（按，《太平御覽》卷555引〈海外西經〉，刑天作邢天。）
>
> 2. 《路史・後記三》云：「（神農）乃命邢天作「扶犁」之樂，制「豐年」之詠，以薦釐來，是曰下謀。」

刑天與帝爭神被斷首的神話，是以原始獵頭祭梟的現實生活爲背景的，如神農命刑天所作的「扶犁」之樂、「豐年」之詠，都是祈求豐產的樂曲；另外，刑天所葬的常羊山又是神農母親受孕之地〔註112〕，因此，刑天神話具有犧牲與穀神一體性的底蘊，當無疑問。其次，還有同屬炎帝神農一族的蚩尤〔註113〕，也相傳有髑髏般的骸骨，任昉《述異記》載：

> 軒轅之初立也，有蚩尤氏兄弟七十二人，銅頭鐵額，食鐵石，軒轅誅之於涿鹿之野。蚩尤能作雲霧。涿鹿今在冀州。有蚩尤神，俗云人身牛蹄，四目六手。今冀州人掘地得髑髏如銅鐵者，即蚩尤之骨也。今有蚩尤齒，長二寸，堅不可碎。秦漢間說蚩尤氏耳鬢如劍戟，頭有角，與軒轅鬥，以角觚人，人不能向。今冀州有樂名蚩尤戲，

〔註111〕參蕭兵：〈連雲港將軍崖岩畫的民俗神話學研究〉，氏著：《黑馬——中國民俗神話學文集》，頁254。

〔註112〕如《春秋元命苞》載：「少典妃安登，遊於華陽，有神龍首感之於常羊，生神農。」又《宋書・符瑞志》也載：「有神龍首感女登於常羊山，生炎帝神農。」這裡應具有神話中常見的死亡與再生的母題（參見本論文第五章第二節）。

〔註113〕《路史・後記四・蚩尤傳》載：「阪泉氏蚩尤，姜姓，炎帝之裔也，好兵而喜亂，逐帝而居於濁鹿，興封禪，號炎帝。」

其民兩兩三三，頭戴牛角而相觝。漢造角觝戲，蓋其遺製也。太原
村落間祭蚩尤神不用牛頭。

《繹史》卷四引《帝王世紀》載：「炎帝神農氏人身牛首。」太原村落間祭蚩
尤神不用牛頭，正表示作爲祖先神代表的圖騰動物，是不許子孫任意傷害的。
蚩尤屬於神農一族，並以牛爲圖騰，他應當具有農神的神格；而蚩尤又具有
戰神的形象〔註114〕，這個戰神形象恐怕也是由獵頭祭穀的風俗所產生的。另
外，《山海經·大荒西經》還載有無頭神夏耕之尸的神話：

有壽麻之國，南獄娶州山女，名曰女虔。女虔生季格，季格生壽麻。
壽麻正立無影，疾呼無響。爰有大暑，不可以往。有人無首，操戈
盾立，名曰夏耕之尸。故成湯伐夏桀於章山，克之，斬耕厥前。耕
既立，無首，走厥咎，乃降於巫山。

袁珂以爲壽麻或爲黃帝女魃的轉化〔註115〕，的確，所謂「正立無影」即是「日
中」；而「疾呼無響」則指「無風」；至於「爰有大暑，不可以往」，郭璞《注》：
「言熱炙殺人也。」因此壽麻具有旱神的神格，頗合情理。而《山海經·大
荒北經》載：

蚩尤作兵伐黃帝，黃帝乃令應龍攻之冀州之野。應龍畜水，蚩尤請
風伯雨師，從大風雨。黃帝乃下天女曰魃，雨止，遂殺蚩尤。魃不
得復上，所居不雨。

由此處可以看出，天女魃是位旱神，而後來「冀州人掘地得髑髏如銅鐵者，即
蚩尤之骨」，這類蚩尤髑髏或許具有厭勝女魃，以求風調雨順的巫術在〔註116〕；
而夏耕之尸的被梟首，其用意或如蚩尤髑髏般，也在克制旱神壽麻以求雨吧。
另外，夏耕之尸像刑天一樣在爭戰中被敵人梟首（按，郭璞《注》：「（夏耕之尸）
亦刑天尸之類。」）；刑天有「操干戚以舞」的造像，而夏耕之尸則有「操戈盾
立」的形象；又從夏耕之尸的名稱來看，這個傳說故事應該也是以獵頭祭梟的
風習爲原型的。

夏耕之尸爲了逃避罪咎，後來跑到巫山降神〔註117〕；巫山又稱爲雲雨之

〔註114〕見袁珂：《中國神話通論》，頁136～140。
〔註115〕參見袁珂：《山海經校注》，頁469。
〔註116〕如凌純聲曾指出，台灣泰雅族有以頭顱求雨而使穀物豐收的習俗，見凌純聲：
〈國殤、禮魂與馘首、祭梟〉，氏著：《中國邊疆民族與環太平洋文化》上冊，
頁633。
〔註117〕饒宗頤以爲前引《山海經·大荒西經》「成湯伐夏桀於章山」的「章山」即今

山，也是高唐神女的居所〔註118〕；因此，巫山和斷頭祭穀的風俗也有關係。位於中國南方的楚國境內，在戰國時代，尚保存著獵頭祭梟的風俗，如凌純聲就認爲，〈國殤〉和〈禮魂〉都是馘首、祭馘的祭歌〔註119〕。雖然在〈高唐賦〉中已看不到獵頭祭梟的風俗；但是，〈高唐賦〉壓縮、凝聚了狩獵和農業社會中的「圖騰宴」和「嘗新祭」的風習，又高唐神女具有雨神的神格，她原初也是一位獻給穀神的犧牲（參見本論文本章第二節）。因此，可以將高唐神女神話和獵頭祭梟的風俗，共同放在以人犧祭神儀式下來觀察。

　　綜上所述，高唐神女最初世俗的生命經由火的淨化，轉化爲神聖的神祇，神明和犧牲最終一體化。而這兩種素質就鋪展交織成了〈高唐賦〉的前序和正文兩部分，前序描述襄王夢中與神女交歡及巫山雲雨的彩姿，寫得風情萬種，旖旎艷麗；正文則敘述高唐山水之險與動植物之奇，對於音樂、羽獵場面都寫得嚴威傷感，森然蕭殺，這兩種不同氣氛、情緒的營造，正與神明受祭及犧牲獻祭兩種儀典隱然呼應著。

　　湖北安陸西章山（氏著：《楚辭地理考》，頁6），而巫山位於湖北安陸隨縣西南（見本論文第一章第二節），二者地望極爲接近。
〔註118〕參見袁珂：《山海經校注》，頁422、433、454。
〔註119〕見凌純聲：〈國殤、禮魂與馘首、祭梟〉，氏著：《中國的邊疆民族與環太平洋文化》上冊，頁626～636。

第五章　永恆回歸的神話底蘊

第一節　神聖且神秘的空間場所

　　〈高唐賦〉序文以「襄王與宋玉遊於雲夢之臺，望高唐之觀（按，《渚宮舊事》卷三引《襄陽耆舊傳》作「望朝雲之館」）」作為開頭，而引生出神女來會懷王的一段典故：其中神女曾化身作雲雨，「朝朝暮暮，陽臺之下」；懷王也曾為神女「立廟，號為朝雲」。另外，〈高唐賦〉正文則有「上至觀側」、「禱琁室」等話語。從以上的「高唐之觀」、「朝雲之館」、「陽臺」、「廟」、「琁室」等名稱來看，高唐神女精魂所在的地方，是包括「觀」、「臺」、「廟」、「室」等在內的一組建築物群〔註1〕。本節以下即擬從作為宇宙中心的昆侖，和盛行於薩滿教的宇宙樹觀念為型範，來探究「高唐之觀」等神聖且神秘的空間場所，所具有的神話民俗學上的意義。

一、陽臺、琁室及高唐之觀

　　由於在上述諸種建築物中，「臺」可能是最古老的宗教建築物之一，所以請先來看「陽臺」的問題。陽臺或稱作陽雲之臺，是楚襄王遊獵後常常登遊的地方，如宋玉〈大言賦〉載：「楚襄王與唐勒、景差、宋玉遊於陽雲之臺。」宋玉〈小言賦〉也云：「楚襄王既登陽雲之臺。」又陽雲之臺另作雲陽之臺，如〈子虛賦〉寫完楚王狩獵活動後云：「於是楚王乃登雲陽之臺。」李善《注》引孟康曰：「雲夢中高唐之臺，宋玉所賦者，言其高出雲之陽也。」前文曾說，

〔註1〕　如饒宗頤即認為「高唐之觀」、「朝雲之館」、「雲陽之臺」、「陽臺」、「巫山之臺」，實一處而殊名。見氏著：《楚辭地理考》，頁3。

楚王遊獵後登上雲陽之臺，有借聖婚儀式來促進豐產的目的（參見本論文第四章第一節）；如果再聯繫神女化身作雲雨的傳說來看的話，所謂陽臺（或陽雲之臺、雲陽之臺）應像天子的大社一樣，具有吸納天地陰陽之氣，以求生生不息的生殖意義，《禮記‧郊特牲》云：「天子大社必受霜露風雨以達天地之氣。……喪國之社屋之，使不受天陽也。」陽臺（陽雲之臺、雲陽之臺）就是既能受到雲雨滋潤，也能受到天陽普照的高臺，這是陽臺（陽雲之臺、雲陽之臺）取名的原由，而它最初的原型應該就是先民舉行聖婚儀式（如閟宮般）的神秘場所（參見本論文第三章第二節）。

接著，請來看「琁室」。「琁室」或稱作「瓊室」，在古籍中常和「瑤臺」連稱，如：

1. 《淮南子‧本經》載：「紂爲琁室、瑤臺。」高誘《注》：「琁，瑤石之似玉，以飾室臺也。」
2. 《列女傳》載夏桀：「造瓊室、瑤臺，以臨風雨。」（《叢書》1 冊，頁 823）
3. 張衡〈東京賦〉曰：「夏癸之瑤臺，殷辛之瓊室。」（《文選》第三卷）

琁（瓊）室、瑤臺都是用玉石砌飾成的臺室，而玉石具有貞潔高貴的象徵〔註2〕，可用以表徵神女的品德。不過，前文曾說，瑤與媱通，是淫佚的意思；又神女曾自稱爲瑤姬，並有化作媚人蓄草的神話（參見本論文第三章第三節）；而桀、紂所建造的琁室、瑤臺，也有享樂淫佚的意思，所以神女精魂所在的琁室、瑤臺具有貞、淫兩面性，它最初是個和諧的統一體——即初民舉行聖婚儀式的高潔聖所，進入文明時代以後，這類聖所就漸被看作與媚人淫佚的行爲有關〔註3〕。

「瑤臺」在後代常成爲此類聖所的通稱，如《楚辭‧離騷》云：「望瑤臺之偃蹇兮，見有娀之佚女。」簡狄居處瑤臺的神話在《楚辭‧天問》、《呂氏

〔註2〕 如《說文》一上云：「玉，石之美，有五德者。潤澤以溫，仁之方也；思理自外，可以知中，義之方也；其聲舒揚，專以遠聞，智之方也；不撓而折，勇之方也；銳廉而不忮，絜之方也。」

〔註3〕 此外，琁室、瑤臺或又稱作蘭臺，如宋玉〈風賦〉云：「楚襄王遊於蘭臺之宮，宋玉、景差侍。」神女除化身作蓄草外，又有化身爲芷草的神話，而前文曾說，蘭、芷在古籍中常常連稱，具有相同的香草巫術作用（參見本論文第二章第一節），因此〈風賦〉中的「蘭臺之宮」應該就是琁室、瑤臺。

春秋・音初》也有記載，不過都略說為臺，如：

1. 《楚辭・天問》曰：「簡狄在臺嚳何宜？玄鳥致貽女何嘉？」
2. 《呂氏春秋・音初》載：「有娀氏有二佚女，爲之九成之臺，飲食必以鼓。帝令燕往視之，鳴若嗌嗌。二女愛而爭搏之，覆以玉筐，少選，發而視之，燕遺二卵，北飛，遂不反。二女作歌一終，曰：燕燕往飛。實始作爲北音。」

另外，夏啓之母涂山氏也有關於聖所「臺」的神話傳說，如《楚辭・天問》曰：「焉得彼盍山女，而通之於臺桑？」〔註4〕聞一多曾經指出，涂山氏、簡狄及高唐神女都是高禖神，也即是聖婚儀式的女主角〔註5〕，因此，涂山氏所在的「臺桑」、簡狄所棲的「九成之臺」及高唐神女所居的「陽臺」，都是原始而神秘的高禖求子聖地。

請再看「高唐之觀」。《釋名》曰：「觀，觀也，於上觀望也。」《說文》十二上云：「臺，觀四方而高者也。」段《注》：「觀不必四方，其四方獨出而高者則謂之臺。」由此看來，臺與觀的分別在於：臺是四方而高者，觀則不必是四方；但在〈高唐賦〉中既稱「高唐之觀」，又稱「陽臺」，則二者在賦中似乎沒有分別。先民最早積土堆高爲臺，作爲祀神的聖所〔註6〕；後來裝飾漸多，分別漸細，才區分出臺、觀、榭、室、宮、廟等。請看下列資料：

1. 《尚書・泰誓上》：「惟宮室、臺榭、陂池侈服。」僞孔《傳》：「土高曰臺，有木曰榭，澤障曰陂，停水曰池。」
2. 《左傳・哀公元年》：「宮室不觀。」杜《注》：「觀，臺榭。」
3. 《左傳・哀公元年》：「今聞夫差次有臺榭、陂池焉。」杜《注》：「積土爲高曰臺，有木曰榭。」

〔註4〕 臺桑應即是桑野（林）之臺，又殷族始妣簡狄及周族始妣姜嫄都有在桑野（林）感孕的神話，如《拾遺記》卷二「殷湯」條載：「商之始也，有神女簡狄，遊於桑野，見黑鳥遺卵於地，……狄乃懷卵一年而有娠，經十四月而生契。」（〔明〕程榮纂輯《漢魏叢書》，頁712）又《春秋元命苞》載：「姜嫄遊閟宮，其地扶桑，履大人跡，生稷。」這些都可以放在桑林的母題下進行研究，筆者的碩士論文：《說「相」——桑樹崇拜文化研究》即是這種研究的一個初步嘗試。

〔註5〕 見聞一多：〈高唐神女傳說之分析〉，《聞一多全集・神話編》，頁18～19。

〔註6〕 甲、金文中並沒有出現臺字，據各家學者考證，卜辭中的高字即臺，《說文》五下云：「高，崇也，象臺觀高之形。」高字既象高臺之形，又含崇高的形容意義，所以後來再造一個臺字來表示高臺。參見田倩君：〈說高臺〉，《中國文字》第6卷，民國56年，頁2883～2906。

4. 《淮南子‧本經》：「紂爲琁室、瑤臺。」高《注》：「積土高丈曰臺。」

可見臺最初只是一種積土堆高的人工建築物，搭造這種建築物的目的是作爲神靈降臨棲止的地方，戰國、秦漢時期的時其實就是原始高臺在後代的變化，如以下資料所說：

1. 《釋名》曰：「臺，持也，築土堅高能自勝持也。」
2. 《淮南子‧俶眞》：「臺簡以游太清。」高《注》：「臺猶持也。」
3. 《說文》十二上「臺」字下段《注》：「古臺讀同持。」

臺字可以訓持，持字從手寺聲，而時字則從田寺聲，《說文》十三下載：「時，天地五帝所基止祭地也，從田寺聲。右扶風雝有五時。」《史記‧封禪書》載：「或曰：自古以雝州積高神明之隩，故立時，郊上帝，諸神祠皆聚云。」可見，時主要是祭祀天帝、神明的聖所，多建築在高而隱密之地，因爲此處距離天神最近，也最方便神靈下降或巫師通天，如雝州一地就一連建了五時。

雝州不但有時，還有通天臺。據《史記‧封禪書》記載，因爲仙人喜好樓居，於是漢武帝令人在長安建造蜚廉桂觀，在甘泉築作益延壽觀，又「使（公孫）卿持節設具而候神人，乃作通天莖臺」，《集解》引徐廣說通天莖臺在甘泉，《正義》則引《括地志》說通天臺（按，《漢書》也作通天臺，少莖字）在雝州雲陽西北八十里。漢武帝所建造的臺、觀，是爲了迎接仙人下降，它們的形制更趨高聳 [註7]，顯然已經不只是早期積土爲高的臺觀了。

時的形制自臺衍化而來，它主要是祭祀天帝、諸神的場所；而最初在臺所崇祀的也是百神，如《山海經‧中次七經》載：

> 苦山之首，曰休與之山。其上有石焉，名曰帝臺之棋，五色而文，其狀如鶉卵，帝臺之石，所以禱百神者也。……東三百里，曰鼓鍾之山，帝臺之所以觴百神也。

可見帝臺的作用在於禱百神、觴百神。另外，《山海經‧海外北經》也有眾帝之臺、共工之臺的記載，如：

> 共工之臣曰相柳氏，九首，以食於九山。相柳之所抵，厥爲澤谿。

〔註7〕 《漢舊儀》說通天臺高三十丈，《元和郡縣志》則說它高三十五丈，《三輔黃圖》卷五則載：通天臺「去地百餘丈，望雲雨悉在其下，望見長安城。武帝時，祭太乙，……令人升通天臺以候天神。」（《叢書》2冊，頁780）另外，《漢武故事》說延壽觀高三十丈。

—176—

　　　　禹殺相柳，其血腥，不可以樹五穀種。禹厭之，三仞三沮，乃以爲

　　　　眾帝之臺。在昆侖之北，柔利之東。相柳者，九首人面，蛇身而青。

　　　　不敢北射，畏共工之臺。臺在其東。臺四方，隅有一蛇，虎色，首

　　　　衝南方。〔註8〕

袁珂認爲禹殺相柳所築的眾帝之臺，具有厭勝妖邪的功用〔註9〕，這與楚王狩

獵前後登上陽雲之臺舉行綏靖、祓禊的儀式正可聯繫起來（參見本論文第四

章第一節）。又從上引資料可以看出，眾帝之臺多位於昆侖附近，而神女精魂

所在的「琁室」、「瑤臺」等也與昆侖神話有密切的關聯。

二、世界大山——昆侖

　　昆侖是中國神話中最重要的一座聖山，清代以前對於昆侖問題的討論可

說是聚訟紛如，莫衷一是，其中最主要的癥結就在於對昆侖原初地望的認知

上，現代學者鄭坤德指出：

　　　　崑崙山有二，近來學者多承認的。歷來不知有這個現象，所以鬧得

　　　　天翻地覆，崑崙位置之多，遂不下十餘說。萬斯同在〈崑崙辨〉舉

　　　　出十餘家（見《群書疑辨》卷十），但是他的結論以《山海經》及《史

　　　　記》二說爲是。張星烺先生在他的《中西交通史料匯篇》說崑崙也

　　　　主張兩說。他說：崑崙何在？我國學者自昔既有二說。《山海經・卷

　　　　二、西山經》昆侖，畢沅注云在今甘肅肅州南十八里，又金城臨羌

　　　　縣有崑崙祠，敦煌廣至縣有昆侖障，此其一也。司馬遷《史記・大

　　　　宛傳》云：「漢使窮河源。河源出寘，其山多玉石。采來，天子案古

　　　　圖書名河所出山曰崑崙云。」……崑崙不在肅州而遠在於闐，此第

　　　　二說也。〔註10〕

〔註 8〕　〈大荒北經〉也有類似的記載：「共工之臣名曰相繇，九首蛇身，自環，食於
　　　　九土。其所鳥所尼，即爲源澤，不辛乃苦，百獸莫能處。禹湮洪水，殺相繇，
　　　　其血腥臭，不可生穀，其地多水，不可居也。禹湮之，三仞三沮，乃以爲池，
　　　　群帝因是以爲臺，在昆侖東北。」又有軒轅之臺，與共工之臺的作用類似，
　　　　如〈大荒西經〉云：「有西（按，原作西有，從郝懿行校改）王母之山，……
　　　　有軒轅之臺，射者不敢西嚮射，畏軒轅之臺。」除了共工之臺、軒轅之臺外，
　　　　如〈海內北經〉載：「帝堯臺、帝嚳臺、帝丹朱臺、帝舜臺，各二臺，臺四方，
　　　　在昆侖東北。」這也就是所謂的眾帝之臺。

〔註 9〕　參見袁珂：《山海經校注》，頁 365。

〔註10〕　見鄭坤德：〈層化的河水流域地名及其解釋〉，氏著：《中國歷史地理論文集》，
　　　　頁 192～193。

即使將昆侖地望坐實在肅州或闐，似乎仍不能說明《山海經》及《淮南子》二書對昆侖外貌曲盡詳實的描繪究竟從何而來的問題。《山海經》中的〈西次三經〉、〈海外南經〉、〈海外北經〉、〈海內西經〉、〈海內北經〉、〈海內東經〉、〈大荒西經〉、〈大荒北經〉等都有關於昆侖的記載，無怪乎蘇雪林會認爲《山海經》「實爲昆侖問題的總匯」了〔註11〕。這當中以〈海內西經〉的昆侖之虛敘說得最爲詳實：

1. 海內昆侖之虛，在西北，帝之下都。昆侖之虛，方八百里，高萬仞。上有木禾，長五尋，大五圍。面有九井，以玉爲檻。面有九門，門有開明獸守之，百神之所在。在八隅之巖，赤水之際，非仁羿莫能上岡之巖。

2. 赤水出東南隅，以行其東北。河水出東北隅，以行其北，西南又入渤海，又出海外，即西而北，入禹所導積石山。洋水、黑水出西北隅，以東，東行，又東北，南入海，羽民南。弱水、青水出西南隅，以東，又北，又西南，過畢方鳥東。

3. 昆侖南淵深三百仞，開明獸身大類虎而九首，皆人面，東嚮，立昆侖上。開明西有鳳凰、鸞鳥，皆戴蛇、踐蛇，膺有赤蛇。開明北有視肉、珠樹、文玉樹、玗琪樹、不死樹。鳳凰、鸞鳥皆戴盾。又有離朱、木禾、柏樹、甘水、聖木曼兌，一曰挺木牙交。

4. 開明東有巫彭、巫抵、巫陽、巫履、巫凡、巫相，夾窫窳之尸，皆操不死之藥以距之。窫窳者，蛇身人面，貳負臣所殺也。服常樹，其上有三頭人，伺琅玗樹。開明南有樹鳥，六首；蛟、蝮、蛇、蜼、豹、鳥秩樹，於表池樹木，誦鳥、鶽、視肉。

另外，還可以參看《淮南子・地形》的描寫：

1. 禹乃以息土塡洪水，以爲名山，掘昆侖虛以下地，中有增城九重，其高萬一千里百一十四步二尺六寸。上有木禾，其修五尋。珠樹、玉樹、璇樹、不死樹在其西，沙棠、琅玕在其東，絳樹在其南，碧樹、瑤樹在其北。旁有四百四十門，門間四里，里間九純，純丈五尺。旁有九井，玉橫維其西北之隅。北門開以納不周之風。傾宮、旋室、懸圃、涼風、樊桐在昆侖閶闔之中，是其疏圃。疏圃之池，浸之黃水，黃水三周復其原，是謂丹水，飲之不死。

〔註11〕 參見蘇雪林：〈昆侖之謎〉，氏著：《屈賦論叢》，頁582～583。

2. 河水出昆侖東北陬，貫渤海，入禹所導積石山。赤水出其東南陬，西南注南海。丹澤之東，赤水之東，弱水出自窮石，至於合黎，餘波入於流沙，絕流沙，南至南海。洋水出其西北陬，入於南海羽民之南。凡四水者，帝之神泉，以和百藥，以潤萬物。

3. 昆侖之邱，或上倍之，是謂涼風之山，登之而不死；或上倍之，是謂懸圃，登之乃靈，能使風雨；或上倍之，乃維上天，登之乃神，是謂太帝之居。

以上對於昆侖如此宏偉、壯麗、美觀及繁複的描繪，應該不會是憑空想像出來的，而當有一個初始傳說的藍本，如蘇雪林就認為昆侖的原型來自西亞廟宇及七星壇建築，他說：

> 關於昆侖仙山之想像，不知始於何時，今日文獻之約略可徵者，惟有文化最早之兩河流域，故吾人亦惟有姑定兩河流域為崑崙之發源地。考西亞遠古傳說，即謂有一仙山曰 Khursag Kurkura，其義猶云「大地唯一之山」，或曰「世界之山」，為諸神聚居之處，亦即諸神之誕生地。關於此山詳細之描繪，今日西亞出土之磚文，尚無可徵，良堪惋惜——吾人願望之滿足，或將待之他日地底文化資料之發現而已。但西亞若干廟宇與七星壇之建築，皆為此山之縮型。而中國之崑崙、希臘之奧林匹司，印度之蘇迷盧、天方之天園，亦為此山之翻版。〔註12〕

徐高阮也持相同的看法，他認為昆侖丘即是古代兩河流域常見的多層廟塔，徐氏說：

> 中國古籍所載之昆侖丘（墟）應為古代兩河流域各城通有之一種多層廟塔（Ziggurat， staged temple-tower）。惟此等古籍所著力稱說形容者，乃巴比侖城之大塔 Marduk，係奉獻於巴比侖大神，即巴比侖開闢神話中之主角者。雖現僅有公元前七世紀史料提及此塔，但塔之歷史實甚古遠。此塔亦即兩河流域古宗教建築中最偉大、最著名之一處。〔註13〕

徐高阮又將《淮南·地形》裡的描寫和巴比侖的廟塔作比較說：

〔註12〕 參見蘇雪林：〈昆侖之謎〉，氏著：《屈賦論叢》，頁 615。
〔註13〕 參見徐高阮：〈昆侖丘和洪水神話〉（草綱），《中華雜誌》第 7 卷第 11 期，民國 58 年 11 月，頁 47～48。

〈地形訓〉中關於崑崙墟之一長段文字爲極重要材料，依我解釋，所寫乃一九層高臺，在一結構複雜之廣宏院宇之中，依傍壯麗奇偉之城垣。此一高臺，以及院宇之諦造由來，之種種景觀，之存在意義，均與巴比侖大塔之事適相吻合。巴比侖大塔名爲「天地之基」（Etemenanki）；其所屬之結構複雜之宏廣神廟名爲「崇首之園」（Esagila, the house of the lofty heat）。此塔及廟在公元前六、七世紀達極盛時代，公元前五世紀中被毀後不能恢復，但後人猶多稱述其跡。近百年中此塔及廟成爲近東考古一大題目。〔註14〕

又有凌純聲贊成蘇、徐二氏的看法，他並補充徐氏的意見說：

「木禾、珠樹、玉樹」等等有神秘意味之樹木，似相當於兩河流域之神樹（名 Kishkanu），此神樹有種種變形，而實即棕櫚之化身。「旁有四百四十門」，巴比侖城城垣廣大壯麗，空前絕後，後世史家形容，更有誇張。如希羅多德所述城周長度，有四倍之多，又有百門之說。「北門開以納不周之風」，〈天問〉亦有「西北辟啓，何氣通焉」，巴比侖大塔及神廟非正對東西南北，而係微向西北，近代學者或謂此乃福佑之方。「傾宮、旋室、懸圃、涼風、樊桐在崑崙閶闔之中，是其疏圃」，此崑崙閶闔全區亦有「疏圃」之名，「疏圃」一名或有與 Esagila 對音之關係。「疏圃之池，浸之黃水」，崇首之園據傳二池，又崇首之園緊依幼發拉底斯河，黃水或指此河。「黃水三周復其原，是謂丹水，飲之不死」，巴比侖城跨幼發拉底斯河上，左右兩岸各有一壕環城，外復有渠一道環之，如謂廟塔周圍河水三匝，且復其原，似無不恰。又幼發拉底斯河有生命水之譽。「崑崙之邱，或上倍之，……登之乃神，是謂太帝之居」，此節語意奇妙，超出寫實範圍。巴比侖大塔原有級可登，最高處則爲迎接最高神之殿堂，希羅多德曾描寫升塔之況味，有依稀彷彿之處。〔註15〕

〔註14〕 接著徐氏將〈地形〉所描述的崑崙景觀，和楔文文獻、舊約傳說、希羅多德的記載及近代考古所得的資料，作了詳細的比對，以證成崑崙即來自巴比侖大塔，參見徐高阮：〈崑崙丘和洪水神話〉（草綱），《中華雜誌》第 7 卷第 11 期，民國 58 年 11 月，頁 47～48。

〔註15〕 見凌純聲：〈中國的封禪與兩河流域的崑崙文化〉，《中央研究院民族研究所集刊》19 期，頁 29～30，凌純聲又曾用對音的方式指出，與崑崙有密切關係的西王母原是兩河流域蘇末人（Sumerians）所崇拜的月神，見凌純聲：〈崑崙丘與西王母〉，《中央研究院民族研究所集刊》22 期，民國 55 年，頁 246～250。

以上三家的說法都認爲，昆侖源於巴比侖的通天塔及空中花園等建築物。的確，巴比侖大塔及空中花園等古建築，曾是世界早期最偉大、最撼動人心的建築物之一；因而隨著民族的遷徙和旅人行客的口耳傳播，圍繞著這些建築群，產生出許多繪聲繪影的描述，是頗有可能的。不過，如果要肯定這種說法，還須要對早期聯結西亞與東亞的文化傳播途境，作更深入、細緻的探討，才能達到更完滿的結論〔註16〕。

傳統的說法一向認爲昆侖是位於中國西方的大山，不過隨著古代西亞各民族不斷向東遷徙、傳播及交流，自然在各地創造出許多富有民族特色的昆侖山，昆侖因此成爲一個涵義豐富的大載體，這也就是昆侖在《山海經》中出現得如此繁複、混亂的原因；以致後代學者在追溯昆侖問題時，甚至出現以東海方丈仙山爲昆侖的看法，如《山海經・海外南經》載：

> 昆侖虛在其東，虛四方。一曰在岐舌東，爲虛四方。

畢沅《注》云：

> 此東海方丈山也。《爾雅・釋丘》云：「三成爲昆侖丘。」是昆侖者，
> 高山皆得名之。此在東南方，當即方丈山也。《水經注・河水》云：
> 「東海方丈亦有昆侖之稱。」

從昆侖與東海三仙山的方丈山合流之例，就透顯出昆侖在中國流衍、傳播的複雜情形，這也無怪乎畢沅要說「昆侖者，高山皆得名之」了。

畢沅的話確有啓發性，吾人可以將昆侖地望的問題暫時擱置一旁，轉從神話民俗學的角度來探討昆侖的意義。在神話當中，凡是神聖之山都可稱作昆侖；因爲遠古民族常以自我爲中心，而將他們居住境內的高山看成是神聖的「世界大山」，並賦予神話傳說中昆侖聖山的稱號。這個「世界大山」在神話中是位於世界的中心，也是天地的支柱及聖俗的分界，請看緯書《河圖括地象》對昆侖的記載：

1. 地中央日昆崙。
2. 崑崙者，地之中也，地下有八柱，柱廣十萬里，有三千六百軸，
   互相牽制，名山大川，孔穴相通。
3. 有崑崙山，廣萬里，高萬一千里，神物之所生，聖人、仙人之所
   集也。出五色雲氣，五色流水，其泉東南流入中國，名日河也，

〔註16〕另外，贊成昆侖源於巴比侖大塔，並不等於就認同中國文化西來說學派的論點。

> 其山中應於天，最居中，八十城布繞之，中國東南隅，居其一分，
> 是奸城也。

4. 崑崙山橫爲地軸。

5. 崑崙山爲天柱，氣上通天。〔註17〕

除了《河圖括地象》的記載外，請再看以下幾處的說法：

1. 《山海經·海內西經》：「昆侖之虛方八百里，高萬仞。」郭《注》：
   「蓋天地之中也。」

2. 《酉陽雜俎·前集·卷二、玉格》：「昆侖爲天地之齊（按，齊即
   臍）。」

3. 《楚辭·離騷》「昆侖」句，洪興祖《補注》：「又一說云：大五岳
   者，中岳昆侖，在九海中，爲天地心，神仙所居，五帝所理。」

以上所引昆侖居於大地中央和作爲天地支柱的觀念，在神話學上具有很重要的義意。〔美〕艾里亞德（ Mircea Eliade）就曾指出，世界的中心以山岳（宇宙山）、植物（世界樹）或柱子（或梯子）爲標識，它們垂直矗立，縱貫天上、地上和地下三個世界。只有在這個中心，三個世界才能互相交通；居住在地上的人們，也只有攀登處於世界中心的山或樹，才能獲取天上的不朽性質。萬物誕生在這個中心，世界上的生命力、諧調、秩序等等，通通以此爲源泉；人的各種所作所爲，多是模仿這個宇宙規範進行的，世界中心以「臍」來表示，更是全世界共通的神話觀念〔註18〕。在《山海經》中，除了昆侖山矗立在宇宙中心、作爲巫師貫通天地的天地支柱外，還有登葆山和靈山等，也有同樣的巫術性質〔註19〕。

三、薩滿信仰中的「宇宙樹」

另外，《山海經》及《淮南子》所載的建木則具有宇宙樹的功用，如：

1. 《山海經·海內南經》：「有木，其狀如牛，引之有皮，若纓、黃
   蛇，其葉如羅，其實如欒，其木若蓲，其名曰建木，在窫窳西弱

〔註17〕 見〔日〕中村璋八、安居香山編：《重修緯書集成·卷六·河圖、洛書》，頁
31、33、37。

〔註18〕 參見〔美〕艾里亞德：《薩滿教》（《Shamanism》），頁259～269。

〔註19〕 如《山海經·海外西經》：「巫咸國在女丑北，右手操青蛇，左手操赤蛇。在
登葆山，群巫所從上下也。」《山海經·大荒西經》：「大荒之中，有山名曰豐
沮玉門，日月所入。有靈山，巫咸、巫即、巫盼、巫彭、巫姑、巫眞、巫禮、
巫抵、巫謝、巫羅十巫，從此升降，百藥爰在。」

水上。」郭《注》：「建木，青葉、紫莖、玄華、黃實，其下聲無
響、立無景也。」

2. 《山海經‧海內經》：「南海之外，黑水、青水之間，……有九丘，
以水絡之。……有木，青葉、紫莖、玄華、黃實，名曰建木，百
仞無枝，有九欘，下有九枸，其實如麻，其葉如芒。大皞爰過，
黃帝所爲。」

3. 《淮南子‧地形》：「建木在都廣，眾帝所自上下。日中無景，呼
而無響，蓋天地之中也。」高《注》：「眾帝之從都廣山上天還下。」

建木所在的弱水正位於昆侖聖區，如《山海經‧大荒西經》載：「昆侖之丘，……
其下有弱水之淵環之。」又建木生長的都廣之野則是一個類似昆侖的樂園世
界，《山海經‧海內經》載：

西南黑水之間，有都廣之野，后稷葬焉（按，郭《注》：「其城方三
百里，蓋天下之中，素女所出也。」）。爰有膏菽、膏稻、膏黍、膏
稷，百穀自生，冬夏播琴，鸞鳥自歌，鳳鳥自舞，靈壽實華，草木
所聚，爰有百獸，相群爰處。此草也，冬夏不死。

這種昆侖——都廣式的樂園，正像艾里亞德所說的，是作爲萬物誕生的中心，
一切生命必須藉著固定重返這個源頭以獲得重生。

天梯建木的原型可以追溯到薩滿文化中的「宇宙樹」，據謝劍指出，薩滿
信仰中的「宇宙樹」是象徵薩滿宇宙觀中的九天觀念，北亞民族有以宇宙樹
的九枝代表九天，或在樹幹上刻劃九級代表九天的實例。又《史記‧匈奴列
傳》記匈奴繞樹林而祭祀，及後世高車、鮮卑、契丹、蒙古等民族祭祀時繞
行樹木的行爲，都是以樹木爲宇宙的象徵 [註 20]。而前文引《山海經‧海內
經》說建木生長的地方有九丘，這正是九天的象徵；又建木上有曲屈的九枝
（九欘），或許也來自薩滿「宇宙樹」以九枝代表九天的觀念；此外，建木是
大皞登天的天梯，這像是薩滿升天的「羨門梯」，據杜而未介紹說，「羨門梯」
在神話中是指羨門借以上天的通道，這種刀梯實即所謂的「羨門樹」（the
Shaman tree）、宇宙樹，或即爲「世界軸」（the World axle）。在西伯利亞每一
羨門都有「智慧樹」（the Tree wisdom），這是他們能力的來源 [註 21]。

〔註 20〕參見謝劍：〈匈奴宗教信仰及其流變〉，《中研院史語所集刊》42 本 4 分，1971
　　　　年，頁 587。

〔註 21〕參見杜而未：《易經原義的發明》，頁 245～246。

　　樹崇拜習俗在信仰薩滿教的阿爾泰語系諸民族中十分盛行，這些民族的先民曾在北方山林裡渡過了漫長采集與狩獵的原始生活；由於常年出入森林之中，看到參天大樹拔地而起，高聳入雲，逐漸產生出一種遐想：他們認為高聳的大樹離蒼天最近，是天神往返於天上與人世的「天梯」，是神靈的棲身之地，對於樹木神力的崇拜由此而生。他們相信在林木旁祭天，天神最易感知，因此古代北方民族盛行繞林祭天的習俗。保留至今的立竿祭天習俗，實為古代繞林祭天習俗的延續與變異，依然是樹崇拜觀念的一種表現〔註22〕。

　　關於古代北方民族盛行繞林祭天的習俗，史書中多有記載，請看下列資料：

1. 《漢書‧匈奴列傳上》：「五月，大會龍城，祭其先、天地、鬼神。秋，馬肥，大會蹛林，課校人畜計。」服虔《注》：「蹛音帶，匈奴秋社八月中皆會祭處也。」顏師古《注》：「蹛者，繞林木而祭也。鮮卑之俗，自古相傳，秋天之祭，無林木者尚豎柳枝，眾騎馳遶，三週乃止，此其遺法。」

2. 《魏書‧高車傳》：「高車，蓋古赤狄之餘種也，其語言略與匈奴同而時有小異。……至來歲秋，馬肥，復相率候於震所，埋殺羊，燃火拔刀，女巫祝說如中國祓除，而群隊馳馬旋繞百匝乃止。人持一束柳楖，回豎之，以乳酪灌焉。」

3. 《遼史‧太祖紀》：「天贊三年九月，……庚子，拜日於蹛林。」

至於現代興安省境內蒙古民族舉行的「鄂博祭」，大概也是古代匈奴大會蹛林的遺風。據謝劍指出，所謂「鄂博」，是在山頭、河邊、境界等地，堆上石塊，石塊上插著樹枝，再在樹枝上掛各色小旗，少則一堆，多則以十三堆為一組。在海拉爾舉行「鄂博祭」時，必馳馬繞行「鄂博」四週，並以競馬為祭儀餘興。這與古代匈奴馳馬繞林而祭，及祭祀後走馬為樂的情形相符合。此外，北方民族中，如西伯利亞的 Yakut 族，舉行馬乳酒祭時必於祭場堆石，上豎白樺嫩枝三株；Samoyed 族及 Kirgis 等族，則以森林中最高的樹，或曠野中孤獨的林木，為神靈棲息之所，並供以犧牲；葉尼塞河上游的 Abakan Tatar 族，祭祀時必立樺木，眾圍坐，薩滿立樺木前唱禱歌，這些儀式是北亞各遊牧民族

〔註22〕參見郎櫻：〈突厥史詩英雄特異誕生母題中的薩滿文化因素〉，仁欽道爾吉、郎櫻編：《阿爾泰語系民族敘事文學與薩滿文化》，頁 152～153。

的共同特色〔註23〕。在這種繞林木而祭的風俗中，林木是作爲世界中心的「宇宙樹」，而薩滿信仰中的「宇宙樹」，正象徵生生不息、永無窮盡的宇宙生命之源，它具有乳酪、泉水、果實、乃至於女性等內蘊，所以用乳酪灌樹，無非是祈求生命茁壯、牲畜繁庶的意思〔註24〕。綜上所述，「宇宙樹」的最重要意義，就在於它是劃分神聖與世俗的宇宙（世界）中心聖地。

四、貫通天地的法器——玉

　　〈高唐賦〉的祭禱場面有「有方之士，羨門高谿」的句子，前文已經指出，羨門即是薩滿巫師（參見本論文第四章第一節），因此，以高唐之觀爲巫師通天中心聖所的觀念，是十分有可能的。高唐之觀正位於參天大樹之間，當具有薩滿神話信仰裡的宇宙（世界）中心意義，〈高唐賦〉載：

> 中阪遙望，玄木冬榮。煌煌熒熒，奪人目精。爛兮若列星，曾不可殫形。榛林鬱盛，葩華覆蓋。雙椅垂房，糾枝還會。徙靡澹淡，隨波闇藹。東西施翼，猗狔豐沛。綠葉紫裏，丹莖白蒂。纖條悲鳴，聲似竽籟。

這裡描繪出一個茂密的原始森林景象，高聳林立的大樹，令人既敬畏又崇拜，這是一個絕佳的神秘聖地，也容易讓初民產生以樹通天的觀念，而高唐之觀正佇立在這片茂林的上方。

　　若對高唐之觀作爲通天聖所仍有懷疑的話，請再看高唐觀的另一個稱呼——「琁室」，〈高唐賦〉的祭禱場面有「禱琁室」一語；而《淮南子·地形》載昆侖閬闍之中有「傾宮」、「旋室」〔註25〕，昆侖既是宇宙的中心，旋室在其中，自然也具有中心的意義了。

　　前文曾說，琁室是用玉石砌飾的臺室，而玉石正是古代薩滿巫師通天時的一項重要法器。如《說文·玉部》共收錄了 126 個字，詳細記述了各種玉石的種類、性質、功能和用途等，這種現象反映出古人很早就對玉石有了精密的觀察和分析。又《山海經·五藏山經》在各篇最後一段文字中，都概括出該山區的山數、神的形貌及祭祀山神所用的供品；在《五藏山經》的二十

〔註23〕　謝劍：〈匈奴宗教信仰及其流變〉，《中研院史語所集刊》42 本 4 分，1971 年，頁 585～586。

〔註24〕　見謝劍：〈匈奴宗教信仰及其流變〉，《中研院史語所集刊》42 本 4 分，1971 年，頁 586。

〔註25〕　「傾宮」、「旋室」與「瑤臺」應該都是異名同實的建築，請參看下一節。

六個山區中，用玉、吉玉、瑞玉、藻玉、珪、藻珪、璧、瑜等玉石類爲祭品的共有二十一個山區，只有四個山區沒有用玉石類，一個山區因漏記而不明。祭山神多用玉石，成爲《山海經》中一個重要的特色〔註26〕。從以上兩點可以推測，玉在遠古時代實具有很重要的宗教意義和功能，它或是山的象徵，或是薩滿巫師通天時所用的法器。張光直就曾指出，像琮這種玉器，具有內圓外方、從中貫通的特色，而它最顯著、重要的功能就是把方和圓相貫串起來，也就是把天地相貫通起來；琮是天地貫通的象徵，也是貫通天地的重要法器〔註27〕。

此外，高唐神女所居的巫山也可以稱作玉山〔註28〕，周策縱在比對甲骨文與《詛楚文》的巫字後認爲，巫字的本義是巫祝舞玉的象徵〔註29〕；臧克和則認爲巫字取象於兩玉垂直交錯之形〔註30〕。總之，玉是巫者最重要的法器，故以玉字爲基礎而造出了巫字，因而，巫山可以稱作玉山，並是巫師通天的宇宙山。請再看下列資料：

1. 《山海經·大荒西經》載：「大荒之中，有山名曰豐沮玉門，日月所入。有靈山，巫咸、巫即、巫盼、巫彭、巫姑、巫眞、巫禮、巫抵、巫謝、巫羅十巫，從此升降，百藥爰在。」

2. 《山海經·大荒南經》載：「有巫山者，西有黃鳥。帝藥，八齋。」郭《注》：「天帝神仙藥在此也。」

出產神仙不死之藥的靈山也就是巫山，《說文》一上云：「靈，巫也，以玉事神。」又說：「靈，靈或從巫。」是靈山即巫山。而靈山又名雲雨之山，位於昆侖聖區中，如《山海經·大荒南經》載：

大荒之中，有山名**歹朁**塗之山（按，郝懿行《疏》：「《玉篇》云：『死或作朽。』是**歹朁**、朽古字同，**歹朁**、醜聲相近，**歹朁**塗即醜塗也。已見《西次三經》昆侖之丘。」），青水（郭《注》：「青水出昆侖。」）窮焉。有雲雨之山，有木名曰欒。禹攻雲雨，有赤石焉生欒，黃本、赤枝、青葉，群帝焉取藥。

〔註26〕 參見臧克和：《說文解字的文化說解》，頁325、327。
〔註27〕 參見張光直：《中國青銅時代》第二集，頁70。
〔註28〕 又與「昆侖」關係極密切的西王母也有居於玉山的神話，如《山海經·西山經》載：「又西三百五十里，曰玉山，是西王母所居也。」郭璞《注》：「此山多玉石，因以名云。《穆天子傳》謂之群玉之山。」
〔註29〕 參見周策縱：《古巫醫與「六詩」考》，頁75～80。
〔註30〕 見臧克和：《說文解字的文化說解》，頁326。

袁珂認爲雲雨之山就是靈山（巫山）〔註31〕，而巫山神女也有化身爲雲雨的神話，因此可以將雲雨之山的得名和巫山神女化身爲雲雨的神話聯繫起來。又《山海經・海內南經》載建木「其實如欒」，而《淮南子・地形》則說建木是「眾帝所自上下」的天梯；巧的是雲雨之山上「有木名欒」，它也是「群帝焉取藥」的聖木。建木、欒木都位於昆侖聖區，可說是同樣的宇宙樹了。綜上所說，不論是靈山、巫山、雲雨之山，或是建木、欒木，或是瑤臺、琁室，其實質都是以民俗神話當中，那個神聖又神秘的宇宙（世界）中心（昆侖）爲原型的。

五、位於世界中心的神秘聖地

確立這個宇宙（世界）中心，對原始初民的生活規範來說，具有十分重要的意義。艾里亞德就認爲，關於某一神聖空間的啓示，對宗教信徒而言，具有極爲重要的存在主義價值，如果沒有事先的定向，什麼事情都不能做。因此，中心點的發現與投射，就等於創造了世界。神聖空間的儀式性定向與構造具有某種宇宙起源論的價值，而都城、宮殿或屋室是人類模仿諸神範例性的創造物，也就是模仿宇宙的起源而爲自己建造的宇宙。每一次新的創造都再現了那個原初的開端，即宇宙看到白晝之光的開端〔註32〕。對於艾里亞德的這個意見，可以舉出《周禮・地官・大司徒》的一段話作爲說明：

> 以土圭之法測土深，正日景以求地中。日南則景短多暑，日北則景長多寒，日東則景夕多風，日西則景朝多陰。日至之景，尺有五寸，謂之地中，天地之所合也，四時之所交也，風雨之所會也，陰陽之所和也。然則百物阜安，乃建王國焉。

這種立竿測日影的原始方法，正是在一個沒有任何參照點的無限蒼穹中，尋求一個固定點，一個絕對的中心；有了這個中心點，一切生活就有了依循和規範，也就是「百物阜安」的意思。正因爲地上的神廟和城市都仿造著天上最初的原型，因此在這個中心點建造王國，即是對創世時發生的重大事件的重演或模仿。如同艾里亞德所指出的，希伯來人每到一個新的地方，首先就要確立聖所，這實際上象徵著重演或回歸創世時的神聖行爲。同樣地，埃及人、巴比倫人也把人類尚未開墾的地區認同爲混沌，也就是創世前未分化的

〔註31〕　參見袁珂：《山海經校注》，頁 422、433、454。
〔註32〕　參見艾里亞德：〈世界・城市・房屋〉，宋立道、魯奇譯：《神秘主義、巫術與文化風尚》，頁 27～34。

混一狀態。對荒地的開墾總是伴隨在一種象徵創世的儀式表演之後，新城市的建造也是如此。巴比侖城的地圖把該城描繪在由一條河流為界的一個環形區域的中心點上，它的位置精確地對應著蘇末人幻想中的天堂。這種使城市文化仿效原型模式的做法給城市本身帶來了現實性和有效性。甚至到一個新的、未開闢的地方定居，也相當於一種創世活動。當斯堪的那維亞的殖民者佔據冰島時，他們把自己的開闢行為看成是非世俗的神聖行為，也就是創世活動的重複。使荒野得到開墾等於把混沌轉化為宇宙秩序，因此現實的開闢者也就認同為創世之神了〔註33〕。

中國古籍中也十分重視建國在世界中心（即王者居天下之中）的意義，請看以下記載：

1. 《荀子・大略》：「君子者，……欲近四旁，莫如中央。故王者必居天地之中，禮也。」

2. 《管子・度地》：「天子中而處。」

3. 《呂氏春秋・慎勢》：「（古之王者）擇天下之中以立國，擇國之中而立宮，擇宮之中而立廟。」

4. 《白虎通義・京師》：「《尚書》：王者必即中土，何？所以均教道、平往來，使善易以聞，惡易以聞。明當懼慎，捐於善惡。」

5. 《孝經援神契》曰：「八方之廣，周洛為中，謂之洛邑。」

《孝經援神契》指出了周代以洛為中的觀念，周王朝營建洛都的過程的確蘊含著這種古老的意義，請看下列資料：

1. 《尚書・召誥》：「王來紹上帝，自服於土中。」偽孔《傳》：「言王今來居洛邑，繼天為治，躬自服行教化於地勢正中。」

2. 〈召誥〉又云：「旦曰：其作大邑，其自時配皇天。」偽孔《傳》：「稱周公言其為大邑於土中，其用是大邑配上天而為治。」

3. 〈康誥〉也說：「周公初基，作新大邑於東國洛，四方民大和會。」偽孔《傳》：「初造基，建作王城大都邑於東國洛汭，居天下土中，四方之民大和悅而集會。」

如上所說，周人建都洛邑，不僅具有政治上便於制殷的用心，更有宗教上確立中心點的意義。一旦找到並標誌出這個中心點，就如同《周禮・地官・大司徒》記載的，天地、四時、風雨、陰陽等，就隨即得到和諧與調適，並充

〔註33〕 參見艾里亞德：《永恆回歸的神話》，頁10。

分實現它們的理想價值，而這也正是宇宙生命力的更新與再造〔註34〕。

不僅周人建洛具有立中的意義，較早的殷人王城大邑商，就已經具有中心的觀念了，據陳夢家指出，武丁卜辭有「四方受土」的例子，四方是和大（天）邑相對的；而乙辛卜辭則有「四土受年」的例子，四土則是和商相對的；這個與四方或四土相對的大（天）邑或商，可以設想爲處於四方或四土之中商族的都邑〔註35〕。

以上所舉的商周兩族已是進入築城建國的城邦社會，其實早在城邦社會之前的氏族聚落，就有聖地——中心的設置。如唐蘭認爲，「中」字在卜辭中作「中」，象氏族社會中的旗幟，古時用以集眾：

> 蓋古者有大事，聚眾於曠地，先建中焉，群眾望見中而趨附。群眾來自四方，則建中之地爲中央矣。列眾爲陳，建之酋長或貴族，恆居中央，而群眾左之右之望見中之所在，即知爲中央矣。然則中本徽幟，而其所立之地，恆爲中央，遂引申爲中央之義，因更引申爲一切之中。〔註36〕

最早樹「中」的地方，應是氏族族人所共同認定的聖地，他們認爲此處距離天神最近，而且這裡也是最適宜觀測天象的地方，中桿就成爲他們測量日影及星辰的工具。

遠古時代的人們，日出而作，日落而息，把太陽的出入當成生活作息的指標，山居的人們，自然以山作爲太陽出入的坐標，如前文舉《山海經‧大荒西經》的豐沮玉門之山，就是日月出入的指標（這種例子在《山海經》中還有數例）；而平原地帶的人們，則以樹或桿來測量日影（如宇宙樹建木所在的地方是「日中無景，呼而無響」）。由於太陽在大山或樹桿上所投下的影子方位不同，就可以從這不同的影子方位來訂定一年的生活行事。所以當部族遷徙到一個新的居地，首先要做的事情就是立中（或山、或樹、或桿），以確立生活行事的標準；而族人每年固定時刻在「中」下聚集（或繞「中」而行），並舉行儀式，也就具有恢復生命力，使部族生命形態重生的重要意義。

這種意義也即是回歸到最初創造、開闢的神聖時刻，而這個神聖的時刻

〔註34〕　參見蕭兵：〈中國神話裡的世界中心：兼論周人「世界中心」之轉移〉，頁12，民國84年4月，由漢學研究中心與施合鄭民俗文化基金會合辦的「中國神話與傳說學術研討會」上發表的論文。

〔註35〕　參見陳夢家：《殷虛卜辭綜述》，頁319。

〔註36〕　參唐蘭：〈釋中、沖〉，氏著：《殷虛文字記》，頁53～54。

往往伴隨著模擬天地父母交合的儀式行為，艾里亞德就指出，婚姻禮儀的神聖模型——即天地父母神聖的結合、生育——也是創世神話常見的母題。如古印度《奧義書》中的丈夫便對新娘明言：「我就是天，你乃是地。」更早的《阿達婆吠陀》第十四首也把丈夫和新娘認同為天與地。羅馬詩人維吉爾的史詩《埃涅阿斯紀》第六卷寫到狄多和涅阿斯在狂風暴雨之中慶祝他們的婚姻，他們的結合對應於天地元素之間的結合：天在擁抱新娘的同時降下生殖之雨。在古希臘，婚禮模擬著天神宇斯與赫拉神聖結合的範本。艾利亞德並強調說，所有這些婚配禮儀的宇宙發生論結構，不僅是模仿由天與地所代表的一夫一妻制的原始模型的問題，更主要的考慮是這種一夫一妻結合的結果，即宇宙創始。這正是為什麼波利尼亞的婦女在要求受孕時，模仿原始母親的典範姿勢，即被大神伊奧放倒在地面上，也恰在這時開始朗誦創世神話〔註37〕。有了上述這些民俗神話的古老例證，再來讀《易經·繫辭上》的這段話，應該會有更深層的體會才是，〈繫辭上〉云：

> 天尊地卑，乾坤定矣。卑高以陳，貴賤位矣。動靜有常，剛柔斷矣。
> 方以類聚，物以群分，吉凶生矣。在天成象，在地成形，變化見矣。
> 是故，剛柔相摩，八卦相盪，鼓之以雷霆，潤之以風雨。日月運行，
> 一寒一暑。乾道成男，坤道成女。乾知大始，坤作成物。乾以易知，
> 坤以簡能。……易簡而天下之理得矣，天下之理得，而成位乎其中
> 矣。

在這段記載當中，凝聚、積澱了初民的原始心理意識，那即是所謂的「君子之道，造端乎夫婦，及其至也，察乎天地」（《中庸》第十二章）的創始行為，也就是原始社會模擬創世之際，天地父母舉行聖婚的儀式行為。

綜上所述，〈高唐賦〉是以聖婚的神話和儀式作為原型，其中具有天地、陰陽父母結合創生的象徵意義；而高唐之觀（及陽臺、瑤臺、旋室、廟等）在這種模擬創世神話的回歸儀式中，既是作為初民舉行聖婚儀式的聖地，也表徵著一個神秘的宇宙（世界）中心。這種宇宙（世界）中心的觀念，可以中國神話裡的昆侖為最重要的表徵；而且這類觀念也是北亞薩滿文化信仰的核心之一，其影響既深且遠，這就是高唐之觀這類神聖且神秘的空間場所，所具有的神話民俗學上的意義。

〔註37〕 參見艾里亞德：《永恆回歸的神話》，頁24。又見艾里亞德：〈世界·城市·房屋〉，宋立道、魯奇譯：《神秘主義、巫術與文化風尚》，頁18～31。

第二節　永恆回歸的儀式與神話

前節曾經指出，高唐之觀（或陽臺、瑤臺、旋室、廟）的原型既是初民舉行聖婚儀式的聖地，也是一個神秘的宇宙（世界）中心；換句話說，這個神聖又神秘的空間場所，是作為模擬創世儀式中的聖所而存在的。〔美〕艾里亞德（ Mircea Eliade）曾經指出，神話思維的時間觀是建立在創世神話的主題之上的，由於宇宙間一切生命和一切運動都開始於創世神話所講述的「神聖開端」，人類社會便只有通過神話禮儀和儀式行為，周期性地回歸到這個「神聖開端」，象徵性地重述或重演創世活動——即時間和空間的肇始、萬物的創生——才能確保世界的延續和更新，並重新獲取生命和運動的動力。這種不斷加以重複、周期性回歸開端的努力便是所謂的「永恆回歸」（the Eternal Return ）〔註38〕。由此看來，神話學上這個神聖且神秘的宇宙（世界）中心，就不只是空間上的中點，而且還是時間上的始點。本節以下將承續前節所述，進一步發掘〈高唐賦〉所具有的永恆回歸神話底蘊。

一、永恆不死的樂園

如同前文所述，神話裡的中心點是一切事物的神聖開端，返回到這個神聖的開端就是回歸到永恆不死的樂園；在這個樂園裡，時間與空間的分際消失、泯滅了，如建木所在的都廣之野，就是這樣一個樂園：

> 都廣之野，后稷葬焉。爰有膏菽、膏稻、膏黍、膏稷，百穀自生，冬夏播琴，鸞鳥自歌，鳳鳥自舞，靈壽實華，草木所聚，爰有百獸，相群爰處。此草也，冬夏不死。（《山海經・海內經》）

又中國神話裡的昆侖更是永恆不死樂園的總匯，如《淮南子・地形》載增城九重的昆侖虛說：

> 上有木禾，其修五尋。珠樹、玉樹、璇樹、不死樹在其西，沙棠、琅玕在其東，絳樹在其南，碧樹、瑤樹在其北。旁有四百四十門，門間四里，里間九純，純丈五尺。旁有九井，玉橫維其西北之隅。北門開以納不周之風。傾宮、旋室、縣圃、涼風、樊桐在昆侖閶闔之中，是其疏圃。疏圃之池，浸之黃水，黃水三周復其原，是謂丹水，飲之不死。……涼風之山，登之而不死。

〔註38〕參見艾里亞德：《永恆回歸的神話》第二章〈時間的再生〉（The Regeneration Of Time）。

都廣有不死草，昆侖則有不死樹、飲之不死的丹水和登之不死的涼風山；「不死」乃是神話樂園中最重要的母題。神話中的不死，實意謂著死後的再生；正是周期性模擬死亡——再生的儀式，在初民心理上積澱成為不死、重生的深層結構。

這種周期性死亡——再生儀式，更與自然時序的運動輪迴聲息呼應著。〔加拿大〕文學批評家弗萊（Northrop Frye）曾說，人類想像的發生，一開始便遵循著某種由自然現象的循環變易所提供的「基型」（prototype），陽光每年都要消失，植物生命每逢冬季即告枯萎，人類的生命每到一定期限也要完結。但是，太陽會重新升起，新的一年又將來到，新的嬰兒也要問世。或許在這個生命世界當中，想像之最初、最基本的努力，所有宗教、藝術的最根本要旨，都在於從人的死亡及時間的消逝中，看到一種原生的衰亡形象；又從人類和自然的新生中，看到一種超越死亡的復活形象或基型〔註39〕。而這種死亡與再生的循環交替，實構成原始永恆回歸神話最重要的內容。

原始初民經過生活長期的觀察，發現在自然界中，草木鳥獸的榮枯興衰，與天上星體的循環變化，具有明顯地一致性和規律性；因此天體的周期變動和生成消逝，就逐漸成為人們生活作息的明確指標，如《尚書·堯典》載：

> 乃命羲、和，欽若昊天，曆象日月、星辰，敬授民時。
>
> 分命羲仲：宅嵎夷，曰暘谷，寅賓出日，平秩東作。日中，星鳥，以殷仲春。厥民析，鳥獸孳尾。
>
> 申命羲叔：宅南交。平秩南訛，敬致。日永，星火。以正仲夏。厥民因，鳥獸希革。
>
> 分命和仲：宅西，曰昧谷，寅餞納日，平秩西成。宵中，星虛，以殷仲秋。厥民夷，鳥獸毛毨。
>
> 申命和叔：宅朔方，曰幽都。平在朔易，日短，星昴。以正仲冬。厥民隩，鳥獸氄毛。
>
> 帝曰：「咨，汝羲暨和：期三百有六旬有六日，以閏月定四時成歲；允釐百工，庶績咸熙。」

由於「日中，星鳥」（「日永，星火」、「宵中，星虛」、「日短，星昴」）等天體的周旋運動與四季更迭、生死互替等自然生命現象緊密呼應著，因而循環的

〔註39〕參見弗萊：《威嚴的均稱》（《Fearful Symmetry》），頁 217。這裡參考葉舒憲：《中國神話哲學》，頁 7〜8 引譯。

天體就被初民用作生活行事的時間坐標。

　　這個循環不已的天體可以用「圓」來表徵，容格曾經指出，神秘的圓環（曼荼羅，mandala）是一個非常重要、意義深遠的象徵符號；它是最古老的象徵之一，可以追溯到舊石器時代，而在後來任何世代、任何地方也都能發現它〔註40〕。李達三則認爲圓圈（圓環、蛋）意謂著完整性、統一性、上帝無限大、久遠的生命、陰（陰性、死亡、黑暗、冰冷與潛意識）與陽（陽性、生命、光明、熱與意識）的結合〔註41〕。在古人的觀念裡，天體的循環運動實是時空中最大的圓，正是這個時空相連、死生相續的大圓，建構成永恆回歸神話最重要的原型。

二、神聖的圓體

　　神話傳說中的昆崙樂園就具有圓環天體的象徵，請看下列資料：

　　　　（一）《河圖括地象》載：

1. 崑崙之山爲地首，上爲握契，滿爲四瀆，橫爲地軸，上爲天鎮，立爲八柱。

2. 崑崙山出鐵券，背圓象天體，方象地，龍虎之文，象星辰。

3. 崑崙者地之中也，地下有八柱，柱廣十萬里，有三千六百軸，互相牽制，名山大川，孔穴相通。

4. 崑崙有銅柱焉，其高入天，所謂天柱也。圍三千里，周圓如削，下有仙人九府治之，與天地同休息。其柱銘曰：「崑崙銅柱，其高入天；員周如削，膚體美焉。」

　　　　（二）《河圖始開圖》載：

「崑崙山北，地轉下三千六百里，有八玄幽都，方二十萬里，地下有四柱，廣十萬里，地有三千六百軸，犬牙相奉。」〔註42〕

　　　　（三）《水經注・卷一、河水一》引東方朔《十洲記》云崑崙山：

「上有三角，面方廣萬里，形如偃盆，上有金臺玉闕。」

〔註40〕　參見〔美〕拉・莫阿卡寧著，江亦麗、羅照輝譯：《容格心理學與西藏佛教》，頁103～104。
〔註41〕　見李達三：《比較文學研究之新方向》，頁237。
〔註42〕　〔日〕中村璋八、安居香山編：《重修緯書集成・卷六・河圖、洛書》，頁33、34、48。

所謂崑崙柱「有三千六百軸」、「圍三千里，周圓如削」〔註43〕，及崑崙山「地轉下三千六百里」等說法，似表示出了一個圓周的圓度。不過，作為溝通天地的世界大山，昆侖實具有可圓可方的特性，因為在早期的想法裡，天是圓的，地是方的，即古代「蓋天說」所說的「天圓地方」，古籍中常提到這種看法，如：

1. 《周髀算經》首節：「方屬地，圓屬天，天圓地方。」
2. 《淮南子‧本經》：「戴方履圓。」高誘《注》：「圓，天也；方，地也。」

從古代祭祀天地的禮制活動中，也可以看到「天圓地方」觀念的指導作用，《周禮‧春官‧大司樂》云：

> 冬日至，於地上之圓丘，奏之若樂，六變則天神皆降，可得而禮矣。……夏日至，於澤中之方丘，奏之若樂，八變則地示皆出，可得而禮矣。

賈《疏》：

> 圓者，象天圓。……言澤中方丘者，因高以事天，故於地上；因下以事地，故於澤中。取方丘者，水鍾曰澤，不可以水中設祭，故亦取自然之方丘，象地方故也。

漢代以降的國家大典規定天子在地上圓丘祭天神，在澤中方丘祭地祇，圓丘祭天，方丘祭地，涇渭分明，不容混淆。但是古老神話傳說中的昆侖丘卻具有可圓可方的特徵，這是因為昆侖作為天地初始、溝通天地的中介，既可象天，又可象地。

一方面如《山海經‧海外南經》載：「昆侖虛在其東，虛四方。一曰在岐舌東，為虛四方。」又昆侖附近有許多神聖的高臺，而臺正是四方高起的建築，所謂方虛、方臺等，都是四方大地的象徵物。另一方面昆侖聖域又有不老、不死的圓丘山，請看下列資料：

1. 《河圖括地象》載：「負丘山上有赤泉，飲之不老。神宮有英泉，飲之眠三百歲，乃覺不知死。」（按，《天中記》負作員。）〔註44〕

〔註43〕 以上兩條資料雖然說的是昆侖山的大柱，但在初民的設想中，昆侖本身即是一個圓形大柱，昆侖有天柱的想法或是從昆侖為天柱衍生出來的。

〔註44〕 見〔日〕中村璋八、安居香山編：《重修緯書集成‧卷六‧河圖、洛書》，頁42。

2. 《山海經·海內經》載：「流沙之東，黑水之間，有山名不死之山。」郭璞《注》：「即員丘也。」〔註45〕

3. 《水經注·卷四十·禹貢山水澤所在》載：「流沙又歷員丘不死之山西。」

4. 《博物志·卷一、物產》：「員丘山上有不死樹，食之乃壽。有赤泉，飲之不老。多大蛇，爲人害，不得居也。」

5. 《抱朴子·地眞》：「昔黃帝……南到圓隴，陰建木，觀百靈之所登，採若乾之華，飲丹巒之水。」

據上引資料，圓丘山在黑水之間，有飲之不老的赤泉，而都廣——昆侖樂園也位於黑水之間（〈海內經〉）；又黑水發源於昆侖西北角，赤水源於昆侖東南角（〈大荒西經〉），這條赤水應該就是圓丘山上飲之不老的赤泉；此外，昆侖是帝的下都（〈西山經〉），郭璞說帝即是黃帝，而《抱朴子·地眞》載黃帝足跡所到的圓隴、建木都是神靈登天的通道〔註46〕。因此，昆侖又有圓丘山以象圓天，當無疑問。

昆侖既有圓丘以象圓天，那麼其上有「傾宮、旋室」（《淮南子·地形》）也並非偶然的了。《淮南子·本經》載：「紂爲琁室、瑤臺。」高誘《注》：「琁，瑤石之似玉，以飾室臺。……琁或作旋，瑤或作搖，言室施機關可旋轉也，臺可搖動，極土木之巧也。」先不論古代土木科技是否眞能建造出可以旋轉、搖動、傾斜不倒的臺室；如果純粹從神話思維的角度來看，所謂旋室、搖臺、傾宮，應該都是圓形天體不停運轉造成的結果。《楚辭·

〔註45〕 《山海經·海外南經》也載：「不死民在其東，其爲人黑色，壽，不死。一曰在穿匈國東。」郭璞《注》：「有員丘山，上有不死樹，食之乃壽；亦有赤泉，飲之不老。」又陶潛《讀山海經》之八：「自古皆有沒，何人得靈長？不死復不老，萬歲如平常。赤泉給我飲，員丘足我糧。方與三辰游，壽考豈渠央？」

〔註46〕 昆侖聖區又有軒轅臺，這座軒轅臺或即是圓隴，只是前者爲方臺，後者爲圓丘。另外，軒轅的名號本具有圓的意義。楊儒賓曾指出，轅與圓、圜、環、還等字上古聲母同屬匣母；轅、圜、環、還等字韻母又同屬元部，只有圓字屬文部；但是五字擬音的音值極為接近。而且作爲交通工具用的「軒轅」一詞，據段玉裁與朱駿聲的說法，是取「穹曲而上」或「穹隆而上」的意思。由音義兩方面來看，軒轅氏的得名當和圓的象徵有關。又軒轅之國的人「人面蛇身，尾交首上」（《山海經·海外西經》），首尾相交即是終始無端的圓形。而且龍蛇往往代表太初渾沌的力量——一種生生不絕、隨時可以回歸自體因而再生的力量，這種神話母題在埃及、西亞、印度都常見到。參見楊儒賓：〈道家的原始樂園思想〉，頁15，民國84年4月，漢學研究中心與施合鄭民俗文化基金會合辦的「中國神話與傳說學術研討會」上發表的論文。

天問》云：「圜則九重，孰營度之？⋯⋯斡維焉繫？天極何加？」王逸《注》：「斡，轉也；維，綱也。言天晝夜轉旋，寧有維剛繫綴？其際極安所加乎？」是天體晝夜轉旋不已，而昆侖作爲繫綴天地的大柱，自然具備運動的圓圓天體之象了。

自古還有昆侖上應北斗的看法，由於北斗居於天體中央，而昆侖則位在大地中央，因此就形成昆侖上通北斗，並隨其運動循環的觀念，如以下幾處所說：

1. 《水經注·卷一、河水一》引東方朔《十洲記》云：「（昆侖）上通璿璣，元氣流布，五常玉衡，理九天而調陰陽，品物群生，希奇特出，皆在於此。」

2. 《尚書洪範記》載：「北斗居天之中，當崑崙之上，運轉所指，隨二十四氣，正十二辰，建十二月，又州國分野年命，莫不政之，故爲七政。」〔註47〕

3. 《晉書·天文志上》載北斗七星：「運乎天中，而臨制四方，以建四時。」

北斗以北極星爲中心，繞行北極星運轉一圈爲一年，人們即以斗柄所指的方位來辨別季節和明確方向〔註48〕，所以北斗很早開始就與初民的生產、勞動生活產生密切關係，如《鶡冠子·環流》說：

斗柄東指，天下皆春；斗柄南指，天下皆夏；斗柄西指，天下皆秋；斗柄北指，天下皆冬。斗柄運於上，事立於下，斗柄指一方，四塞俱成。

後來更將北斗的運行法則擴展到政治的措施上，如《史記·天官書》載：「北斗七星，所謂旋璣玉衡，以齊七政。」《索隱》引《尚書大傳》云：「七政，謂春、秋、冬、夏、天文、地理、人道，所以爲政也，人道正而萬事順成。」

由於北斗圍繞北極星旋轉，千萬年未改變，於是逐漸產生北斗爲天帝坐車的神話，如《史記·天官書》載：「斗爲帝車，運於中央，臨制四鄉，分陰陽、建四時、均五行、移節度、定諸紀，皆繫於斗。」這裡的帝即是中宮大帝，或稱爲太一〔註49〕。北斗是天帝太一出巡的坐車，具有掌控四方、陰陽、四時、

〔註47〕 〔日〕中村璋八、安居香山編：《重修緯書集成·書、中候》，頁71。
〔註48〕 將斗魁首兩顆星天璇和天樞連接一線，延長約五倍的距離，就是北極星，所以這兩顆星又稱爲「指極星」。
〔註49〕 如《史記·天官書》載：「中宮，天極星，其一明者，太一常居。」《索隱》

五行等功用。在山東嘉祥縣武氏祠有一幅漢畫石刻，刻有天帝乘北斗七星車駕出巡的圖案，也以實物印證漢代確有以北斗爲帝車的神話傳說〔註50〕。

昆侖的圓動既然與北斗的運轉相應，在神話的意義上則表徵著時間的循環反復，無始無終，可以用渾沌狀態來概括這種特徵，而昆侖正有名爲渾沌的神異獸類，《神異經・西荒經》載：

> 崑崙西有獸焉，其狀如犬，長毛四足，似羆而無爪，有目而不見，
> 行不開，有兩耳而不聞，有人知往，有腹無五臟，有腸直而不旋，
> 食物徑過。人有德行而往牴觸之，有凶德則往依憑之。天使其然，
> 名爲「渾沌」。《春秋》云：「渾沌，帝鴻氏不才子也。」空居無爲，
> 常咋其尾，回轉仰天大笑。

昆侖渾沌獸「空居無爲」的神態，實表徵著神話空間的虛無性質；而「常咋其尾」的「回轉」形象，則象徵神話時間的始圓性質〔註51〕。渾沌與昆侖同樣具有圓義，《孫子・兵勢》曰：「渾渾沌沌，形圓不可敗也。」又渾沌或可作混淪，郭璞〈江賦〉云：「或混淪乎泥沙。」李善《注》：「混淪，輪轉之貌。」〔註52〕，是渾沌具有圓的意義當無疑問。

渾沌獸還與黃帝有密切關聯，《山海經・西山經》載：

> 又西三百五十里，曰天山，多金、玉，有青雄黃。英水出焉，而西
> 南流注於湯谷。有神焉，其狀如黃囊，赤如丹火，六足四翼，渾敦
> 無面目，是識歌舞，實爲帝江。

畢沅《注》：

> 江讀如鴻，《春秋傳》云：「帝鴻有不才子，天下謂之渾沌。」此云
> 帝江，猶言帝江氏之子也。

引《春秋合誠圖》云：「紫微，大帝室，太一之精也。」《正義》云：「泰一，天帝之別名也。劉伯莊云：『泰一，天神之最尊貴者。』」

〔註50〕 參見賈慶超：《武氏祠漢畫石刻考評》，頁86～90。

〔註51〕 這裡渾沌獸的「常咋其尾」可以和軒轅國人的「人面蛇身，尾交首上」繫聯起來看，這種環蛇狀圖像也常見於中東、埃及、希臘神話中被稱作烏雷諾斯（Uroboros）的神像上，〔美〕紐曼特別賦予這類圖像「咬尾者」（tail-eater）的稱號，並認爲這是一種極重要的象徵物。參見〔美〕紐曼（E.Neumann）：《The Origins And History Of Consciousness》，頁5。

〔註52〕 《廣雅》也說：「混，轉也。」混從昆得聲，是昆侖的昆當有旋轉的意義；又輪子也具有圓轉的意思，而輪從侖得聲，是昆侖的侖當也有旋轉意。這又爲昆侖有圓義添一旁證。

袁珂贊成畢說「江讀如鴻」，但指出畢氏謂「帝江猶言帝江氏之子」是曲解，袁珂說：

> 古神話必以帝鴻即「渾敦無面目」之怪獸也。帝鴻者何？《左傳·
> 文公十八年》杜預《注》：「帝鴻，黃帝。」《莊子·應帝王》：「中央
> 之帝爲渾沌。」正與黃帝在「五方帝」中爲中央天帝符，以知此經
> 帝江即帝鴻，亦即黃帝也。〔註53〕

袁珂在黃帝（軒轅氏）和渾沌之間劃上等號，並指出他們具有中央——空間的象徵，這是正確的；美中不足的是，他並沒有看出，黃帝和渾沌也具有圓形——時間的象徵。這個圓是最初始的和諧，也是最終極的和諧，初始與終極的區別，都消融在這個圓體大化之中；這種神話世界圓融的時間觀與現實世界分割的時間觀有很大的不同，前者具有周期循環的特色，而後者則是不可逆性的直線時間。（美）紐曼對這種神聖的圓體曾有一段極精闢的描述：

> 環（circle）、球（sphere）、圓（round）各面皆自成自足，無始無終。
> 它是先於世界之圓滿，在運動過程之前。它因圓，所以無前無後，
> 無時間相，永恆自在；它因圓，所以無上無下，無空間相。……其
> 時一切皆在渾然的神性支配下，神性的象徵即爲圓環。圓亦是蛋，
> 哲學的宇宙蛋，它是生成的核心，世界由其核仁生起。它是圓成境
> 界，其時對立的兩極已告統一。它是圓始（perfect begining），因爲
> 對立尚未分化，世界尚未展現；它也是圓終（perfect end），因爲對
> 立復合，融爲一體，世界再度息焉。〔註54〕

這個圓體就是一切事物的神聖開端，或者說是創造開闢之前的渾沌狀態。《莊子·應帝王》曾記載儵、忽二帝替渾沌開鑿七竅，七日鑿成而渾沌死去的寓言故事，說明了一旦初始狀態分離破裂以後，勢必積重而難返。在莊子的哲思當中，人類社會愈向前發展，就離原始太初和諧愈遠；但是在遠古的神話思維中，永恆、美好的黃金樂園卻可以借助定期恢復生命力的儀式與節慶，

〔註53〕 參見袁珂：《山海經校注》，頁66。又《史記·五帝本紀》「昔帝鴻氏有不才子」句，《集解》引賈逵云：「帝鴻，黃帝也。」

〔註54〕 見〔美〕紐曼：《The Origins And History Of Consciousness》，頁8。這裡的翻譯參見楊儒賓：〈道家的原始樂園思想〉，頁24～25，民國84年4月，由漢學研究中心與施合鄭民俗文化基金會合辦的「中國神話與傳說學術研討會」上發表的論文。

而重返回歸的。

三、恢復生命力的更新儀式

　　初民關於恢復生命力的儀式，多選在新舊時序交接的時刻舉行，如《歲時雜記》載：

> 京師人家冬至多食餛飩，故有「冬餛飩，年餺飥」之說。又云：「新節已故，皮鞋底破，大捏餛飩，一口一個。」〔註55〕

台灣在冬至時則有吃湯圓的風俗，取一家團圓過冬的意思。不過，冬至日原本就是一個時序交接的時日，因此，在冬至吃餛飩或湯圓的習俗，應當源自原始時期回歸初始的巫術儀式。又《正字通‧食部》云：「飩，今餛飩，即餃餌別名。俗屑米麵爲末，空中裏餡，類彈丸形，大小不一。」是餛飩又稱作餃餌，類彈丸之形，也就是圓形的餃子；中國北方各省在新年伊始的時候，多有吃餃子的風俗，傳沿至今而未改，如《濟南府志》載：

> 正月，元日，昧爽，設香燭、牲禮，祀神衹、祖先，家人稱壽，食水餃。〔註56〕

餃餌不但形圓如餛飩，而且餃字從交得聲，也寓有新舊交接的意思〔註57〕。

　　除了在新正黎明吃餃子的風俗外，有些地方則是在新春早晨吞吃雞蛋；如〔美〕紐曼所說，原始永恆的樂園可以用圓來象徵，也可以用蛋來表徵，這類蛋通稱爲宇宙蛋或渾沌蛋，如（三國）徐整《三五歷紀》云：「天地混沌如雞子。」即將天地看作是一種「渾沌蛋」；又《荊楚歲時記》載：

> 正月一日是三元之日也，（《史記》）謂之端月。雞鳴而起，先於庭前爆竹，以辟山臊惡鬼。帖畫雞，或斲鏤五采及土雞於戶上。造桃板著戶，謂之仙木。繪二神貼戶左右，左神茶，右鬱壘，俗謂之門神。於是長幼悉正衣冠，以次拜賀，進椒柏酒，飲桃湯，進屠蘇酒，膠牙餳，下五辛盤，進敷于散，服卻鬼丸，各進一雞子。〔註58〕

「各進一雞子」句，〔隋〕杜公贍《注》引周處《風土記》曰：「正旦當生吞

〔註55〕見《歲時廣記》卷三十八所引，《歲時習俗資料彙編》第七冊，頁1184。

〔註56〕見丁世良、趙放主編：《中國地方志民俗資料匯編‧華東卷上》，頁91。

〔註57〕中國有些地方還將餃子做成元寶的形狀，元寶諧音圓飽，具有一種深刻的祈願心理。另外，在大年初一吃餃子時，人們還會把中有圓孔的小制錢包在餃子裡面，誰若吃到這些餃子，他在未來一年，將會諸事順遂，這類中有圓孔的小錢應當也具有渾沌始圓的原型象徵。

〔註58〕〔梁〕宗懷著，王毓榮校注：《荊楚歲時記校注》，頁15～38。

雞子一枚，謂之鍊形。」這種在正月一日早晨吞食雞蛋的習俗，和冬至吃餛飩、湯圓的風俗一樣，都可以溯源自遠古社會回歸初始渾沌的巫術儀式，並藉著模擬天地開闢時的過程，來達成新與舊、死亡與重生的交替轉換（即所謂的鍊形〔註59〕）。

　　除了飲食行為外，像《荊楚歲時記》所載的放爆竹、帖畫雞、鏤五采及土雞於戶上、造桃板著戶、貼門神等活動，也都是原始更新儀式的流衍。〔美〕艾利亞德就指出，遠古民族確信世界必須年年更新，而且只有效法某種模式進行活動才能帶來這種更新；這種模式或為創世神話，或為在創世神話中起重要作用的起源神話。顯而易見，「年」在原始人中有多種理解，「新年」的日期也因氣候、地理環境和文化類型等方面的因素而有所不同。但是一種循環的周期，即一段有開端、有終結的時間則總是存在的。人們用一系列的禮儀活動來標誌此一周期的終結和下一周期的開端，目的就是使世界更新，而這種更新是按照創世模式進行的一種重新創造〔註60〕。

　　在新舊時序交接的時刻舉行模擬創世的儀式，對原始初民來說，是一種確切的心理保證；原始社會中，隨時會受到不可預期的天災和疾病的侵襲，在時刻充滿變化和失望的生活裡，神話與儀式為初民提供了一個安全的固定點，使他們的痛苦和災難得到慰藉。初民們深信，儀式結束之後，不幸會過去，死亡會重生，幸福將到來，一切都將回復到原初美好的狀態。

　　新舊交接的儀式多在一聲雞鳴或一串爆竹中開始的，正如《荊楚歲時記》所說，正月一日「雞鳴而起，先於庭前爆竹，以辟山臊惡鬼」，雞諧音吉，與爆竹辟凶的心理功能相同；更根本的是，天地渾沌如雞卵，而雄雞一鳴天下白，所以雞在民俗神話中，正象徵著時間和空間的雙重開始，請看下列資料：

　　　1.《河圖括地象》載：「桃都山有大桃樹，盤屈三千里，上有金雞，日照此則鳴。下有二神，一名鬱，一名壘，並執葦索，以伺不祥之鬼，得則殺之。」〔註61〕

〔註59〕「鍊形」後來被道教所採用，成為修煉形體的方術，如《漢武帝內傳》附錄載：「又夜恆存赤氣，從天門入周身內外，在腦中變為火，以燔身，身與火同光，如此存之，亦名曰鍊形。」見《筆記小說大觀》第 16 編第 1 冊，頁 77〜78。
〔註60〕參見艾利亞德：《神話與現實》（Myth And Reality），頁 42。
〔註61〕中村璋八、安居香山編：《重修緯書集成・卷六・河圖、洛書》，頁 39。

2. 《藝文類聚‧卷九十一》引《玄中記》云：「日初出照此木（按，即桃木），天雞即鳴，天下雞皆隨之。」

3. 《風俗通》卷八「雄雞」條引《青史子》曰：「雞者，東方之牲也。歲終更始，辨秩、東作，萬物觸戶而出，故以雞祀祭也。」（《叢書》3 冊，頁 596）

桃都山大桃樹上的金雞到了東方朔的《神異經》中，就變成了高踞崑崙天柱的希有鳥，〈中荒經〉載：

> 崑崙之山有銅柱焉，其高入天，所謂天柱也。圍三千里，周圓如削，下有回屋，方百丈，仙人九府治之。上有大鳥，名曰希有，南向，張左翼覆東王公，右翼覆西王母。背上小處無毛，一萬九千里。西王母歲登翼上，會東王公也。故其柱銘曰：「崑崙銅柱，其高入天；員周如削，膚體美焉。」其鳥銘曰：「有鳥希有，喙赤煌煌；不鳴不食，東覆東王公，西覆西王母，王母欲東，登之自通；陰陽相須，唯會益工。」

這裡希有鳥的功能雖是載負西王母與東王公相會，但西王母每年與東王公相會，實具有天地父母聖婚的性質，也即是模擬天地開闢的創生儀式〔註 62〕，所以希有鳥具有創世的本質仍未改變。希有鳥（金雞）和西王母會東王公的神話具有創世的意義，還可以從所謂「雞日」、「人日」的說法上得到證實，請看下列資料：

1. 《荊楚歲時記》載：「正月七日爲人日。」〔隋〕杜公瞻《注》引

〔註62〕　〔日〕小南一郎指出，西王母與東王公相會也好，織女和牽牛相會也好，都是以兩個神爲代表的兩相對照的要素，各自在確定的歲時裡定期結合，以激起宇宙規模的的生命力，從而保障了這個世界的存續。陰陽二神的結合，本來絕不是以戀愛傳說爲基礎形成的一類故事，而是對宇宙存續所不可欠缺的神話素質所形成的一類故事（參見小南一郎：《中國的神話傳說與古小說》，頁 81～84）。又山東嘉祥縣武氏祠有一幅漢畫石刻上，描繪人首蛇身的伏羲、女媧，二人作蛇尾相交媾狀，而伏羲手持圓規，女媧則拿著方矩。從這幅石刻可以確定，伏羲、女媧的神話最遲在東漢已經結合在一起，且而二人被認爲是天地父母，伏羲、女媧二人可以表徵天、地；圓、方；規、矩；父、母；陰、陽；動、靜；男、女等二元因素的對立（參見賈慶超：《武氏祠漢畫石刻考評》，頁 39）。伏羲、女媧二人的交尾表徵著天地父母陰陽交合的生殖行爲，至於兩人手執圓規兩種神聖的法器說明伏羲、女媧二人的交合具有創設天地的意義，西王母每年與東王公的相會也可以放到同樣的模式下來看。

董勛《問禮俗》曰：「一日爲雞、二日爲狗、三日爲羊、四日爲豬、五日爲牛、六日爲馬、七日爲人，以陰晴占豐耗。正旦畫雞於門，七日人於帳。」〔註63〕

2.《太平御覽·卷三十》引《談藪》曰：「北齊高祖七日升高宴群臣，問曰：『何故名人日？』魏收對以董勛：『正月一日爲雞，七日爲人。』」《注》：「按，一說云：『天地初開，以一日作雞，七日作人也。』」

此處「雞日」到「人日」連續七天的創作，一如儵、忽七日爲渾沌開鑿七竅，也像《聖經》記載上帝七日創造天地萬物一樣，都屬於創世一類的神話；這裡的「七」是具有魔法的神秘數字，它或源於四方、上下，中央七個空間方位，然後才用來表示創世的時間（原始人的空間觀是先於時間觀的）〔註64〕。最早「七日爲人」的創世神話，應該是以天地父母交合的開辟儀式表演出來的。或許由於七日創造生物的觀念在後代顯得頗不雅馴，於是才變成連續七日以陰晴占人畜豐耗的說法〔註65〕。

四、變形神話與永恆回歸

神話中的時間是可逆的、周而復始的，這就使得生命成爲一個連續的整體；死亡的形體可以經由變形，成爲另一形體，完成永續生命的企圖；因此，反復周旋，流動不已的原始生命觀，除了藉助關於新年的神話、儀式彰顯出來外，還可以透過所謂空間形體的「變形神話」展現出來〔註66〕。〔德〕卡西勒（Ernst Cassirer）曾說：

〔註63〕〔梁〕宗懍著，王毓榮校注：《荊楚歲時記校注》，頁52～60。
〔註64〕相關問題可參見葉舒憲：《中國神話哲學》第七章「混沌七竅」。
〔註65〕後又加入穀物一項，與前七項動物不同，有食物生養萬物的意思，如〔宋〕高承《事物紀原·卷一》「人日」條引《東方朔占書》曰：「正月一日占雞、二日占狗、三日占羊、四日占豬、五日占牛、六日占馬、七日占人、八日占穀，皆晴明溫和，爲蕃息安泰之候；陰寒慘烈，爲疾病衰耗。」
〔註66〕李豐楙在〈不死的探求——從變化神話到神仙變化傳說〉（《中外文學》第15卷第5期，頁39，1986年10月）一文中，認爲雖然一般多使用「變形神話」一詞，但「變化」才是中國生命哲學的「鎖鑰字」，從中國神話的特質來說，「變化神話」是更適宜的用法，尤其從道教變化成仙的思想來說，更應強調它所承襲的變化原則。這個說法頗值得大家在討論變化神話時予以注意。不過，本論文爲和下文引文照應，仍使用大家約定俗成的「變形神話」一詞。

他們（按，指原始人）的生命觀是綜合的，不是分析的。生命沒有
劃分為類和亞類；它被看成是一個不中斷的連續整體，容不得任何
涇渭分明的區別。各個領域間的界線並不是不可逾越的柵欄，而是
流動不定的。在不同的生命領域之間，絕對沒有特別的差異。沒有
什麼東西具有一種限定不變的靜止形態，由於一種突如其來的變
形，一切事物都可以轉化為一切事物。如果神話世界有什麼典型特
點和突出特性的話，如果它有什麼支配它的法則的話，那就是這種
變形的法則。〔註67〕

生命的精靈可以自由流動在不同的形體之間，這就泯滅了生與死的差別。樂
蘅軍曾經指出，變形神話是原始人用幻想的手段，超越實際智力的窮竭，戲
劇化解決危機和困境的一個途徑；而死亡是初民生活中最大的危機和困境，
所以變形神話的目的是在解釋生與死。換句話說，神話用變形來代替死亡這
一事實。樂氏還說：

在這一生一死相依倚的轉接中，一方面使人與物逃避了個體的死
亡；同時更進一步補償了人們非願而死的憾恨。鯀失敗於治水，齎
雄志而喪身；瑤姬華年未嫁，倏爾天亡；女娃失足東海，徒然空遊，
精魂不返，死有餘恨；嫦娥懼死逃死而不得，倉皇化為蟾蜍。這等
等非其所願的死亡，都是某種橫逆而來的死亡，因而這一個死亡的
打擊是分外強烈的，而反抗死亡的意志和恨心也相對而強烈。這種
強烈的死生之戲劇，不會寂然來去，他要求完全的報償，要求命運
回過頭來服從自己的意志。於是他死而不死，他超越那本已挫敗而
死去的原軀，改形托象而再生。甚且，透過變形神話的想像和創造，
這一個變形再生，被賦予了永恆性，他超乎先前那受命於現實的脆
弱生命，而是更堅執的和綿綿不絕的生。事實是，他已從物質的存
在，上升為非物質的存在，從有限的生到達無限。他的生已成了一
個永不滅絕的意象——因而，蓍草黃華茂葉，生生不已；精衛鳥啣
石堙海，永飛無倦；嫦娥化身的蟾蜍，恆在月中，直到人類神話全
部終了。〔註68〕

〔註67〕　見卡西勒著，甘陽譯：《人論》，頁 121。
〔註68〕　參見樂蘅軍：〈中國原始變形神話試探〉，古添洪編：《從比較神話到文學》，
　　　　　頁 172〜174（原載於《中外文學》第 2 卷第 8、9 期，頁 10〜21、24〜40，
　　　　　1974 年 1、2 月）。

樂氏認爲在變形神話的情節事件中,總含有一種非願而死的憾恨〔註69〕,初民即透過變形神話以求得心理的報償。的確,在原始社會中,生存是極其艱難的,一場突然而來的天災、疾病,甚至一次小規模的狩獵行動,都可能在倏忽之間奪走初民寶貴的生命;生活當中充滿太多的侷限性和不確定性,變形的觀念和情感,或者就是初民在突然遇見死亡時的激動情緒和強烈印象下產生的。死者已已,生者還要繼續爲生存而搏鬥下去;初民即用痛苦情緒及經驗所凝鍊出來的變形信念,來面對頑強、無情的自然世界,進而將頑強、無情化爲溫柔、有情,終於獲致超越苦難現實的心理情感。所以變形神話不只是心理報償,更具有心理治療的價值了。一如卡西勒所說:

> 神話的眞正基質不是思維的基質,而是情感的基質。神話和原始宗教絕不是完全無條理性的,它們不是沒有道理或沒有原因的。但是它們的條理性更多地依賴於情感的統一性,而不是依賴於邏輯的法則,這種情感的統一性是原始思維最強烈、最深刻的推動力之一。
>
> 〔註70〕

因此在變形神話的情節事件中,即凝聚著初民生與死、善與惡、幸福與災難等矛盾對立的情結,它積澱著歷世歷代原始人類最強烈的生命情感能量。

高唐神女神話就具有變形神話這種巨大而強烈的生命情感能量,神女的原型之一是一個被火焚死的人犧(參見本論文第四章第二節),在女孩化作飛灰而終結世俗形體的強烈情緒震撼下,初民讓她的精魂化作媚人的蓍草、飛翔的鳥鵲、或是生殖象徵的雲雨;不論神女變形爲植物、動物或自然物,都突顯出死亡與再生、變和不變、非常與常、聖與俗等最重要的神話母題,而它們正是由原始初民連續循環的時空觀所決定的。一如艾里亞德所指出的,在這裡我們又看到一種原型運動的重複母題,它投射到各個方面——宇宙的、生物的、歷史的和人類的。同時我們也看到一種周期性的時間結構,它在每個方面新的「誕生」中獲得周而復始。這種永恆回歸顯示了某種不受時間和變化制約的本體論。正像古希臘人在永恆回歸的神話中尋求他們對「變」與

〔註69〕 李豐楙在〈先秦變化神話的結構性意義——一個「常與非常」觀點的考察〉一文(《中國文哲研究所集刊》第 4 期,頁 287~318,1994 年 3 月)中,也提出了類似的看法,他說:「在中國古代對於生命的非自然終結,即凶死而變化者,特別具有極複雜的怖懼與憐憫情緒,因而激發加以神話的動機。」並舉出夸父、蚩尤等例子來說明。

〔註70〕 見卡西勒著,甘陽譯:《人論》,頁 120~121。

「不變」的形而上渴求的滿足，原始人則通過賦予時間以循環方向的辦法，來消除時間的不可逆性。任何事物都可在任何瞬間周而復始，過去只不過是未來的預演。沒有什麼事件是不可逆的，沒有什麼變化是終級的變化。在某種意義上甚至可以說，沒有什麼事物在世界上是新發生的，因為一切事物都只是同樣一些初始範型的重複。這種重複，通過再現原初運動所顯示的那個神話的時刻，不斷地將世界帶回那神聖開端的光輝瞬間〔註71〕。

　　艾里亞德這段話雖然不是針對變形神話而說，但是變形神話也具有回歸神聖開端的原始機能，因為原始變形的動機之一即是圖騰信仰；換句話說，原始圖騰民族有人死化身為圖騰祖先的信仰，如美洲摩基村的印第安人有鹿、熊、狼、兔、蛇等圖騰氏族，他們認為自己死後會化身為氏族圖騰。非洲迪昂拉部落的豹氏族自信豹是他們的始祖，人死後的靈魂將進入豹體；蛇氏族成員傳說，他們的祖先去世後化身為蛇。中國古代也有鯀死化為黃熊（《左傳·昭公七年》）、巴人祖先廩君死後化作白虎（《後漢書·南蠻西南夷列傳》）的傳說，這裡的黃熊、白虎分別是鯀、廩君的圖騰〔註72〕。李豐楙也指出，變化是半神半人的部族英雄回歸圖騰神物的方式，在生命終結時就會出現，尤其非自然、非常的死亡情境，使得自然生命忽然終止，那麼生命就會以變化形體的方式回歸於永恆的圖騰〔註73〕。這種回歸圖騰的儀式也就是回歸到神聖的開端，以獲得重生與不死。

五、命名區分的咒術性賦誦

　　艾利亞德在另一個地方還說：

> 每當年終歲盡之際，也就是世界回返初始狀態，回返初始時間的時候，這種回返乃是為新年之際，新的創造所作的必要準備。所謂初始時間，指的是神話意識中，宇宙創生、先祖立業的時間，它比自那以後至今的所有時間都更為重要，更為強大。無數神話和儀式都涉及到這種初始時間，並試圖藉助語言或象徵性動作重現初始時間，從而獲致更新宇宙，重新創造的神秘力量。〔註74〕

〔註71〕　參見艾里亞德：《永恆回歸的神話》，頁89～90。
〔註72〕　參見何星亮：《中國圖騰文化》，頁248～249。
〔註73〕　參見李豐楙：〈先秦變化神話的結構性意義──一個「常與非常」觀點的考察〉，《中國文哲研究所集刊》第4期，頁287～318，1994年3月。
〔註74〕　參見艾利亞德：《神話與現實》，頁32。

在永恆回歸的儀式中，象徵性動作主要是指模擬圖騰或天地父母交配、生殖的行爲，以達到豐產、再生的目的；而所謂藉助言語以重現初始時間，則是指對創世神話、祖先英雄事跡的敘述，它本是由最簡樸的起源儀式中產生出來的知識，經過歷代巫師、祭司等神職人員的講述，不斷豐富了儀式的內涵，而成爲部族生活行爲、典章制度最重要的範式〔註75〕。據朱宜初指出，某些民族在一定的節日或祭祀活動上，要請巫師來唱本民族的傳統唱詞，如唱述本民族開天闢地的創世史詩、民族遷徙史詩或民族英雄史詩。他們唱這些史詩時，氣氛神聖肅穆。如雲南的阿昌族「活袍」唱的創世史詩《遮帕麻和遮米麻》，雲貴高原仡佬族的巫師也在祭典上唱神話史詩《十二段經》〔註76〕。

這種原始祭司的誦唱傳統，也積澱在以商、周民族爲主的中原文化當中，如《周禮・春官・瞽矇》載：

> 瞽矇掌播鼗、柷、敔、塤、簫、管、弦、歌，諷誦詩，世奠系，鼓
> 琴瑟：掌九德六詩之歌，以役大師。

鄭玄《注》引鄭眾（司農）之言云：「諷誦詩，主誦詩以刺君過，故《國語》曰瞍賦矇誦，謂詩也。」孫詒讓《周禮正義》也引杜子春之言云：「瞽矇主誦詩，並誦世繫，以戒勸人君。」周代瞽矇一類的盲樂官是古代巫者的流裔〔註77〕，他們繼承了遠古盲巫誦唱創世史詩、民族遷徙史詩或民族英雄史詩的傳統；只是遠古氏族社會作爲部族生活行爲、典章制度範式的神話誦詞，在周代已轉變成諷刺、勸戒國君的功能。又《周禮・春官・大祝》載：

〔註75〕 有學者認爲，神話主要是儀式的描述；而〔美〕克拉克洪（Clyde Kluckhohn）則以爲，在某種程度上，儀式和神話的次序問題，就跟「先有雞還是先有蛋」的問題一樣沒有意義。注意神話和儀式（及其他許多行爲模式）之間微妙地相互依存的關係，才是最重要的問題（參見克拉克洪著：〈神話與禮儀通論〉，陳炳良等譯：《神話即文學》，頁69～84）。又易中天認爲，神話包含神說的話、關於神的話及與神靈對話三重含義；因此，神話就是神的話，即神諭，是神對原始民族社會生活所作出的種種規範、種種教導，是科學的箴言和道德的律令，是神告訴我們的一切，這些神的話之所以爲我們所知，則無疑是與神對話的結果（參見氏著：《藝術人類學》，頁216～217）。而與神對話就是一種神聖的儀式，操控在巫師、祭司等有特殊稟賦的神職人員手中，具有一般民眾所不能了解的神秘含義，在這裡神話和儀式也是緊密結合在一起，難分先後的。

〔註76〕 參見朱宜初：〈論原始巫及有關文藝〉，《民間文藝論壇》1986年第6期，頁58。

〔註77〕 參拙著：《說相——桑樹崇拜文化研究》第六章第一節「相瞽、相禮與君子儒」。

> 大祝，掌六祝之辭，以事鬼神示，祈福祥，求永貞。一曰順祝、二
> 曰年祝、三曰吉祝、四曰化祝、五曰瑞祝、六曰筴祝。

鄭玄《注》引鄭眾之言云：

> 順祝，順豐年也；年祝，求永貞也；吉祝，祈福祥也；化祝，弭災
> 兵也；瑞祝，逆時雨，寧風旱也；筴祝，遠罪疾也。

賈公彥《疏》：

> 掌六祝之辭者，此六辭皆是祈禱之事，皆有辭說以告神，故云六祝
> 之辭。

以上大祝所掌的六種祝禱之辭，可以溯源到古老的咒語巫術，《說文》五上云：「巫，祝也。女能事無形，以舞降神者也。」《說文》一上則云：「祝，祭主贊詞者。……一曰從兌省。《易》曰：『兌爲口、爲巫。』」兌爲悅的初文，最早的巫祝大概是以舞蹈降神，以言詞悅神的通靈者；而遠古掌握祝咒巫語的巫師後來則演變成爲周代的祝者。

〔波蘭〕馬凌諾斯基（Bronislaw Malinowski）在研究原始巫術的咒語密訣時，指出了具有巫術效力咒語的三個要素，第一個要素是利用音響效果，模倣種種天籟，如鳳鳴、雷吼、海嘯及各種動物的叫聲。這些聲音不但表現巫師所期望的情緒狀態，而且它們所象徵的某些現象，相信也可以經由聲音巫術產生出來。第二個要素就是使用語言，以祈禱、申述或強求某種預期目的，如在治療巫術中，巫師所說的是身強力壯的健康狀貌；若在經濟巫術中，巫師則盡力描摹植物欣欣向榮、動物結隊而至、魚介成群游來的情狀。這類祈禱、申述或強求的聲調往往充滿了豐富的情感。第三個要素則是指神話的暗示性，即對傳授該項巫術的祖先及文化英雄尋求指點〔註78〕。根據馬凌諾斯基的說法，可以看出，古代大祝所掌的六種祝禱辭令的原始面貌，應該就是經由上述咒語的三種要素，來達成祈祝豐年、遠離災禍等功效，它們自然具備神聖範式的原型意義。

祝咒之詞的魔法效力往往不在內容意義上，而在其神秘的情緒感染上，如〔法〕列維—布留爾（Levy-Bruhl Lucien）所指出的，詞的發音這個事實本身，如同圖畫的畫出，或手勢的作出一樣，可以確立或者破壞非常重要而又可怕的互滲。言語中具有魔力的影響，所以對待言語必須小心謹慎。在原始人那裡，有只供某些等級的人用於某些場合的專門語言。而在巫術或宗教儀

〔註78〕參見馬凌諾斯基著，朱岑樓譯：《巫術、科學與宗教》，頁52～53。

式中唸誦的歌曲和咒詞，不但為聽眾聽不懂，有時連唸誦的人自己也不懂；只要它們是按照傳統用的祭神語言口傳下來的就夠了。如澳大利亞中部各族那裡，在祭神的場合中，土人們通常都不知道誦詞的意義，這些誦詞是以不變的形式，從阿爾捷林加時代的祖先那裡傳下來的。這類事實在整個北美也都可以見到，如在克拉馬特族印第安人那裡，許多人不懂得這些包含著許多古老的形式和古語的歌曲；巫師們即使懂得它們的意義，也往往不願給予解釋〔註 79〕。這種現象說明了，原始初民相信經過巫師特殊情緒和聲調反復念誦的咒語，能夠產生不可思議的功效。而這些不同的咒語在被文字記錄下來成為最早的文獻後，就是各類不同辭令、體式的源頭。如《周禮・春官・大祝》又載：

> 作六辭，以通上下、親疏、遠近，一曰祠、二曰命、三曰誥、四曰
> 會、五曰禱、六曰誄。

這六種辭令、體式應該就是從巫祝口誦系統傳衍下來的，巫祝是能夠上下取悅神靈、荐信於鬼神的人物，他們必須使用不同的情緒與聲調，來達致不同的功能和目的；經過歷史的積澱及文字的載錄以後，這種種具有神聖法典意義的口誦祝詞就成為早期文獻中各種辭令、體式的源頭。

《詩經・鄘風・定之方中》載衛文公於楚丘始營宮室時說：

> 定之方中，作於楚丘。揆之以日，作於楚室。樹之榛栗，椅桐梓漆，
> 爰伐琴瑟。
> 升彼虛矣，以望楚矣。望楚與堂，景山與京。降觀於桑。卜云其吉，
> 終然允臧。

其中「卜云其吉，終然允臧」一句，毛《傳》曰：

> 建國必卜之，故建邦能命龜，田能施命，作器能銘，使能造命，升
> 高能賦，師旅能誓，山川能說，喪紀能誄，祭祀能語，君子能此九
> 者，可謂有德音，可以為大夫。

孔《疏》：

〔註79〕 參見列維—布留爾著，丁由譯：《原始思維》，頁 171～174。按，這段話中出現「互滲」一詞，布留爾認為，原始思維服從於互滲律，所謂互滲律，簡單的說即是，在原始人的思維的集體表象中，客體、存在物和現象能夠以我們不可思議的方式，同時是它們自身，又是其他什麼東西。換句話說，同一實體可以在同一時間存在於兩個或幾個地方，互滲律對矛盾採取了漠不關心的態度。

《傳》因引「建邦能命龜」證「建國必卜之」，遂言「田能施命」以
下，本有成文，連引之耳。

毛《傳》說「建國必卜之」，而《周禮・春官・大卜》載：「凡國大遷，大師
則貞龜。」貞卜的目的應該是在尋求神聖的中心地域（參見本論文本章第一
節）。又從毛《傳》的說法可以看出，「建邦能命龜」以下九件事各以九種不
同的辭令（即命龜、施命、銘、造命、賦、誓、說、誄、語）來表達，孔《疏》
說這九種辭令「本有成文」，由上述《周禮・春官・大祝》作六辭的例子相參
看，這九種辭令也當傳自巫祝的祝咒傳統。另外，《周禮・春官》序官載「大
卜」有職官下大夫二人，「大祝」也有下大夫二人，這頗符合毛《傳》「君子
能此九者，可謂有德音，可以爲大夫」的說法，並且可以作爲上述九種辭令
傳自巫祝咒禱系統的另一個證據。

在毛《傳》所說的九種辭令中，有「升高能賦」一項，孔《疏》：「升高
能賦者，謂升高有所見，爲詩賦其形狀，鋪陳其事勢也。」而〈定之方中〉
詩中，衛文公營建宮室時，有「升彼虛矣，以望楚矣。望楚與堂，景山與京」
的描述，毛《傳》說：「楚丘有堂邑者；景山，大山；京，高丘也。」堂本是
一種中央窊下而四方高起的地形（參見本論文第三章第二節），陳夢家則指出：

> 景山即〈商頌〉（按，見〈殷武〉一詩）之景山，山名；楚即楚丘；
> 堂即高唐；京訓高丘，亦高觀也。「望楚與堂，景山與京」者，謂其
> 登望楚丘之高唐與景山之京觀，而楚丘高唐與景山京觀皆相爲類。
> 〔註80〕

陳氏以楚丘之堂與景山之京即高唐、高丘、高禖及社之類；又《韓詩外傳》
載：「孔子游於景山之上，……孔子曰：『君子登高必賦。』」可見登上楚丘、
景山，以望堂、京，以賦誦咒禱，確有其堅實不衰的悠久傳統。高禖爲模擬
天地父母舉行聖婚儀式的場所，因此，「升高能賦」的誦禱傳統當與這種古老
儀式有密切關聯〔註81〕。

〔註80〕　見陳夢家：〈高禖郊社祖廟通考〉，《清華學報》12 卷 3 期，頁 464，1937 年。
〔註81〕　《漢書・藝文志・詩賦序》云：
　　　　傳曰：「不歌而誦謂之賦，登高能賦可以爲大夫。」言感物造耑，材知深美，
　　　　可與圖事，故可以爲列大夫也。古者諸侯大夫交接鄰國，以微言相感，當揖
　　　　讓之時，必稱詩以諭其志，蓋以別賢不肖而觀盛衰焉。故孔子曰：「不學詩，
　　　　無以言也。」春秋之後，周道寖壞，聘問歌詠不行於列國，學詩之士逸在布
　　　　衣，而賢人失志之賦作矣。
　　　　這是班固以今況古，爲「登高能賦可以爲大夫」賦以時代的新意，卻不一定

賦作為原始巫祝於創世儀式時所進行的登高咒禱行為，其實質更有為萬事萬物賦名的巫術法力在，如〔英〕霍克斯（David Hawkes）所指出的，在司馬相如「全景式」賦作的極力鋪陳手法裡，實暗含著指物命名所帶有的巫術性質〔註82〕；而這種指物命名的巫術法力，正源自原始的創世神話與儀式。

賦有分別、賦予、鋪布之意，如《說文》六下云：「賦，斂也。」段《注》：「斂之曰賦；班之亦曰賦。經傳中凡言以物班布與人曰賦。」而班字，《說文》一上訓為「分瑞玉」；又《說文》三上云：「變，賦事也。從業、八。八，分之也，八亦聲。讀若頒，一曰讀若非。」而非也有分背、區別的意思（見段《注》）。另外，還有一個不見於甲骨文、金文與《說文》的分字，《禮記・王制》載：「名山大澤不以分。」鄭《注》：「分讀為班。」陸德明《經典釋文》云：「分音班，賦也。」孔穎達則作「分賜」解。以上賦、班、分、紛都有分別的意思，而分別、區分之意更可能就是賦的本義。

作為登高咒禱的賦誦巫術，其所具有的最根本之創世特質即在於，經由賦誦，一方面凝聚出一個宇宙世界，一方面也區別出一個宇宙世界。世界萬象原是一個混沌的連續體，人類生活在其中，本與動物無別，由於人類無法意識到非我的存在，所以他也就無法意識到自我的存在；直到初民根據積澱日久的文化心理，開始用簡略的語詞為事物命名，創造出可以一個可以認識、並且可以區分的世界時，才終於打破被渾沌自然所籠罩的局面，進而能夠反過來賦予自然以一定的秩序。世界即從物類被賦予名稱，並且有所區分的那一刻開始的，因此，在永恆回歸儀式中，巫師經由賦誦以傳達神諭，也就具有分別物類，並且布陳物類的創世特徵，這應是「賦」這個詞最早的意思。

六、〈高唐賦〉中的永恆回歸神話底蘊

〈高唐賦〉屬於早期的賦作，它很明顯地具有創世神話及儀式那種既凝聚出、又區別出一個宇宙世界的傳統，〈高唐賦〉序文載宋玉對楚襄王說高唐是：

> 高矣顯矣，臨望遠矣！廣矣普矣，萬物祖矣！上屬於天，下見於淵，珍怪奇偉，不可稱論。

合乎古早傳下來傳統的意思。

〔註82〕見霍克斯著，黃兆傑譯：〈求宓妃之所在〉，余崇生編：《楚辭研究論文集》，頁592。

這段話正是登高望遠後，對高唐的總說。所謂「萬物祖矣」，它的深層意義，即表示高唐是一座宇宙大山、起源之山；高唐雖「不可稱論」，但襄王接著說：「試為寡人賦之。」於是宋玉升高而賦，極力鋪陳高唐的形勢和情狀，無論是寫山雲、山雨、山水、山獸、山鳥、山蟲、山魚、山林、山草、山樹、山花、山石、山音，以及山中一切異物，莫不盡其變幻莫測之象，這就成為〈高唐賦〉正文的前半部分。而這個前半部分，如上文所說，即是創世儀式中登高能賦之巫祝傳統的具體呈現；也即是經由如此的賦誦，一個宇宙世界就逐漸地成形了。換句話說，〈高唐賦〉的賦，實具有永恆回歸儀式中，巫祝口誦神話的神聖法典功能；再配合上神女與懷王（即男女祭司）模仿天地父母舉行聖婚的象徵行為，〈高唐賦〉這篇賦作所含藏的永恆回歸神話底蘊就全然豁顯出來了。

第六章　結　論

　　如果說神話傳說的本質包含了原始初民對於過去的記憶、現在的解釋及將來的展望，它既是共時性、也是歷時性的，而且它還是共時、歷時二者混合、攙雜、壓擠在一起的表現；那麼〈高唐賦〉全篇即壓縮、凝聚了狩獵社會和農業社會的生產生活，而高唐神女也集狩獵和農業豐產女神於一身。換句話說，如果神話傳說凝縮了漫長時間中的歷史事件與心理體驗的話，那麼〈高唐賦〉就積澱著源自遠古生殖崇拜的歷史經驗和情感能量，這也是本論文以上各章節所欲加以論證、說明的主要問題。

　　所謂生殖崇拜，就是對產生生命的神秘力量施以魔法巫術，以祈求增殖豐產的儀式。原始初民顯然已經發現這樣一個事實：即不是每次性行為都能孕育出生命，也不是每次狩獵都能捕獲獵物，而每次播種也不一定都能得到收成，似乎在這種種生產活動之上，尚有一種超然的神秘力量在主宰、控制著；因而，他們就試圖以巫術行為來操控這個神秘力量，希望能夠促進人口的繁殖與食物的豐盛。

　　原始社會中常見的生殖巫儀是由男女二人模倣天地父母的生殖行為，這類儀式多選在形似女陰的山谷、洞穴、坑洼、幽泉、岩縫、溪澗等地方進行。當進行這類儀式時，不論是模倣男女交合的表演，或是有實際性行為的發生，其整體氣氛都是莊嚴隆重，而非猥褻淫亂的。隨著時代的推移，這類儀式的巫術宗教意義逐漸隱褪，終成為一種民俗殘留在日常節慶當中；至於其嚴肅莊重的氛圍也漸次消失，取而代之的是慶典狂歡時的縱欲荒淫。

　　生殖巫術崇拜一直到戰國時代的楚地仍保存著，這是由於荊楚特殊的地理環境和文化特色所使然。《漢書‧地理志》載：「楚有江漢川澤山林之饒。

江南地廣，或火耕水耨，民食魚稻，以魚獵山伐爲業。」王夫之也說：「楚，澤國也，其南沅湘之交，抑山國也。疊波曠宇，以蕩遙情，而迫之以釜嶔戌削之幽菀。故推宕無涯，而天采蠡發，江山光怪之氣莫能掩抑。」〔註1〕川澤山林、雲煙變幻的自然地理環境，使楚人培養出縱橫馳騁、奇特怪誕的想像力，這種想像力不但表現在《楚辭》當中，也展現在大量出土的楚國文物上。另外，楚文化恣肆、幽渺、奇詭、飄逸的浪漫氣息，也與楚人「信巫鬼，重淫祀」（《漢書・地理志》）的文化特色密不可分。王逸《楚辭章句・九歌》載：「南郢之邑，沅湘之間，其俗信鬼而好祠，其祠必作歌樂鼓舞以樂諸神。」在信鬼好祠、歌舞娛神的巫風之中，必然積澱著遠古生殖巫術儀式的流風餘韻。

例如已有學者指出，〈九歌〉這組祭祀詩歌應與農業生產有密切的關係〔註2〕，此一看法頗值得重視；可以確定的是，〈九歌〉中的〈湘君〉和〈湘夫人〉原爲一組描繪男女神靈舉行聖婚儀式的詩歌，在〈湘夫人〉一首裡，寫到湘君在水晶宮用各種玉石、香花砌建出一座新房，準備迎接湘夫人；而後九嶷山的神祇紛紛下降，將爲一對新人的成婚衷心祝福；可惜這場神靈間的聖婚儀式只在扮演湘君的男巫想像中發生。二湘爲一對戀人神或配偶神的事實，正反映出原始生殖崇拜的浸染。至於同受荊楚文化薰陶的高唐神女神話，自然也是這類增殖巫儀原型的歷史積澱；又由於楚地特有的文化色彩，使得男女二神舉行聖婚儀式時的浪漫氣息，得以完好保存在高唐神女神話裡，而不像中原夏、商、周三族始妣神話般，其事蹟已附著在以男性英雄始祖神話爲中心的敘述之中，以致女嬉、簡狄、姜嫄作爲聖婚女主角的主體性和獨立性，並未彰顯出來。

本論文認爲，〈高唐賦〉序文記載的神女與懷王交合的神話傳說，其中蘊含有原始孕育巫儀的底蘊；而這種古老聖婚儀式的底蘊，又借助神女化身作具有生殖原型象徵的雲雨、風氣，得到了加強。至於〈高唐賦〉正文前半段極力鋪陳高唐山勢的險阻，顯示出高唐是初民舉行求子儀式的神秘聖地——

〔註1〕 見王夫之：《楚辭通釋・序例》，《清人楚辭注三種》。
〔註2〕 參見文崇一：〈楚的水神與華南的龍舟賽神〉，氏著：《中國古文化》，頁56。陳炳良頗贊成這個說法，他認爲〈九歌〉最初的作用是求取神祇對土地的恩賜，這可以從詩篇的浪漫氣氛、對愛人的戀慕、婚禮、和雲、魚兩個增殖意象得到加強。參見陳炳良：〈聖與俗——九歌新研〉，氏著：《神話、禮儀、文學》，頁181～193。

高唐即高丘、高堂、高密，是一種四方高障而中央窪下的地形，由於形勢隱密（或許還形似女陰），正適合作為初民野合的場所；其周遭並有水源充沛的湖澤、溪流，及高聳入天的茂林，這也使得高唐神女成為清泉女神及森林女神。

高唐位於湖北大洪山區，即在雲夢北部的茂林帶中，這裡自古以來，就繁殖、聚生著各種野生動、植物，因而成為雲夢主要的獵場，因此高唐神女也成為原始獵人崇拜的狩獵女神；而〈高唐賦〉正文後半段描繪的祭禱、音樂與田獵等場面，及往見神女的行為，實可溯源於史前獵人在狩獵前後，撫慰野獸、向野獸贖罪、及祈求豐產的巫術儀式。另外，高唐一帶的平原還是雲夢區較早開發出來的農作點，若將與高唐神女相關的神話資料，加以整理、分析，就可以發現，高唐神女身上還積澱著農業女神的原型。因此，可以說〈高唐賦〉及其核心神女神話的底蘊，是藉由原始生殖崇拜，來促進人口及食物的雙重豐產。

本論文還指出，高唐不僅是初民舉行聖婚儀式的神秘聖地，而且還是個神聖的世界中心；確定這個神聖又神秘的空間場所，初民一切的生活就有了依循和規範。因此，從神話學的觀點來說，中心的設定就等於創造了世界；換句話說，神聖空間的儀式性定向具有某種宇宙論起源的價值。

原始生殖崇拜實際上即是初民創造意識的展現，這個創造意識，既是初民的生活哲學，也是初民的生活藝術；哲學思考著生命的意義，而藝術則體驗著生命的活力，它們都關聯著生命的創造。因此，這個創造生命的意識，就既能履行理論的功能，同時又能履行實踐的功能，一如〔德〕卡西勒所說：「從一開始起，宗教就必須履行理論的功能，同時又履行實踐的功能。它包含著一個宇宙論和一個人類學，它回答世界的起源問題，和人類社會的起源問題，而且從這種起源問題中引伸出了人類的責任和義務，這兩方面並不是截然有別的，它們結合並共同溶化在那種基本的感情中——我們已經稱之為生命一體化的那種情感。」〔註3〕而高唐神女神話既是原始生殖巫儀的歷史積澱，其中自然凝聚著初民創造生命的意識原型，所以，究其實質而言，高唐神女神話是一則創造神話，它包含了人類學問題和宇宙論問題；它的底蘊描述出循環不已的生命觀，和周而復始的宇宙觀，這即是所謂的永恆回歸神話原型。

〔註3〕見〔德〕卡西勒（Ernst Cassirer）：《人論》，頁139。

　　高唐神女神話是藉賦體展現出來的，賦本有分別、賦予和鋪排的意思。原始初民強烈的生存欲求和情感衝動，使他們必須不斷通過創造出對象來確證自我〔註4〕，宇宙世界原是一個混沌的連續體，初民常用「蛋」來象徵這種混沌的狀態，這正表示出處於洪荒時期，與動物無別的人類心靈狀態；換句話說，不是宇宙世界混沌，而是人類心靈混沌。直到初民用簡略的語詞賦予事物名稱，使人我之間有了區別，使物類之間可以分辨，人類的意識才從混沌狀態中逐漸脫離出來，進而鋪排出一個可以認識，並富有秩序與規則的宇宙世界。這種具有分別、秩序和規則的宇宙世界，正是賦體所具有的重要特徵之一。如果說，「原型批評」是指從早期的宗教現象——包括神話、儀式、禁忌、圖騰崇拜等——來探索和闡釋文學現象，特別是文學起源和文學體裁模式構成的批評方法；那麼用「原型批評」來研究〈高唐賦〉的民俗神話底蘊，就不只能夠揭示出〈高唐賦〉所具有的原始生殖巫儀原型，及其作為永恆回歸神話的精神內蘊，而且還可以追溯出賦體的起源和構成。關於前一點（即〈高唐賦〉所具有的原始生殖巫儀原型，及永恆回歸神話的精神內蘊問題），本論文曾花費極大的篇幅予以釐清，希望能對以後研究上古宗教、禮俗之學者有所助益；至於後一點（即賦體的起源和構成問題），本論文僅提出了一個粗淺的想法，其確實的解決，尚有待於來日。

〔註4〕　人之所以為人，和自知其為人，是通過對象的創造而實現的；換句話說，即由非我確證了自我，由非人確證了人。因此，人既然在對象那裡確證了自我，從此就得為了自我的確證而不斷地創造對象。關於此一論題可參看易中天：《藝術人類學》第二章「人的確證」。

主要引用及參考書目

一、古代典籍部分

1. 《文淵閣四庫全書》影印本，台北，商務印書館。

2. 《皇清經解續編》，台北，復興書局。

3. 《太平御覽》，李昉等，台北，新興書局，1959 年。

4. 《說郛三種》，陶宗儀等編著，上海古籍出版社，1988 年。

5. 《叢書集成新編》，台北，新文豐出版社。

6. 《龍溪精舍叢書》，鄭堯臣輯，北京，中國書店，1991 年。

7. 《漢魏叢書》，程榮纂輯，吉林大學出版社，1992 年。

8. 《十三經注疏》，台北，藍燈出版社。

9. 《周易、老子王弼校釋》，樓宇烈，台北，華正書局，1981 年。

10. 《尚書今古文注疏》，孫星衍，台北，文津出版社，1987 年。

11. 《詩集傳》，朱熹，台北，藝文印書館。

12. 《詩經通論》，姚際恆，台北，河洛圖書出版社，1980 年。

13. 《毛詩傳箋通釋》，馬瑞辰撰，陳金生點校，北京，中華書局，1989 年。

14. 《詩毛氏傳疏》，陳奐，台北，世界書局。

15. 《周禮正義》，孫詒讓，台北，藝文印書館。

16. 《重修緯書集成》，〔日〕中村璋八、安居香山編，東京，株式會社明德出版社，1975 年。

17. 《孝經緯》，黃奭輯，上海古籍出版社，1993 年。

18. 《說文解字注》，許慎著，段玉裁注，台北，漢京文化公司，1980 年。

19. 《爾雅、廣雅、方言、釋名清疏四種合刊》，上海古籍出版社，1989 年。

20. 《廣韻》，除彭年等重修，羅願原著，石雲孫點校，台北，黎明文化公司，
    1978 年。

21. 《爾雅翼》，安徽，黃山書社，1991 年。

22. 《說文通訓定聲》，朱駿聲，武漢古籍書店，1983 年。

23. 《說文解字詁林》，丁福保，台北，商務印書館，1970 年。

24. 《字詁義府合按》，黃生撰，黃承吉合按，北京，中華書局，1984 年。

25. 《左傳會箋》，竹添光鴻，台北，鳳凰出版社，1977 年。

26. 《國語》，韋昭注，台北，漢京文化公司，1983 年。

27. 《戰國策》，劉向集錄，台北，里仁書局，1982 年。

28. 《史記會注考證》，瀧川龜太郎，台北，中新書局，1977 年。

29. 《漢書補注》，王先謙，台北，藝文印書館

30. 《後漢書》，台北，鼎文書局，1987 年。

31. 《晉書》，台北，鼎文書局，1987 年。

32. 《隋書》，台北，鼎文書局，1975 年。

33. 《七國考訂補》，董說撰，繆文遠訂補，上海古籍出版社，1987 年。

34. 《山海經箋疏》，台北，藝文印書館。

35. 《水經注》，酈道元，台北，商務印書館。

36. 《諸子集成》，台北，世界書局，1972 年。

37. 《墨子閒詁》，孫詒讓撰，台北，河洛圖書出版社，1980 年。

38. 《荀子》，楊倞注，上海古籍出版社，1993 年。

39. 《莊子集釋》，郭慶藩撰，台北，河洛圖書出版社，1974 年。

40. 《呂氏春秋校釋》，陳奇猷撰，上海，學林出版社，1990 年。

41. 《淮南子》，高誘注，台北，世界書局，1962 年。

42. 《管子》，房玄齡注，上海古籍出版社，1993 年。

43. 《列子集釋》，楊伯峻集釋，北京，中華書局，1991 年。

44. 《黃帝內經素問校釋》，北京，人民衛生出版社，1993 年。

45. 《春秋繁露義證》，董仲舒原著，蘇輿撰，北京，中華書局，1992 年。

46. 《抱朴子內篇校釋》，王明校釋，北京，中華書局，1988 年。

47. 《全上古三代秦漢三國六朝文》，嚴可均編，日本，中文出版社，1981 年。

48. 《楚辭補注》，洪興祖，台北，藝文印書館，1977 年。

49. 《楚辭集注》，朱熹，江蘇，廣陵古籍刻印社，1990 年。

50. 《清人楚辭注三種》，台北，長安出版社，1975 年。

51. 《文選》，蕭統選輯，台北，正中書局，1971 年。

52.《樂府詩集》，郭茂倩，北京，中華書局，1991 年。

53.《欽定全唐文》，日本京都，中文出版社，1976 年。

54.《全唐詩》，北京，中華書局，1992 年。

55.《李太白全集》，台北，河洛圖書出版社，1975 年。

56.《全宋詞》，台北，世界書局，1984 年。

57.《蘇東坡全集》，台北，河洛圖書出版社，1975 年。

58.《索引本詞律》，萬樹撰，懶散道人索引，台北，廣文書局，1971 年。

59.《五朝小說大觀》，鄭州，中州古籍出版社，1991 年。

60.《歲時習俗資料彙編》，台北，藝文印書館。

61.《荊楚歲時記校注》，宗懍撰，王毓榮校注，台北，文津出版社，1992 年。

62.《東京夢華錄》，孟元老，台北，藝文印書館。

63.《筆記小說大觀》，台北，新興書局。

64.《搜神後記》，陶潛撰，汪紹楹校注，北京，中華書局，1988 年。

65.《容齋三筆》，洪邁，鄭州，中州古籍出版社，1993 年。

66.《夢溪筆談校證》，沈括原著，胡道靜校證，上海古籍出版社，1987 年。

67.《西溪叢語》，姚寬原著，孔禮凡點校，北京，中華書局，1993 年。

68.《類雋》，吳虛舟、鄭若庸纂輯，上海辭書出版社，1991 年。

69.《日知錄》，顧炎武，台北，明倫出版社，1971 年。

70.《讀書雜志》，王念孫撰，北京，中華書局，1991 年。

71.《癸巳類稿》，俞正燮，上海，商務印書館，1957 年。

72.《隨園五種》，袁枚，台北，廣文書局，1968 年。

73.《崔東壁遺書》，台北，河洛圖書出版社，1975 年。

74.《經學通論》，皮錫瑞，台北，河洛圖書出版社，1974 年。

75.《文史通義校注》，章學誠著，葉瑛校注，台北，里仁書局，1984 年。

76.《中國方志叢書》，台北，成文出版社。

二、近人著作部分

1.《十三經引得》，台北，宗青圖書出版公司，1989 年。

2. 丁世良、趙放主編《中國地方志民俗資料匯編》，北京，書目文獻出版社，
1995 年。

3.《大不列顛百科全書》（中文版），台北，丹青圖書有限公司，1987 年。

4. 于省吾《澤螺居詩經新證》，北京，中華書局，1982 年。

5. 于省吾《甲骨文字釋林》，北京，中華書局，1993 年。

6. 《于豪亮學術文存》，北京，中華書局，1985 年。

7. 《中國民間信仰論集》，台北，中研院民族所，1974 年。

8. 《中國各民族宗教與神話大詞典》，北京，學苑出版社，1993 年。

9. 《中華民俗源流集成》，甘肅人民出版社，1994 年。

10. 王國維《觀堂集林》，北京，中華書局，1991 年。

11. 王獻唐《炎黃氏族文化考》，山東，齊魯書社，1985 年。

12. 王孝廉、吳繼文編《神與神話》，台北，聯經出版事業公司，1988 年。

13. 王鍾陵《中國前期文化——心理研究》，陝西，重慶出版社，1991 年。

14. 文崇一《中國古文化》，台北，東大圖書股份有限公司，1990 年。

15. 仁欽道爾吉等編《阿爾泰語系民族敘事文學與薩滿文化》，內蒙古大學出版社，1990 年。

16. 古添洪、陳慧樺編著《從比較神話到文學》，台北，東大圖書出版社，1983 年。

17. 石泉：《古代荊楚地理新探》，湖北，武漢大學出版社，1988 年。

18. 朱狄：《原始文化研究》，北京，三聯書局，1988 年。

19. 朱歧祥編：《甲骨四堂論文選集》，台北，學生書局，1990 年。

20. 安金槐主編《中國考古》，上海古籍出版社，1992 年。

21. 朱碧蓮《楚辭論稿》，上海，三聯書店，1993 年。

22. 任乃強《華陽國志校補圖注》，上海古籍出版社，1994 年。

23. 杜而未《易經原義的發明》，台北，學生書局，1983 年。

24. 杜正勝《古代社會與國家》，台北，允晨文化，1990 年。

25. 李宗侗《中國古代社會史》，台北，中國文化大學出版部，1987 年。

26. 李家樹《詩經的歷史公案》，台北，大安出版社，1990 年。

27. 李萬鵬等著《山東民俗》，山東友誼書社，1990 年。

28. 李辛儒《儒學文化與民俗美術》，北京，中央民族學院出版社，1992 年。

29. 何星亮《中國圖騰文化》，北京，中國社會科學出版社，1992 年。

30. 余崇生編《楚辭研究論文集》，台北，學海出版社，1985 年。

31. 《宋代文學與思想》，台北，學生書局，1989 年。

32. 宋兆麟等著《中國原始社會史》，北京，文物出版社，1983 年。

33. 宋立道、魯奇譯《神秘主義、巫術與文化風尚》，北京，光明日報出版社，1990 年。

34. 岑家梧《圖騰藝術史》，台北，駱駝出版社，1987 年。

35. 呂大吉主編《中國原始宗教資料叢編》，上海，人民出版社，1993 年。

36. 吳澤霖總纂《人類學詞典》,上海辭書出版社,1991 年。

37. 芮逸夫主編《人類學》,台灣商務印書館,1971 年。

38. 周策縱《古巫醫與「六詩」考》,台北,聯經出版事業公司,1986 年。

39. 周桂鈿《天地奧秘的探索歷程》,北京,中國社會科學出版社,1988 年。

40. 李羨林《比較文學與民間文學》,北京大學出版社,1991 年。

41. 季旭生《詩經古義新證》,台北,文史哲出版社,1994 年。

42. 易中天《藝術人類學》,上海文藝出版社,1992 年。

43. 屈守元《文選導讀》,巴蜀書社,1993 年。

44. 秋浦等《鄂倫春社會的發展》,上海人民出版社,1978 年。

45. 秋浦《薩滿教研究》,上海人民出版社,1985 年。

46. 胡厚宣等著《甲骨探史錄》,上海,三聯書店,1982 年。

47. 胡念貽《中國古代文學論稿》,上海古籍出版社,1987 年。

48. 姜書閣《漢賦通義》,山東,齊魯書社,1989 年。

49. 柯建章《戰國策注釋》,北京,中華書局,1992 年。

50. 陝西歷史博物館編《西周史論文集》,陝西人民教育出版社,1993 年。

51. 徐旭生《中國古史的傳說時代》,台北,仲信出版社。

52. 孫作雲《詩經與周代社會研究》,北京,中華書局,1966 年。

53. 袁珂編著《中國神話傳說辭典》,上海辭書出版社,1985 年。

54. 袁珂《古神話選釋》,台北,長安出版社,1986 年。

55. 袁珂《中國神話通論》,四川,巴蜀書社,1993 年。

56. 袁珂《山海經校注》,四川,巴蜀書社,1993 年。

57. 袁珂《神話論文集》,台北,漢京文化事業,1987 年。

58. 高亨《詩經今注》,台北,里仁書局,1981 年。

59. 唐祈、彭維金主編《中華民族風俗辭典》,江西教育出版社,1988 年。

60. 唐蘭《殷虛文字記》,北京,中華書局,1981 年。

61. 馬積高《賦史》,上海古籍出版社,1987 年。

62. 馬繼興《馬王堆古醫書考釋》,湖南科學技術出版社,1992 年。

63. 馬昌儀主編《中國神話學文論選》,北京,中國廣播電視出版社,1994 年。

64. 凌純聲《中國邊疆民族與環太平洋文化》,台北,聯經出版事業公司,1979 年。

65. 郭沫若《甲骨文字研究》,台北,民文出版社。

66. 《陳寅恪先生文集》,台北,里仁書局,1982 年。

67. 陳夢家《殷虛卜辭綜述》，北京，中華書局，1988年。

68. 陳炳良《神話、禮儀、文學》，台北，聯經出版事業公司，1986年。

69. 陳炳良等譯《神話即文學》，台北，東大圖書有限公司，1990年。

70. 陳國強主編《文化人類學詞典》，浙江人民出版社，1990年。

71. 陳久金、盧央、劉漢堯等著《彝族天文學史》，雲南人民出版社，1991年。

72. 陳子展《詩經直解》，上海，復旦大學出版社，1991年。

73. 陳子展《楚辭直解》，江蘇古籍出版社，1993年。

74. 陳章燦《魏晉南北朝賦史》，江蘇古籍出版社，1992年。

75. 陳兆復、邢璉《外國岩畫發現史》，上海人民出社，1993年。

76. 許嘉璐主編《中國古代禮俗辭典》，中國友誼出版公司，1991年。

77. 張光直《中國青銅時代》第二集，台北，聯經出版事業有限公司，1990年。

78. 張忠培《中國北方考古文集》，北京，文物出版社，1990年。

79. 張崇琛《楚辭文化探微》，北京，新華出版社，1993年。

80. 張甦等編著《全本搜神記評譯》，上海，學林出版社，1994年。

81. 張榮明主編《道佛儒思想與中國傳統文化》，上海人民出版社，1994年。

82. 游國恩《楚辭論文集》，台北，九思出版社，1977年。

83. 游國恩《楚辭概論》，台北，九思出版社，1978年。

84. 馮漢驥《考古學論文集》，北京，文物出版社，1985年。

85. 富育光、孟慧英《滿族薩滿教研究》，北京大學出版社，1991年。

86. 楊寬《古史新探》，未注出版社、出版年。

87. 楊牧《傳統的與現代的》，台北，洪範書店，1987年。

88. 楊知勇《西南民族生死觀》，雲南教育出版社，1992年。

89. 楊學政《原始宗教論》，雲南人民出版社，1994年。

90. 葉舒憲《探索非理性的世界》，四川人民出版社，1988年。

91. 葉舒憲《中國神話哲學》，北京，中國社會科學出版社，1993年。

92. 葉舒憲《詩經的文化闡釋》，湖北人民出版社，1994年。

93. 葉大兵、烏丙安主編《中國風俗辭典》，上海辭書出版社，1991年。

94. 賈慶超《武氏祠漢畫石刻考評》，山東大學出版社，1993年。

95. 《楚辭研究論文集》，湖北人民出社，1985年。

96. 《聞一多全集》，湖北人民出版社，1994年。

97. 趙明主編《先秦大文學史》，吉林大學出版社，1993年。

98. 趙國華《生殖崇拜文化論》，北京，中國社會科學出版社，1990 年。

99. 臧克和《錢鍾書與中國文化精神》，南昌，百花洲文藝出版社，1993 年。

100. 臧克和《說文解字的文化說解》，湖北人民出版社，1994 年。

101. 鄭振鐸等編《中國文學研究》，台北，明倫出版社，1970 年。

102. 鄭坤德《中國歷史地理論文集》，台北，聯經出版事業公司，1981 年。

103. 《諸子引得》，台北，宗青圖書出版公司，1986 年。

104. 劉大杰《中國文學發展史》，台北，華正書局，1977 年。

105. 劉漢堯《中國文明源頭新探——道家與彝族虎宇宙觀》，雲南人民出版社，1993 年。

106. 劉敦愿《美術考古與古代文明》，台北，允晨文化，1994 年。

107. 錢鍾書《管錐篇》，北京，中華書局，1986 年。

108. 簡宗梧《漢賦史論》，台北，東大圖書股份有限公司，1993 年。

109. 蕭兵《中國文化的精英》，上海，文藝出版社，1989 年。

110. 蕭兵《黑馬——中國民俗神話學文集》，台北，時報文化出版企業有限公司，1991 年。

111. 蕭兵《儺蜡之風——長江流域宗教戲劇文化》，江蘇人民出版社，1992 年。

112. 蕭兵《楚辭文化》，北京，中國社會科學出版社，1992 年。

113. 蕭兵、葉舒憲《老子的文化解讀》，湖北人民出版社，1994 年。

114. 譚其驤《長水集》，北京，人民出版社，1987 年。

115. 饒宗頤《楚辭地理考》，台北，九思出版社，1978 年。

116. 蘇雪林《屈賦論叢》，台北，國立編譯館，1980 年。

117. 嚴耕望《唐代交通圖考》，中研院史語所專刊之三十八，1986 年。

118. 嚴汝嫻、宋兆麟《永寧納西族的母系制》，雲南人民出版社，1991 年。

119. 顧鐵符《夕陽芻稿》，北京，紫禁城出版社，1988 年。

三、外國著作部分

1. 《聖經》（《舊約全書》），吳羅瑜總編輯，香港，福音證主協會證道出版社，1986 年。

2. 〔日〕大林太良《稻作神話》，弘文堂，1973 年。

3. 〔日〕小野澤精一等編著，李慶譯：《氣的思想——中國自然觀和人的觀念的發展》，上海人民出版社，1980 年。

4. 〔日〕白川靜著，杜正勝譯：《詩經研究》，台北，幼獅文化事業，1982 年。

5. 〔日〕白川靜著，加地伸行等譯：《中國古代文化》，台北，文津出版社，

1983 年。

6. 〔日〕小南一郎著，孫昌武譯：《中國的神話傳說與古小說》，北京，中華書局，1993 年。

7. 〔加拿大〕弗萊著，葉舒憲編繹：（Northrop Frye）《神話——原型批評》，陝西師範大學出版社，1987 年。

8. 〔加拿大〕弗萊（Northrop Frye）：《威嚴的均稱》（《Fearful Symmetry》），Princeton　Second　Printing，1969 年。

9. 〔法〕葛蘭言著張銘遠譯：《中國古代的祭禮與歌謠》，上海文藝出版社，1989 年。

10. 〔法〕列維—布留爾著，丁由譯：《原始思維》，北京，商務印書館，1994 年。

11. 〔法〕李維—史特勞斯著，李幼蒸譯：《野性的思維》，台北，聯經出版事業公司，1992 年。

12. 〔波蘭〕馬凌諾斯基著，朱岑樓譯：（Bronislaw Malinowski）《巫術、科學與宗教》，台北，協志工業叢書出版股份有限公司，1989 年。

13. 〔英〕弗雷澤（James Frazer）著，汪培基譯：《金枝》，台北，久大—桂冠出版社，1991 年。

14. 〔英〕李約瑟著，陳立夫譯：《中國之科學與文明》，台灣商務印書館，1973 年。

15. 〔英〕海頓（A.C Haddon）著，呂一舟譯：《南洋獵頭民族考察記》，北京，商務印書館，1990 年。

16. 〔美〕李達三：《比較文學研究之新方向》，台北，聯經出版事業公司，1978 年。

17. 〔美〕拉・莫阿卡寧著，江亦麗、羅照輝譯：《容格心理學與西藏佛教》，北京，商務印書館，1994 年。

18. 〔美〕理安・艾斯勒（Riane Eisler）著，程志民譯：《聖杯與劍》，北京，社會科學文獻出版社，1993 年。

19. 〔美〕阿蘭・鄧迪斯（Alan Dundes）編，陳建憲、彭海斌譯：《世界民俗學》，上海文藝出版社，1990 年。

20. 〔美〕M・艾瑟・哈婷著，蒙子、龍天、芝子譯：《月亮神話——女性的神話》，上海文藝出版社，1992 年。

21. 〔美〕艾里亞德（Mircea Eliade）《薩滿教》（《Shamanism》），Princeton Second Printing，1974 年。

22. 〔美〕艾里亞德（ Mircea　Eliade）《永恆回歸的神話》（The Myth.Of The Eternal Return or Cosmos And History），Princeton University Printing，1974 年。

23. 〔美〕艾利亞德（Mircea Eliade）《神話與現實》（Myth And Reality）頁 42，Princeton，1963 年。

24. 〔美〕紐曼（E.Neumann）《The Origins And History Of Consciousness》，Princeton，1973。

25. 〔秘魯〕印卡・加西拉索・德拉維加著，白鳳森、楊衍永譯：《印卡王室述評》，北京，商務印書館，1993 年。

26. 〔荷蘭〕高佩羅著，李零等譯：《中國古代房内考》，台北，桂冠圖書股份有限公司，1991 年。

27. 〔瑞士〕容格（Carl Gustav Jung）著，馮川、蘇克編譯：《心理學與文學》，台北，久大文化股份有限公司，1990 年。

28. 〔德〕恩格斯《家庭、私有制、和國家的起源》台北，谷風出版社，1989 年。

29. 〔德〕卡西勒（Ernst Cassirer），甘陽譯：著《人論》，台北，桂冠圖書股份有限公司，1990 年。

30. 〔蘇〕謝・亞・托卡列夫等著，李毅夫等譯：《澳大利亞和大洋洲各族人民》，上海，三聯書店，1980 年。

四、論文期刊部分

1. 王青〈赤松子神話與商周焚巫祈雨儀式〉，《民間文學論壇》1993 年 1 期。

2. 王勝華〈西盟佤族的獵頭習俗與頭顱崇拜〉《中國文化》第 9 期，1994 年 2 月。

3. 田倩君〈說高臺〉，《中國文字》第六卷頁 2883～2906，1967 年。

4. 朱宜初〈論原始巫及有關文藝〉，《民間文藝論壇》1986 年第 6 期。

5. 余偉超〈連雲港將軍崖東夷社祀遺址與孔望山東漢佛教摩崖造像〉，江蘇省《文博通訊》第 24 期，南京博物院，1980 年。

6. 李學勤〈唐勒、小言賦和易傳〉，《齊魯學刊》1990 年第 4 期。

7. 李少雍〈后稷神話探源〉，《文學遺產》1993 年第 6 期。

8. 李豐楙〈不死的探求——從變化神話到神仙變化傳說〉，《中外文學》第 15 卷第 5 期，1986 年 10 月。

9. 李豐楙〈先秦變化神話的結構性意義——一個「常與非常」觀點的考察〉，《中國文哲研究所集刊》第 4 期頁 287～318，1994 年 3 月。

10. 杜而未〈莊子神話解釋〉，台灣大學《文史哲學報》第 32 期，1983 年。

11. 巫瑞書〈炎帝神農傳說圈試探〉，《民間文學論壇》1993 年 3 期。

12. 徐高阮〈昆侖丘和洪水神話〉（草綱），《中華雜誌》第 7 卷第 11 期，1969 年 11 月。

13. 〈座談長沙馬王堆一號漢墓〉，《文物》1972 年第 9 期。

14. 康保成〈儺戲姜女下池與華夏古俗〉，《中國文學研究》1992 年第 1 期。

15. 凌純聲〈中國古代社之源流〉，中央研究院《民族研究所集刊》第 17 期，1964 年。

16. 章炳麟《菿漢閒話》，《制言半月刊》第 14 期，1936 年 4 月。

17. 陳夢家〈高禖郊社祖廟通考〉，《清華學報》12 卷 3 期，1937 年。

18. 陳寧寧〈箜篌引的研究〉，《出版與研究》50 期，1979 年。

19. 畢志峰〈彝族與虎〉，《雲南民族文化雙月刊》1982 年第 5 期。

20. 湯漳平〈論唐勒賦殘簡〉，《文物》1990 年第 4 期。

21. 彭毅老師〈屈原作品中隱喻和象徵的探討〉，《文學評論》第 1 集，台北，書目書評出版社，1975 年 5 月。

22. 張光直〈古代中國及在人類學上的意義〉，《史前研究》1985 年 2 期。

23. 張光直〈中國創世神話之分析與古史研究〉，中央研究院《民族研究所集刊》第 8 期頁 51，1959 年。

24. 裘錫圭〈寒食與改火〉，《中國文化》第 2 期，1990 年 6 月。

25. 裘錫圭〈殺首子解〉，《中國文化》第 9 期，1994 年 2 月。

26. 楊儒賓〈道家的原始樂園思想〉，1995 年 4 月，漢學研究中心與施合鄭民俗文化基金會合辦的「中國神話與傳說學術研討會」上發表的論文。

27. 樂蘅軍〈中國原始變形神話試探〉（上）（下），《中外文學》第 2 卷第 8、9 期，1974 年 1、2 月。

28. 魯瑞菁《說相——桑樹崇拜文化研究》，台灣師範大學國文研究所碩士論文，1991 年。

29. 錢穆〈周初地理考〉，《燕京學報》第 10 期，1931 年 12 月。

30. 錢穆〈楚辭地名考〉，《清華學報》第 9 卷第 3 期，1934 年 7 月。

31. 謝劍〈匈奴宗教信仰及其流變〉，中研院《史語所集刊》42 本 4 分頁 587，1971 年。

32. 蕭兵〈中國神話裡的世界中心：兼論周人「世界中心」之轉移〉，1995 年 4 月，漢學研究中心與施合鄭民俗文化基金會合辦的「中國神話與傳說學術研討會」上發表的論文。

33. 羅福頤〈臨沂漢簡所見古籍概略——唐勒賦殘簡〉，《古文字研究》11 輯。

34. 譚家健〈唐勒賦殘篇考釋及其他〉，《文學遺產》1990 年 2 月。

35. 饒宗頤〈唐勒及其佚文〉，《中國文學論集》第 9 號，日本九州大學中國文學會，1980 年。

36. 〔日〕稻田耕一郎〈宋玉集佚存鉤沈〉，中國屈原學會編《楚辭研究》，1988 年。

附錄一　聖婚與聖宴：〈高唐賦〉的文化儀式解析

摘要

　　本文之作的目的首先是想先從〈高唐賦〉正文部分探索〈高唐賦〉的創作動機和目的，如〈高唐賦〉賦作正文描寫眾多險峻的山巖、澎湃的山澗、幽僻的森林、繽紛的禽獸，其目的何在？又如其中為何又要著力經營出迭宕張弛之力美、景致、氣氛相互對比、映照的節奏感？更重要的是，賦作正文後半部分描繪祭禱、音樂、羽獵等場面，及敘述往見神女的準備過程及見後功效一節，當如何解釋？在全篇賦作中具有怎樣的意義？又如何與賦作正文前半部分描繪山川草木、飛禽走獸之文脈連絡貫通，一氣流形？

　　其次，本文更將注意賦作正文與序文之間的關係，如為何序文以神女人物為主體，正文則以山川林草為主體？又如為何以序文重艷麗旖旎的風格，搭配正文重凝定肅殺的氣氛？至於序文部分神女的「未行而亡」——成為瑤姬的隱喻；以及「願薦枕席」——主動獻身的行為，與正文書寫所隱含的意涵，如何能夠得到通貫的解釋？換言之，本文所持最重要的研究觀點即是，始終將整篇賦作視為一個前後相銜的有機整體；也就是說，〈高唐賦〉的序文與正文並非兩不相干的錯置，那麼重要的就是，必須解答賦作正文與序文之間的關聯性、連續性、互補性問題。

關鍵詞：宋玉、高唐賦、高唐神女、雲夢、聖婚

一、前言

宋玉〈高唐賦〉〔註1〕是一篇影響深遠的賦作，對於此賦的創作動機與目的，由古至今形成許多不同的說法，主要有「媚淫說」與「感諷說」。「媚淫說」一派緊扣住「淫」字來議論，看法一致而單純；至於「感諷說」一派的情況則較複雜：或者說〈高唐賦〉是「感諷」之作，但卻沒有明確說出它感諷什麼（如唐人李商隱）；或者說〈高唐賦〉是在「諷諫婬惑」（如唐人李善）；或者用美人香草的思考模式，說〈高唐賦〉在諷諫襄王當引用賢人輔政（如明人陳第），這些講法都各有其理據〔註2〕。

不過，無論「感諷說」或「媚淫說」，各家都將著眼點放在〈高唐賦〉序文及正文結尾部分所涵蘊的意義上。〈高唐賦〉的序文描述了楚懷王一個綺麗的夢境，在夢中高唐神女向楚懷王獻身，這個由女神主動獻身的春夢逸事，自唐代以後隨著《文選》地位的愈益重要而廣泛流傳，甚至遮掩了〈高唐賦〉正文本身的內容與意義。至於〈高唐賦〉正文結尾部分與正文其他部分的風格差距甚大，換言之，正文結尾頗具漢大賦「曲終奏雅」的性質。由於〈高唐賦〉序文及正文結尾部分所具有的吸引人目光的特性，以致多數研究者在探討〈高唐賦〉的創作動機和目的時，都只注意序文及正文結尾部分，而忽略賦作正文的主體部分。

本文之作的目的即是想先從〈高唐賦〉正文主體部分探索〈高唐賦〉的創作動機和目的，如〈高唐賦〉賦作正文主體描寫眾多險峻的山巖流水之狀、澎湃的百谷匯集之勢、幽僻的森林香草之態、繽紛的飛禽走獸之奇，其目的何在？又如其中為何又要著力經營出迭宕張弛之力與美，即如雄濤駭浪與平波柔水、猛禽野獸與香草幽林、磅礡驚悸與旖旎秀色、緊張刺激與舒緩平靜等景致、氣氛相互對比、映照的節奏感？更重要的是，賦作正文後半部分描繪祭禱、音樂、羽獵等場面，及敘述往見神女的準備過程及見後功效一節，當如何解釋？在全篇賦作中具有怎樣的意義？又如何與賦作正文前半部分描繪山川草木、飛禽走獸之文脈連絡貫通，一氣流形？

當然，本文亦將注意賦作正文與序文之間的關係，如為何序文以神女人

〔註 1〕 本文所引〈高唐賦〉文本皆見〔梁〕蕭統編，〔唐〕李善注，《文選》（上海：上海古籍出版社，1986 年），頁 875～882。下文不再注明出處。

〔註 2〕 詳參參拙作，〈〈高唐賦〉的民俗神話底蘊研究〉（國立台灣大學中國文學研究所博士論文，自印，1986 年），頁 18～41。

物爲主體，正文則以山川林草爲主體？又如爲何以序文重艷麗旖旎的風格，搭配正文重凝定肅殺的氣氛？至於序文部分神女的「未行而亡」——成爲瑤姬的隱喻；以及「願薦枕席」——主動獻身的行爲，與正文書寫所隱含的意涵，如何能夠得到通貫的解釋？換言之，本文所持最重要的研究觀點即是，始終將整篇賦作視爲一個前後相銜的有機整體；也就是說，〈高唐賦〉的序文與正文並非兩不相干的錯置，那麼重要的就是，必須解答賦作正文與序文之間的關聯性、連續性、互補性問題。

二、資源豐富的雲夢獵場

閱讀〈高唐賦〉正文，首先出現的問題是，〈高唐賦〉賦作正文的前半部分描寫險峻的山巖、澎湃的百谷、幽僻的林草、繽紛的禽獸，其目的何在？回答是，〈高唐賦〉正文所描繪的高唐山丘、林泉、動植等眾多珍怪奇偉的景物，其目的正是在鋪陳出一個森林茂密、水源充沛、禽獸繁多的雲夢獵場景象，請看下列資料：

1. 《國語・楚語下》載王孫圉之言云：「楚之所寶者，曰觀射父。……又有藪曰雲連徒洲，金、木、竹、箭之所生也。龜、珠、齒、角、皮、革、羽、毛所以備賦用，以戒不虞者也，所以供幣帛，以賓享於諸侯者也。」〔註3〕

2. 《墨子・公輸》載墨子之言曰：「荊有雲夢，犀兕麋鹿滿之，江漢之魚鱉黿鼉爲天下富。……荊有長松文梓，楩柟豫章。」〔註4〕

從以上兩條資料記載，可以看到春秋時代雲夢古澤地區乃是楚國具有豐富盛多的動、植、礦物資源的寶庫，此亦即〈高唐賦〉正文開宗明義所謂「高矣顯矣，臨望遠矣；廣矣普矣，萬物祖矣；上屬於天，下見於淵，珍怪奇偉，不可稱論」。

古文獻中對雲夢古澤描述得最詳細的，要算是司馬相如的〈子虛賦〉了。司馬相如雖是漢武帝時人，但他所鋪陳的雲夢卻是戰國時的雲夢，因爲漢代楚國在淮北（即西楚），並不在江漢地區；而〈子虛賦〉裡的雲夢，明顯地是戰國時期江漢地區楚王的遊獵場〔註5〕。譚其驤曾經指出，〈子虛賦〉裡雖然

〔註3〕上海師范大學古籍整理組校點，《國語》：（上海：上海古籍出版社，1978年），頁580。

〔註4〕〔清〕孫詒讓著，孫以楷點校：《墨子閒詁》，《新編諸子集成》第一輯（台北：華正書局，1987年），頁443。

〔註5〕參見譚其驤：〈雲夢與雲夢澤〉，氏著：《長水集》下冊（北京：人民出版社，

有賦家夸飾之辭，但它所反映的雲夢區有高山、平原及茂林，池澤只佔其中一部分的情形，是無可置疑的；這篇賦的可貴之處就在於，它將雲夢這個眾多野生動、植物繁衍生息的區域，形象化地描述出來了〔註6〕。

　　據〈子虛賦〉說，雲夢區域方九百里，其中有高山和坡地，高山上干青雲，遮日蔽月；坡地則下連江河，灌木叢生。這裡充滿各種色彩、種類的金玉土石。雲夢區的東部是蕙圃，生長著許多香草、香花；南部是平原、廣澤，以長江和巫山為邊緣〔註7〕，其中高而乾與卑而濕的地區，各自繁衍出不同種類的植物；西部則有涌泉清池，聚生著神龜、蛟鼉、玳瑁、鱉黿等水族生物；北部則是茂密的森林，各類樹木叢生，樹上有鳥、猿棲息，林中有虎、豹等猛獸臥藏。而楚王主要獵場正位於雲夢北部的茂林區中，〈子虛賦〉是這樣描寫的：

> 其北則有陰林：其樹楩柟豫章，桂椒木蘭，檗離朱楊，櫨梨梬栗，橘柚芬芳。其上則有鵷雛孔鸞，騰遠射干。其下則有白虎玄豹，蟃蜒貙犴。〔註8〕

在這段文字之後，〈子虛賦〉接著說：

> 於是乎乃使剸諸之倫，手格此獸。楚王乃駕馴駁之駟，乘雕玉之輿；靡魚須之橈旃，曳明月之珠旗；建干將之雄戟，左烏號之雕弓，右夏服之勁箭。陽子驂乘，孅阿為御；案節未舒，即陵狡獸。蹴蛩蛩，轔距虛；軼野馬，惠陶駼；乘遺風，射游騏。倏眣倩浰，雷動飆至，星流霆擊；弓不虛發，中必決眥；洞胸達腋，絕乎心繫。獲若雨獸，揜草蔽地。於是楚王乃弭節徘徊，翱翔容與，覽乎陰林，觀壯士之暴怒，與猛獸之恐懼；徼𢷬受詘，殫睹眾物之變態。

從楚王「覽乎陰林，觀壯士之暴怒，與猛獸之恐懼」一句，即可看出雲夢北方的茂林區（陰林）正是楚王主要的獵場。

　　又據譚其驤研究指出，〈子虛賦〉裡所說雲夢北部的高山叢林，當指今鍾

〔註6〕 參見譚其驤：〈雲夢與雲夢澤〉，氏著：《長水集》下冊（北京：人民出版社，1987年），頁107～108。

〔註7〕 譚其驤指出，這裡的巫山指的是廣義的巫山，即鄂西山地的邊緣（參見譚其驤：〈雲夢與雲夢澤〉，氏著：《長水集》下冊，頁109），所以不是神女所在的巫山（大洪山）。

〔註8〕 〔梁〕蕭統編，〔唐〕李善注：《文選》（上海：上海古籍出版社，1986年），頁348～356。下文引〈子虛賦〉不再注明出處。

祥、京山一帶的大洪山區〔註9〕。而據筆者研究，高唐神女所在的巫山即今湖北隨縣西南百二十里的大洪山，高唐則在隨縣西北八十五里，也屬大洪山區境內；巫山稍北則有雲夢臺，是楚王游獵後休憩的地方〔註10〕。

三、撫慰野獸的咒術行爲

〈高唐賦〉正文部分在描寫完高唐觀旁側的香草、奇鳥等景物之後，筆鋒一轉，接著就鋪排出祭禱、音樂和田獵等場面，即如下三段文字：

1. 有方之士，羨門高谿，上成郁林，公樂聚穀。進純犧、禱琁室、醮諸神、禮太一，傳祝已具，言辭已畢。（魯按，以上爲祭禱場面。）

2. 王乃乘玉輿，駟倉螭，垂旒旌，旆合諧，紬大絃而雅聲流，冽風過而增悲哀。於是調謳令人慊悵惆悵，脅息增欷。（魯按，以上爲音樂場面。）

3. 於是乃縱獵者，基趾如星，傳言羽獵，銜枚無聲，弓弩不發，罘罘不傾，涉莽莽，馳苹苹，飛鳥未及起，走獸未及發，何節奄忽，蹄足灑血，舉功先得，獲車已實。（魯按，以上爲田獵場面。）

在寫完祭禱、音樂和田獵的場面後，賦作就以敘說往見神女的準備過程及見後功效作爲結尾，即以下一段文字：

4. 王將欲往見，必先齋戒，差時擇日，簡輿、玄服、建雲旆、蜺爲旌、翠爲蓋。風起雨止，千里而逝。蓋發蒙，往自會。思萬方，憂國害，開聖賢，輔不逮，九竅通鬱，精神察滯，延年益壽千萬歲。

以上四段文字在〈高唐賦〉中具有什麼作用呢？漢賦研究學者姜書閣認爲〈高唐賦〉末節描繪祭禱、音樂與田獵的場面，是畫蛇添足的多餘文章，他說：「既敘先王遊高唐，則言高唐山水景物雖嫌過繁，尚屬題內文章，何必又雜言音樂，牽入羽獵，與上下文皆無關涉呢？」他更指出，其實文章寫至「往自會」一句，就可以結束了，但卻又生硬地加上短短幾句游離的諷諫尾巴，即「思萬方」至「精神察滯」數句，此與上文絕不協調；更在諷諫尾巴之後再加上一句祝頌之語——「延年益壽千萬歲」，這給漢大賦開了侈麗閎衍、勸百諷一

〔註 9〕 參見譚其驤：〈雲夢與雲夢澤〉，氏著：《長水集》下冊，頁108。
〔註10〕 參拙作：〈《高唐賦》的民俗神話底蘊研究〉（國立台灣大學中國文學研究所博士論文，自印，1986年），頁29～33。

的先路，也給魏、晉樂府在篇末加上祝壽之語，如「今日樂相樂，延年萬壽期」一類，創了先例〔註 11〕。姜氏以上意見恐怕代表了許多研究者的疑惑，問題是〈高唐賦〉末段描繪祭禱、音樂和田獵等場面，真的是畫蛇添足的文字嗎？又「思萬方」以下幾句果真與上文絕不協調嗎？這四段文字在整篇〈高唐賦〉中的意義與作用到底是什麼呢？下文即欲從此關鍵問題點入手，亦即擬從原始狩獵巫術儀式的觀點，來發掘這四段文字的深層內蘊。

《渚宮舊事》卷三引《襄陽耆舊傳》載高唐神女臨去時對懷王說：「將撫君苗裔，藩乎江漢之間。」這段話或即是〈高唐賦〉結尾「思萬方，憂國害，開聖賢，輔不逮」之所本，在這裡可以結論先行地這樣認為：高唐神女由原先作為狩獵豐產女神的機能，轉變為與國家安危息息相關的女神。而其間的轉變仍有線索可尋，因為狩獵豐產女神往往與風調雨順、食物豐盛有密切關聯。

遠在古早的狩獵社會，初民即運用豐產巫術儀式，以冀求得到更多可食的獸類，如在法國馬德萊納洞窟中，曾發現一幅命名為「橫臥的維納斯」石刻，這是舊石器時代稀有的人體形象之一，據研究者推測，它與先民的繁殖祭祀有關；另外在義大利西西里島的阿達拉洞穴中，也發現一幅舊石器時代的壁畫，被命名作「祭禮」，畫面上方有一些人似在跳舞，還有一些人則躺臥在地上，上面多重疊著另一個人的形象，下方則配置了許多野獸的圖像，這幅畫也被認為表現了人和動物的繁殖祭祀〔註 12〕。

上述這類狩獵豐產巫術的歷史相當久遠，而且也廣見於世界各處。據〔英〕弗雷澤指出，羅馬內米森林的森林女神狄安娜（Diana，她有另一化身是清泉女神伊吉利婭 Egeria），不只是山林、湖沼的女主人，而且還是野獸的女守護神（即狩獵女神），她代表了生育繁殖的力量；人們崇拜狄安娜的儀式，其實就是一種豐產巫術〔註 13〕。與狄安娜相同，如永寧摩梭人崇拜的格姆女神，及藏族、普米族、和摩梭族人共同崇拜的巴丁喇木女神，也被人們看成是森林女神和狩獵女神〔註 14〕；而高唐森林區的神女嬌姬，實具有同樣森林女神和狩獵女神的身份。她就是高唐山體，也是大自然、大地自身。她象徵著四

〔註11〕 參見姜書閣：《漢賦通義》（濟南：齊魯書社，1989 年），頁 62～63。

〔註12〕 參見陳兆復、邢璉：《外國岩畫發現史》（上海：上海人民出社，1993 年），頁 72～74。

〔註13〕 參見〔英〕弗雷澤著，汪培基譯：《金枝》（台北：久大—桂冠出版社，1991 年），頁 217、227～228、254～255。

〔註14〕 參拙作：〈〈高唐賦〉的民俗神話底蘊研究〉（國立台灣大學中國文學研究所博士論文，自印，1986 年），頁 111～115。

時流轉、夏榮多枯、生死輪迴的張弛節奏；同時她也是自然大地、動物植物的養育者、守護者，她身上體現出生生不息、循環不已之道性。若此一推論成立，則〈高唐賦〉中描寫祭禱、音樂和田獵場面，就不是偶然的了；這幾段文字的深層底蘊，實可追溯到原始狩獵豐產巫儀上。

　　原始社會的獵人們在狩獵前後，必須舉行一連串具有咒術性的儀式，其中包括撫慰野獸祖靈、向狩獵女神祈求豐產和自我安神綏靖等意義。如〔英〕弗雷澤所指出，原始獵人將野獸看成跟人一樣，是由親屬關係和報復血仇的責任聯繫在一起；所以傷害了它們同族中的任何一員，根據血族復仇原則，被殺害野獸的魂魄會煽動它的親屬，對狩獵者進行報復。但是原始土著並不能做到任何動物都不殺，他總得吃一些動物，否則就要挨餓；因此，當他們殺害野獸時，往往心存敬重及感激，而且盡可能向死靈解釋自己的行為，並許諾妥善安置它們的遺骸，甚至還舉行儀式，獻上供品，使死靈覺得自己不是個犧牲，倒像是宴會上與主人共餐的客人，並誘引同伴一起踏上這快樂的死亡之途。原始人即借助這種贖罪、祝禱、共餐儀式，營造出同體共生的一體感，並防止死獸及其同族的憤怒、報復，更保證將來狩獵持續的豐收。弗雷澤舉出了眾多的例證，如：

1. 堪察加人在殺死任何一個陸上或海洋動物之前，都要請求它的原諒，求它不要因此而生氣。他們還向它獻上杉果等供物，使它覺得自己並不是一個犧牲品，而是一個宴會上的客人，這樣它就會去邀請它的同伴一齊前來。

2. 巴西的印第安人將雪豹屍體帶回村裡時，婦女用各色羽毛裝點屍體，在它的腿上戴上鐲子，哭訴說：「求你不要向我們的孩子報仇，你因為自己的無知被捉，我們的丈夫只是設陷阱捕捉能吃的動物，他們從來沒有想到把你也捉在裡面。所以，不要讓你的魂魄請同伴來向我們的孩子報仇。」

3. 布拉福特的印第安人將捕獲的鷹擺在地上，用一根棍子把鷹頭撐起來，每隻鷹嘴裡放一塊乾肉，使得死鷹靈魂回去告訴同伴，說印第安人待他們很好。

4. 美洲印第安人在獵熊前，長期齋戒潔淨；出發時則向以前殺死的熊魄奉獻祭品贖罪，求它照顧獵人。殺死一隻熊後，他們會請死熊抽煙斗，求它不要因此而生氣，妨礙以後的打獵。熊肉必須吃

的一塊都不能剩下，頭則塗成紅色和藍色，掛在柱子上，由演說
者極力稱讚它。

5. 西伯利亞東北部沿海地區的科里亞克人將死熊帶回家的時候，婦
女出來迎接，打著火把跳舞。熊皮連著熊頭一起剝下來，有一個
婦女披上熊皮跳舞，求熊不要生氣。他們在送走死熊靈魂時，還
爲它備好路上吃的糧食。(《金枝》頁 757)

與上列 4、5 例相類似的是中國東北部鄂倫春人的獵熊風習，據秋浦介紹說：

6. 在獵場上，熊被打死以後，首先要把頭割下來用草包裹起來，安
放在木架上。這時，由老年獵人帶領青年獵人跪下來給死熊叩
頭、獻煙，並禱告說：「雅亞，不是我們有意要打死你，是錯殺
了你，不要降禍於我們，保祐我們多野獸吧。」禱告完畢，又點
燃了草，用煙熏熊頭，然後才可以把熊肉帶回，熊頭就放在那裡
不管了。〔註15〕

與上述的例證對照，可以說〈高唐賦〉中描寫田獵前的祭禱、音樂等場面，
是源於原始撫慰野獸、邀約共餐的儀式；而狩獵之後往見神女的行爲，則是
源自祈求豐產與自我安神綏靖的巫儀，只不過在〈高唐賦〉的描寫當中，這
些儀式的原始咒術特徵已不是那麼明顯了。

綜而言之，〈高唐賦〉敘述在王者舉行狩獵活動之前，由掌管宗教祭儀
的巫師先準備好犧牲，祭祀水陸四方諸神，及最高神靈太一，以期獲得同
意進行狩獵行動的命令。而這些神靈在更爲原始的時代，是以一狩獵女神
代表；之後，冽風與哀聲共奏，彷彿爲將死的飛禽走獸哀慟，其場景令人
愴悽唏噓、悲鳴不已。再後，一場狩獵殺戮行動於焉展開。由於先前祭祀、
撫慰動物祖靈的聖餐儀式極爲虔誠，致使其後狩獵的成果極其豐碩，表示
前端之舉得到動物祖靈的接受認可。必須指出的是，〈高唐賦〉末段描繪祭
禱、音樂和田獵的場面，雖已具有後世貴族高規格祭典、狩獵的時代面貌；
然其深層的內涵，則積澱著原始狩獵巫術儀式的餘蘊。

四、自我綏靖的巫術儀式

〈高唐賦〉末節寫完狩獵場面後，又以往見神女及其功效作結，這除
了向作爲動物祖靈代表的狩獵女神覆命、獻牲外，也有自我綏靖的目的。

〔註15〕 參見秋浦等著：《鄂倫春社會的發展》(上海：上海人民出版社，1978 年)，頁
164～165。

一如〈子虛賦〉在藉子虛之口描繪楚王田獵的盛大場面後，有如下的敘述：

> 將息獠者，擊靈鼓，起烽燧。纚乎淫淫，般乎裔裔，於是楚王乃登
> 雲陽之臺，泊乎無爲，憺乎自持，勺藥之和具而後御之。

在司馬相如的描寫中，楚王於狩獵結束後，登上雲陽之臺（也就是高唐的臺觀），此舉固然有覽望、休憩的用意；但其更重要的目的之一應與〈高唐賦〉末節所云相同，即向神女祭祀、致意。因此，所謂「泊乎無爲，憺乎自持，勺藥之和具而後御之」云云，也類似〈高唐賦〉所說的「九竅通鬱，精神察滯，延年益壽千萬歲」。

此外，在狩獵活動過程中，時刻都充滿了危險，即使是王室的打獵也不例外，如《漢書‧司馬相如傳》載相如諫漢武帝狩獵時說：

> 今陛下好陵阻險，射猛獸，卒然遇逸才之獸，駭不存之地，犯屬車
> 之清塵，輿不及還轅，人不暇施巧，雖有烏獲、逢蒙之技不能用，
> 枯木朽株盡爲難矣。是胡越起於轂下，而羌夷接軫也，豈不殆哉！
> 雖萬全而無患，然本非天子之所宜近也。且夫清道而後行，中路而
> 馳，猶時有銜橛之變。況乎涉豐草、馳丘虛，前有利獸之樂，而內
> 無存變之意，其爲害也不難矣！夫輕萬乘之重不以爲安，樂出萬有
> 一危之塗以爲娛，臣竊爲陛下不取。〔註16〕

同樣地，雲夢獵場中也充斥著兇猛、驚駭的飛禽走獸，及險惡、危阻的怪誕地形；一場與猛禽野獸搏鬥的狩獵活動，往往充滿了巨大的張弛迭宕之力。而〈高唐賦〉用文字經營出的過程節奏正與狩獵活動的張弛迭宕之力相呼應，即雄濤駭浪與平波柔水、猛禽野獸與香草幽林、磅礡驚悸與旖旎秀色、緊張刺激與舒緩平靜等景致、氣氛交替變換、對比變幻，一波三折、迴腸蕩氣，如行山陰道上，非但視聽感官應接不暇，情絲感受亦百轉千迴、百結交集。因此，一場狩獵活動下來，一如聽聞侍從之臣誦讀完畢一篇〈高唐賦〉、〈子虛賦〉，往往會耗損大量的心神元氣。因此〈子虛賦〉末尾載楚王用勺藥作調料，以和五臟、辟邪氣，其目的即在於養護現實中（或想像中）馳逐田獵時所耗損的元神，以達致「九竅通鬱，精神察滯，延年益壽千萬歲」的功效。換句話說，〈高唐賦〉末尾「往見神女」一節，實具有自我安神綏靖的意義在。更進而論之，《戰國策‧楚策一》載：

〔註16〕〔漢〕班固撰，〔唐〕顏師古注，楊家駱主編：《新校本漢書》（台北：鼎文書局，1986 年），頁 2589～2590。

> 楚王游於雲夢，結駟千乘，旌旗蔽日，野火之起也若雲蜺。兕虎嗥
> 之，聲若雷霆。有狂兕牂車依輪而至。王親引弓而射，壹發而殪。
> 王抽旃旄而抑兕首，仰天而大笑曰：「樂矣！今日之游也！寡人萬歲
> 千秋之後，誰與樂此矣？」〔註17〕

這裡的楚王是戰國初期的楚宣王，他在田獵時射死一頭狂奔亂竄的犀兕，激動熱烈的情緒使他樂極生悲，因而生出「寡人萬歲千秋之後，誰與樂此」的感慨；不過，宣王的感慨恐怕還有更深一層的原因，《呂氏春秋‧至忠》載：

> 荊莊哀王（魯按，畢沅《注》：「此楚莊王也，不當有哀字。」）獵於
> 雲夢，射隨兕中之，申公子培劫王而奪之。王曰：「何其暴不敬也？」
> 命吏誅之。左右大夫皆進諫曰：「子培賢者也，又為王百倍之臣，此
> 必有故，願查之也！」不出三月，子培疾而死。荊興師戰於兩棠，
> 大勝晉，歸而賞有功者，申公子培之弟進請賞於吏曰：「人之有功也
> 於軍旅，臣兄之有功也於車下。」王曰：「何謂也？」對曰：「臣之
> 兄犯暴不敬之名，觸死亡之罪於王之側，其愚心將以忠於君王之身，
> 而持千歲之壽也。臣之兄嘗讀故《記》曰：『殺隨兕者不出三月。』
> 是以臣之兄驚懼而爭之，故伏其罪而死。」王令人發平府而視之，
> 於故《記》果有，乃厚賞之。〔註18〕

漢人高誘說隨兕是一種惡獸，范耕研則云：「隨兕者，隨國之兕耳。隨與楚近，見滅於楚，故楚王獵雲夢得以射之，未必有惡獸專名隨也。」〔註19〕其實隨國之兕也可以是一種惡獸，兩說並不衝突〔註20〕。

〔註17〕 〔西漢〕劉向集錄：《戰國策》（上海：上海古籍出版社，1978年），頁490。

〔註18〕 〔戰國〕呂不韋著，陳奇猷校注：《呂氏春秋校釋》（上海：上海古籍出版社，2002年），頁577～578。這個故事又載於《說苑‧立節》，只是其中獵獲的動物不是「隨兕」，而是「科雉」，這大概是傳聞異辭所致。

〔註19〕 又虞兆隆《天香樓偶得》云：「《正字通》云：『隨母之兕，始出科之雉。』」分兕、雉為二。夫傳聞異辭，正自不能強合。愚謂隨兕乃兕中之異者，科雉乃雉中之異者，所以申公子培劫而奪之，不出三月病死，言其怪也。若隨母之兕，始生之雉，又何可怪之有哉？」是虞氏將隨兕看成怪異之獸。又《易‧隨卦‧九四爻辭》云：「隨有獲，貞凶。」《象辭》曰：「隨有獲，其義凶也。」陳奇猷認為「殺隨兕者不出三月」的傳聞，是本諸這裡的爻辭和象辭，可列為一說。以上范、虞、陳三人的說法見陳奇猷：《呂氏春秋校釋》卷十一（上海：學林出版社，1990年），頁581。

〔註20〕 如果隨兕指的是隨國之兕，而巫山正好位於隨國（後來隨縣）的右壤，那麼可以將〈高唐賦〉中描寫田獵的場面與《呂氏春秋‧至忠》、《戰國策‧楚策

　　兕即是江漢地區、雲夢古澤常見的犀牛，它的皮革可以製甲，犀角可以入藥，因而成爲人們狩獵的重要對象；但隨地又有「殺隨兕者不出三月」的禁忌，這要如何釋呢？劉敦愿認爲，依照圖騰崇拜的原則，祇有對以犀爲氏族圖騰的人們，這種不准殺害犀牛的禁忌才有效，至於其他氏族則不受約束，所以「殺隨兕者不出三月」的禁忌，是過去以犀爲國族名稱的集團留下的影響〔註21〕。

　　與楚莊王射兕的故事相印證，可以知道楚宣王因獵到一頭狂兕，在極大的快樂中想到「殺隨兕者不出三月」的禁忌與傳聞，以及他的先輩有忠臣替死的故事，於是不禁興起「寡人萬歲千秋之後，誰與樂此」的感慨；同樣的，〈高唐賦〉「九竅通鬱，精神察滯，延年益壽千萬歲」的祝辭，及〈子虛賦〉「泊乎無爲，憺乎自持，勺藥之和具而後御之」的護持元神行爲，應該都與狩獵時不免會觸犯惡物的禁忌有關〔註22〕，因此可以將它們看作是具有自我安神綏靖意義的行爲。綜而言之，〈高唐賦〉末節描寫田獵前的祭祀、祝禱、音樂等場面，及狩獵結束後求見神女的行爲，皆源自一個完整的原始狩獵巫術儀式原型。

五、羨門與薩滿（Shaman）

　　〈高唐賦〉在描寫狩獵前的祭禱場面時有云：

　　　有方之士，羨門高谿，上成郁林，公樂聚穀。進純犧、禱琁室、醮諸神、禮太一，傳祝已具，言辭已畢。

這裡「羨門高谿」一詞，實與原始薩滿（Shaman）巫術、宗教有關。〔英〕弗雷澤曾指出，從白令海峽到拉普蘭（Lappland，原按，今挪威、瑞典、芬蘭等國的北部，和蘇聯的最西北邊境），這整個舊世界的北部，獵人都尊敬他們殺掉、吃掉的熊〔註23〕；而這整個區域即是所謂薩滿教（Shamanism）的分布區

〔註21〕 參見劉敦愿：《雲夢澤與商周之際的民族遷移》，氏著：《美術考古與古代文明》（台北：允晨文化，1994 年），頁 417。

〔註22〕 當然這種禁忌不必定與殺死犀兕有關，如〈高唐賦〉說：「卒愕異物，不知所出。縱縱莘莘，若生於鬼，若出於神，狀似走獸，或象飛禽。謅詭奇偉，不可究陳。」又說：「飛鳥未及起，走獸未及發，何節奄忽，蹄足灑血，舉功先得，獲車已實。」而〈子虛賦〉說雲夢北部陰林：「其上則有鵷雛孔鸞，騰遠射干。其下則有白虎玄豹，蟃蜒貙犴。」可見雲夢之中獵物的種類很多，而且其中不乏怪異神秘的禽獸。

〔註23〕 《金枝》，頁 761。

〔註 24〕，前文所舉 4、5、6 三個相似的例子也正是薩滿文化區的特色之一。令人好奇的是，產於南楚的〈高唐賦〉中，竟也吸收了薩滿教的文化因子，由此可見中國境內各地區文化傳播、交流、融合之一例了。

據秋浦研究指出，薩滿教是中國北方阿爾泰語系民族普遍信仰的一種原始宗教，它的起源非常古老，不過直到十二世紀中葉，「Shaman」一詞的譯音才第一次明確地出現在中國的文獻記載當中，南宋學者徐夢莘在《三朝北盟會編》中說：「珊蠻者，女真語巫嫗也。以其變通如神，粘罕以下皆莫能及。」自明清以後，對薩滿教的零散記載日漸增多，但是關於「薩滿」一詞的用字卻很不統一，如西清《黑龍江外記》、姚元之《竹葉亭雜記》和《清史稿·禮志》寫作「薩瑪」；吳振臣《寧古塔紀略》作「叉馬」；方式濟《龍沙紀略》作「薩麻」；索禮安《滿訓四禮集》作「薩莫」；還有寫作「叉瑪」、「沙漫」、「撒卯」的，總之是語音相近而用字不同。《大清會典事例》最先使用「薩滿」兩字，以後遂逐漸被學術界所採用〔註 25〕。從秋浦的說法可以看出，「Shaman」有許多語音相近，用字不同的語詞，而「羨門」當也是其中之一。

《史記·始皇本紀》載有秦始皇使燕人盧生求「羨門高誓」的事，唐人李善以為〈始皇本紀〉中的「羨門高誓」即是〈高唐賦〉中的「羨門高谿」，其說頗具慧眼。又〈封禪書〉云：

> 於是始皇遂東遊海上，行禮祠名山大川及八神，求僊人羨門之屬。……自齊威、宣之時，鄒子之徒論著終始五德之運，及秦帝，而齊人奏之，故始皇采用之。而宋毋忌、正伯僑、充尚、羨門高、最後，皆燕人，為方仙道，形解銷化，依於鬼神之事。〔註 26〕

李約瑟曾說，《史記》中出現的「羨門」原是「Shaman」的譯音，羨門高或許是羨門一位名高的大師；到了後來，羨門才由專有名詞演變成普通的稱謂（即

〔註 24〕 秋浦說：「薩滿教的分布，除了我國北方以外，與我國北方相毗鄰的西伯利亞，也是它的主要分布地區。甚至從非洲經北歐到亞洲，再到南北美洲這一廣闊空間所居住的各族，都存在共同的薩滿教。」見秋浦：《薩滿教研究》（上海：上海人民出版社，1985 年），頁 2。

〔註 25〕 參見秋浦：《薩滿教研究》（上海：上海人民出版社，1985 年），頁 1～2。

〔註 26〕 〔漢〕司馬遷撰，〔劉宋〕裴駰集解，〔唐〕司馬貞索隱，〔唐〕張守節正義：《新校本史記》（台北：鼎文書局，1981 年），頁 1367。又王念孫以為，〈封禪書〉中的「最後」疑即〈高唐賦〉中的「聚穀」，因為最為取之誤，而聚與取古字通；又穀有殼音，而殼與後聲相近，所以「最後」即「聚穀」，也是方士之流。見王念孫：《讀書雜誌·史記二》「羨門子高、最後」條（北京：中華書局，1991 年）。

方士的通稱）〔註27〕。如果李氏所言正確的話，那麼〈高唐賦〉中的「羨門」，要較《三朝北盟會編》中的「珊蠻」一詞，早出現約一千四百年左右。

　　薩滿最初的意義是什麼呢？秋浦說，薩滿意謂激動、不安和瘋狂的人〔註28〕。富育光等人則有不同意見，他們指出，有些滿族薩滿神諭中稱薩滿爲「阿巴漢」、「烏漢賒夫」，這與《三朝北盟會編》中記載女眞語稱薩滿爲「烏達舉」是一致的，所謂「阿巴」、「烏漢」、「烏達」，都是「阿布卡」的音轉，爲漢語「天」的意思；所以「阿巴漢」等詞譯成漢語，即天的奴僕、天使、天僕。因此過去將「薩滿」譯爲巫、精神癲狂者或興奮狂舞者，並未中的。在滿族民間傳講中，世上第一個女薩滿是天神派來的，或天神命神鷹變幻的（或天神與鷹交配後生下的），因此薩滿天生具有飛天入地的本領；相傳薩滿在祝祭時，能使自己靈魂出殼，升入天穹〔註29〕。

　　從薩滿古神諭和古神話中可以看到，薩滿教將自然宇宙的範圍分爲三界，他們認爲，最上界爲天界（或稱火界、光明界），爲天神阿布卡恩都里和日、月、星辰、風、雷、雨、雪等神祇所居，此外還有眾多的動物神、植物神，以及氏族祖先英雄神也高踞其間；中界則是人、禽、動物及弱小精靈繁衍的世界；下界爲土界（又稱地界、暗界），是偉大的巴那吉額姆（地母）、司夜眾女神，及惡魔居住藏身的地方。薩滿是三界的使者，既可飛騰高天以通神，又可馳入暗界以除魔〔註30〕。張光直也曾指出，中國古文明最主要的

〔註27〕〔英〕李約瑟著，陳立夫譯：《中國之科學與文明》第二冊（台北：台灣商務印書館，1973 年），頁 203～206。

〔註28〕見秋浦：《薩滿教研究》，頁 2。秋浦又指出，有兩類人最有資格繼承薩滿的職務，一是患過重病，幸而痊癒者、言行異常的精神病者、癲癇病患者、身體或智力不健全者、能言善道者，其中以重病痊癒者居多；二是女性，即使以男性充任，往往也要男伴女裝、男作女態、男言女聲，這說明薩滿和母系氏族社會有密切關係（見《薩滿教研究》頁 141）。

〔註29〕見富育光、孟慧英：《滿族薩滿教研究》（北京：北京大學出版社，1991 年），頁 175。

〔註30〕見富育光、孟慧英：《滿族薩滿教研究》，頁 179～180。其實，薩滿教的天穹古諭是絢爛多彩的，其中最普遍的是九重天的觀念。「九」是薩滿教的神聖數字，在滿族等北方民族薩滿神諭中，普遍用九來估量宇宙廣度，出現了九重天的觀念（《滿族薩滿教研究》頁 178）。而《史記·封禪書》云：「九天巫祠九天。」恐怕也受到薩滿教的影響。至於薩滿教三界及九重天的觀念也表現在南楚文化中，如《楚辭·招魂》云：「魂兮歸來，君無上天些。虎豹九關，啄害下人些。」王逸《注》：「天門凡有九重，使神虎豹執其關閉，主啄醢天下欲上之人而殺之也。」這是與薩滿教相同的九重天觀念。〈招魂〉又云：「魂兮歸來，君無下此幽都些。土伯九約，其角觺觺些。」王逸《注》：「其地有

特徵之一，就是所謂的「薩滿式」文明。在薩滿的世界觀中，生人與神鬼，有生命與無生命者，氏族中活著與死亡的成員，都分別存在於同一宇宙的不同層次中，其中最主要的層次就是天與地，所以溝通天地兩層世界，就成爲遠古宗教祭祀、儀式規範所要達到的目的〔註31〕。這種生命與魂魄存在於同一空間的觀念，則可以用來說明，原始獵人必須向動物魂魄進行撫慰謝罪的儀式行爲。

最重要的是，在薩滿教發展的歷史過程中，有一些非常穩定、變化緩慢的因素，如鳥、蛇、虎、熊、火、水、女性祖先、世界樹等信仰，從新石器時代就一直沿續下來，到現代仍是薩滿教的信仰核心。新石器時代的經濟生活是以狩獵、捕魚爲主要內容，因此，鳥、蛇、虎、熊、火、水、樹神的信仰，是由當時低下的生產力，和相對確定的生活內容所決定的；至於女性祖先及女神崇拜，則是母系氏族社會中，女性崇高地位的反映〔註32〕。而薩滿教源自新石器時代的動物神信仰，與女祖、女神崇拜等文化因子，在〈高唐賦〉中是以原型的方式出現的，這或者說明了，中國南方早期也經歷過狩、魚獵的經濟生活，以及母系氏族社會的形態。而〈高唐賦〉中以「羨門高谿」

土伯，執衛門戶，其身九屈，有角矗矗，主觸害人也。」這個土伯大概是幽都暗界的魔怪。另外，如1972年出土長沙馬王堆一號漢墓的「非衣」帛畫上，也表現了天上、人間、地下三界的內容（這是俞偉超的意見，參見〈座談長沙馬王堆一號漢墓〉，《文物》1972年第9期頁60～61）。現在還沒有充分證據說薩滿文化影響了南楚文化，但從薩滿文化區分布之廣闊，及《史記》、〈高唐賦〉的「羨門」一詞來看，薩滿一詞已傳播到中原及南楚境內，那麼薩滿信仰中一些古老的基因融入中原及南楚文化中，也是很有可能的事。

〔註31〕 而巫現正負起溝通天地的任務。當巫現通天地時，必須藉助法器和巫術才有能力飛行於天地兩界之間，所謂的法器和巫術包括聖山、神木、動物、龜筮、食物酒醬、歌舞音樂等（見張光直：〈古代中國及在人類學上的意義〉，《史前研究》1985年2期，頁41～46）。

〔註32〕 參見富育光、孟慧英：《滿族薩滿教研究》，頁22～23。富育光等人又指出，在滿族神話中，有一批聰明、美貌的女神組成的神群，她們統御著天穹並踞於神壇的中心，爲滿族人所敬祀、膜拜。這些女神中出現最早，且地位最顯赫的是三位統稱「阿布卡赫赫」（意即天女之意）的女性大神。她們形影不離，同時出現，同時隱去，六雙眼睛觀望不同的六方，主宰宇宙大地的安寧。與阿布卡赫赫一起主宰宇宙大地的是另一位女性神祇──巴那吉額姆（地母）。她的形象偉岸，腹乳高隆，巨若山丘，威力無比，寬厚仁慈。如果去除神秘的宗教外衣，滿族女神實際上是母系氏族社會中，女性崇高地位的反映（參見富育光、孟慧英：《滿族薩滿教研究》，頁182、266～267），另外，富育光、于又燕〈滿族薩滿教女神神話試譯〉一文對滿族女神和神話有較概括的論述。而富氏等人對滿族女神及神話的介紹，也可以拿來與巫山神女神話作比對。

為主的巫師群，所舉行的「進純犧、禱琁室、醮諸神、禮太一」等儀式，其深層底蘊應當即是如同薩滿通天，以求得狩獵女神寬宥與祝福的巫儀。

六、聖娼與聖婚

在較早的時代，年輕處女由於具有旺盛的生殖力，而且生育品質也比年紀大的婦女強，因而成為初民頂禮膜拜的對象，後來處女崇拜逐漸演變成為聖婚儀式，即神娼、廟妓風習。〔英〕弗雷澤在《金枝・諸神的婚姻》一節中曾經舉出許多關於這種習俗的例子，如：

1. 在巴比倫，天地之神伯爾的莊嚴聖殿像金字塔似地矗立市內。……只有一位女人住在那裡，此外沒有任何人在裡面過夜。據迦勒底人的祭司說，那女人是神在巴比倫婦女中挑選的唯一女人，神每晚到來且睡在那床上，那位女人作為神的配偶，便不能同任何凡人發生性關係。

2. 埃及的底比斯古城，太陽神阿蒙的神殿裡，總有一位婦女作為神的配偶在那裡睡覺過夜，並且也跟巴比倫的伯爾妻子一樣，這位婦女據說也不能和其他男人交往。在古埃及人的經文裡，她經常被作為「神的配偶」提及，而且絕不亞於埃及王后的地位。

3. 在瑞典，每年都要把動植物繁育之神——福瑞的塑像（與人身大小尺寸相等），用車子載著走遍各地，一位漂亮的姑娘奉著神像，人們稱她為神的妻子。這位姑娘也充當神在阿普薩拉的神殿裡的女祭司。載著神像和神的妙齡新娘的車子所到之處，人們成群結隊地夾道歡迎，奉獻祭品，祈求年年豐收。

4. 秘魯有一個村莊，那裡的印地安人將年僅十四歲左右的漂亮姑娘嫁給他們奉之為神（華卡）的略似人形的石頭，全村居民都參加那歷時三天十分隆重的婚禮。此後，那個女孩便一輩子不能嫁人，她為全村百姓作了偶像的妻子，犧牲了自己，村子裡的人對她極為尊敬，奉若神明。（這裡只舉出四個例證，其餘諸多例子請參看《金枝》，頁218～223）

從以上的例子可以看出，被神選作新娘的女孩來到神殿裡，與神的代表舉行神聖的結合儀式，〔美〕M・艾瑟・哈婷把這種儀式稱為「聖婚」，並指出，聖婚有時與作為男性生育神代表的祭司，有時與男性生殖器模型，還有時則與

在神廟院內過夜的任意一位陌生人共同完成。從聖婚的兩造這種不確定性中，可以清楚地看到一種非個性化的企圖。首先是祭司，他不是一位普通男性，而是上帝的肉體化身，他只在職責範圍內得到確認；在使用上帝生育器官模型的情況裡，儀式整體不包括任何個人性內涵；至於陌生人充當祭司或上帝的角色時，儀式由兩位從未謀面，而且今後也很難再會的人進行，實際上規定陌生人應當在破曉之前離去，非個性化的情形同樣明顯〔註33〕。由男女祭司代表男女神所舉行的聖婚，其目旨在保障在四時流轉當中，萬物皆能死而重生；因此聖婚可以促進宇宙繁殖和福祉，這是神話和儀式最重要的社會性功能。

充當聖役或聖娼的處女祭司將一生都奉獻給女神，她們沒有世俗的婚姻，在伊希塔的神殿裡，她們被稱作「快樂的少女」。布里福（Briffault）在《母親》一書中指出，「少女」一詞的原始本義是未婚的，但這一術語還蘊含另一層意義，貞女伊希塔常被稱爲「奉獻貞操的人」，她也自稱是一個貞操奉獻者。她身著 posin 或戴面紗，posin 或面紗在基督教徒中，既是處女，也是奉獻者的標志；在伊希塔神廟中的聖役和聖獻貞者也都被稱爲「聖潔的貞女」，私生兒也被稱爲「聖潔的童子」、「貞女之子」。另外，阿芙羅狄蒂也是個貞女〔註34〕。所以「少女」（及「處女」、「貞女」）一詞的古義明顯地與今義不同，它的古義指的是未婚（即沒有世俗的婚姻）而奉獻貞操給女神的神娼、聖妓〔註35〕。

高唐神女說自己是「帝之季女」，即如少女、貞女、聖處女般；高唐神女的「願薦枕席」，主動獻身，其內蘊正是以這類奉獻貞操給神的神娼、聖妓爲原型的，她與伊希塔等少女一樣，也是一位聖貞女、女祭司。高唐神女說自己的名字是「瑤姬」，這個名字有兩層意思：首先，瑤是一種美玉〔註36〕，可以用來象徵神女的貞潔；其次，瑤與姚同音，《廣雅·釋詁》卷一下云：「姚，婬也。」王念孫《疏證》曰：「姚，各本訛作婬。」〔註37〕又《方言》卷十載：

〔註33〕 參見〔美〕M·艾瑟·哈婷著，蒙子、龍天、芝子譯：《月亮神話——女性的神話》（上海：上海文藝出版社，1992年），頁140～141。
〔註34〕 參見 M·艾瑟·哈婷：《月亮神話——女性的神話》，頁106。
〔註35〕 參見 M·艾瑟·哈婷：《月亮神話——女性的神話》，頁106、139。
〔註36〕 《說文解字》一上：「瑤，石之美者。」〔漢〕許慎著，〔清〕段玉裁注：《說文解字》（台北：漢京文化公司，1980年），頁17。
〔註37〕 見王念孫：《廣雅疏證》，《爾雅、廣雅、方言、釋名清疏四種合刊》（上海：上海古籍出版社，1989年），頁377。

「遙、窕，淫也。九嶷荊郊之鄙謂淫曰遙，沅湘之間謂之窕。」錢繹《箋疏》：
「嫍與遙、姪與淫，聲義並同。」〔註38〕因而瑤姬又是姪（淫）姬。姪姬與
貞女的意義在這裡正好相反而相成，初民以爲在神殿中奉獻貞操給神的是聖
潔的貞女，後世則將此事視作淫亂的行爲，神女瑤姬最初的身份應該就是神
聖處女。

　　至於〈高唐賦〉序文載高唐神女自言「未行而亡」，意謂她沒有經歷過
世俗的婚姻，而將一生奉獻給神明〔註39〕；她死後「封於巫山之臺」，恐怕
暗示著神聖巫女或女祭司在聖地的司職〔註40〕；又神女與楚懷王的交合，
也與 M・艾瑟・哈婷所說，聖婚有時是代表女神的聖處女或女祭司，與作
爲男性生育神代表的男祭司合歡，隱隱相符。已經有學者指出，楚國統治
階級迷信巫術是有傳統性的：遠在楚成王時，就曾以大神巫咸爲質，與秦
穆公盟誓（見秦《詛楚文》）；共王時甚至立太子之事都要卜問神明；而靈
王不但信巫，他本人恐怕就是一名大巫；至於楚昭王還曾經與大夫觀射父
討論過巫祀之事，這些都發生在戰國以前。及至楚懷王信巫更篤，簡直成
了迷信巫術的專家〔註41〕。《國語・楚語》下云：「楚之衰也，作爲巫音。」
《漢書・郊祀志》也載谷永的話說：「楚懷王隆祭祀，事鬼神，欲以獲神助，
卻秦師。」又〔明〕董說《七國考・楚雜祀》引陸機《要覽》云：「楚懷王
於國東偏起沈馬祠，歲沈白馬，名饗楚邦河神，欲崇祭祀，拒秦師，卒破
其國，天不佑之。」〔註42〕以懷王一貫的迷巫行事作風，若說他到雲夢聖

〔註38〕　見錢繹：《方言箋疏》，《爾雅、廣雅、方言、釋名清疏四種合刊》（上海：上
　　　　海古籍出版社，1989 年），頁 919。
〔註39〕　這裡的「亡」可以看成經由世俗生命的死亡，而使神聖生命獲得重生，「死亡
　　　　與重生」、「聖與俗」是神話學中常見的母題。葉舒憲也指出：「女祭司的最初
　　　　職能便是代表之神同聖王在儀式上進行交合，這正是亦人亦神的所謂神女、
　　　　巫女觀念的發生根源。她們以凡人之身扮演性愛女神的角色，因而充當神女、
　　　　巫女的女性首先應該同伊什坦爾女神一樣是未婚者。她們具有的神性特徵表
　　　　現在巫術和預言的能力，獲得這種超自然能力的代價則是她們永遠失去了同
　　　　凡人結婚的資格。」葉舒憲：《高唐神女與維納斯》（北京：中國社會科學出
　　　　版社，1997 年）頁 392。
〔註40〕　臺作爲一種神秘的聖地，可參見拙作：〈〈高唐賦〉的民俗神話底蘊研究〉（國
　　　　立台灣大學中國文學研究所博士論文，自印，1986 年），第三章第四節。
〔註41〕　參見王錫榮：〈離騷的浪漫手法與古代巫術〉，余崇生編，《楚辭研究論文集》
　　　　（台北：學海出版社，1985 年），頁 266。
〔註42〕　見〔明〕董說原著，繆文遠：《七國考訂補》（上海：上海古籍出版社，1987
　　　　年），頁 548。

臺上或神殿中與神妓交合〔註 43〕，以遂行古老風習，這並不會讓人感到驚訝。

七、至上神「太一」與虎神崇拜

如果我們對〈高唐賦〉末節祭禱一段文字源自撫慰野獸精靈、向狩獵女神贖罪，及其中的動物神信仰原型還有懷疑的話，不妨再來看看「太一」的問題。「太一」一詞在戰國之際已經出現，請看下列資料：

1. 《莊子・天下》：「關尹、老聃聞其風而悅之，建之以常無有，主之以太一。」〔註 44〕

2. 《呂氏春秋・勿躬》：「神合乎太一，生無所屈，而意不可障。」

3. 《呂氏春秋・大樂》：「萬物所出，造於太一，化爲陰陽。」又：「道也者，至精也，不可爲形，不可爲名，彊爲之名，謂之太一。」

〔註 45〕

這幾處的太一似乎都屬於抽象的哲學用語，而《楚辭・九歌》中則有東皇太一，是楚人所崇祀的至上神。文崇一認爲，從先秦到漢代，太一最少有三層意義：一是宗教上的太一，即一個最高的神或上帝；二是哲學上的太一，即作爲宇宙本體的道；三是星象上的太一，即星座的名稱。這三種太一，以宗教說出現的最早，哲學說其次，星象說最晚〔註 46〕。換句話說，太一至遲在西漢時代，已兼有神名、星名、哲學本體等多重含義，而它很可能是由宗教的神名衍化爲哲學概念與星座名稱的。問題是，太一作爲宗教至上神的名稱是否就是最早的本義呢？《史記・封禪書》載：

> 亳人謬忌奏祠太一方，曰：「天神貴者太一，太一佐曰五帝。古者天子以春秋祭太一東南郊，用太牢七日，爲壇開八通之鬼道。」於是天子令太祝立其祠長安東南郊，常奉祠如忌方。其後，人有上書言：

〔註 43〕 楚之雲夢和齊之社、宋之桑林、燕之沮澤一樣，都是古代男女遂行野合之所，也是高禖求子的聖地，參見拙作：〈《高唐賦》的民俗神話底蘊研究〉（國立台灣大學中國文學研究所博士論文，自印，1986 年），第三章第一節。

〔註 44〕 〔清〕郭慶藩撰，王孝魚點校：《莊子集釋》，（北京：中華書局，1995 年），頁 1093。

〔註 45〕 〔戰國〕呂不韋著，陳奇猷校注：《呂氏春秋校釋》（上海：上海古籍出版社，2002 年），頁 1078、255。

〔註 46〕 參見文崇一：〈九歌中的上帝與自然神〉，余崇生編，《楚辭研究論文集》（台北：學海出版社，1985 年），頁 441～451。

「古者天子三年壹用太牢祠神三一：天一、地一、太一。」天子許
之，令太祝領祠之於忌太一壇上，如其方。後人復有上書言：「古者
天子常以春解祠：祠黃帝用一梟、破鏡；冥羊用羊祠；馬行用一青
牡馬；太一澤山君地長用牛；武夷君用乾魚；陰陽使者以一牛。」
令祠官領之如其方，而祠於忌太一壇旁。〔註47〕

這段話中出現兩個不同意義的太一：一個是以五帝爲佐的至上神太一，另一
個則是太一澤山君，值得注意的是後一義的太一〔註48〕。所謂「古者天子常
以春解祠」的「解祠」一詞，據司馬貞《索隱》云：「謂祠祭以解殃咎、求福
祥也。」這大概是一種綏靖、祓除的祭祀吧。而這種祭祀其中的一類就是「太
一澤山君地長用牛」，裴駰《集解》引徐廣曰：「澤一作皋。」司馬貞《索隱》
則云：「澤山，《本紀》作皋山；皋山君地長，謂祭地於皋山。」又《漢書·
郊祀志》「太一澤山君地長用牛」作「太一皋山山君用牛」，這裡澤山君應該
就是指皋山的山神而言。

這裡可以再進一步追問，作爲皋山山神的太一神格究竟是什麼呢？答
案似乎就在「澤（皋）山君地長」上，「山君」正是虎的代稱，《說文》五
上云：「虎，山獸之君。」（頁212）《風俗通義·祀典》也說：「虎者，陽物，
百獸之長也，能執搏挫銳，噬食鬼魅。」〔註49〕而皋又有虎意，《左傳·莊
公十年》載：「蒙皋比而先犯之。」杜《注》：「皋比，虎皮。」〔註50〕比、
皮同音通假，皋的意思自然是虎了〔註51〕。因此，皋山即是虎山，大概此

〔註47〕 〔漢〕司馬遷撰，〔劉宋〕裴駰集解，〔唐〕司馬貞索隱，〔唐〕張守節正義：
　　　　《新校本史記》（台北：鼎文書局，1981年），頁1386。
〔註48〕 歷來注家都將「太一澤山君」斷句爲「太一、澤山君」，認爲這兩者共用牛祭
　　　　祀，這種說法值得商榷。以這裡所解祠的諸神——黃帝、冥羊、馬行、武夷
　　　　君、陰陽使者等——對照來看，「太一澤山君」也應是一神，而非二神。
〔註49〕 〔漢〕應劭撰：《風俗通義》（台北：臺灣中華書局，1981年），頁3～2。
〔註50〕 《左傳》（《重刊宋本十三經注疏附校勘記》，台北：藝文印書館，1965年），
　　　　頁147～2。這事正如同〈僖公二十八年〉「稱骨臣蒙馬以虎皮」（頁272～2）
　　　　行爲一樣。胡厚宣曾指出，卜辭中的虎字，即今蒙字。古代作戰殺伐時，有
　　　　以虎皮表軍衆、包兵甲、蒙戰馬的習慣，這是取其凶猛的意思。參胡厚宣：〈甲
　　　　骨文虎字說〉，胡厚宣等著：《甲骨探史錄》（上海：三聯書店，1982年），頁
　　　　36～68。
〔註51〕 《說文》二上：「唬，呦也。從口皋聲。」段《注》：「《廣韻》：唬，熊、虎聲
　　　　也。」《說文通訓定聲》：「皋，假借爲高。」是皋、高二字同音。而《說文》
　　　　二上：「唬，虎聲也。從口虎，讀若暠。」暠字從高得聲，自然與皋同音。因
　　　　此，皋有虎意，大概是由於虎聲如「皋」。

山因多虎而得名。又劉漢堯引《酉陽雜俎‧諾皋記》「太一君諱葛，天秩萬二千石」後，指出，「諾」是彝族語「黑」的意思，而「皋」為漢語的「虎」，「諾皋」一詞是漢彝複合詞，意為黑虎〔註52〕。在《酉陽雜俎》這一條關於黑虎的記載中，稱太一為君，如同稱虎為山君，而太一的名諱為葛，《集韻》云：「臘或作葛。」據畢志峰說，彝族的族稱和對虎的稱法相同，都是以虎自命。而各地彝族稱虎作臘、拉、勒、老、佬、羅等，都是同音的差異，他們是同一族，共同以虎為圖騰〔註53〕，因此臘是彝族語虎的意思。若是彝族文化學派學者的論述無誤的話，那麼太一的根源倒有可能深藏在彝族的虎崇拜中了〔註54〕。

此外，〔宋〕羅泌《路史‧前記‧太一氏》載：「昔者，神農嘗受事於太一小子，而黃帝、老子皆受要於太一君。」〔宋〕羅苹《注》：「道書謂太一君諱葛。」這裡稱太一為「小子」，又稱太一為「君」，大概都是民間對虎的諱稱，可見太一為虎神的說法在民間傳說裡是相當久遠的；因而「太一為天神貴者」的信仰，恐怕也是由民間傳說中，虎為山獸之君、百獸之長的事實衍生出來的。

如果前述論說無誤的話，那麼〈高唐賦〉中用純犧（牛）來「醮諸神，禮太一」，太一至上神的最初義，正是代表百獸的虎神。〈高唐賦〉說：「虎豹豺兕，失氣恐喙。」〈子虛賦〉說：「其下則有白虎玄豹，蟃蜒貙犴。」可見雲夢澤中常有虎族出沒。而位於隨縣巫山南端的雲（鄖）國，更是一個崇拜虎的民族，《左傳‧宣公四年》載：

> 初，若敖娶於雲，生鬥伯比。若敖卒，從其母畜於雲，淫於雲子之女，生子文焉。雲夫人使棄諸夢中。虎乳之。雲子田，見之，懼而歸。夫人以告，遂使收之。楚人謂乳：穀；謂虎：於菟，故命之曰鬥穀於菟。以其女妻伯比，實為令尹子文。（頁370～2）

〔註52〕 見劉漢堯：《中國文明源頭新探——道家與彝族虎宇宙觀》（昆明：雲南人民出版社，1993年），頁124。

〔註53〕 參見畢志峰：〈彝族與虎〉，《雲南民族文化雙月刊》1982年第5期頁54。

〔註54〕 前文引《史記‧封禪書》載：「古者天子常以春解祠：祠黃帝用一梟、破鏡；冥羊用羊祠；馬行用一青牡馬；太一澤山君地長用牛；武夷君用乾魚；陰陽使者以一牛。」從這裡的「一梟、破鏡」、「冥羊」、「馬行」、「太一澤山君」、「武夷君」、「陰陽使者」等奇怪的名稱來看，這裡的神名似非漢族所原有，有可能由是其他民族的解祠秘方傳入中原所致。這可以作為太一為虎君傳自彝族的一個旁證。

令尹子文出生的故事具有世界型的棄子英雄母題〔註 55〕，而子文由母虎乳育，又以虎命名，恐怕與其先族以虎爲圖騰脫不了關係。另外，楚國又有名爲《檮杌》的史書，蕭兵認爲檮杌即以虎爲圖騰〔註 56〕，因而楚國境內虎崇拜的歷史是相當久遠的。若說古早的雲夢獵人每當狩獵之前，必須向掌管百獸的虎神舉行咒術性巫儀，以求贖罪與豐產，這並非不可能的事。

八、立秋「貙膢」始殺

狩獵前祭拜虎神的風習源遠流長，到了漢代的貙膢祭儀中，仍然保存著此類習俗，請看以下資料：

1. 《漢書・武帝紀》載：「（太初二年）三月，行幸河東，祠后土；令天下大酺五日，膢五日，祠門戶，比臘。」〔漢〕伏儼《注》：「膢音劉，劉，殺也。」〔曹魏〕如淳《注》：「膢音樓，《漢儀注》：立秋貙膢。」〔曹魏〕蘇林《注》：「膢，祭名。貙，虎屬，常以立秋祭獸。王者亦以此日出獵，還以祭宗廟，故有貙膢之祭也。」（頁 200）

2. 《鹽鐵論・論菑》引《禮記・月令》云：「涼風至，殺氣動，蜻蛚鳴，衣裘成，天子行微刑，始貙蔞以順天令。」〔註 57〕

從上引資料來看，「膢」主要是一種立秋的祭典，不過似乎也有在冬季舉行的，如《說文》四下云：「膢，楚俗以二月祭飲食也。」這裡不僅說明「膢」祭屬於楚地的風俗，而且指出「膢」所祭的對象是飲食（神）；又據曹魏蘇林等人所說，「膢」所祭的對象爲虎類猛獸——貙〔註 58〕。因此「膢」祭應可溯源於祭完貙虎之後出獵，並將得到豐盛獲物的原始巫儀。

「膢」的初義當如漢人伏儼所說爲殺的意思，因而「貙膢」照字面的解釋即是「貙殺（獸）」之意，蔡邕《獨斷》說：「貙虎常以立秋日搏獸，還食

〔註 55〕　參見蕭兵：《中國文化的精英》第二編〈棄子英雄〉（上海：文藝出版社，1989年）。

〔註 56〕　蕭兵對這個問題有詳細的探討，參見蕭兵：《楚辭文化》（北京：中國社會科學出版社，1992 年），頁 335～423。

〔註 57〕　王利器校注：《鹽鐵論校注》（北京：中華書局，1996 年），頁 557。魯按，今本《禮記・月令》無這幾句。

〔註 58〕　〔晉〕干寶《搜神記》卷十二載：「江漢之域有貙人，其先，稟君之苗裔也，能化爲虎。……或云：貙虎化爲人，好著紫葛衣，其足無踵。虎有五指者，皆是貙。」是江漢流域的貙人與貙虎可以互相變形，從這裡來看，貙虎應是貙人所崇拜的圖騰物。

其母；王者亦以此日出獵，還以祭宗廟。」也就是由貙捕食野獸作為狩獵始殺的徵兆，這就逐漸形成「祭貙而殺獸」（即漢代「立秋貙膢」）的風俗，即先由王者舉行祭貙儀式後，始展開年度的狩獵活動。換句話說，「祭貙而殺獸」的禮制是由「貙殺獸」的自然界現象——即物候曆衍生出來的〔註59〕。

原始社會的獵人認為虎的凶猛無物能及，於是漸漸形成虎為萬獸之王、山神、刑神的觀念〔註60〕，因此狩獵前必須先向它致祭，其中具有贖罪、安撫的用意。據上引關於「貙膢」的文獻可以看出，「貙膢」正是一種與狩獵活動有關的祭典，漢代選在立秋舉行，有始殺的意義在；也就是說，國君必須先舉行祭虎的儀式，才能展開之後的狩獵殺戮活動，而這種祭典應該源於原始的狩獵巫術儀式。

此外，周代天子有射牲禮，學者以為它的性質和漢代「貙膢」相同，如《國語‧楚語》載：「天子禘郊之事，必自射牲，諸侯宗廟之事，必自射其牛，刲羊擊豕。」又《周禮‧夏官‧射人》云：「祭祀，則贊射牲。」鄭《注》：「烝嘗之禮有射豕者。《國語》：『禘郊之事，天子必自射牲。』今立秋有貙劉云。」賈《疏》：「漢時苑中有貙劉，即《爾雅》：『貙，似狸。劉，殺也。』云立秋貙殺物，引之者，証烝嘗在秋，有射牲，順時氣之法。」而在漢代的「貙膢」祭禮中，也具有射牲、斬牲的儀式，並且寓有軍事訓練的性質，如《後漢書‧禮儀志》中云：

> 立秋之日，自郊禮畢，始揚威武，斬牲於郊東門，以薦陵廟。其儀：
> 乘輿御戎路，白馬朱鬣，躬執弩射牲。牲以鹿麛。太宰令、謁者各

〔註59〕 《禮記》中仍保存一些記載可與這裡所說的相互參證，如〈王制〉云：「獺祭魚，然後虞人入澤梁；豺祭獸，然後田獵。」又〈月令〉云：「（孟秋之月）鷹乃祭鳥，用始行戮。」原始獵人首先是以季節性的獺獲魚、豺獵獸、鷹捕鳥作為狩獵始殺的徵兆，而後才逐漸形成（以魚）祭獺、（以獸）祭豺、（以鳥）祭鷹之後，始展開狩獵活動的風習。

〔註60〕 《山海經‧海外西經》載：「西方蓐收，左耳有蛇，乘兩龍。」郭璞《注》：「金神也，人面、虎爪、白毛、執鉞。」郭璞的說法大概本於《國語‧晉語二》的記載：「虢公夢在廟，有神，人面虎爪，執鉞立於西阿。公懼而走。神曰：『無走！帝命曰，使晉襲於爾門。』公拜稽首。覺，召史嚚占之，對曰：『如君之言，則蓐收也，天之刑神也，天事官成。』公使囚之，且使國人賀夢。……六年，虢乃亡。」是古代刑神具有虎形。又後代掌管狩獵的官員也多以虎命名，如虞衡（《周禮‧太宰》）、虞人（《禮記‧檀弓》）、野虞（《禮記‧月令》）、先虞（《後漢書‧禮儀志》中）等，「虞」正是一種虎類動物（《說文》五上云：「虞，騶虞也。白虎黑文，尾長於身。」）。

> 一人，載以獲車，馳送陵廟。於是乘輿還宮，遣使者齎束帛以賜武
> 官。武官肄兵，習戰陣之儀、斬牲之禮，名曰貙劉。兵、官皆肄孫
> 吳兵法六十四陣，名曰乘之。立春，遣使者齎束帛以賜文官。貙劉
> 之禮：祠先虞，執事告先虞已，烹鮮時，有司告，乃逡巡射牲，獲
> 車畢，有司告事畢。

由上文的敘述可知，最初「貙膢」是一種狩獵前撫慰野獸、並向野獸贖罪的
行為；到了周代已禮儀化為天子射牲的儀式；至於漢代則更象徵化、形式化
為帝王狩獵始殺的祭典，並寓有軍事訓練的性質。這正可以用來說明〈高唐
賦〉的祭禱、音樂和田獵等場面，及往見神女一段文字的表層意義和深層底
蘊。

〈高唐賦〉的祭禱場面是在登上高唐之觀後舉行的，以「羨門高谿」為
首的方士進獻純犧、禮敬太一，其原型是源自原始獵人向百獸之王的虎神所
行的巫術儀式，其中具有贖罪、撫慰、豐產與綏靖的意義在。祭禱完畢，樂
聲響起，「紬大絃而雅聲流，冽風過而增悲哀。於是調謳令人悵惋憺慄，脅息
增欷」，如此悲哀的音樂大概是為了接踵而來的田獵殺戮事先哀悼吧，這裡暗
示出狩獵活動並不是為了娛樂，而是為了生存下去，不得不然的行為。接著
「弓弩不發，罘罕不傾，涉莽莽，馳苹苹，飛鳥未及起，走獸未及發，何節
奄忽，蹄足灑血」，一幅雲夢古獵人的狩獵圖如在眼前。田獵之後，則欲往見
神女（狩獵女神），其目的在於舉行豐產儀式，也再一次確證自己狩獵行為的
意義；然後為整個部族（國家）祓災、祈福——「思萬方，憂國害，開聖賢，
輔不逮」，最後則以「九竅通鬱，精神察滯，延年益壽千萬歲」的祝禱辭自我
綏靖，將這一系列的描述放在原始獵人狩獵巫儀的原型下，就得到清晰而一
貫的解釋了。

九、神女來薦與追蹤神女——「朝雲暮雨」與「登高望遠」

〈高唐賦〉序文所載的楚懷王夢境，是懷王夢見神女來薦，而正文所寫
的楚襄王遊獵，則是襄王追蹤神女的幻夢，這兩個部分是互補的整體；也就
是說，〈高唐賦〉全文實包含了神女來薦與追蹤神女兩部分，而尋神、降神，
以及相關的迎神、饗神、送神（如《楚辭·九歌》神曲者）等，都屬於祭神
儀式的有機部分，此種源自遠古的祭神儀式，實以集體潛意識的方式蘊藏在
高唐夢原型之中，以下擬從「朝雲暮雨」與「登高望遠」兩個視角，來探討
〈高唐賦〉中追蹤祭祀神女儀式之原型。

　　對於神女來薦的降神儀式，似乎最適宜以「朝雲暮雨」一詞來概括。「朝雲暮雨」一詞不僅出現於〈高唐賦〉序文中，也是〈高唐賦〉正文中的潛台詞。「朝雲暮雨」作爲中國性文化中最重要的代稱詞，甚至形成古典文學中的「雲雨家族」詞彙，學者論述已詳，此不贅述〔註61〕。在此必須強調的是，〈高唐賦〉序文神女來薦的過程中，以「雲雨」象徵楚王與神女的遇合，即前文所謂的「聖婚」，只是隱喻義的其中一面；至於第二方面的隱喻義，是更根本，也是更重要的，那就是「雲雨」作生命之水、萬物之源的神話意象，也象徵著最原始女神的單性生殖偉力。美國學者馬麗加‧金芭塔絲指出：

> 女性身體被認爲是能夠單性生殖的，也就是說，單靠其自身就能生兒育女。古代宗教對此津津樂道。舊石器時代晚期以及新石器時代的宗教的中心，就是陰性的權力，大量的女性符號就是明證。在女性身體被視爲造物女神的同時，整個世界被視爲女神的身體，總是生生不息地從自身孕育著新生命。新石器時代的藝術充斥著陰性特徵。觸目可見的是女人的身體，尤其是其生殖器官——女陰、母腹、子宮。諸如此類的圖案不僅見於女神的小雕像和大型塑雕像，而且還常見於陶器、禮器、墳墓和廟宇建築之上。〔註62〕

上古時代除了常見女陰、母腹、子宮等女性符號外，萬萬不可忽略的是「水」這種物質。「水」單憑其自身即可蘊育乾坤、滋潤萬物，一如古人認爲，女性單憑其身體就能生兒育女。高唐神女化作「朝雲暮雨」，實暗含著她作爲萬物之祖的源頭——「水」——之意，「水」意象反映在〈高唐賦〉正文中，也就是山雨新霽、千泉競奔、百谷萬壑、飛瀑流浪，形成一幅由「水」織就而成的生動、流轉之「網狀」山景。

　　「網狀」符號及雲雨、水氣等物質與狩獵女神、蘊育女神之間的聯繫，具含著深刻的宇宙論內蘊，仍引用馬麗加‧金芭塔絲的說法：

> 人類的生命起源於女性子宮潮溼的環境中，於是，類似地，女神便是一切生命——包括人類、動物和植物——的源頭。女神也統治著一切水源：湖泊、河流、泉水、井，還有雨雲。女神生育出新生命這個事實，可以解釋她的形象身上的各種水的象徵，諸如網、溪流

〔註61〕　參見葉舒憲：《高唐神女與維納斯》（北京：中國社會科學出版社，1997年）頁329～364。

〔註62〕　馬麗加‧金芭塔絲（Marija Gimbutas）著，葉胡憲譯：《活著的女神》（桂林：廣西師範大學出版社，2008年），頁120。

　　和平行線。新生命源自神秘的水域——類似於子宮的羊水。網的象
　　徵從新石器時代起一直貫穿有史時期，似乎同這種神秘的孕育生命
　　的液體有著特殊關聯。這種網狀象徵始終反覆出現在小雕像和陶器
　　上，呈現為正方形、橢圓形、菱形、囊狀、三角形（生殖三角區）
　　以及帶形，還常常與蛇、熊、蛙、魚、牛頭和山羊頭相伴隨。即使
　　到了有史時期，人們還是把水井、水泉、水池視為醫治疾病的神聖
　　之地，那裡居住著女性精靈。許多早期基督教朝聖者訪問了那些由
　　女性守護者（通常是聖母馬利亞，在愛爾蘭是聖布里吉特）看顧的
　　水泉。〔註63〕

金芭塔絲上述提法是從符號學的角度概括「水」與「網狀」間的聯繫；若從
神話同一性類比思維的角度看，「高唐雲雨」共「高唐山泉」為一，循環、反
覆、更新，生生不已，具是高唐萬物生命之本源；而高唐雲雨、高唐神女、
高唐觀、高唐山、雲夢古澤五者亦俱同為一，皆乃楚國命脈之所繫，宇宙萬
物之所本。如是，〈高唐賦〉正文中，登高唐、索神女、求雲雨的活動，亦即
一回歸母體（子宮）、反本求源、創造重生的儀式過程。

　　至於〈高唐賦〉追蹤高唐神女的祭儀，似乎最適宜以一個「望」字來概
括。「望」字是關係〈高唐賦〉全文結構的關鍵字：它首先出現在序文中——
「望高唐之觀」的「望」，已經暗示出全文是追蹤神女的朝聖祭儀。其次，「高
矣顯矣，臨望遠矣」的「望」，是登高望遠的「望」，它作為全篇的眼目，凡
下文所寫的深淵、怒濤、巨石、奇礐、飛瀑、水族、猛獸、榛林、糾枝、疊
巖、異物、香草、鳴鳥等等奇偉珍怪，莫不是登高遠望所見。而接下來描述
登覽高唐山水風景的正文，也是由「望」字架構起來的。

　　如「登巇巖而下望兮，臨大阺之畜水」，是攀爬山巖時的下「望」，所見
乃「百溪」匯流、「深潭」幽映。之後描寫「水波」、「巨石」相互激盪、奔湧
的場景，猶如一場邀約進入大母神身體遊觀、朝聖的盛宴。至於「中阪遙望，
玄木冬榮」，是登至半山腰時的遙「望」，所見乃林相茂盛的的原始「森林」
景致，鬱鬱葱葱，光彩明滅，猶如天際「繁星」，奪人精目。再至於「登高遠
望，使人心瘁」，是上至山頂尚未到達觀側的遠「望」，這裡再分出「仰視」
與「俯視」兩線敘述，仰視則「磐石」高峻，彷彿虹霓炫耀其上；俯視則「松

〔註63〕馬麗加‧金芭塔絲（Marija Gimbutas）著，葉舒憲譯：《活著的女神》（桂林：
　　　　廣西師範大學出版社，2008 年），頁 11～12。

濤」陣陣，幽冥莫測，其間並夾雜著「湍流」「水煙」。以上五個「望」字，除了單純的觀看外，還具有一種「依次」企慕、追蹤、朝聖的心緒，即所謂「望秩」〔註64〕。再至於高唐觀側，雖無「望」字，但「望」卻隱含其中，所見唯眾多「異花」「香草」，姿態葳蕤；又見「百鳥」啼鳴，起伏唱和。上述〈高唐賦〉正文舉凡寫景之筆皆寓有寫意之情，換言之「深潭」、「水波」、「巨石」、「森林」、「繁星」、「松濤」等皆作爲隱蔽無意識深處的隱喻；而「湍流」、「水煙」、「異花」、「香草」、「百鳥」等，皆可作爲豐沛繁殖能量之大母神的隱喻。

　　〈高唐賦〉序文部分以內在無意識夢境爲綱，以神女來薦爲線；〈高唐賦〉正文部分則以外在高唐山爲綱，以楚王往求神女爲線。在如此一來一往之間，「高唐神女」（「朝雲暮雨」）與「高唐山體」（「登高望遠」）間異質共構的原型密碼已昭然若揭。清人馬驌《繹史》引《五運歷年記》載：

> 首生盤古，垂死化身。氣成風雲，聲爲雷霆，左眼爲日，右眼爲月，
> 四肢五體爲四極五嶽，血液爲江河，筋脈爲地 理，肌肉爲田土，髮
> 髭爲星辰，皮毛爲草木，齒骨爲金石，精髓爲珠玉，汗流爲雨澤，
> 身之諸蟲，因風所感，化爲黎䒧。〔註65〕

原來盤古垂死化身的神話敘述出「自然＝大宇宙」與「身體＝小宇宙」相呼應的全息理論概念，換言之，「宇宙萬物」與「人身五體」竟神奇的同構起來。不僅如此，異質同構東西的名單還可以無限增列，如：女人＝身體＝腹部＝葫蘆＝容器＝山洞＝山體＝宇宙＝⋯⋯；而這種原始類比——今日稱作隱喻思維模式（相似關係）或換喻思維模式（鄰接關係）者——可謂人類認識史上最早、最根本的的原型語彙，它們對於理解遠古神話和象徵具有根本的意義，也是打開初民世界觀的一把金鑰匙，所以有學者逕以「元象徵」稱之〔註66〕。

　　上古之民生活在渾沌、陌生、無序的世界之中，通過近取諸身的擬人、賦形、命名方式，將渾沌、無名的洪荒世界逐漸轉化爲有序、親切的有情世界。太初之時，人類的祖先就是不斷將他們生活的恐怖世界擬人化、馴良化，

〔註64〕　除以上所舉的五個「望」字外，〈高唐賦〉中還有兩個「望」字與全文結構較
　　　　　無關係，即「揚袂鄣日，而望所思」及「若浮海而望碣石」的「望」，前者是
　　　　　內在心理的摹狀，而後者則是外在行爲的描述。

〔註65〕　轉引自袁珂校注：《山海經校注》（上海：上海古籍出版社，1980年），頁307。

〔註66〕　參見葉舒憲：《高唐神女與維納斯》（北京：中國社會科學出版社，1997年）
　　　　　頁88～95。

創造出一個更適合人生息居住的世界。自然的人化過程在文學之中積澱下來，成爲比擬、象徵的文學表現手法。準此之說，則橫看成嶺側成峰之高唐「山體」與橫陳尸臥、姿態萬千之高唐神女「身體」，亦神奇地異質同構起來。換言之，高唐山體亙古以來即猶如一尊女神像般豎立在雲夢澤地；而神女自稱死後葬於巫山之陽、高丘之岨，實亦隱喻著「女神身體」與「高唐山體」的異質同構。若此說無誤，則楚王高唐遊獵、依次登高，竟是楚王對母神的依次朝聖與回歸，也是對國族政體、宇宙本源之道的依次追問與歸位。〈高唐賦〉正文末尾云：

風起雨止，千里而逝。蓋發蒙，往自會。思萬方，憂國害，

開聖賢，輔不逮，九竅通鬱，精神察滯，延年益壽千萬歲。

所謂「風起雨止，千里而逝」，正呼應序文的「朝雲暮雨」，依次探索了高唐、巡禮了母體（子宮）、朝聖了女神、召喚了雲雨，其效能直通國族政體與宇宙本源，所以「思萬方」以下四句是針對國族繁榮、政體福祚而言，「九竅通鬱」以下三句〔註 67〕則針對回歸宇宙生息不已的本源道體而言。從而〈高唐賦〉序文、正文密合爲一有機系統之整體。

進而言之，〈高唐賦〉正文登山巡狩、上昇求道的書寫，既是一場艱辛的外在朝聖旅程，也是一程回歸心靈本源的內在之旅。依次探索「山體／母神」的苦旅層次，亦即順序體驗「無意識／心靈」的情感皺褶，清風、山濤、水波猶如豐沛母神的神諭，召喚生命旅途上疲憊的旅人，回歸她溫柔、滋潤、飽滿的胸懷、子宮。於是〈高唐賦〉序文敘述楚王遊觀高唐後，怠而晝寢，即下降至無意識的夢境深處，終於神女來薦。如此「正文／序文」、「上昇／下降」、「一往／一來」、「朝聖／啓蒙」、「探索／應許」之間，構成循環反覆的曼陀羅之圓，亦即永恆回歸的神話原型。

十、結語

高唐位於湖北大洪山區，即在雲夢古澤北部的茂林地帶中，這裡自古以

〔註 67〕 或爲兩句，按，「九竅通鬱，精神察滯」句，〔清〕胡克家《文選考異》云：「《袁本》云，善有『滯』字；《茶陵本》云，五臣無『滯』字。案：各本所見皆非也。詳《注》意，善並無『滯』字。『察』字韻，上『逮』、下『歲』自協，以七字爲一句，但傳寫者誤，因注中『鬱滯不通也』，妄添於下。袁、茶陵據之作校語，尤延之亦不審，而讀者皆誤認爲善有、五臣無矣。」（頁 882）是「九竅通鬱，精神察滯」應作「九竅通鬱精神察」，與下文「延年益壽千萬歲」皆適成七字句。而察字與斾、蓋、逝、會、害、逮、歲等字爲韻也。

來，就繁殖、聚生著各種野生動、植物，因而成爲古楚蠻主要的獵場，因此高唐神女也成爲原始獵人崇拜的狩獵女神、泉水女神；而〈高唐賦〉正文後半段描繪的祭禱、音樂與田獵等場面，以及往見神女的行爲，實可溯源於史前獵人在狩獵前後，撫慰野獸、向野獸贖罪、祈求豐產及自我綏靖的聖餐巫術儀式。

　　〈高唐賦〉序文記載神女與懷王交合的神話傳說，其中並蘊含有原始孕育巫儀——聖婚的底蘊；而這種古老聖婚儀式的底蘊，又借助神女化身作具有生殖原型象徵的雲雨、風波、水氣，得到了加強。至於〈高唐賦〉正文前半段極力鋪陳高唐山勢的險阻，顯示出高唐是初民舉行求子儀式的神秘聖地——高唐即高丘、高堂、高密，是一種四方高障而中央窊下的地形，由於形勢隱密（或許還形似女陰、子宮），正適合作爲初民野合的場所；其周遭並有水源充沛的深潭、湖澤、溪流，及高聳入天的茂林、松濤、冷杉，這也使得高唐神女成爲狩獵女神、清泉女神及森林女神。至於高唐神女的「未行而亡」，意謂她作爲女神代表的女祭司，沒有經歷過世俗的婚姻，而將一生奉獻給神明。女祭司具有的神性、巫性特徵表現在其巫術和預言的能力，而獲得這種超自然能力的代價則是永遠失去了同凡人結婚的資格。

　　高唐是一處充滿山淵、峽谷、深澗、洞壑、水泉的神秘處所，各種珍禽異獸、香草怪木生息其間，依著山崖雲雨、流泉滋養苗壯，如此一片靈動秀逸、幽默靜深的山野茂林，自然是山野神話傳說故事滋生、蘊藉的溫床。通過由山林深處的狩獵女神、清泉女神及森林女神所幻化的生命之水——朝雲暮雨的永恆回聲，〈高唐賦〉傳達出一種回歸大自然的環境主義思想，甚至還攜帶著一種渴望更新、重生的復育觀點。這種如大自然般的滋潤、孕育、啓蒙能力，正是女性特質所獨有的。

附錄二　高唐神女傳說之再析
——一個冥婚習俗觀點的考察

摘　要

　　本文首先由分析〈高唐賦〉序文的情節單元素入手，認為楚先王夢遇高唐神女的傳說故事，其深層內蘊除具有遠古聖婚儀式的原型積澱外，也反映出戰國以降的冥婚習俗，而這類未婚死亡少女尋覓夫婿的冥婚習俗，更常見於六朝「邂逅神女」型傳說故事之中。不過，這層社會學意義上的現實風俗習慣卻始終隱蔽未彰；反倒是神女傳說故事背後的心理學意義上的集體無意識原型持續在歷史上發揮著影響，那即是男性內在心理不斷衝突的無意識情結。因而不論是〈高唐賦〉中神話英雄冒險求女歷程的神話原型，或是六朝「邂逅神女」的故事類型，其主要功能都是在化解男性內在心理永恆性的對立矛盾情結，超越由此而造成的精神困惑和焦慮，恢復心理的平衡與和諧。可是這個平衡和諧終將又產生出新的矛盾對立，也正由於這個「對立——平衡——對立」的循環辯證怪圈，使得女神原型意象在歷史上一再反覆出現於夢境、神話、文學和藝術作品當中，也形成一個在中國古代文學長河中令人玩味不已的主題。

關鍵詞：邂逅神女、高唐神女、冥婚、原型（archetype）、集體無意識（Collective
　　　　unconscious）、陰性特質（anima）

一、前言

一甲子前的 1935 年，聞一多發表了〈高唐神女傳說之分析〉一文，聞氏在文中指出，高唐神女是楚族的高禖及先妣〔註1〕，這個說法在神話學界持續了相當長的一段時間，也產生很大的影響。一直到兩年前（1994 年），才有黃奕珍、謝聰輝二人，不約而同地站在聞一多論點的基礎之上，並運用〔英〕弗雷澤（James Frazer）在其大著《金枝》中所提出的祭司王和女神（以女祭司代表）合婚，以促進食物及人口雙重豐產的聖婚儀式觀點，來解釋高唐神女薦枕先王（許多學者都認為是懷王）神話傳說的深層內蘊，黃、謝二氏的研究是更較聞氏之說精密許多〔註2〕。本文即受上述諸先生研究成果的啟發，再以高唐神女神話傳說以及相關的六朝「邂逅神女」型傳說故事為研究對象。文章首先運用分析情節單元素的方法，對高唐神女神話傳說的文本（也就是《文選・高唐賦》的序文部分）作一分析，指出這些單元素除積澱著遠古聖婚儀式遺風外，還具有父系社會民間冥婚習俗的底蘊，而這種冥婚風俗並頻頻出現在六朝「邂逅神女」型傳說故事之中。

本文將揭示出以冥婚習俗為社會背景而建立的「邂逅神女」型傳說故事所具有的心理背景；並依據〔瑞士〕容格（Carl Gustav Jung）的原型理論，闡明深藏於此種心理背景之下的集體無意識。最後並結合父系社會的價值體系觀點，剖明「邂逅神女」型傳說故事所具有的男性心理意識。

二、「未行而亡」與冥婚風俗

《文選・高唐賦》序文的前半段是這樣描寫的：

昔者楚襄王與宋玉遊於雲夢之臺，望高唐之觀。其上獨有雲氣，崒兮直上，忽兮改容，須臾之間，變化無窮。王問玉曰：「此何氣也？」玉對曰：「所謂朝雲者也。」王曰：「何謂朝雲？」玉曰：「昔者先王嘗遊高唐，怠而晝寢，夢見一婦人曰：『妾巫山之女也，為高唐之客。聞君遊高唐，願薦枕席。』王因幸之。去而辭曰：『妾在巫山之陽，

〔註 1〕 見聞一多：〈高唐神女傳說之分析〉，《聞一多全集・神話編》（武漢：湖北人民出版社，1994 年），聞氏這篇文章最先發表在《清華學報》10 卷 4 期，1935年。

〔註 2〕 見黃奕珍：〈從「聖婚」觀點看楚懷王與巫山神女的關係〉，《中國文學研究》第 8 期，頁 197～212，台大中文所，1994 年 5 月。及謝聰輝：〈瑤姬神話傳說與人神之戀〉，《國立編譯館館刊》第 23 卷第 1 期，頁 1～28，1994 年 6 月。

高丘之阻，旦爲朝雲，暮爲行雨，朝朝暮暮，陽臺之下。』旦朝視
之，如言，故爲立廟，號爲朝雲。」

這段序文另有其他幾種略有增益的文本記載，其中最大的不同點就在於神女
所說的一段話，以下就先將典籍中所載這段傳說故事的不同文本臚列於後：

1. 《文選・高唐賦》：

玉曰：「昔者先王嘗遊高唐，怠而晝寢，夢見一婦人曰：『妾巫山之
女也，爲高唐之客。聞君遊高唐，願薦枕席。』王因幸之。去而辭
曰：『妾在巫山之陽，高丘之阻，旦爲朝雲，暮爲行雨，朝朝暮暮，
陽臺之下。』旦朝視之，如言，故爲立廟，號爲朝雲。」

2. 《文選・高唐賦》「妾巫山之女也」句，李善注引《襄陽耆舊傳》：

赤帝女曰姚姬，未行而卒，葬於巫山之陽，故曰巫山之女。楚懷王
遊於高唐，晝寢，夢見與神遇，自稱是巫山之女，王因幸之。遂爲
置觀於巫山之南，號爲朝雲，後至襄王時，復遊高唐。

3. 《文選》第三十一卷江淹《雜體詩・潘黃門》「爾無帝女靈」句，
   李善《注》引《宋玉集》：

玉對曰：「昔先王遊於高唐，怠而晝寢，夢見一婦人，自云：『我帝
之季女，名爲瑤姬，未行而亡，封於巫山之臺，聞王來遊，願薦枕
席。』王因幸之。去，乃言：『妾在巫山之陽，高丘之阻，旦爲朝雲，
暮爲行雨，朝朝暮暮，陽臺之下。』旦而視之，果如其言。爲之立
館，名曰朝雲。」

4. 酈道元《水經注・江水二》：

西即巫山者也，又帝女居焉。宋玉所謂天帝之季女，名曰瑤姬，未
行而亡，封於巫山之陽，精魂爲草，寔爲靈芝。所謂巫山之女，高
唐之阻，旦爲行雲，暮爲行雨，朝朝暮暮，陽臺之下。旦早視之，
果如其言，故爲立廟，號朝雲焉。

5. 《文選》第十六卷江淹〈別賦〉「惜瑤草之徒芳」句，李善注引
   〈高唐賦〉：

宋玉〈高唐賦〉曰：「我帝之季女，名爲瑤姬，未行而亡，封於巫山
之臺，精魂爲草，寔曰靈芝。」

6. （唐）余知古《渚宮舊事》卷三引（晉）習鑿齒《襄陽耆舊傳》：

玉曰：「昔者先王游於高唐，怠而畫寢，夢見一婦人，曖乎若雲，皎
乎若星，將行未止，如浮忽停，詳而觀之，西施之形。王悅而問之，
曰：『我夏帝之季女也，名曰瑤姬，未行而亡，封乎巫山之臺。精魂
爲草，摘而爲芝，媚而服焉，則與夢期，所謂巫山之女，高唐之姬。
聞君遊於高唐，願薦枕席。』王因幸之。既而言曰：『妾處之翰，尚
莫可言之，今遇君之靈，幸妾之搴，將撫君苗裔，藩乎江漢之間。』
王謝之。辭去曰：『妾在巫山之陽，高丘之岨，旦爲朝雲，暮爲行雨，
朝朝暮暮，陽臺之下。』王朝視之，如言，乃爲立館，號曰朝雲。」
〔註3〕

以上六條資料即是關於高唐神女傳說故事的不同記載。若試用分析情節單元
素的方法加以分析，可以將完整的神女傳說故事區分爲「先王夢神女」、「神
女自云」、「帝之季女瑤姬，未行而亡」、「封於巫山之臺（故爲巫山之女，高
唐之客）」、「精魂爲草，媚服期夢」、「願薦枕席」、「先王幸御」、「神女化爲雲
雨」、「先王爲其立廟」等幾個情節單元素，而其中值得注意的是「帝之季女
瑤姬，未行而亡」這個單元素〔註4〕，正是由這一個情節單元素，從而可以揭
示出高唐神女作爲冥婚少女的本質。

《周禮‧地官‧媒氏》載：「禁遷葬者與嫁殤者。」鄭玄注：

遷葬，謂生時非夫婦，死既葬遷之，使相從也。殤，十九以下未嫁
而死者，生不以禮相接，死而合之，是亦亂人倫者也。鄭司農云：「嫁
殤者謂嫁死人也，今時娶會是也。」

賈《疏》：

遷葬，謂成人鰥寡，生時非夫婦，死乃嫁之。嫁殤者，生年十九已
下而死，死乃嫁之。不言殤娶者，舉女殤男可知也。（頁218）

鄭司農所說的「娶會」大概類似今日「冥婚」的風俗，此風雖在儒者禮法禁
止之列，但民間卻一直盛行不絕，甚至到近日台灣仍偶可見及。據婁子匡《婚
俗志‧台灣冥婚制與記事》介紹此一風俗說：

鬼女當地人稱「孤娘」。俗信「孤娘」屆齡在冥界會思春，爲防其
興妖作怪，需爲之擇婿，範圍大致限此三種人：一、在星相學上斷

〔註3〕 《筆記小說大觀》（臺北：新興書局）第24編第1冊，頁155。
〔註4〕 可是這段話卻不見於今本《文選‧高唐賦》正文當中，一個可能的推測是被
刪節掉了。

定得配雙妻以上的男子，二、月令較衰的未婚男子，三、對她墓地行過非禮的男子。具體作法常是將鬼女生前的衣物、首飾包好置於道中，如有未婚適齡男子拾取，便請至家中議婚成親。若拾包者為已婚男子，則要將自己的子女優先歸於「亡妻」名下，立碑祭奉。〔註5〕

另外，阮昌銳對台灣的冥婚習俗更有過詳細的田野調察：

> 本省（按，指台灣）居民以閩南和客家為主，生活簡樸，對神靈的崇拜非常虔誠，相信一個人死了，尤其是夭折的人，若是沒有人供奉，就變成孤魂野鬼，到處飄泊作祟，而無法參與再投胎的行列，又由於社會重男輕女（父系社會）的風氣，使得那些夭折的女孩，不能按置在祖宗牌位上，只有嫁出去方能被列在夫家的祖宗牌上得到奉祀。因此，夭折的女孩如無人供奉，就成了野鬼，所以一般傳說中見女鬼的機會較多。為人父母者，沒有人願意自己親生骨肉變成孤魂野鬼，因而捐錢來興建「菜廟」或「菜堂」（閩南地區稱供奉夭折女孩的靈堂為菜廟），而由菜姑（菜堂的出家婦女）來供奉，唸經超渡。本省稱夭折的女孩為「姑娘」或「孤娘」，一些較窮的「姑娘」，都送到菜廟，家裡人只要繳一些香油錢就可以把姑娘的神主牌按置在菜廟中，有些大姓或富有的家庭則獨自建一土地公廟，在旁附近建一神主牌位，以便給後世之人供奉，在台北市信義路二段周厝尚可見到。這些姑娘長大了，有的願意出嫁就透過夢，或作祟家人而獲得出嫁，出嫁時以神主牌出。〔註6〕

以上是行於近日台灣的冥婚情形，古今對照可以發現，「未行而亡，封於巫山之臺」的神女，其中積澱著未嫁而亡少女的一縷幽魂；其遊盪至高唐，「為高

〔註 5〕 張紫晨主編：《中外民俗學詞典》「鬼婚」條（杭州：浙江人民出版社，1994年），頁409。

〔註 6〕 阮昌銳：《中國婚姻習俗之研究》（臺北：臺灣省立博物館，1989年），頁106。阮氏還指出，女鬼擇偶方式可分為自由戀愛與家人安排兩種。在前一種方式中，夭折女孩至及婚年齡，會自己尋找丈夫。有夜行男士，常在橋畔、山邊遇到打扮入時的女郎，每晚都在同一地方幽會，日久生情，互論婚嫁，女郎即告訴男士到某家求婚，男去求婚方知為鬼女，但懼以女鬼作祟，因此成婚。在後一種方式中，女鬼單戀某一男士，她每晚都來託夢，指示未來的夫婿如何去見她的親人，如當事人「郎心如鐵」，則女鬼每晚準時前來糾纏，直到當事人照指示方式去作了才算了事（頁107）。

唐之客」，是為尋求適婚夫婿而來；至於其託夢楚先王，願薦枕席的目的，也是希冀楚先王為其立廟，使其遊靈孤魂有所憑依，而其後楚先王果然為她建了朝雲廟。

關於這類女鬼嫁夫的冥婚故事，更頻見於兩晉以降的志怪筆記小說之中，以有「鬼之董狐」之稱的干寶《搜神記》為例，其中寫得言情並貌的要算是卷十六的「紫玉韓重」條：

> 吳王夫差小女，名曰紫玉，年十八，才貌俱美。童子韓重，年十九，有道術。女悅之，私交信問，許為之妻。重學於齊魯之間，臨去，屬其父母使求婚。王怒，不與女。玉結氣死，葬閶門之外。三年重歸，詰其父母，父母曰：「王大怒，玉結氣死，已葬矣。」重哭泣哀慟，具牲帛往弔墓前。玉魂從墓出，見重，……重感其言，送之還冢。玉與之飲宴，留三日三夜，盡夫婦之禮。臨出取徑寸明珠以送重。……重既出，遂詣王，自說其事。王大怒，曰：「吾女既死，而重造訛言，以玷穢亡靈。此不過發冢取物，托以鬼神。」趣收重。……王妝梳，忽見玉，驚愕悲喜，問曰：「爾緣何生？」玉跪而言曰：「昔諸生韓重來求玉，大王不許，玉名毀義絕，自致身亡。重從遠還，聞玉已死，故齎牲帛，詣冢弔唁。感其篤終，輒與相見，因以珠遺之。不為發冢，願勿推治。」夫人聞之，出而抱之，玉如煙然。〔註7〕

另外，卷十六「盧充幽婚」條載盧充幽婚的故事〔註8〕，卷十六「駙馬都尉」條載辛道度幽婚的故事〔註9〕，卷十五「河間郡男女」條載河間郡男女冥婚的

〔註7〕 干寶撰，汪紹楹校注：《搜神記》（臺北：木鐸出版社，1985年），頁200～201。

〔註8〕 原文甚長，大意略謂：充逐獐至崔少府第，崔少府以女嫁之，居三日而後歸，始知崔是亡人而入其墓。別後四年，崔女將所生男送還，又贈以金碗。後充賣碗於市，恰逢崔氏姨母，云其甥女早夭，字「溫休」，即「幽婚」也。干寶撰，汪紹楹校注：《搜神記》（臺北：木鐸出版社，1985年），頁203～205。

〔註9〕 略謂：隴西辛道度者，遊學至雍州城四、五里，比見一大宅，有青衣女子在門，度詣門下求飧。女子入告秦女，女命召入。……女謂度曰：「我秦閔王女，出聘曹國，不幸無夫而亡。亡來已二十三年，獨居此宅。今來君來，願為夫婦。」經三宿三日後，女即自言曰：「君是生人，我鬼也。共君宿契，此會可三宵，不可久居，當有禍矣。然茲信宿，未悉綢繆，既已分飛，將何表信於郎？」即命取床後盒子開之，取金枕一枚，與度為信。尋至秦國，以枕於市貨之。恰遇秦妃東遊，親見度賣金枕，疑而索看，詰度何處得來？度具以告。妃聞，嘆曰：「我女大聖，死經二十三年，猶能與生人交往，此是我真女婿也。」

故事等〔註10〕，都是女鬼與男性冥婚的故事，這類冥婚故事後來形成固定的
情節，大抵是女鬼與男居三日三夜，行夫妻之禮畢，女鬼贈物，主家憑物認
婿。與上述幾則故事稍有差異的是卷五所載的「蔣山廟神戲婚」條：

> 咸寧中，太常卿韓伯子某、會稽內史王蘊子某、光祿大夫劉耽子某，
> 同遊蔣山廟。廟有數婦人像，甚端正。某等醉，各指像以戲，自相
> 配匹。即以其夕，三人同夢蔣侯遣傳教相聞，曰：「家女子並醜陋，
> 而猥垂榮顧。輒刻某日，悉相奉迎。」某等以其夢指適異常，試往
> 相問，而果各得此夢，符協如一。於是大懼，備三牲，詣廟謝罪乞
> 哀。又俱夢蔣侯親來降己曰：「君等既已顧之，實貪會時。克期垂及，
> 豈容方更中悔？」經少時，並亡。〔註11〕

「蔣山廟神戲婚」條的「廟有數婦人像，甚端正」，正可作爲先王爲高唐神女
立廟的對照；而這類對照故事最貼切的要算是「清溪廟姑神」了，吳歌《青
溪小姑曲》云：

> 開門白水，側近橋梁。小姑所居，獨處無郎。〔註12〕

關於《青溪小姑曲》的本事，首見於《搜神後記》卷五「青溪廟神」條：

> 晉太康中，謝家沙門竺曇遂，年二十餘，白晳端正，流俗沙門。嘗
> 行經清溪廟前過，因入廟中看。暮歸，夢一婦人來，語云：「君當來
> 作我廟中神，不復久。」曇遂夢問：「婦人是誰？」婦人云：「我是
> 清溪廟中姑。」如此一月許，便病。臨死，謂同學年少曰：「我無福，
> 亦無大罪，死乃當作清溪廟神。諸君行便，可過看之。」既死後，
> 諸年少道言詣其廟。既至，便靈語相勞問，聲音如昔時。臨去云：「久
> 不聞唄聲，思一聞之。」其伴慧觀便爲作唄訖，其神猶唱讚。語云：
> 「歧路之訣，尚有悽愴。況此之乖，形神分散。窈冥之歎，情何可

〔註10〕

遂封度爲駙馬都尉，賜金帛車馬，令還本國。干寶撰，汪紹楹校注：《搜神記》
（臺北：木鐸出版社，1985年），頁201～202。

略謂：河間郡有男女私悅，許相配適。尋而男從軍，積年不歸。女家更欲適
之，女不願行。父母逼之，不得已而去，尋病死。其男戍還，乃至家，欲哭
之敍哀，而不勝其情，遂發冢開棺，女即蘇活，因負還家，將養數日，平復
如初。後夫家聞，乃往求之。於是相訟，郡縣不能決，以讞廷尉，。秘書郎
王導以精誠之至，感於天地，故死而更生，請還開冢者。朝廷從其議。干寶
撰，汪紹楹校注：《搜神記》（臺北：木鐸出版社，1985年），頁179。

〔註11〕　干寶撰，汪紹楹校注：《搜神記》（臺北：木鐸出版社，1985年），頁59。

〔註12〕　郭茂倩撰：《樂府詩集》第四十七卷二冊（北京：中華書局，1991年），頁685。

言。」既而歔欷不自勝，諸道人等皆為流涕。〔註13〕

這裡「夢一婦人來」、「婦人云」等情節，頗有因襲〈高唐賦〉之嫌，而竺曇遂後來果真被召去作清溪廟公，這則故事有點儡人，不若吳均《續齊諧記》「清溪廟神」條所載的浪漫淒美：

> 會稽趙文韶為東宮扶侍，坐清溪中橋，……秋夜嘉月，悵然思歸，倚門唱《西夜烏飛》，其聲甚哀怨。忽有青衣婢十五、六，前曰：「王家娘子白扶侍，聞君歌聲，有門人逐月遊戲，遣相聞耳。」時未息，文韶不之疑，委曲答之，亟邀相過。須臾女到，年十八、九，行步容色可憐，猶將兩婢自隨。……乃令婢子歌《繁霜》，自解裙帶繫箜篌腰，叩之以倚歌。……歌闋，夜已久，遂相佇燕寢，竟四更別去，脫金簪以贈文韶。文韶亦答以銀碗、白琉璃匕各一枚。既明，文韶出，偶至清溪廟，歇神座上，見碗甚疑，而悉委之屏風後，則琉璃匕在焉，箜篌帶縛如故。祠廟中惟女姑神像，青衣婢立在前，細審之，皆夜所見者，於是遂絕。當宋元嘉五年也。〔註14〕

儡人也好、淒美也罷，竺曇遂與趙文韶遇見清溪女神的故事都是一種冥婚，前者為思春女鬼託夢男子的類型，後者則是落單男子於橋畔、山邊巧遇女鬼的類型，二人後來都絕命亡身，這種結局似有戒色之意。綜上所說，清溪「祠廟中惟女姑神像」，與高唐廟觀一樣，應是以前述替未嫁而亡故的女孩立廟祀，使其神主有所憑依的社會風俗和信仰為其傳說之核心的。

三、山鬼與高唐神女

以上兩則故事中的清溪女神都已變化成宛轉多姿的嫵媚女鬼，自然同〈高唐賦〉正文中，與凝重、嚴整的自然山水景物合一的神女形象有所差別。而〈高唐賦〉中凝重、嚴整的神女形象另有《楚辭·九歌》中的山鬼和《山海

〔註13〕 陶潛撰，汪紹楹校注：《搜神後記》（臺北：木鐸出版社，1985 年），頁 31～32。

〔註14〕 《五朝小說大觀》，頁 37～38。又《樂府詩集》第四十七卷（三冊，頁 872～873）載劉妙容《神女宛轉歌》二首，並引《續齊諧記》說其本事，與「清溪廟神」十分相似。故事略謂：晉有王晉伯者，過吳，維舟中渚。登亭望月，悵然有懷，俄聞戶外嗟賞聲，見一女子，雅有容色，二人以琴歌相答。女子將去，留錦臥具、繡香囊、並佩一雙，以遺敬伯。敬伯報以牙火籠、玉琴軫。敬伯船至虎牢戍，吳令劉惠明者，有愛女早逝，舟中亡臥具，於敬伯船獲焉。敬伯具以告，果於帳中得火籠、琴軫。女郎名妙容，字雅華。

經・中次三經》魁武羅作爲參照。《楚辭・山鬼》載：

> 若有人兮山之阿，被薛荔兮帶女蘿。既含睇兮又宜笑，子慕予兮善窈窕。乘赤豹兮從文狸，辛夷車兮結桂旗。被石蘭兮帶杜衡，折芳馨兮遺所思。余處幽篁兮終不見天，路險難兮獨後來。表獨立兮山之上，雲容容兮而在下。杳冥冥兮羌晝晦，東風飄兮神靈雨。留靈修兮憺忘歸，歲既晏兮孰華予？采三秀兮於山間，石磊磊兮葛蔓蔓。怨公子兮悵忘歸，君思我兮不得閑。山中人兮芳杜若，飲石泉兮蔭松柏。君思我兮然疑作。雷填填兮雨冥冥，猿啾啾兮狖夜鳴。風颯颯兮木蕭蕭，思公子兮徒離憂。

歷代關於山鬼的原型有眾多的異說〔註 15〕，不過至今仍以〔清〕顧天成所云「巫山神女」之說，最爲可靠，支持者也最眾。如郭沫若《屈原賦今譯》云：「採三秀兮於山間。於山即巫山。凡楚辭兮字每具有於字作用，如於山非巫山，則於字爲累贅。」〔註 16〕另外，〈山鬼〉開頭說：「若有人兮山之阿，被薛荔兮帶女蘿。」《詩經・小雅・頍弁》：「蔦與女蘿，施於松柏。」《傳》、《注》、《疏》都云：「女蘿，菟絲也。」《爾雅・釋草》也云：「唐、蒙，女蘿；女蘿，菟絲。」而根據謝聰輝的論證指出，神女精魂所化的草即是蓍草，也就是菟絲子，其具有養肌、強陰、美色的功效〔註 17〕。山鬼既是巫山之鬼，又以蓍草爲飾，其與高唐神女傳聞的重疊性是很明顯的〔註18〕。山鬼佩帶女蘿的意象，正代表其具有媚人的誘惑力（所以在「帶女蘿」後，接著就描寫「既含睇兮又宜笑，子慕予兮善窈窕」的媚惑力），而〈山鬼〉文本裡不斷出現「留靈修兮憺忘歸，歲既晏兮孰華予」、「怨公子兮悵忘歸，君思我兮不得閑」、「君思我兮然疑作」、「思公子兮徒離憂」等話語，也明白表現出誘惑不成，鬼女遲慕的氛圍〔註 19〕。

　　另外，《山海經・中次三經》載：

〔註15〕可以參見蕭兵：《楚辭新探》（天津：古籍出版社，1988 年），頁 404。

〔註16〕轉引自馬茂元主編：《楚辭注釋》（臺北：文津出版社，1993 年），頁 177～178。

〔註17〕見謝聰輝：〈瑤姬神話傳說與人神之戀〉，《國立編譯館館刊》第 23 卷第 1 期，頁 1～6，1994 年 6 月。

〔註18〕至於山鬼與巫山神女同一性的詳細論說，早期可參見孫作雲：〈《九歌・山鬼》考〉，《清華學報》11 卷 4 期，頁 977～1005，1936 年。晚期則見謝聰輝〈瑤姬神話傳說與人神之戀〉，《國立編譯館館刊》第 23 卷第 1 期，頁 6～10，1994 年 6 月。

〔註19〕而屈原這裡也運用了山鬼與靈修的關係喑喻自己與懷王的關係。

青要之山，實惟帝之密都。……**魁**武羅司之，其狀人面而豹文，小
要而白齒，而穿耳以鐻，其鳴如鳴玉。是山也，宜女子。……其中
有鳥焉，名曰鴢，其狀如鳧，青身而朱目赤尾，食之宜子。有草焉，
其狀如葌，而方莖、黃華、赤實，其本如藁本，名曰荀草，服之美
人色。

這裡的魁武羅當即是魁女蘿（武、女音同），大概即是佩帶女蘿的女鬼吧。
據袁珂指出，「小要白齒」，即山鬼的「窈窕」、「宜笑」；「人面豹文」與「赤
豹文狸」互有演化；「荀草服之美人色」，也類山鬼所採駐人顏色的「三秀」，
所以魁武羅或即是山鬼式的女神〔註20〕。的確，魁武羅所在的青要之山，
既宜女子（鬼）所居，又有能美顏色的荀草，其內蘊正是為了無夫女鬼媚
誘、蠱惑落單男子的駐足留戀。更重要的是，「魁武羅」之「魁」與「山鬼」
之「鬼」也相通，《說文》九上：「魁，神也。」段注：「當作神鬼也。神鬼
者，鬼之神者也。」胡文英《屈騷指掌》就將山鬼視作人鬼，他說：「天曰
神，地曰示，人曰鬼。蓋有德位之人，死而主此山之祀者。」〔註21〕胡氏
將山鬼視作主山之祭祀的人鬼，無疑是正確的；不過他將山鬼看作有德位
而死之人，則有問題，山鬼及魁武羅當如前所述，都是無所依歸的一絲遊
魂，她必須四處尋求男子，媚惑男子，以遂行一夜（或者三夜）溫存，並
冀望這男子能為其立廟；經過這種過渡性儀式的轉換後，她的遊魂才有憑
依，不致永遠飄泊在惡山黑水之間，擔負著父系社會制度下，無夫無子、
無依無靠的宿命式詛咒。因此，高唐神女由「未行而亡」而「薦枕懷王」，
其深層的意義，實如李豐楙所說：「是未行、未字的女性，需經由婚配的禮
儀，其生前始有歸宿，而卒後靈魂始得憑依。類此陰陽大義的婚姻哲學的
社會制度，也是抽象的生命終極關懷的思索。」〔註22〕必須補充的是，這
種對於女性生命終極關懷的思索，仍是在一個根深柢固的父系結構思維下
產生的。

　　高唐神女、山鬼（或魁武羅）以及六朝志怪中的眾多女鬼都具有冥婚少
女的社會現實背景〔註23〕，但她們所顯現出來的外貌形象卻不盡相同，高唐

〔註20〕 袁珂：《山海經校注》（成都：巴蜀書社，1993年），頁153。
〔註21〕 轉引自馬茂元：《楚辭注釋》（臺北：文津出版社，1993年），頁177。
〔註22〕 參見李豐楙：〈正常與非常：生產、變化說的結構性意義——試論干寶《搜神
　　　　記》的變化思想〉，《魏晉南北朝文學與思想學術研討會論文集》。
〔註23〕 唯高唐神女傳說屬於託夢型冥婚，山鬼及清溪女神等故事則為巧遇型冥婚。

神女的形象尚未脫去原始神話中大母神的凝重、嚴整氛圍，而山鬼（或魑武羅）則是充滿野趣的山野精靈，至於六朝志怪中與男性冥婚的女鬼則多具宛轉多姿的嫵媚形象（如清溪女神），從女神形象的轉變當中，已然透露出原始神話世俗化、人情化、生活化的消息來。另外，在〈高唐賦〉正文中，其險峻的山水之勢正積澱著原始神話男性英雄冒險求女的歷程原型；而在〈九歌·山鬼〉中，則是女鬼靜佇等待男性情夫的到來；到了六朝志怪中，女鬼反成了主動者，而男性相對顯得被動、懦弱。

四、女仙降臨的傳說類型

上述高唐神女尋夫婿的冥婚模式，還成為六朝具有相同故事結構的女仙降臨傳說類型的核心成分〔註 24〕，李豐楙曾指出，兩晉時的張敏、曹毗、干寶等人，特別拈舉「神女」的名稱作賦、作詩、作記，不能不讓人溯源於〈高唐賦〉；此類題名不只是傳統文人的古典素養，而是在共同的宗教文化背景，對這類神女具有深刻的認識。所以在民間故事的類型學上，確可確立神女悅凡男並與之成婚一類〔註 25〕。而這類神女降臨故事中，最有名的三則分別是成公智瓊、杜蘭香與何參軍女的故事：

《搜神記》卷一「弦超與智瓊」條略謂：魏濟北從事掾弦超，嘉平中，夜夢神女來，自稱天上玉女，姓成公，字智瓊，東郡人。早失父母，天地（帝）哀其孤苦，令得下嫁。後三、四日一來，即乘輶軒，衣羅綺。智瓊能隱其形，不能藏其聲，且芬香達於室宇，頗為人知。一旦，神女別去，留贈裙衫袘襠。神女去後五年，超奉郡使至洛，到濟北漁山下陌上，西行遙望，曲道頭有一車馬，似智瓊。驅馳前至，果是也。遂披帷相見，悲喜交切。同乘至洛，遂為室家，克復舊好。〔註 26〕

《搜神記》卷一「杜蘭香與張傳」條略謂：漢時有杜蘭香者，自稱南康人氏。以建業四年春，數詣張傳。傳年十七。望見其車在門外，婢女通言：「阿母所生，遣授配君，可不敬從？」傳先名改碩。碩呼

〔註24〕 李豐楙於〈魏晉神女傳說與道教神女降真傳說〉一文中，對此一傳說類型論之甚詳，頗可參看。見《魏晉南北朝文學與思想學術研討會論文集》（臺南：成功大學印，1992 年），頁 473～513。

〔註25〕 見李豐楙：〈魏晉神女傳說與道教神女降真傳說〉，《魏晉南北朝文學與思想學術研討會論文集》（臺南：成功大學印，1992 年），頁 475～476。

〔註26〕 干寶撰，汪紹楹校注：《搜神記》（臺北：木鐸出版社，1985 年），頁 16～18。

女前視，可十六、七，說事邈然久遠。至其年八月旦，復來，言：「本為君作妻，情無曠遠，以年命本合，其小乖，大歲東方卯，當還求君。」蘭香降時，碩問：「禱祠何如？」香曰：「消魔自可愈疾，淫祀無益。」香以藥為消魔。〔註27〕

《後搜神記》卷五「何參軍女」載：劉廣，豫章人，年少未婚。至田舍，見一女云：「我是何參軍女，年十四而夭，為西王母所養，使與下土人交。」廣與之纏綿，其日於席下得手巾，裹雞舌香。其母取巾燒之，乃是火浣布。〔註28〕

試看以上三則故事，神女降臨時都以「自稱」、「自云」的口吻自述，這是承襲〈高唐賦〉的表現手法，這類神女自薦、神人晤談的方式，如李豐楙所指出，為一種降真方式，且特別與女巫較易於運用語言的能力有關〔註29〕。而更重要的是，成公智瓊為「天地（帝）哀其孤苦，令得下嫁」，杜蘭香為「阿母所生，遣授配君」，而何參軍女則是「為西王母所養，使與下土人交」，這與高唐神女瑤姬自稱為「夏帝之季女」實如出一脈（瑤姬其後在（唐）杜光庭的《墉城集仙錄》中，也被編派為西王母之女——雲華夫人）。以上四女，或者在天界為天帝玉女，或者隸屬墉城西王母的治下；天帝身份崇高，自不待言，而西王母在六朝的神格也頗為尊貴，如杜光庭《墉城集仙錄》總結其司職云：「母養群品，天上天下、三界十方女子之登仙得道者咸所隸焉。」因此，以上四女的神格已較前述尋夫的鬼女高出許多〔註30〕。

反觀與身分高貴的神女交合的四位男子，弦超為從事掾，乃屬僚屬級的小吏，張碩為一介漁夫（《郡國志》說張碩捕魚而遇杜蘭香），而劉廣為田舍男，似乎只有楚先王貴為一國之君，這裡透顯出不同現實社會背景之下的心理意識來。那即是前三則故事中，身家清白、貧賤的凡間男子，在魏晉重門第的社會中，是無緣攀附豪門女子的；寒門子弟只有藉著夢幻中的神女（即冥婚鬼女）幸臨，將內心的願望與壓抑，曲折的投射出來。所以一個語拙性

〔註27〕 干寶撰，汪紹楹校注：《搜神記》（臺北：木鐸出版社，1985年），頁15～16。
〔註28〕 陶潛撰，汪紹楹校注：《搜神後記》（臺北：木鐸出版社，1985年），頁34～35。
〔註29〕 李豐楙：〈魏晉神女傳說與道教神女降真傳說〉，《魏晉南北朝文學與思想學術研討會論文集》（臺南：成功大學印，1992年），頁484。
〔註30〕 參見李豐楙：〈魏晉神女傳說與道教神女降真傳說〉，《魏晉南北朝文學與思想學術研討會論文集》（臺南：成功大學印，1992年），頁484～485。

疏的少年，在受到神女眷顧後，就可以享受華車、佳食、美眷；這種傳說流傳民間，正迎合尋常百姓的心理，故能得到廣大人民的認同，其作用有如六朝仙境小說，誤入仙境的鄉民一樣，爲中下階層社會未能高攀貴門的一種補償，具有深刻的社會意識〔註 31〕。而楚先王遇合神女的冥婚模式，則仍積澱著原始神話英雄遊歷、冒險求女的神話原型，以及遠古祭司王與女神行聖婚儀式的痕跡〔註 32〕。

再進一步說，上述六朝的神女降臨故事還反映出集體心理的共通願望，如李豐楙所指出，這些卑微角色之所以易取得民間的認同，就因爲年少未婚的生理、心理欲望容易從主角的豔遇中獲得滿足；所以在性心理、社會心理的遂願情況下，這些凡間男子並未出現排拒非尋常女性的行爲。另外，在以男性爲中心的社會裡，那些飄忽而來、若即若離的神女，總充滿著眩目的光彩；於是在口頭敘述或文字修飾時，也總是出入於自然與超自然之間，猶疑在可信與不可信之際，使聽者、讀者在奇幻、詭譎之中，領受一份虛實相生的滿足感〔註 33〕。而以上所述，正是神女降臨故事在六朝廣泛流傳的社會文化及心理意識因素。

五、男性無意識中的陰性特質（anima）

若是暫時將六朝特殊的社會文化及心理意識因素擱置在一旁，而從容格的原型理論來看，上述女鬼、女精、女仙與世間男子邂逅、成婚的「邂逅神女」或「異類交婚」之故事型態，其所反映出的集體心理意識，即是男性無意識中的陰性特質。

在容格的原型學說當中，有所謂陽性特質（animus）和陰性特質（anima）的提法，這意謂如果做夢的人是女性，她會發現她潛意識中有個男性人格化身；反之，則是女性人格化身。容格稱男性人格的形式爲陽性特質，女性的人格形式爲陰性特質〔註 34〕。而陰性特質的歷史發展有四個階段，第一階段

〔註 31〕　參見李豐楙：〈魏晉神女傳說與道教神女降眞傳說〉，《魏晉南北朝文學與思想學術研討會論文集》（臺南：成功大學印，1992 年），頁 483、508〜509。

〔註 32〕　見黃奕珍：〈從「聖婚」觀點看楚懷王與巫山神女的關係〉，《中國文學研究》第 8 期，頁 197〜212，台大中文所，1994 年 5 月。及謝聰輝〈瑤姬神話傳說與人神之戀〉，《國立編譯館館刊》第 23 卷第 1 期，頁 1〜28，1994 年 6 月。

〔註 33〕　參見李豐楙：〈魏晉神女傳說與道教神女降眞傳說〉，《魏晉南北朝文學與思想學術研討會論文集》（臺南：成功大學印，1992 年），頁 483、509。

〔註 34〕　見容格等著，黎惟東譯：《自我的探索——人類及其象徵》（臺北：桂冠圖書股份有限公司，1990 年），頁 212。

是原始女人，以夏娃這個意象爲最佳的象徵，它代表純本能和生物學的關係。第二階段是浪漫美女，其典型代表可以在特洛伊城的海倫身上看到，她已是具體化浪漫和美麗的標準；不過，仍然具有性元素的象徵。第三階段可以童貞瑪麗亞作代表——這個意念已將愛提昇到精神上獻身的崇高境界。第四階段則已超越最神聖和最純潔的境界，從現代人的心靈發展來看，這一階段罕能達到，蒙娜麗莎則接近這種智慧的陰性特質〔註35〕。

　　若以〈高唐〉、〈神女〉二賦而言，前述的第一階段可以用〈高唐賦〉中與自然之山川林野同體的原始神秘女神爲代表，其具有本能性和物質性的特徵。而第二、三階段則可以〈神女賦〉中婀娜多姿的神女作爲代表〔註36〕，這必須從〈神女賦〉對神女的衣飾、體態、容貌、精神、品德的描寫來看：

　　　　其盛飾也，則羅紈綺繢盛文章，極服妙采照萬方，振繡衣，被袿裳，禮不短，纖不長。（魯按：以上爲衣飾的描寫）

　　　　步裔裔兮曜殿堂，忽兮改容，婉若遊龍乘雲翔。嫷被服，倪薄裝。（魯按：以上爲體態的描寫）

　　　　貌豐盈以莊姝兮，苞溫潤之玉顏，眸子炯其精朗兮，瞭多美而可觀，眉聯娟以蛾揚兮，朱唇的其若丹，素質幹之醲實兮，志解泰而體閑。（魯按：以上爲容貌的描寫）

　　　　望余帷而延視兮，若流波之將瀾，奮長袖以正衽兮，立躑躅而不安，澹清淨其愔嬺兮，性沈詳而不煩。時容與以微動兮，志未可乎得，原意似近而既遠兮，若將來而復旋。褰余幬而請御兮，願盡心之惓惓。（魯按：以上爲性愛幻想的描寫）

　　　　懷貞亮之潔清兮，卒與我兮相難，陳嘉辭而云對兮，吐芬芳其若蘭，精交接以來往兮，心凱康以樂歡。神獨亨而未結兮，魂以無端，含然諾其不分兮，喟揚音而哀歎。頼薄怒以自持兮，曾不可乎犯干。

　　　　於是搖珮飾、鳴玉鸞、整衣服、斂容顏、顧女師、命太傅，歡情未接，將辭而去。遷延引身，不可親附，似逝未行，中若相首。目略

〔註35〕見容格等著：《自我的探索——人類及其象徵》（臺北：桂冠圖書股份有限公司，1990年），頁220之圖說，及頁248。

〔註36〕簡宗梧根據〈高唐〉、〈神女〉二賦的用韻進而推斷認爲，這兩篇賦作可能不是前後接續撰成的作品，而且其中或有不同作者的問題。這個意見也可作爲本文以下論述的一個參考。簡氏之說見〈神女賦探究〉，氏著：《漢賦史論》（臺北：東大圖書股份有限公司，1993年），頁99～118。

微丐，精彩相授，志態橫出，不可勝記。(魯按：以上為精神、德性
的描寫)

這裡首先對神女亮麗的衣飾、體態、容貌等作出精緻的描繪，其中實具有浪
漫美女的原型內蘊；接著「望余帷而延視兮，若流波之將瀾，……褰余幬而
請御兮，願盡心之惓惓」等對於性幻想的描述，也頗符合前文所說陰性特質
歷史發展的第二階段，是以浪漫美女為典型代表，不過其中尚具有性元素的
象徵。而這裡的性幻想畢竟只是幻想而已，看神女始而「懷貞亮之潔清兮，
卒與我兮相難」，終而「頩薄怒以自持兮，曾不可乎犯干」，此處對於神女精
神、德性的刻劃，已至陰性特質歷史發展的第三階段，即將愛情提昇到精神
上獻身的崇高境界。

　　容格學派還認為，陰性特質經常顯示出的形式是性愛的幻想，這是陰性
特質粗糙、原始的一面；至於其積極的一面則在於，它必須對男人找到適合
的結婚對象這一事實負責〔註 37〕。的確，一般而言，男人的陰性特質是被他
母親所塑造出來的，這是指個體無意識方面；但就集體無意識方面而言，男
性自身中所帶有的永恆理想女性形象，則是一種起源於原始崇高母親的偉大
母神形象，經過歷史積澱在一代代遺傳基因上的結果。由於來源於這兩方面
的陰性特質都是無意識的，它們也就被無意識地投射到所愛的異性身上，並
成為強烈的吸引或厭惡的主要原因之一。

　　綜上所述，〈高唐賦〉中的神女表徵著陰性特質歷史發展的第一階段——
即母親原型，象徵生育、溫暖、保護和富足；而〈神女賦〉中的神女則表徵
著陰性特質歷史發展的第二、三階段——即美女原型，象徵著靈魂的伴侶、
精神的實現與滿足〔註 38〕。而這二而一的原型不僅可以用來說明，六朝「邂
逅神女」故事型態所蘊含的深層底蘊，並且對於六朝文士喜以神女本事為題
材而作賦的文學現象〔註 39〕，甚至後代詩詞、戲曲、小說及民間文學不斷運

〔註37〕　其實陰性特質最重要的一面在於，當男人無法辨識隱藏在潛意識後面的事實
　　　　時，陰性特質都會幫他發掘出來。陰性特質在把人的思考和內在價值調和一事
　　　　上，擔任極重要的角色，因而它是打通堂奧的路徑。見容格等著：《自我的探
　　　　索——人類及其象徵》(臺北：桂冠圖書股份有限公司，1992 年)，頁 221、223。
〔註38〕　上述二而一的原型，根據坎伯所說，代表「美的極致，一切欲望的滿足，英雄
　　　　在兩個世界中追求的福祉目標。在睡眠的深淵裡，她是母親、情人、新娘……。
　　　　她是圓滿的化身。」〔美〕喬瑟夫‧坎伯 (Joseph Campbell)《The Hero with a
　　　　Thousand Faces》(New Jersey Princeton Unicersity Press, 1968 年)，頁 110。
〔註39〕　如曹植的〈洛神賦〉，魏之陳琳、應瑒、王粲、楊修、晉之張敏等人的〈神女
　　　　賦〉，以及如以「止欲」、「嘉夢」等題命名的賦作。

用巫山神女典故的共同心理，提供一個集體潛意識的原因。

六、「邂逅神女」或「異類交婚」故事型態所反映的父系社會價值體系

上述以高唐神女神話傳說爲源頭，而豁顯出的「異類交婚」或「邂逅神女」的故事型態，除了運用容格的原型理論予以說明外，還可以結合父系社會的意識型態來進一步考察。

在「異類交婚」或「邂逅神女」的故事型態中，具有一個相同的模式，那即是這些故事都由異類（非常，other）的女性主導整個冥婚進行的過程，男性相對來說，只處於被動接受的地位。這些凡間男子對於他們所邂逅的異類（非常）女性，具有非常矛盾的情感，一則充滿愛慕的心緒（這是一種爲生殖遺傳基因所決定的性欲求、性吸引力），一則又內蘊著懼怕的心理（一種「非我族類，其心必異」的恐懼心理結構，所以這種神婚關係都很短暫，或者斷斷續續，最後不知所終）。因此，這不可思議的女神（精、鬼）對於凡男而言，就如張淑香所指出的：

> （她）代表著一切所能被認識的全部，而他則是那個前來尋求認識的人。女神的啓蒙，就是帶領英雄走過一切二元對立的幽谷，而達到淨化、平衡、寧靜與和諧的、超越的穹蒼。……從獸性的欲望與恐懼中清滌，接受女神的贈禮，英雄獲得「仁慈」的心，認識了「慈悲」的恩賜，是生命永恆的寶藏。所以邂逅女神是追求恩慈的英雄才智最後的試驗。通往神聖的關卡，成爲自由的主體，意味著英雄對於生命之完全宰控。〔註40〕

這段話雖然是針對古代英雄冒險歷程的神話而說的，這正適用於〈高唐賦〉正文的遊歷求女歷程；並且也可以用來解釋後代「邂逅神女」、「異類交婚」的傳說故事類型。這個類型所具有的深刻意義在於，「邂逅神女」的歷程即是一種類似遠古成年禮——由死亡到再生（或脫離母親，邁向父親〔註41〕）的

〔註40〕 參見張淑香：〈邂逅神女——解《老殘遊記二編》逸雲的說法〉，頁3～4，《語言、性情、義理——中國文學的多層面探討國際學術會議論文》，台大中文系主辦，1996年4月。

〔註41〕 坎伯曾說：「就某方面而言，女性代表了對子孫包容的愛，父親則是偏向扮演管教的角色。他與社會秩序、社會性格較相關。這實際上是社會運作的方式。母親給孩子自然生命，父親則賦予孩子社會性格。」（坎伯著，陸侃如譯：《神話》（臺北：立緒文化事業有限公司，1995年），頁309）而遠古成年禮正是使

過渡儀式；經由陌生、異類女性的導引，男性可以從獸性的欲望和恐懼中滌
清自我，進而邁向精神的自由王國，完成對於一己生命的全然主宰。有趣的
是，在這過程中的陌生、異類女性，既扮演著精神啟蒙的角色（即智慧老人
原型），也具有誘惑者（seducer）或妖女（siren）的身份。

　　在「邂逅神女」或「異類交婚」的傳說故事類型中，非正常、非自然的
一方都是女性；相對的，正常、自然的一方都是男性〔註 42〕。男性利用人精
交婚的故事，表現出少男對成熟女性那種與生俱來、又慕又懼的心理情感；
再利用人鬼交婚故事，強化女性依附丈夫、兒子的父系法則；更利用人仙交
婚故事，反挫豪貴之家的女性，以維繫作為卑微出身男性的自尊，以滿足一
己虛幻的快感〔註 43〕。誠如張淑香所指出：

> 這個以情色為啟蒙的主題一再重複出現，從辭賦傳統綿亙到晚清小
> 說。故事的面貌不同，情色的癥結卻始終存在。充分顯示了這是一
> 種集體無意識的原型。……邂逅神女、接受啟蒙的都是男性，所以
> 這種原型故事所兆示的主要是普遍的男性心理，其內在對情色的欲
> 望與恐懼的纏結。在這個情色論述的模式中，禮義、空悟與慈悲都
> 與情色形成對立。情色最基本的指涉是對女性與女性所代表的性誘
> 惑。所以這種對立形式即反映社會道德與宗教對女性與性的否定與

孩子擺脫自然的生命，塑造社會所期許的人格。

〔註 42〕這裡借用李豐楙所提出的「常與非常」、「自然與非自然」的思維架構，李氏
　　　　認為這個架構在中國民間傳說類型學上，有其結構性的特定意義。相關論文
　　　　可參見李氏所著：
　　　　1.〈不死的探求──從變化神話到神仙變化傳說〉，《中外文學》第 15 卷第 5
　　　　　期，1986 年 10 月。
　　　　2.〈魏晉神女傳說與道教神女降真傳說〉，《魏晉南北朝文學與思想學術研討會
　　　　　論文集》，頁 473～513。
　　　　3.〈正常與非常：生產、變化說的結構性意義──試論干寶《搜神記》的變化
　　　　　思想〉，《魏晉南北朝文學與思想學術研討會論文集》（臺南：成功大學印，
　　　　　1992 年）。
　　　　4.〈先秦變化神話的結構性意義──一個「常與非常」觀點的考察〉，《中國文
　　　　　哲研究所集刊》第 4 期，頁 287～318，1994 年 3 月。
　　　　5.〈白蛇傳說的「常與非常」結構〉，1995 年 4 月，漢學研究中心與施合鄭民
　　　　　俗文化基金會合辦的「中國神話與傳說學術研討會」上發表的論文。
〔註 43〕至於楚先王的遇合神女或欲借助神女致福、降祟的能力，使國家民族富強，
　　　　使自己地位穩固，此即〈高唐賦〉末尾所云：「思萬方，憂國害，開聖賢，輔
　　　　不逮，九竅通鬱，精神察滯，延年益壽千萬歲。」這也可以與黃帝下天女魃
　　　　（《山海經・大荒北經》）、宋江遇九天玄女（《水滸傳》）等故事類型相參看。

控制。女性在此模式中，完全是「他者」（other），被變成需要被征服的敵人或毒龍猛獸，成為男性自我考驗的試金石，甚至被利用為教育的機制，由女性來啟示男性由情色回歸於禮義、空悟與慈悲，不但使女性自我否定，成為父權的代言人，更滿足了男性的優越感與鞏固了父權性控制的安全感。……由此可見，在這個獨特的情色論述模式中，女性特質已被男性極化肢解為感官與精神、獸性與神性等等二元的對立。這種現象反映了男性自身的固在情結，他的精神與肉體的作戰，所以才把女性變為「性」與「無性」的重疊的符號縮影。〔註44〕

張氏這裡是從男系的社會體系及男性的心理方面立論，正是經由集體潛意識心理層疊重沓的交錯設計與塑造，一個以男性優越、主宰的自然的、正常的、秩序的、禮義的父系社會也就巍然穩立了，而這個穩立的父系社會結構，又不斷反過來盡一切方法，鞏固其所賴以維繫的男性的意識形態，從下引這個例子就可以說明這一點，《搜神記》卷五「蔣侯愛吳望子」條載：

> 會稽鄞縣東野，有女子，姓吳，字望子。年十六，姿容可愛。其鄉里有解鼓舞神者，要之便往。緣塘行，半路，忽見一貴人，端正非常。貴人乘船，挺力十餘，整頓。令人問望子：「欲何之？」具以事對。貴人云：「今正欲往彼，便可入船共去。」望子辭不敢。忽然不見。望子既拜神座，見向船中貴人，儼然端坐，即蔣侯像也。問望子：「來何遲？」因擲兩橘予之。數數形見，遂隆情好。心有所欲，輒空中下之。嘗思噉鯉，一雙鮮鯉隨心而至。望子芳香，流聞數里，頗有神驗，一邑共事奉。經三年，望子忽生外意，神便絕往來。〔註45〕

乍看之下，這則故事頗有新意，不過骨子裡仍受到男性意識形態所主導。如王國良就認為，這篇作品大概是六朝志怪小說中，唯一描述男神與凡間少女相暱的事例。蔣侯因望子忽生外意，後便絕往來，與成公智瓊先向弦超聲明「我神人，不為君生子，亦無妒忌之性，不害婚姻之義」相較，顯然小氣；並反應當時男性對愛情的獨占心態〔註46〕。其實成公智瓊又何嘗有過大方的

〔註44〕 參見張淑香：〈邂逅神女——解《老殘遊記二編》逸雲的說法〉，頁26。
〔註45〕 干寶撰，汪紹楹校注：《搜神記》（臺北：木鐸出版社，1985年），頁60。
〔註46〕 參見王國良：〈六朝志怪小說中的幽冥姻緣〉，《魏晉南北朝文學與思想學術研討會論文集》，頁137。

想法呢？智瓊所言，不過是男性傳述者的意識形態借由成公智瓊的嘴，要求女人不要有妒忌之心，以維繫男性定義下的婚姻大義罷了〔註47〕。由於六朝「邂逅神女」、「異類交婚」的神婚故事傳述者，清一色皆是男性，在男性獨佔發言權，男性意識形態主導的情況下，不禁使人好奇地想問：作為神話傳說傳述根源的現實生活中的女性，對於她們被男性傳述者編派為異類──即非正常、非自然的人類，有什麼感覺和想法呢？換句話說，真正女性的心聲、真正女性獨立的書寫和論述，到底在那裡？又可能是什麼呢？

七、結語

　　楚先王夢遇高唐神女的傳說，以及六朝志怪中頻繁出現的神女故事，實反映出古代未婚而亡少女尋覓夫婿的冥婚習俗，不過，這層現實社會風俗的意義卻一直未被發掘出來；反而是神女傳說背後的心理學意義上的集體潛意識原型持續在歷史上發揮著影響。有趣的是，神女冥婚故事乃是在父權社會之中，弱勢的女性死後必須依附男性家族，魂魄始有依歸的情形下而產生的；但是在神女冥婚故事的情節發展過程中，由於男性內在心理的矛盾情結，女性反而被安排成居於主導、強勢的一方。

　　由於神女傳說故事具有這兩方面的素質，使得後代學者對於作為「邂逅神女」型傳說故事之源的〈高唐賦〉的解讀，就不能避免地糾纏於回歸溫暖而誘惑的原初、自然、依賴的母體，與脫離母體，邁向成熟、獨立、秩序的父體（也就是禮義、權力社會）的矛盾情結之中。如李善認為〈高唐賦〉的目的在「諷諫婬惑」，而唐代于濆、李咸用、蘇拯等人卻認為〈高唐賦〉為媚淫之作〔註48〕；又如（宋）洪邁《容齋三筆》第三卷云：

〔註47〕李昉等編：《太平廣記》卷272「妒婦」類「杜蘭香」條（北京：中華書局，1994年，頁2144）載：「杜蘭香降張碩，碩妻無子，娶妾，妻妒無已。碩謂香：『如此云何？』香曰：『此易治耳。』言卒而碩妻患創委頓。碩曰：『妻將死何如？』香曰：『此創所以治妒，創已亦當瘥。』數日之間，創損而妻無妒心，遂生數男。」像這類凡男先與神女成婚，後又娶妻納妾，實與盛行民間的冥婚習俗相類；即兼顧了女性死後有所歸及傳宗接代的人倫大義。而這裡杜蘭香治癒張碩妻的妒疾，實與成公智瓊所云「我神人，不為君生子，亦無妒忌之性，不害婚姻之義」，有異曲同工之妙。

〔註48〕于濆〈巫山高〉詩曰：「何山無朝雲？彼雲亦悠揚。何山無暮雨？彼雨亦蒼蒼。宋玉恃才者，憑虛構高唐。自垂文賦名，荒淫歸楚襄。峨峨十二峰，永作妖鬼鄉。」（《樂府詩集》北京：中華書局，1991年，頁242）
　　李咸用〈巫山高〉詩云：「通蜀連秦山十二，中有妖靈會人意。鬥艷傳情世不知，楚王魂夢春風裡。雨態雲容多似是，色荒見物皆成媚。露法煙愁巖上花，

> 宋玉〈高唐〉、〈神女〉二賦，其爲寓言託興甚明。予嘗即其詞而味
> 其旨，蓋所謂發乎情，止乎禮義，眞得詩人風化之本。

而朱熹云：

> 若〈高唐〉、〈神女〉、李姬、浴神之屬，其詞若不可廢而皆棄不錄，
> 則以義裁之而斷其爲禮法之罪人也。高唐卒章雖有「思萬方，憂國
> 害，開聖賢，輔不逮」之云，亦屠兒之禮佛，倡家之讀禮耳。幾何
> 其不爲獻笑之資，而何諷一之有哉？〔註49〕

洪邁認爲〈高唐〉、〈神女〉「發乎情，止乎禮義，眞得詩人風化之本」；朱子則以義裁之，而斷其爲禮法之罪人。以上對〈高唐〉、〈神女〉的兩極評價也反映出男性精神與肉體不斷衝突的內在情結，這種現象正配應著「邂逅神女」型傳說故事的深層內蘊。但是這裡必須進一步看到，「邂逅神女」型神話傳說故事的功能主要在於一種淨化男性心靈的作用，亦即主要在化解男性內在永恆性的對立矛盾，超越由此而造成的精神困惑和焦慮，重新恢復心理的平衡與和諧。可是這個平衡是個恐怖的平衡，它終將產生出新的矛盾對立，也正由於這個「對立──平衡──對立」的辯證循環怪圈，使得女神原型意象在歷史上一再出現於夢境、神話、文學和藝術作品當中。法國結構主義大師李維─史特勞斯（Claude Levi-Strauss）曾經說：「由於神話的目的是提供一個能夠克服矛盾的有邏輯性的模式，……這樣，神話便螺旋式地發展，直至原來產生它的智力衝動衰竭爲止，它的發展是持續的，但它的結構是停滯的。」〔註50〕將這段話作爲研究高唐神女神話，以及六朝「邂逅神女」型傳說故事的提綱，甚至推廣至整個古代中國文學作品中的女神原型意象研究的提綱，似乎也是適當的。

求萬壽翻求死。」（《全唐詩》卷644，第19冊，北京：中華書局，1992年，頁7379）

蘇拯〈巫山〉詩曰：「昔時亦雲雨，今時亦雲雨。自是荒淫多，夢得巫山女。從來聖明君，可聽妖魅語？只今峰上雲，徒自生容與。」（《全唐詩》卷718，第21冊，北京：中華書局，1992年，頁8248）

〔註49〕 朱熹：《楚辭集注》附《楚辭後語·目錄》（南京：廣陵古籍刻印社，1990年，頁286～287）。

〔註50〕 李維─史特勞斯（Claude Levi-Strauss）著，陳炳良譯：〈神話的結構研究〉，《神話即文學》（臺北：東大圖書股份有限公司，1989年），頁47。

後　記

　　本書是作者博士論文的最初完稿，與民國八十五年五月自印出版、通過論文答辯後上繳臺灣大學總圖書館與國家圖書館的博士論文版本，內容約有四分之一的差異。

　　當年初稿完成後，在第一階段論文口試答辯時（當時臺灣大學博士論文口試答辯採取兩階段式，第一階段請三位委員，第二階段請五位委員），有答辯委員提出，為使論文研究的問題焦點更加集中，及讀者閱讀全文時更為流暢，並更符合傳統中國文學系研究論文的主題，建議在論文的內容與方向上作出一些更動。

　　由於距第二階段論文口試答辯的時程，還有較長的時間，於是就依從口試答辯老師的建議，在內容與方向上作出調整。調整主要有三個方面，第一是將討論上古「聖婚」與「聖宴」兩種生產的章節內容併合為一章，刪除其中較為枝節的討論；第二是將討論「永恆回歸神話」的一章濃縮成為一節，大量割捨其中較為枝節的論述；第三是補寫「作為女精、女鬼、女仙原型的神女」一節，即從古代冥婚習俗的觀點，對高唐巫山神女神話作一歷時性的考察。

　　往事如煙，記憶模糊。似乎當時對於辛苦蒐羅大量資料，花費心血組織架構，夜以繼日完成的篇章，要輕易捨棄割愛，心理上充滿著巨大的障礙。不過始終勸勉自己，學術研究生活像是馬拉松長途的耐力競技，而不是勝負立決的百米短跑；被割捨的內容章節日後未嘗不能以單篇的論文形式發表。

　　後來在一個多月後的第二階段論文口試答辯時，當我陳述這一段心境後，有答辯老師深表認同；另有老師也提出，似乎原來初稿集中在以「大母

神」爲研究主題的布局、結構，比較符合我最先構思論文的初衷，建議恢復原樣，並將古代冥婚習俗考察的觀點，作爲論文的附錄章節。當時由於畢業在即，諸事紛擾，已無暇再重作調整，當時就以通過第二階段口試的論文版本辦理了離校手續。

畢業後隨即到靜宜大學任教，由於教學工作繁重，個人學術課題的重心也逐漸放到屈原賦與《楚辭》神話的研究上；對於當初博士論文被割捨的內容，雖想修改後以單篇論文形式發表，卻始終沒有時間進行。轉眼間十多年過去了，這十多年來關於這本博士論文的後續工作，有兩項內容值得交待：

一則是將「作爲女精、女鬼、女仙原型的神女」一節，修改整理後，以〈高唐神女傳說之再析——一個冥婚習俗觀點的考察〉爲題，先在 2007 年楚辭國際學術研討會（地點：中國浙江杭州）上宣讀，後發表於《雲夢學刊》第 29 卷第 2 期（2008 年）；又經《中國社會科學文摘》2008 年第八期全文轉載；以及《宋玉及其辭賦研究》（北京：學苑出版社，2010 年）一書收錄。

二則是將博士論文其中一些章節內容修改、合併與增補，寫成〈〈高唐賦〉的民俗神話底蘊析論〉一文，在臺中逢甲大學中國文學系主辦的「古典與現代文化表現學術研討會」上宣讀（2009 年 5 月 22 日，地點：臺灣臺中）。

上述兩項工作實際與當初被刪節、割捨的內容關係都不大，博士論文的初稿或許就讓它塵封於心底吧。去年接獲花木蘭文化出版社的邀約，欲將這本博士論文輯入曾永義老師主編的《古典文學研究輯刊》中，由於這部叢刊在海內外中文學界有口皆碑，遂欣然答應。左思右想後，決定還是以博士論文最初完稿的模樣見人；因而這部書稿的原始清樣，在完成十八年後，終於得以第一次付梓出版。世事的偶然與機緣，在本書的完稿、編輯、出版過程中，又得一證。

本書這次的編輯出版，章節目次與內容基本上依照作者博士論文的最初完稿，並未作太多更動，僅修改不流暢的文字、校對缺錯字、調整標點符號、統一註文引書格式等。因爲如果要在十八年後的今天，修訂、改寫這本博士論文，達到令自己滿意的程度，相信比重寫一本與此主題相關的書稿更費時間與精神。如在完成博士論文後的這些年，作者就陸續讀到（德）埃利希·諾伊曼（Erich Neumann）著，李以洪譯的《大母神：原型分析》（北京：東方出版社，1998 年）、（美）馬麗加·金芭塔絲（Marija Gimbutas）著，葉舒憲譯的《活著的女神》（桂林：廣西師範大學出版社，2008 年）以及葉舒憲大著

《高唐神女與維納斯》（北京：中國社會科學出版社，1997 年）等書，其中論點皆與本書所論息息相關，可惜在撰寫博士論文時並未能及時參考到這些著作。

所以不辭野人獻曝之譏，將這部書稿呈現在讀者眼前，主要是爲自己能夠記憶那一段純然讀書與寫書的歲月。身爲研究生的時代，對於一本有興味的書，往往能從頭到尾好好讀完它，甚至讀兩遍、多遍。而撰寫博士論文之初，即先思索研究綱要，擬妥整部書稿的研究章節、主題、資料、方法、創點與困難，然後開始進行寫作，嘔心瀝血，十年磨一劍。

畢業之後身份轉換爲教研學者，在制式化的教研體制規範、訓斥、馴化下，以及受限自己被割裂的零碎化時間，於是對於一本書，往往僅閱讀對自己研究可資利用的章節，很少從頭到尾好好讀完它，遑論讀兩遍、多遍。而撰寫著述，也以單篇論文爲主，長度約一、兩萬字，正適合學術會議、學報期刊等所能接受的篇幅，其後也能積累學術研究的點數，兌換獎賞禮物。

於是那身爲研究生單純讀完一本書、好好寫一本書的日子，似乎是回不去了，只成記憶，而現在的我正是由這些片斷記憶交織而成。尤其值此書稿出版之際，在多次校對的過程中，赫然發現，這十多年來個人學術生涯研究的主題，都可以在此書稿中找到影痕與線索。對於這部敲開學術富麗宮殿大門的敲門磚著作，我的悲歡情感難以筆墨形容。

這部書稿的出版要感謝我的博士論文指導教授臺灣大學中國文學研究所彭毅老師、葉國良老師，以及五位口試答辯的老師；也謝謝花木蘭文化出版社總編輯杜潔祥先生及《古典文學研究輯刊》主編曾永義老師。還有我在學術宮殿尋尋覓覓之時，一路伴隨我的師友們，感恩。

魯瑞菁謹識

2013 年夏至日

於臺中沙鹿靜宜大學伯鐸研究室